beck'sche reihe

bsr

Dieses Buch stellt die faszinierendsten Verbrechen der Geschichte vor: es erzählt von Erbschleichern, Gotteslästerern, Eisenbahnmördern, Pädophilen, Fälschern und Denunzianten, Betrügern, Räubern, Hochstaplern und Massenmördern. Aus sicherer historischer Distanz stellt es Fragen, die bislang kaum einer zu stellen wagte: Warum wird der Mord an einem bretonischen Witwenmörder im Londoner East End nicht geahndet? Wer hat die zwei Prinzen im Tower gemordet? Was hat es mit den merkwürdigen Erbschaften des türkischen Arztes Risk Allah Bey auf sich? Hieß der erste Eisenbahnmörder in England tatsächlich Franz Müller? Warum gleicht das Ende von Bonnie und Clyde einem Ballett? Und war das Leben der Rosemarie Nitribitt wirklich so leicht?

Sabine Freitag, Dr. phil., ist wissenschaftliche Mitarbeiterin des Deutschen Historischen Institutes in London.
Andreas Fahrmeir, Promotion in Geschichte, ist Wissenschaftlicher Mitarbeiter am Deutschen Historischen Institut in London.

Mord und andere Kleinigkeiten

Ungewöhnliche Kriminalfälle
aus sechs Jahrhunderten

Herausgegeben von
Andreas Fahrmeir und Sabine Freitag

Verlag C.H.Beck

Für Peter Wende
von seinen
Kollegen, Schülern und Freunden

Die Deutsche Bibliothek – CIP-Einheitsaufnahme

Mord und andere Kleinigkeiten : ungewöhnliche Kriminalfälle aus sechs Jahrhunderten / hrsg. von Andreas Fahrmeir und Sabine Freitag. – Orig.-Ausg. – München : Beck, 2001
(Beck'sche Reihe ; 1408)
ISBN 3 406 45948 X

Originalausgabe
ISBN 3 406 45948 X

Umschlagentwurf: +malsy, Bremen
Umschlagabbildung: Rosita Forbes, © PicturePress, Hulton Deutsch

Gesamtherstellung: Druckerei C. H. Beck, Nördlingen
Printed in Germany

www.beck.de

Inhalt

Einleitung

Verbrechen haben Konjunktur. Nicht nur im wirklichen Leben, wo mit dieser Behauptung immer wieder politische Ziele verfolgt werden, sondern auch in der Geschichtsschreibung. Was lange Zeit als ausschließliches Forschungsfeld von Juristen und Rechtshistorikern galt, wird immer häufiger von Historikerinnen und Historikern reklamiert. Ihr Interesse am Thema ist dabei anders gelagert und von rein juristischen Fragestellungen unterschieden, denn längst hat sich herumgesprochen, daß dem Thema Kriminalität großes heuristisches Potential für die Sozial- und Kulturgeschichte innewohnt. Gerade weil es sich bei Kriminalität nicht um eine Wirklichkeit *sui generis*, um einen festumrissenen Tatbestand, sondern um ein gesellschaftliches Konstrukt handelt, läßt sie sich als Indikator gesellschaftlicher Normen und Ideen, Obsessionen, Empfindsamkeiten, Ängste und schließlich auch moralischer Vorstellungen lesen. Bestimmte Verhaltensweisen und Handlungen erhalten erst durch eine von herrschenden Normen und Moralvorstellungen abgeleitete Zuschreibung den Status „kriminell", Individuen den Status „Kriminelle". Was sich rund um das Thema Verbrechen und Vergehen, abweichendes Verhalten und Devianz abzeichnet, sind letztlich die Konstruktionskonstanten gesellschaftlicher Ordnung.

„Crime and society" als Forschungsschwerpunkt kann in angelsächsischen Ländern und in Frankreich auf eine längere Tradition zurückblicken. Vom französischen Soziologen Emil Durkheim stammt die provozierende These, daß ein bestimmtes Maß an Kriminalität integraler Bestandteil ‚gesunder' Gesellschaften sei. Kriminalität sei deshalb normal und sogar nützlich, weil eine Gesellschaft ohne sie nicht denkbar sei, denn zur Natur von Gesellschaften gehöre es, Regeln des Zusammenlebens hervorzubringen und ihre Übertretung oder Nichtbeachtung zu sanktionieren. Indem ausgegrenzt und verurteilt wird, was als abnormes oder gesellschaftsschädigendes Verhalten angesehen wird, versichert sich die Gesellschaft ihrer eigenen Werte und Normen. So gesehen erfüllt Kriminalität einen Zweck und erscheint für die Entwicklung von Recht und Moral unentbehrlich. Dabei ist nichts dem Wertewandel einer Gesellschaft so sehr unterworfen wie das, was als abweichendes Verhalten oder Kriminalität bezeichnet wird. Bestimmte Taten werden nicht nur innerhalb einer Gesellschaft zu unterschiedlichen Zeiten anders beurteilt, sie können auch in verschiedenen Gesellschaften zum gleichen Zeitpunkt anders bewertet werden. Jede „Stufe der Zivilisation", so hat es Durkheim ausgedrückt, hat ihre eigenen Normen, ihre eigenen Moralvorstellungen, ihre eigene Kriminalität. Daran hat er eine weitere Überlegung angeschlossen: „Wie oft ist das Verbrechen wirklich bloß eine Antizipation der zukünftigen Moral, der erste Schritt zu dem, was sein wird. ... Die Gedankenfreiheit, deren wir uns heute erfreuen, wäre niemals proklamiert worden, wenn die sie verbietenden Normen nicht verletzt worden wären."

Ob Durkheim allerdings auch Mord bei diesem Prozeß vor Augen hatte? Dem einflußreichen viktorianischen Historiker Lord Acton wäre Durkheims soziologische Relativierung jedenfalls in diesem Punkt bedenklich erschienen. Für ihn gab es eine klare Hierarchie der Verbrechen: „The greatest crime is Homicide". Obgleich in seiner eigenen Arbeit als Historiker stark vom Postulat historischer Unparteilichkeit und Objektivität beeinflußt, gab Acton die Notwendigkeit einer moralischen Beurteilung von Menschen und Dingen in der Geschichte nicht preis. „Great men", so hatte er im Laufe seiner historischen Studien festgestellt, „are almost always bad men". Er kritisierte die Tendenz vieler Historiker, unmoralische oder verabscheuungswürdige Handlungen historischer „Persönlichkeiten" durch den Hinweis auf deren Leistungen, Führungsqualitäten, Erfolg oder Patriotismus zu entschuldigen oder zu relativieren. „Murder, as the conventional low-water mark, is invaluable as our basis of measurement. It is the historian's interest that it shall never be tampered with." Mord im Namen des Staates, der Kirche oder einer Partei waren in Lord Actons Augen gesellschaftlich weitaus bedenklicher als jeder gewöhnliche Mord aus individuellen Motiven, denn hier agierte ein korrumpiertes Gewissen, das der Gesellschaft den größeren Schaden zufügte. Lord Acton würden folglich die in diesem Band versammelten Mordgeschichten allesamt als vergleichsweise „Kleinigkeiten" erscheinen.

Von diesen „Kleinigkeiten" und vom Wandel der Werte und Normen, aber auch von der – im Sinne Durkheims – progressiven Kraft des Ungehorsams handelt die vorliegende Sammlung historischer Kriminalfälle. Keine trockenen kultur- oder sozialhistorischen Verbrechensanalysen will sie bieten, sondern Geschichten nicht nur von Mord, sondern auch von Betrug, Raub und Verleumdung. Zwanzig Historikerinnen und Historiker sind der Aufforderung gefolgt, sich eines historischen Kriminalfalles anzunehmen. Dies konnte ein Fall sein, der ihnen bei ihren Forschungen meist unvermutet, oft sogar zufällig begegnet ist, oder auch eine Geschichte, die ein persönliches Interesse widerspiegelt. Die Ausgestaltung des Themas stand allen Autorinnen und Autoren vollkommen frei. Manche der hier vorgestellten Geschichten haben schon zu ihrer eigenen Zeit enorme Aufmerksamkeit von Seiten der Medien erfahren, etwa die *tour de force* des Gangsterpaares Bonnie und Clyde, der Mord an der Frankfurter Prostituierten Rosemarie Nitribitt oder auch, ganz aktuell, die Morde des britischen Arztes Harold Shipman. Andere wiederum schlummerten bislang in den Staats-, Landes- und Stadtarchiven. Hierzu gehören die bis heute letztlich ungeklärten „merkwürdigen Erbschaften" des Risk Allah Bey, der Fall Tichborne, der fast eine Sozialrevolte in England heraufbeschwor, die tragischen Morde im Londoner Stadtteil Islington, auf die dessen Bewohner mit abergläubischen Ritualen reagierten, oder auch die zwei außergewöhnlichen Briefträgermorde im Nachkriegs-Berlin 1919. Wie an dieser Aufzählung schon deutlich wird, ist Mord, der, statistisch gesehen, nur einen Bruchteil aller in westlichen Industrienationen registrierten Verbrechen ausmacht, thematisch der klare Favorit. Insofern spiegeln die Essays bewußt oder unbewußt die durch das Lesen von unzähligen Kriminalromanen – bekanntlich der Historiker liebstes Lesefutter – internalisierten Vorgaben und Erwartungen wider.

Dabei ist der absolute Stellenwert des Mordes ein Spezifikum unserer Epoche, ein Ausdruck der Aufwertung des Individuums und der Verankerung persönlicher Würde in Grundrechtskatalogen. Zu anderen Zeiten war dies anders. In politischen Auseinandersetzungen waren Morde bisweilen so sehr an der Tagesordnung, daß das Verschwinden selbst von zwei Thronfolgern im Tower im 15. Jahrhundert kaum bemerkt wurde. Auch bei

‚normalen' Tötungsdelikten flossen die Stellung von Täter und Opfer stark in die Bewertung ein. Im London des 14. Jahrhunderts konnte die von Frauen geübte Vergeltung an einem bretonischen Witwenmörder gänzlich ohne strafrechtliche Folgen für die Täterinnen bleiben, und in Frankreich wurden die Verbrechen des Kindermörders Gilles de Rais erst nach seinem politischen Sturz geahndet. In der Neuzeit gibt es solche Ausnahmen eigentlich nur noch für politische Morde, wobei fast immer zwischen den Parteien heftig umstritten ist, ob es sich um politische oder gemeine Verbrechen handelt. Der mit der amerikanischen Unabhängigkeitsbewegung sympathisierende „Maler John" sah sich als Patriot, die englische Justiz sah ihn als Brandstifter, den die volle Härte des Gesetzes treffen mußte. Die Hinrichtung von Geiseln in der zweiten Räterepublik in München wurde vom bolschewistischen Regime sanktioniert, nach dem politischen Herrschaftswechsel aber sofort und eindeutig als vorsätzlicher Mord eingestuft und bestraft. Schwierig wurde die Lage besonders dann, wenn bei politischen Verbrechen die Täter nicht aus der Gruppe der sonst zu politischen Handlungen Legitimierten stammten. Henriette Zobel, die 1848 mit gezückter Waffe an einer Ausschreitung teilnahm, bei der zwei Abgeordnete der Paulskirche ums Leben kamen, wurde zum Symbol der übermäßig politisierten und fanatisierten Frau und mußte die Abweichung von den Normen normalen, gesitteten weiblichen Verhaltens doppelt büßen – obwohl ihre Waffe nur ein zerbrechlicher Regenschirm war.

Nicht nur die Hierarchie der Verbrechen änderte sich im Laufe der Zeit, sondern auch der obrigkeitliche Umgang mit ihnen. Die Zahl der Instanzen, die mit der Wahrung von Recht und Ordnung betraut waren, nahm ab. Während noch in der Frühen Neuzeit viele Korporationen über eine eigene Gerichtsbarkeit verfügten – nicht zuletzt die Universitäten, die nicht nur über den ordentlichen Lebenswandel der Studenten, sondern auch über die Delikte einer großzügig definierten Gruppe von Universitätsverwandten zu richten hatten –, hat sich seit dem 19. Jahrhundert das direkte Justizmonopol des Staates verfestigt. Wenn kein finanzieller Betrug damit verbunden ist, werden heutzutage Fälscher naturwissenschaftlicher Ergebnisse wie Professor John William Heslop-Harrison nur noch durch Ächtung in der Zunft, aber nicht mehr durch universitäre Gerichte bestraft.

Hinzu kommt, daß die Praxis der Justiz seit dem 19. Jahrhundert öffentlicher, formalisierter und bürokratischer geworden ist, während der Strafvollzug weitgehend hinter Gefängnismauern verlagert wurde. Noch im späten 18. Jahrhundert konnte ein der Gotteslästerung angeklagter bayerischer Beamter auf königlichen Befehl einfach so hinter Schloß und Riegel wandern; der an andere Normen gewohnten Justiz des 19. Jahrhunderts schien ein solches Verfahren nicht mehr akzeptabel. Die immer aufwendiger geführten Prozesse, mit ihrer mehr oder weniger eingehenden Auswertung von Indizien, lieferten zugleich ein enorm faszinierendes und einflußreiches narratives Muster, das bis heute eben in Kriminalromanen überall präsent ist. Dieses Muster strahlte auch auf andere Gattungen aus: Der Kriminalprozeß mit seinem Wechselspiel von Anklage und Verteidigung wurde von der Geschichtsschreibung des 19. Jahrhunderts als ein Modell für die Arbeit eines nicht über historische Figuren, aber über die Güte und Zuverlässigkeit der Überlieferung richtenden Historikers interpretiert.

Die moderne Strafprozeßordnung räumt der öffentlichen Meinung freilich großen Einfluß auf die Bedeutung und den Ausgang von Prozessen ein. Angeklagte sind ohnehin – als potentielle Verbrecher, die sich vor Gericht verantworten müssen – Mitglieder einer marginalen Gruppe, doch wenn sie darüber hinaus noch zu anderen Minderheiten gehören, etwa, wie der deutsche Eisenbahnmörder Franz Müller in London, Ausländer sind, dann wird die Justiz bisweilen auf eine besonders harte Probe gestellt. Umgekehrt gelingt es manchen Angeklagten, eine aufgeheizte Stimmung zu ihren Gunsten auszunutzen. Der mitten im Ersten Weltkrieg der Verleumdung angeklagte Demagoge Billing nutzte geschickt die Öffentlichkeit seines Gerichtsprozesses, um seine Gegner pauschal der Kollaboration mit dem Feind zu bezichtigen und so einen Freispruch zu erzielen.

Am Ende aber zeigt sich stets, daß es keiner geistreichen Erfindungen und komplexer Theorien bedarf, um Spannung zu erzeugen. Denn das Leben selbst, und in unserem Fall die historische Vergangenheit, ist überreich an Geschichten, die einem den Atem stocken lassen.

Frank Rexroth

Der Mörder, der unter die Frauen fiel. Zwei Verbrechen im Londoner East End des Jahres 1429

Lauter gute und glaubwürdige Männer
Whitechapel, Freitag, der 27. Mai

Zwölf. Zwölf Apostel, zwölf Mönche, zwölf Ritter. Zwölf Habenichtse, zwölf Wichtigtuer, zwölf Schlaumeier. Was die nicht alles wußten! Joan war arg mißhandelt worden, das sah jeder. Woher aber wollten sie so genau wissen, daß sie ausgerechnet an der Schädelfraktur gestorben war? Sicher, der Stößel, mit dem er einmal hart zugeschlagen hatte, lag noch bei ihrem Bett. Aber was war mit dem Beil und mit dem Messer? Immerhin hatte er ihr auch die Kehle aufgeschlitzt, von links nach rechts. Ivo war Rechtshänder. Und mit dem Beil in derselben rechten Hand hatte er ihre rechte Schulter zertrümmert.

Die zwölf Geschworenen, die der Coroner aus der Nachbarschaft versammelt hatte, wußten, was man von ihnen erwartete. Man verlieh ihnen die Hoheit über den Tathergang. Schließlich waren sie ja die „twelve good men and true" – ihre beeidete Aussage schrieb ein Geschehen fest, über dessen tatsächlichen Verlauf nur einer hätte Auskunft geben können. Ongham, der Coroner für Middlesex, stellte die Fragen (immer dieselben), die Geschworenen hatten zu antworten. Natürlich wußten sie tatsächlich eine Menge von dem, was sich in ihrer Nachbarschaft so zutrug. Man hatte sie entsprechend ausgewählt, hatte zunächst William Porter einbestellt, einen der Konstabler von Whitechapel. Der mußte einfach vieles wissen, er galt schon von Amts wegen als Experte für das Treiben in der Nachbarschaft, das tagtägliche und das nachtnächtliche. Konstabler durften weiter drinnen, in der Metropole, sogar unaufgefordert Häuser betreten, wenn sie auf der Suche nach ehebrecherischen Frauen, Huren und verliebten Meßpriestern waren. Die Frau, auf die William Porter jetzt herabsah, galt als ganz und gar ehrbar. Sie war die Witwe von Thomas Winkfield, nicht ganz unvermögend und bei den Frauen in der

Nachbarschaft wohl gelitten – keine Selbstverständlichkeit in dieser Vorstadt, in der Frauen schlimme Wörter verwendeten, wenn sie voneinander sprachen. Nein, Joan war keine „Metze“, keine „Diebin“, keine „Mönchshure“. Im armen Whitechapel galt sie als reich und dennoch respektabel.

Porter und seine elf Mitgeschworenen machten sich also an die Arbeit und gaben Wahrheiten zu Protokoll, wie andere Perlen auf einen Rosenkranz aufsäumen. Erst der Schlag mit dem Stößel (Wert: gar keiner), dann der Hieb mit der Axt (Wert: zwei Pfennig), dann der Schnitt mit dem Messer (Wert: ein Pfennig). Wäre Joan nicht am Schlag gestorben, dann am Hieb; und wenn nicht an dem, dann an dem Schnitt durch ihre Kehle. Ivo hatte um ein Uhr nachts am Bett seiner Meisterin gestanden, nur Stunden nach der Fronleichnamsfeier, dem Fest des Erlöserleibes und -blutes, der Anbetung des Altarsakraments. Manche Leute wollten davon heutzutage nichts mehr wissen, gerade einfache Leute. Die Trinitatisbruderschaft in der Nachbarpfarrei St. Botolph, die auch eine Fronleichnamsbruderschaft war, ließ daher gerade zum Morgengrauen für die Tagelöhner und Arbeiter der Gegend Messen lesen.

Ob Ivo Caret an das Altarsakrament glaubte? Gab es unter den Bretonen Lollarden? Zuzutrauen war ihnen alles mögliche, immerhin hatte sich ihr Herzog 1424 von den Engländern abgewendet und dem Dauphin, dem Feind im Hundertjährigen Krieg, Avancen gemacht. Bei dieser Allianz blieb es zwar nur drei Jahre lang, doch populär machte dieser Seitenwechsel die Bretonen in London weiß Gott nicht. Gerade jetzt hatte man allen Anlaß sich zu fragen, wer Freund und wer Feind war. Keine drei Wochen war es her, seit ein lothringisches Bauernmädchen namens Johanna die englische Belagerung von Orléans zum Scheitern gebracht hatte. Und wer stand ihr jetzt zur Seite, dieser Hexe? Ein Kontingent aus der Bretagne!

Ivo war also nicht nur der Mörder einer ehrbaren Witwe, er war auch Bretone. Ein dreckiger kleiner Ausländer. Die Geschworenen gaben zu Protokoll: Seit fast vier Jahren lungere er schon in der Vorstadt herum, hänge einem Mann namens Michael Caret an und verrate den Feinden König Heinrichs VI. die Geheimnisse der englischen Politik. Auf des Königs Verderben habe er es abgesehen. Und Sachen aus Joans Wohnung habe er auch entwendet. Wieder wußten die Geschworenen um die Details: Die Beute des raubenden Mordspions habe Wertgegenstände für insgesamt 100 Schilling sowie 6 Schilling 3 Pfennig in Bargeld ausgemacht. Damit war die *Post-Mortem*-Untersuchung für John Ongham, den Coroner, abgeschlossen. Er war der Experte der ewiggleichen Befragungsprozedur, es war nicht seine Aufgabe, den Täter tatsächlich zur Strecke zu bringen. Und selbst wenn er es gewesen wäre: Diesmal sollten das sowieso andere Leute besorgen.

Perpetua sint in pace
St. Georgen, Southwark, Freitag, der 3. Juni

Die Kirche zum heiligen Georg in Southwark, am Südende der Londoner Themsebrücke, lag dort, wo die Long Lane von der Blackman Street abzweigt. Bis hierher hatte es Ivo geschafft, dann hatte er in der Kirche Zuflucht gesucht. Immerhin wußte man zu Whitechapel, nach wem man suchte, und so hätte man ihn um ein Haar noch am selben Tag gestellt, an dem sich so sachkundige Leute wie William Porter über Joans Leiche beugten. Mittlerweile hielt er sich schon eine ganze Woche hier auf, unter dem persönlichen Schutz des wehrhaften Märtyrers. Ob der heilige Georg ihm auch etwas zu essen vorbeibringen würde? Anderen mochte es gelingen, aus ihrem Asyl zu entkommen, doch ihn bewachte man gut.

Diese Kirche war so gut wie jede andere, wenn es ums kirchliche Asylrecht ging. Oder etwa nicht? Er hatte gut daran getan, nicht in die Innenstadt und schon gar nicht zum notorischen Asyl von Groß-St. Martin in der St. Martin's Lane zu fliehen, denn damit hätte er möglicherweise die Londoner Obrigkeit auf sich aufmerksam gemacht. St. Martin war verschrien, man sagte, die Kollegiatkirche sei ein Schlupfwinkel für Schwerverbrecher, die aus dem Schutz des Asyls heraus nachts und heimlich ihre Züge unternahmen. Die Londoner Obrigkeit erklärte St. Martin zum Skandalon und war auf der Hut. Hier konnte man zeigen, daß der Friede in der Stadt nur dann gewahrt werden konnte, wenn Bürgermeister, Aldermänner und Sheriffs ihre Zwangsgewalt überall in der Stadt ausüben konnten, wenn die kirchlichen Immunitäten bestenfalls ganz abgeschafft würden. Dekan und Kollegiatkapitel mochten dagegenhalten, doch die weltliche Obrigkeit ließ nicht locker. Da schlief es sich sicherer in einem Asyl auf der anderen

Seite der Themse. Southwark sah zwar aus wie eine Stadt, war aber in Wirklichkeit ein Konglomerat von fünf verschiedenen Jurisdiktionen, von denen keine über die Autorität des Londoner Aldermännerrates verfügte. Es war gut, in Whitechapel oder Southwark zu leben, wenn man sowieso keine Chance hatte, das Londoner Bürgerrecht zu erlangen. Die Stadt lag einem zu Füßen, aber das Bürgermeistergericht und die schmachbringenden Rügegerichte der Bezirke hatten nicht so schnell Macht über dich. Arbeiten und sich amüsieren konnte man ja trotzdem in der Metropole.

Eine Woche nach seiner Tat gab Ivo auf und ergriff die nächstbeste Gelegenheit, die ihm das Common Law eröffnete. Einer der Coroner der Grafschaft Surrey, zu der Southwark gehörte, wurde gerufen, und Joan Winkfields Mörder legte sein Geständnis ab und schwor dem Königreich England ab. Das bedeutete, daß er fortan als schuldig galt, daß ihm nichts blieb als das nackte Leben (er besaß sowieso nichts), daß er das Land verlassen mußte (Kunststück für einen Bretonen!) und niemals wiederkehren durfte. Adam Levelord, der Coroner für Surrey, verschriftete das Geständnis. Ivo nannte Joan nicht seine Meisterin. Er sagte, er sei Brauer. Am Fronleichnamstag sei er gewaltsam in ihr Haus eingedrungen, im Schlaf habe er sie überrascht. Den tödlichen Schlag auf den Kopf gestand er ein, Messer und Schulterverletzung verschwieg er lieber. Was seine Beute anbelangt, so war er bescheidener als die Geschworenen aus seiner Nachbarschaft: Mitgenommen habe er acht versilberte Bestecke, zwei Gürtel, einen silbernen Ring und zwei Rosenkränze (einen aus Korallen und einen versilberten). Man schätzte einen Gesamtwert von 26 Schilling und 8 Pfennig, also ein Viertel dessen, was die Geschworenen zu Protokoll gegeben hatten.

Zur Routine des Coroners gehörte auch die Frage nach Helfern und Mitwissern. Ivo gab tatsächlich einen an, einen Mann aus der Nachbarschaft namens John Stafford, auch ein Brauer. So stand nur der letzte Teil der Prozedur noch aus: Der Coroner hatte dem Delinquenten einen Weg zur Landesgrenze zu weisen, und es hätte diesen seinen Kopf gekostet, wenn er den vorgeschriebenen Weg nicht eingehalten hätte. Wie ein Büßer mußte er barfuß und barhäuptig seinen Weg antreten. Für Ivo bestimmte man den Hafen von Orwell in Suffolk zum Ziel. Und erwartungsgemäß stellte man Begleiter für ihn, zum Schutz und zur Bewachung. Ivo kannte diese Leute. Es waren die Konstabler von Whitechapel. An ihrer Spitze stand William Porter.

Wo, bitte, geht es hier nach Orwell?
Whitechapel, Samstag, der 4. Juni

Was dem einen einleuchtend und vernünftig erscheint, ist für den anderen ganz objektiv eine Katastrophe. Wer sich auf der *via regia*, dem „king's highway", von Southwark nach Orwell begeben mußte, dem standen eine längere und eine kürzere Route zu Gebote. Umständlicher war es, südlich der Themse über Greenwich und Dartford nach Gravesend zu gehen, dort mit der Fähre die Themse zu überqueren und weiter nordwärts über Chelmsford und Colchester seinem Ziel entgegenzusteuern. Wer es sich jedoch leichter machen wollte, überquerte lieber gleich in Southwark die Themse und nahm seinen Weg über Mile End, Brentwood und Chelmsford. Eilig hatte Ivo es zwar nicht (der Coroner hatte ihm die Entscheidung ohnehin abgenommen); doch sein Weg war trotzdem der kürzere. Mile End mußte man aber erst einmal erreichen! Vorher führte die Route durch London hindurch zum Stadttor Aldgate, aus diesem ostwärts heraus, vorbei an der Botolphskirche in den Bezirk Portsoken hinein, vorbei an den Gasthäusern und der Einbiegung der Schweinegasse zur Schranke, die die Reichweite des Stadtrechts anzeigte, und mitten in die nordöstliche Vorstadt hinein, dieses bessere Straßendorf. Whitechapel.

Wieso geleiteten ihn ausgerechnet Porter und seinesgleichen? Sie boten sich wohl dafür an, hatten möglicherweise auf die Kunde von Ivos Verbleib in der Georgenkirche dessen Bewachung übernommen und seine Flucht verhindert. Vielleicht glaubte man auch, daß ein geständiger ausländischer und mit den Feinden Englands im Bund stehender Witwenmörder niemals so sehr auf Hilfe angewiesen war wie dann, wenn er die Hauptstraße seines Bezirks hinunterging. Das war völlig richtig, und Ivo brauchte nicht lange, um diese Lektion zu lernen. Er hatte auch nicht viel Zeit dazu.

Ongham, der Coroner, kam erst am nächsten Tag. War der Anblick der toten Joan gräßlich gewesen, der Anblick ihres toten Mörders war es nicht minder. Im Graben neben der Straße lag er, bedeckt von den Steinen, die auf seinen Kopf niedergegangen waren. Schlimm war er anzusehen – so erbärmlich wie die Hundekadaver, die die Londoner zum Ärger ihrer Obrigkeit ein paar Schritte von hier entfernt in einem anderen Graben entsorgten. Die Konstabler beteuerten, daß sie keine Schuld traf. Die Kunde von ihrem Kommen war ihnen offenbar vorausgeeilt. Die Frauen von Whitechapel waren ihnen schon in London, also lange, bevor sie die Vorstadt erreicht hatten, auf den Fersen gewesen. Was hätten sie tun sollen? Eine Horde außer sich geratener Frauen zum Nachhausegehen bereden? Caret solange irgendwo anbinden? Selbstverständlich wußten sie, daß es gefährlich war, mit diesen Furien im Schlepptau durch die heimische Vorstadt zu ziehen. Aber Carets Weg war sakrosankt, vom Coroner gewiesen und durch den Frieden König Heinrichs gesichert. Das englische Recht beruhte zwar auf einer Unmenge von Präzedenzfällen – aber ob schon jemals ein Delinquent von seinem letzten Weg durchs Reich abweichen durfte, weil ihm eine Gruppe fluchender und fäusteschwingender Elizabeths, Johannas und Katherines nachsetzte, das war doch sehr fraglich. Es gab keine Alternative zum Gang durch Whitechapel.

Vielleicht war es Berechnung, daß die Frauen erst angriffen, als sie die Höhe ihrer Häuser erreicht hatten. Vielleicht hatten sie sich fest vorgenommen, Joans vorzeitiges Ende im Tod ihres Mörders zu spiegeln. Vielleicht aber bedurfte es der gewohnten Umgebung, der Ansicht von Joans Haus, des Gedankens, daß es jenseits von Whitechapel zu spät sein würde, um die schrecklichen Flüche der Frauen in schlimmere Aggression umschlagen zu lassen. Wie groß auch immer ihr Zorn war: Planvoll vorgehen konnten sie noch allemal. Erst machten sie sich über die Konstabler her, denn sie wollten Ivo für sich haben. Sie attackierten Porter und seine Begleiter, zwangen sie nieder und hielten sie am Boden – „mit roher Gewalt“, wie die Geschworenen am Samstag zu Protokoll gaben. Dann ergriffen sie Ivo und stießen ihn in den Graben abseits der Königsstraße. Auch das hatte seinen Sinn, denn so wurde der Bruch des Königsfriedens, den man ihnen vorwerfen würde, verharmlost. Erst bearbeiteten sie ihr Opfer im Graben mit ihren verhornten Fäusten (so viel Anschaulichkeit im ansonsten umständlichen Pedantenlatein des Schreibers), dann traktierten sie ihn mit Steinen bis zum Tod. Auge um Auge, Zahn um Zahn, Schädeldecke um Schädeldecke.

Die Geschworenen erzählten auch Ivos Bluttat noch einmal, verteilten Licht und Schatten gründlicher als in der Woche zuvor. Nicht nur für die Bretagne sollte er spioniert haben, so wußte man nun, auch für die Franzosen und die Schotten sei er tätig gewesen. Und dies, obgleich er von Geburt Kontinentaleuropäer, zuletzt aber ein Gefolgsmann des Königs von England gewesen sei. Also ein Hochverräter, ein dreifacher Hochverräter! Nur eine Frau konnten die Geschworenen namhaft machen, eine Schankfrau namens Margaret Conys, eine Verwandte Joans. Die anderen seien ihnen gänzlich unbekannt (das war lächerlich, und jeder wußte es). Nur so viel könnten sie versichern: Alle Frauen seien längst geflohen. Und weiter schlängelte sich die Befragung. Habseligkeiten des Opfers? Keine.

Vor den Toren der Stadt!
City of London, 1430 und später

Das Common Law brachte nicht nur Ordnung ins Zusammenleben der Engländer, es stiftete auch Ordnung in den Köpfen der Menschen. In Protokollen von Coroners wurden Begriffe verwendet, die an Menschen, ihren Taten und Motiven klebenblieben wie gut geleimte Etiketten. „Eid" – die Geschworenen sagen die Wahrheit; „Witwe" – alleinstehend, schutzbedürftig. „Vorsätzliche Tat": ein kaltblütiger Mann, ein Mörder eben. „Und so hat besagter Ivo besagte Joan, seine Meisterin, verbrecherisch getötet und ermordet" – Täter und Opfer, der Diener und die Meisterin, das todbringende Verhältnis in soziale Relationen eingelesen. Die feinen Unterschiede zwischen dem einen und dem anderen Rechtsgang: daß man einmal Himmel und Hölle in Bewegung setzte, um den Mörder zu stellen, und ein andermal durch die Finger sah, wo man nur in der Nachbarschaft hätte zupacken müssen.

Wo der Richter seine Sinnstifter-Arbeit beendet hat, kann sein Kollege, der Geschichtsschreiber, seine Tätigkeit aufnehmen. Wer genau drinnen in London erstmals von den Frauen von Whitechapel erzählte, weiß man nicht. Fest steht, daß seit der Tat noch kein Jahr vergangen war. Irgendwo in der Metropole, diesem „Spiegel und Vorbild des gesamten Königreiches", führte ein schreibkundiger und wohlinformierter Bürger eine kleine Chronik, in die er jährlich, von einem Bürgermeisterwechsel zum nächsten, erinnerungswürdige Begebenheiten eintrug. Hier wurde die Geschichte zum ersten, aber nicht zum letzten Mal zu Papier gebracht.

Sie unterschied sich von den Protokollen, denn jetzt, wo man den Ausgang kannte, konnte man auf eine Pointe zuerzählen, auf die unerhörte Begebenheit vom 3. Juni 1429. Joan nannte man einmal eine „reiche Witwe" und ein andermal eine „gute Witwe", sie wurde zum Exempel der alleinstehenden und damit latent gefährdeten Frau. Davon, daß Ivo ihr Diener war, sprach man nicht mehr. Klarer konnte man den moralischen Untergrund der Begebenheiten herausarbeiten, indem man ihn zu Joans „Almosenempfänger" machte. Also war es für die Witwe christliche Liebestätigkeit, sich um diesen hergelaufenen Mann zu kümmern, den man jetzt stereotyp als einen „falschen Bretonen" bezeichnete. Vom Spionagevorwurf wollte man jetzt nichts mehr wissen, lehrhafte Exempel solcher Art durften nicht zu vielschichtig sein, sonst erfüllten sie ihren Zweck nicht mehr. Was war das moralische Gegenstück zu Joans frommen Motiven? Man schrieb jetzt, Ivo habe ihr alles geraubt, was sie nur hatte. Daß er ausgerechnet nach Southwark zum heiligen Georg geflohen war, daran erinnerte man ebenso wie an den Umstand, daß er an einem Freitag am Ort seiner eigenen Tat sein Leben ließ.

Zum Höhepunkt der Rachegeschichte, zu der das Geschehen von 1429 gerann, avancierte aber die Tatsache, daß die Frauen von Whitechapel den Mörder erschlugen und die Männer dabeistanden und zusahen. Man sagte, sie hätten angesichts der weiblichen Überzahl nicht einschreiten können: *for ther was a grete companye of them, hadde no mercy nor petee*. Ohne Mitleid und Erbarmen. Die Tat wurde auf die Straße selbst verlegt, die Erinnerung an den Graben ging anders in die Geschichte ein: Jetzt erzählte man sich, daß die Frauen ihr Opfer mit Steinen und Kanaldreck beworfen hätten. Von Steinigungen wußte man, aber das Ende im Kot – das war unerhört und sprach doch Bände, und so pflegte man diesen Teil der Geschichte, wenn man sie wiedererzählte. Um das Jahr 1600 las sich dies wie folgt: „Aber sobald er in der Pfarrei angelangt war, in der er den Mord begangen hatte, häuften die Frauen eine solche Menge von Müll und Straßendreck auf ihn, daß ... sie ihn damit kurzerhand erschlugen."

Selbst das nie Dagewesene aber schilderte man doch so, daß sich Londoner Bürger einen Reim auf das Geschehen machen konnten. In der Vorstadt herrschten rauhe Sitten. Das Recht war dort noch weit davon entfernt, die Praxis der Privatrache zu ersetzen. Unmoral wurde noch mit ganz elementaren Mitteln wie dem Dreck von der Straße als Unmoral kenntlich gemacht. Auch die Londoner der Innenstadt versuchten dies hin und wieder, bewarfen die Angeprangerten auf dem Cornhill mit Eiern, Knochen und Steinen. Doch wenn sie es taten, schritt die Obrigkeit ein. Mußte man die Londoner nicht vor sich selbst schützen? Was wären sie nur ohne ihren Rat? Nun, das konnte man ja am Treiben der Vorstädter ablesen. Bade-Bordelle in Southwark, der Straßenstrich in West Smithfield, Weiberjustiz in Whitechapel – wer daran zweifelte, daß die Stadtverfassung der City of London ein Leben in Ehrbarkeit und Sicherheit zumindest möglich machte, der sollte sich nur einmal außerhalb der Mauer umschauen!

Daß man dabei ein wenig mit den Frauen von Whitechapel sympathisierte (wie man ja auch die Bordelle und den Straßenstrich gern besuchte), die Latein weder lesen noch schreiben konnten und dennoch erfolgreich eine Bluttat sühnten, daß mancher auch schon vor Heinrichs VIII. Zeiten das Asylrecht des Common Law für eine ärgerliche Einrichtung hielt, daß man glaubte, Mörder könnten in England ihrer gerechten Strafe zu leicht entkommen – das alles hatte ebenso seine Gültigkeit. Die schaurige Tat blieb am Renomee der östlichen Vorstadt hängen, an der Pfarrei Whitechapel zumal, die man erst seit der Mitte des 14. Jahrhunderts nach ihrer weißen Marienkirche benannte. Eigentlich hieß sie nämlich „St. Mary Matfelon", denn vor Jahr und Tag hatte hier einmal ein Mann mit dem anglonormannischen Beinamen *Mantefelune*, „Kornblume", gelebt, war bedeutend gewesen und hatte folglich eine Kirche zu Ehren der Muttergottes gestiftet.

Noch John Stow, Zeitgenosse der ersten Königin Elisabeth, kannte den älteren Namen von Kirche und Pfarrei, aber er hatte kein Wissen mehr von seinem Ursprung. Was war das nur für ein Wort? Steckte in „Matfelon" nicht der „felon", der Abtrünnige, der Verbrecher? Eine *materia felonica* vielleicht? Und so mutmaßte der Antiquar Stow, daß die Morde an Joan Winkfield und Ivo Caret diesem Teil der Stadt einmal ihren Namen gegeben hatten. Noch Historiker am Ende des 20. Jahrhunderts sollten auf das obskure Wort hereinfallen und Felonien wittern, wo lediglich

Kornblumen dufteten. „Whitechapel“ assoziierte man fortan mit Mordgeschichten, vor allem seit dem grausigen Herbst 1888. Auch Jack the Ripper führte dort und damals sein Messer in der rechten Hand und zertrennte die Kehlen seiner Opfer von links nach rechts. Aber eben nicht nur die Kehlen. Und Bretone war er wohl auch nicht.

Christian Kleinert

Ansichten eines Ungeheuers: Gilles de Rais (1404–26.10.1440)

Blaubart ist tief gesunken. Im Frankreich von heute ziert der Serienmörder aus den Erzählungen des Charles Perrault in Gesellschaft des Yeti und des Monsters von Loch Ness eine Sammlung lustiger Kinderreime zum Gruseln („C'est si amusant d'avoir peur"). Und deutsche ‚Schwerenöter' – so die Verlagswerbung für eine entsprechende Publikation – können das im Buchtitel zum ‚Blaubärtchen' verniedlichte einstige Ungeheuer als Mittelpunkt einer Reihe neckischer Geschichtchen kennenlernen. In den westlichen Provinzen Frankreichs hingegen war man noch im letzten Jahrhundert gegen solche Verharmlosungen gefeit. Nicht nur zeitlich, sondern auch räumlich den Ursprüngen der Legende näher, verbargen die Menschen dort hinter ‚Blaubart' die Erinnerung an den fürchterlichsten Verbrecher, den jene Regionen hervorgebracht haben. So bekam noch der Abbé Eugène Bossard, der sich in den 1870er Jahren auf die Suche nach den Wurzeln der Erzählung gemacht hatte, im Anjou zu hören, daß die Burg von Champtocé einst Sitz des Frauenmörders gewesen sei. Die Leute der Vendée behaupteten, Blaubart habe in Tiffauges gehaust. Die Bretonen nannten Machecoul als diesen Schreckensort. Das Grauen lebte in der Überlieferung fort – nur unter falschem Namen: Die finsteren Ruinen waren einst, wie Bossard erkannte, Burgen des Barons Gilles de Rais. Als Marschall von Frankreich und Kampfgefährte der Johanna von Orléans längst vergessen, ist dort der Mörder Gilles de Rais, auf dessen Konto der Mißbrauch und der schreckliche Tod von Dutzenden von Kindern gehen, in die Gestalt des Blaubart eingegangen und hat die Zeiten überdauert.

So wie die frühe Neuzeit den Blick auf Gilles de Rais durch Blaubart verstellte, übte sich auch das um die Edition der Quellen zum Leben des Barons verdiente 19. Jahrhundert noch um Entschärfung. Eine Ausgabe dieser Dokumente, welche die in den Prozeßakten detailliert geschilderten sexuellen Perversionen nicht mehr hinter Auslassungen versteckt, existiert erst seit 1959. Hätte man diesen schamhaft-besorgten Ansatz nur konsequent durchgeführt, wäre ein ganz anderes Bild des Monsters Gilles de Rais vorstellbar. Und hätte den Baron ein gütiges Schicksal bereits zu Anfang der 1430er Jahre, auf der Höhe seines militärischen Ruhms und noch bevor seine Schandtaten ruchbar wurden, auf dem Schlachtfeld fallen lassen, könnte man ihn sich gar als ‚Helden des Hundertjährigen Krieges' in älteren französischen Schulbüchern vorstellen. An Fakten für eine derartige Darstellung mangelt es nicht:

Als Sohn des Guy de Laval-Blaison und der Marie de Craon, und damit als ein Sproß alten bretonischen und angevinischen Adels, ist Gilles de Rais gegen Ende des Jahres 1404 in dem flußabwärts von Angers an der Loire gelegenen Champtocé zur Welt gekommen. Diese starke Festung, damals als Schlüssel zur Bretagne bezeichnet, war Sitz seines Großvaters Jean de Craon, Angehörigen eines der mächtigsten und reichsten Adelsgeschlechter des Anjou. 1407 erbten die Eltern des Gilles den Anspruch auf Herrschaft und Titel der Baronie Rais – oder Retz wie die moderne Namensform lautet – und zogen in die Burg von Machecoul, die südwestlich von Nantes am Rande ausgedehnter Küstensümpfe am Atlantik lag. Dort verbrachten Gilles und sein 1407 geborener Bruder René ihre frühe Kindheit. 1415 starben beide Eltern und der alte Jean de Craon, der seinen einzigen Sohn gerade in der Schlacht von Azincourt gegen die Engländer verloren hatte, nahm die Brüder, von denen Gilles jetzt auch sein Haupterbe sein würde, in seine Obhut. Gilles erlernte früh das standesgemäße Waffenhandwerk. Bereits mit dreiundzwanzig Jahren führte er die Soldaten seines Großvaters, den die Regentin des Herzogtums Anjou, Yolande von Aragón, zu ihrem Generalstatthalter ernannt hatte, siegreich gegen englische Truppen. Die Tapferkeit und die unbestreitbaren militärischen Führungsqualitäten, die Gilles de Rais dabei bewies, machten von sich reden, und so bestimmte ihn König Karl VII. Anfang April 1429 am Hof in Chinon zu einem seiner Kommandeure für das Heer, das er Jeanne d'Arc zum Entsatz von Orléans anvertraute. Seitdem war Gilles an der Seite der ‚Pucelle': Vor Orléans zeichnete er sich in dem fürchterlichen Ringen um den Brückenkopf der ‚Tourelles' aus, dessen Verlust die Engländer am 8. Mai 1429 zum Rückzug zwang. Bei Patay siegten die königlichen Truppen in offener Feldschlacht. Der Weg nach Reims war frei, und dort wurde Karl VII. am 17. Juli zum

König gesalbt; das heilige Öl hatte der Baron von Rais aus der Abtei St-Rémy herbeigebracht. An demselben Tag erhob ihn der Herrscher zum Marschall von Frankreich. Gilles war vierundzwanzig Jahre alt. Weitere Städte öffneten sich dem endlich siegreichen König; und schließlich wagte Johanna am 8. September den Angriff auf Paris. Auf ihren Wunsch befehligten nur zwei Hauptleute neben ihr in den Gräben am Tor von St-Honoré: der Herr von Gaucourt und der Marschall von Rais. Als Johanna dort nach erbittertem Kampf durch einen Armbrustschuß verwundet in der Abenddämmerung aufgeben mußte, endete zugleich ein unvergleichlicher Siegeszug, der Karl, den verlachten ‚roi de Bourges', zum wirklichen König von Frankreich gemacht hatte. Die ‚grande armée du sacre' löste sich auf, aber der Krieg war nicht zu Ende. Im Mai 1430 geriet Johanna in Gefangenschaft; ein Jahr später starb sie auf dem Alten Markt von Rouen den Feuertod als Hexe. Gilles de Rais, mittlerweile mit den königlichen Lilien auf blauem Grund als Randzier seines Wappens geehrt, siegte im August 1432 bei Lagny ein letztes Mal für Karl VII.

Gilles de Rais als Inspiration der Blaubart-Legende oder Gilles de Rais als Kriegsheld und Paladin der Jeanne d'Arc: Verschiedene Sichtweisen des schrecklichen Barons zu verschiedenen Zeiten, von der frühen Neuzeit bis hin zu einer – geschönten – Kurzbiographie, wie sie die Dritte Republik ihren Schulkindern zwecks nationaler Ertüchtigung hätte zumuten können. Gerade solch ein glattes, ereignisgeschichtlich geprägtes Bild des jungen Helden aus bester Familie, der sein Leben der nationalen Befreiung widmete, läßt den Abgrund zwischen der Lichtgestalt und dem Massenmörder Gilles de Rais aber geradezu unerklärlich werden. Andere Fragestellungen und Perspektiven – damit ist die zweite Hälfte des 20. Jahrhunderts erreicht – bieten sich an und geben den Blick frei auf einen anderen Gilles de Rais: Welchen Einfluß hatten etwa familiäre und soziale Gegebenheiten auf die Entwicklung dieses Mannes und auf seine Taten? Kommt dabei auch der politischen Situation seiner Heimat besondere Bedeutung zu? War Gilles ein Produkt der ‚Verhältnisse'?

Man kann nicht behaupten, daß Gilles de Rais eine ‚glückliche Kindheit' hatte. Vielmehr scheinen Berechnung, Mißtrauen und die Bereitschaft zu brutaler Rücksichtslosigkeit die Beziehungen auch und gerade innerhalb der engsten Familie geprägt zu haben.

So gründete schon die Ehe seiner Eltern kaum auf gegenseitiger Zuneigung, sondern war zustande gekommen, weil sowohl Guy de Laval als auch das Haus Craon Erbansprüche auf die Baronie Rais geltend machen konnten. Der drohende Konflikt der beiden Familien war durch eine ‚Vernunftheirat' noch zu vermeiden. Der frühe Tod der Eltern 1415 ließ den Großvater Jean de Craon auf den Plan treten, der den für Gilles und René von ihrem Vater testamentarisch bestimmten Vormund überging, um die Kinder und damit ihre Besitzansprüche unter seine Kontrolle zu bringen. Als dann der einzige Sohn des Alten bald darauf umkam und Gilles in der Erbfolge nachrückte, wird sich Jean zu seiner Weitsicht gratuliert haben. Mit moralischen Fragen nach Gut und Böse befrachtete der Großvater seine erzieherische Tätigkeit nicht und ließ dem Enkel jede Freiheit – Gilles sollte am Ende dieses völlige Gewährenlassen als Hauptursache für seine Verbrechen bezeichnen. Jean wurde dem Jungen zum Lehrer, und was Skrupellosigkeit und Härte in der Verfolgung seiner Interessen anging, hätte er selbst unter ihren Standesgenossen keinen besseren finden können. Ohne seine langfristigen Ziele einer Steigerung von Macht und Reichtum je aus den Augen zu verlieren, wußte Craon jedoch seine einzelnen Aktionen stets zu kalkulieren und sich gegebenenfalls zu mäßigen. Diese Eigenschaften, die ihn zu einem geachteten und ‚vernünftigen' Angehörigen seiner Schicht machten, wußte er seinem Enkel nicht zu vermitteln.

Dabei ließ Jean es an Beispielen eines rücksichtslosen aber gleichwohl genau berechneten Vorgehens nicht mangeln: So verlobte er 1417 den dreizehnjährigen Gilles mit der knapp vierjährigen Jeanne Painel; ein geschickter Schachzug um die Kleine – durch den Tod ihres Vaters eine der reichsten Erbinnen der Normandie – gegen zahlreiche Konkurrenten in seine Hand zu bekommen. Diese abstoßenden Auseinandersetzungen, die Jeanne bereits, als sie noch nicht der Wiege entwachsen war, von Burg zu Burg und von einem gerade erfolgreichen ‚Vormund' zum nächsten geführt hatten, endeten erst, als die durch Besitz und Beziehungen zu Königshof und Parlament damals mächtigste Frau der Painel-Sippe, Jacqueline, als Hüterin des Mädchens auf den Plan trat. Craon akzeptierte seine Niederlage.

Drei Jahre später, wieder war der Vater der Auserwählten gerade gestorben, startete Jean einen neuen Versuch der Brautwerbung; nur ließ er Catherine de Thouars diesmal gleich von Gilles selbst entführen und arrangierte eine heimliche Eheschließung. Die Wut und die Racheschwüre der Thouars und ihrer Verbündeten wurden von dieser Beute aufgewogen; die Herrschaften von Catherine – der Baronie Rais südlich im Poitou im weiten Bogen vorgelagert – ergänzten die Besitzungen seines Enkels in idealer Weise. Um diese Erwerbungen abzusichern, taten Jean und Gilles ein Übriges und setzten 1423 die Mutter der Catherine gefangen. Bei den damit eingeleiteten ‚Gesprächen' stellte ihr Schwiegersohn sie nicht nur vor die Wahl, entweder auf ihr Witwengut zu verzichten oder in einen Sack eingenäht in der Loire zu ertrinken, sondern verschuldete zudem den Tod eines der Unterhändler – immerhin eines Ritters –, der an seinen im Kerker erlittenen Mißhandlungen starb. Auch wenn dies verbreiteten Vorurteilen über das ‚finstere Mittelalter' widerspricht: in der Regel pflegte der Adel untereinander andere Umgangsformen. Warum Großvater und Enkel in ihren Kreisen trotzdem nicht als Verbrecher galten, sondern auf Respekt und Unterstützung rechnen konnten, wird verständlich, wenn man bei der Beurteilung dieses Verhaltens die Bedingungen von Ort und Zeit berücksichtigt.

Alle bedeutenden Herrschaften, die Gilles einst durch Erbschaften und Heirat in seiner Hand vereinen würde, lagen in den Grenzregionen, den Marken, welche die Bretagne im Norden mit der Normandie, im Osten mit dem Maine und dem Herzogtum Anjou, im Süden mit dem Poitou gemeinsam hatte. Hier gab es keine fixierten Grenzlinien, sondern die Einflußzonen der benachbarten Fürsten gingen ineinander über, verdichteten sich je nach politischer Konjunktur oder lösten sich auf. Und so waren diese Gegenden Heimat eines an Unabhängigkeit und Selbsthilfe gewöhnten, äußerst kriegstüchtigen Adels. Besitzerhalt oder -steigerung, ja das pure Überleben waren hier allein abhängig von der Wendigkeit und Brutalität, mit denen man in wechselnden Bündnissen mit Seinesgleichen oder als zeitweiliger Gefolgsmann eines Mächtigeren erfolgreich war. Doch das klingt noch zu idyllisch, denn seit dem Ausbruch des Hundertjährigen Krieges und der eng damit verbundenen Kämpfe der Montfort und der Penthièvre um das bretonische Herzogtum war in diesen Gegenden buchstäblich ‚die Hölle los'. Fürstenkonkurrenz und Bürgerkrieg in der Regierungszeit des schwachsinnigen Königs Karls VI. und schließlich, seit 1417, die englische Eroberung Nordfrankreichs sorgten dafür, daß auch weiterhin kein Frieden wurde. Lokale Adelsfehden, die Kämpfe der Fürsten und der englisch-französische Krieg verbanden sich vielmehr zu einem grausigen Gemenge gewalttätiger Auseinandersetzungen. Jean de Craon und Gilles de Rais konnten sich dem nicht entziehen, aber während der Alte das Spiel beherrschte, lernte der Junge hier nur sein blutiges Handwerk.

Die Kriegswirklichkeit, in die Gilles hineinwuchs, hatte wenig mit ritterlichen Kämpfern zu tun, die von einer gottgesandten Jungfrau geführt ihr Leben für hohe Ziele wagten. Typischer waren die englischen Bogenschützen, welche bei Azincourt kaltblütig die in Morast und Gedränge unbeweglichen Panzerreiter ‚erledigten', oder im umgekehrten Fall die Kriegsherren, die gefangenes Fußvolk, für das kein Lösegeld zu erwarten stand, skrupellos niederstechen ließen. Normalität war der ‚kleine' oder ‚tägliche' Krieg: die zahllosen Scharmützel, die Kämpfe um einzelne Burgen oder Brücken, die Überfälle auf die Nachschubwege. Und damit auch das Plündern und die Menschenjagd in den Straßen und Häusern eroberter Städte, das Morden und Brennen in den Dörfern, das grausige Ende manches Flüchtlingstrecks, die Raserei aus Feuer, Vergewaltigung und Mord. Welche blutrünstigperversen Neigungen in Gilles auch immer geschlummert haben mögen, der Krieg gab ihm jede Gelegenheit, sie zu entwickeln und auszuleben.

Wer diesen Menschen ohne Bindungen und Hemmungen wegen seiner skrupellosen Grausamkeit und seiner völligen Fühllosigkeit gegen menschliches Leiden ein Ungeheuer nennt, spricht damit auch ein Urteil über jene gesellschaftlichen und politischen Umstände, die ihn geformt haben.

Das 20. Jahrhundert ist mittlerweile selbst Geschichte. In einer aktuellen Sichtweise des Gilles de Rais könnte man deshalb nicht nur den eben angeklungenen moralisierend-vorwurfsvollen Ton meiden, sondern auch ganz andere Züge stärker hervortreten lassen. Die Grundlinien, um Gilles als – trendbewußten – Zeitgenossen vorzustellen, sähen ungefähr so aus: ‚Gilles 2001' erkennt die Chancen, die sich ihm durch Einsatz neuer und anspruchsvoller Formen des Wissens und der Selbstdarstellung im adligen Wettbewerb um Prestige und Aufstieg bieten. Unbelastet von traditionellen Bindungen wählt er einen erfolgversprechenden Lebensentwurf und versucht ihn umzusetzen. Nahtlos ließe sich diesem Bild dann noch seine tabulos-selbstbestimmte Sexualität als Ausdruck einer unabhängigen Persönlichkeit einfügen, aber das hieße denn doch, das Spiel auf Kosten der Opfer zu weit zu treiben.

Tatsächlich war Gilles weitgehend frei und bindungslos. Politische Loyalitäten wurden in dem geschilderten Umfeld dem Tagesgeschehen angepaßt. Seine weitere Familie war distanziert bis feindselig, mit seiner Frau Catherine de Thouars verband ihn nur ein gemeinsames Kind, die 1429 geborene Marie. Der Tod des Großvaters Jean de Craon im November 1432 beendete die einzige tiefergehende persönliche Beziehung im Leben des Gilles de Rais. Dieser Tod fügte dem großen Besitz, über den Gilles seit seiner Mündigkeit 1424 schon verfügte, noch das Erbe des Alten hinzu, und machte ihn – unterhalb der Ebene der Fürsten – zu einem der reichsten Männer des Westens. Die Zähigkeit und die Klugheit, welche die herkömmlichen Methoden zur Wahrung und Mehrung dieses Reichtums verlangten, besaß Gilles nicht. Er suchte einen anderen Weg in eine noch weitaus glänzendere Zukunft.

Als Kriegshauptmann für Jean de Craon, der im Dienst der Regentin des Herzogtums Anjou stand, hatte Gilles bereits gelegentlich am faszinierenden Leben des prachtliebenden und neuen geistigen Strömungen gegenüber aufgeschlossenen angevinischen Fürstenhofes teilgehabt. Seine militärischen Fähigkeiten ließen Anfang 1429 Georges de La Trémoille auf ihn aufmerksam werden, der einer seit Ende des 14. Jahrhunderts als Militärs und Politiker am Königshof zu Macht und Einfluß gekommenen Familie aus dem Poitou entstammte. Georges selbst stand damals als Rat und Großkammerherr Karls VII. auf dem Höhepunkt seiner Günstlingskarriere. Er holte sich den reichen jungen Verwandten als seinen Gefolgsmann an den Hof und verschaffte ihm Militärkommandos und Ehren. Unter Anleitung dieser schillernden Persönlichkeit kam Gilles in eine Welt des Luxus und des verfeinerten Geschmacks, aber auch der Intrigen, des schnellen Aufstiegs und des plötzlichen Ruins.

Neugierig und prunkliebend nahm Gilles das Unbekannte eifrig in sich auf; der Landjunker aus dem wilden Westen Frankreichs erfand sich neu als kultivierten Höfling von ritterlicher Profession.

Das Kriegswesen, mit dem Gilles aufgewachsen war, hatte wenig gemein mit jener an den Fürstenhöfen damals einsetzenden langen Spätblüte ritterlicher Kultur. Diese grandiose Inszenierung mit ihrer ruhmrednerischen Literatur, den zahlreichen neuen Ritterorden, den von einer wahren Flut der Wappen, Embleme und Farben begleiteten großen Turnieren fand aber in dem jungen Baron einen lernbegierigen Teilnehmer, der sich bald an Freigebigkeit, an Prunk und Zahl seines Gefolges schwer übertreffen ließ. Aber nicht nur diese Übersteigerung des Alten, auch das Neue machte sich Gilles zu eigen. Auf dem Weg über die Kanzleien und Universitäten hatte der Humanismus von Italien her auch an französischen Höfen Aufnahme gefunden – und so besaß der Baron de Rais ein schönes Exemplar von Ovids Metamorphosen. Anderes Wissen war in den Norden gekommen, als König Karl V., der ‚Weise', sich den Sternen zuwandte und aus ihrer Deutung Rat bei wichtigen politischen Entscheidungen erwartete. Mit den Astrologen hatten aber ebenfalls die Alchemie und insgeheim die gelehrten Zauberpraktiken an den Adelshöfen Einzug gehalten, sofern sie sich teure auswärtige Spezialisten leisten konnten. Ganz auf der Höhe seiner Zeit holte auch Gilles solche Fachleute zu sich und beauftragte sie, den Stein der Weisen zu suchen und Gold zu machen. Mehr als den Namen kennt man lediglich von dem damals gerade zwanzigjährigen Francesco Prelati aus Pistoia, der neben Geomantie und Alchemie auch andere Wissenschaften und Künste zu beherrschen vorgab, und zudem über ein dickes Buch voller geheimnisvoller Zeichen und über erhebliche schauspielerische Fähigkeiten verfügte.

Den größten Eifer legte Gilles jedoch auf einem Gebiet an den Tag, das in heutigen Darstellungen des höfischen Lebens ganz zu Unrecht wenig Beachtung findet – gemeint ist der geistliche Bereich mit seinen Festen, dem zahlreichen Hofklerus, den Reliquienschätzen der Hofkapelle und den großen Stiftungen. An seinem Hauptsitz Machecoul gründete der Baron ein Stiftskapitel, das es an Kanonikerzahl, Dotierung der Pfründen und Kleiderluxus mit vielen Kathedralkapiteln aufnehmen konnte. Kirchengesang von ausgefeiltester Polyphonie war in Mode, die Fürsten wetteiferten um die besten Sänger, und für Gilles – der ein Bewunderer und Kenner schöner Knabenstimmen war – stand die Kantorei im Mittelpunkt seiner Stiftung. Dieser Chor begleitete ihn auf allen

Reisen. Mit seinen Sängern, deren Dienern und den Trägern für mehrere Orgeln umfaßte er weit über fünfzig Personen.

Wenn sich trotz dieser entschlossenen ‚Modernisierungsbemühungen' kein Erfolg einstellte, und Gilles nicht in die Position eines einflußreichen Hofmannes und Truppenführers aufrückte, sondern der wegen seiner unangemessenen Prachtentfaltung und grenzenlosen Freigebigkeit amüsante Möchtegern blieb, lag dies an einer Fehleinschätzung seiner Möglichkeiten. Die besten Plätze – auf denen sich dann solcher Aufwand durch Pensionen und Geschenke tatsächlich wieder bezahlt machte – konnte nur einnehmen, wer entweder ein sehr viel ‚größerer Herr' war als dieser bretonische Baron oder wer das politische Mächtespiel bei Hof zu berechnen und klug zu nutzen wußte. Der Marschall von Rais war jedoch nur eine Kreatur des Georges de La Trémoille. Als dieser 1433 stürzte, fiel Gilles mit ihm. Mit einem leeren Titel und unwichtigen Aufgaben abgespeist verschwand er aus dem Gesichtskreis des Königs. In der Hoffnung, eines Tages wieder in die königliche Gnade aufgenommen zu werden, setzte Gilles seine überaus kostspielige Selbstdarstellung fort. Doch die mühsam von seinen Vorfahren zusammengerafften Besitzungen konnten – teils vom Krieg verwüstet und allesamt vernachlässigt – diese Ausgaben nicht mehr tragen. Als Gilles de Rais 1440 vor Gericht gestellt wurde, war er finanziell längst ruiniert.

Nicht nur wegen des eklatanten Mißerfolgs des Protagonisten kann der Entwurf für einen ‚zeitgenössischen' Gilles de Rais nicht überzeugen. Ein genauerer Blick auf die einzelnen Zutaten der Inszenierung offenbart, daß in ihnen eben doch kein überlegen und nahezu spielerisch auswählender Geist zum Ausdruck kommt, sondern Wahn und Verzweiflung eines von seiner sexuellen Perversion Getriebenen. Die nach damaligem Verständnis gelehrtwissenschaftlichen Studien der Alchemie, die mit ihren Begleiterinnen gleichsam als ‚dunkle Seite' des Humanismus nach Frankreich gelangt waren, gerieten in den Händen von Gilles de Rais und seinen Komplizen zu grausigem Irrsinn: Um den Erfolg der Dämonenbeschwörungen herbeizuzwingen, mußte Prelati schließlich mit Kinderblut und Kinderherzen zaubern, die ihm der Baron verschaffte. Und selbst das Stift von Machecoul mit seinem Spitzenchor kann nicht in erster Linie als Äußerung verfeinerten künstlerischen Geschmacks gelten. Es mochte für einen

Kriegsmann noch angehen, daß er bereits im Alter von eben dreißig Jahren eine so große Stiftung zu seiner Seelenrettung ins Leben rief. Stutzig machen die verzweifelten Zusagen, mit denen Gilles nach Garanten für den Fortbestand dieser Gründung und ihrer Fürbitte suchte. Ein letztes Indiz offenbart, daß hier nicht ein Musikliebhaber sein Gedenken verewigen wollte, sondern ein im Bewußtsein seiner Verbrechen von Höllenangst Gepeinigter um Rettung flehte: Das neue Stift von Machecoul ließ Gilles de Rais den ‚Saints Innocents', den ‚Unschuldigen Kindern', weihen.

Keine dieser Sichtweisen erlaubt es, die Persönlichkeit des Gilles de Rais ganz zu verstehen; es bieten sich nur immer wieder andere Teilaspekte. Allerdings finden sich darunter auch Erklärungsansätze für eine Frage, die sich bei jeder Betrachtung der Verbrecherkarriere des Barons aufdrängt. Ihre Beantwortung führt zum Prozeß und zum Ende des Gilles de Rais und damit schließlich auch zu der Erkenntnis, wie seine Zeitgenossen diesen fürchterlichen Verbrecher gesehen haben.

Innerhalb von knapp zehn Jahren, vermutlich seit 1432 bis zu seiner Hinrichtung 1440, hat Gilles mit ziemlicher Sicherheit mehr als vierzig, möglicherweise hundert oder noch mehr Kinder und Jugendliche, fast ausnahmslos Jungen, mißbraucht und ermordet. Es gab nicht wenige Mitwisser und -täter, und es gab bald Gerüchte im Zusammenhang mit verschwundenen Kindern und schrecklichen Geschehnissen in den Burgen des Herrn von Rais. Warum konnte dieses Morden so lange dauern?

Gilles hatte niemals Schwierigkeiten, neue Opfer seiner Gier zu finden. An den Pforten seiner Burgen drängten sich hungernde Kinder. Mit Küchenresten oder einem Kleiderfetzen waren sie leicht zu locken. In den verwüsteten Landstrichen der Marken nahmen nicht nur die Wölfe sprunghaft zu. Auch menschliche Wölfe im Auftrag des Barons suchten nach versprengten und verwaisten Kindern. Doch nicht allein Waisen oder kleine Bettler wurden die Beute des Herrn von Rais. Die Aussicht, ihrem hübschen Jungen als Diener oder Pagen an diesem prächtigen Hof, als Meßdiener oder Sänger des berühmten Stiftskapitels eine sichere Zukunft zu eröffnen, hat manchmal auch durchaus wohlhabende und angesehene Eltern dazu verleitet, das Kind mit einem Ritter des Barons ziehen zu lassen. Und einige kleine Abenteurer sind wohl einfach in ein abwechslungsreicheres Leben davongelaufen. Dieses Leben währte nicht lange. Spätestens nach ein paar Tagen endeten die Kleinen in einem abgelegenen Gemach, wo sich der hohe Herr an ihren schon blutüberströmten Körpern befriedigte und sie dann eigenhändig tötete oder ihnen von einem seiner Komplizen die Kehle durchschneiden ließ.

Dabei verdient die Tatsache besondere Hervorhebung, daß Gilles de Rais kein Einzeltäter war. Helfer, die sehr bald zumindest vage um das Schicksal der Kinder wußten, führten ihm immer neue Opfer zu. Andere waren Augenzeugen der Quälereien, verbrannten nachher die Kinderleichen und beseitigten die übrigbleibenden Knochen. Manche wurden selbst zu Mördern. Und diese barbarische Rohheit fand sich nicht nur bei ein paar angsterfüllten Knechten, sondern auch bei einigen adligen Kumpanen des Barons, die sich keinen Deut um das Leben irgendwelcher kleiner Bettler scherten, wenn sie nur weiterhin von der Gunst des freigebigen Herrn von Rais profitieren konnten. Gilles war durch seine sexuelle Veranlagung eine Ausnahme, nicht durch seine Menschenverachtung.

Nur, wenn diese Kinder überhaupt vermißt wurden – und das galt kaum für eine Mehrheit unter ihnen –, konnte es zu Klagen kommen. Doch auch falls besorgte Eltern oder Verwandte vorhanden waren, dauerte es dank der Mobilität des Barons und seines Hofes lange, bis sich Gewißheit über das Verschwinden eines Kindes erreichen ließ. Welches Gericht aber war für Gilles zuständig, welches gewährte gegen einen Mächtigen, der in vielen Fällen auch noch Herr der Kläger war, Gehör?

Die großen Herren der Marken, der König, die Herzöge der Bretagne und von Anjou, haben erst spät auf die sich verdichtenden schrecklichen Gerüchte über den Baron von Rais reagiert. Vollauf mit der Kriegführung gegeneinander oder gegen die Engländer beschäftigt, wollten sie sich wegen einiger toter Kinder keinen Konflikt mit diesem in seiner Heimat mächtigen Adligen aufhalsen. Zudem konnte es ihnen nur recht sein, wie Gilles unterdessen seine Besitzungen und die starken Stützpunkte verschleuderte, die Jean de Craon klug zu einer regionalen Machtkonzentration zusammengefügt hatte. Solcher Streubesitz schadete ihren Interessen nicht, zumal sie sich selbst einige der besten Stücke sicherten.

Ende der 1430er Jahre begann sich die Situation jedoch nachhaltig zu verändern. Karl VII. demonstrierte die Konsolidierung seiner Königsmacht, indem er 1440 erste Maßnahmen gegen das Räubergesindel in den Marken des Poitou ergriff – und damit auch die Burgbesatzungen des Gilles de Rais bedrohte. Andererseits hatte die Festigung des bretonischen ‚Staates' unter Herzog Johann V. schnelle Fortschritte gemacht.

Als der inzwischen fast völlig mittellose Herr von Rais nun die Fehler beging, in einem Streit mit dem herzoglichen Kämmerer Geoffroy Le Ferron im Mai 1440 eine diesem verkaufte Burg zu besetzen und dessen Bruder, einen Geistlichen, gewaltsam aus einer Kirche zu verschleppen, war Johann V. nicht mehr bereit, solche Angriffe auf seine Autorität hinzunehmen. Die herzogliche Justiz und – zunächst nur wegen der Verletzung der kirchlichen Immunität – auch Jean de Malestroit, Bischof von Nantes und Kanzler der Bretagne, dem später ein Vertreter der Inquisition assistierte, begannen im Sommer ihre Untersuchungen; Gilles de Rais wurde am 15. IX. 1440 verhaftet. Die beiden parallel zueinander in der bretonischen Hauptstadt Nantes geführten Prozesse dauerten bis weit in den Oktober. Als Geisterbeschwörer und Teufelsbündner, sowie wegen des sodomitischen Mißbrauchs der Kinder verurteilten Bischof und Inquisitor Gilles am 25. X. 1440 zu Exkommunikation und Tod. Das herzogliche Gericht bestätigte das Urteil für die zahlreichen Morde und fügte zudem wegen der Entführung des Jean Le Ferron eine geradezu konfiskatorische Vermögensstrafe hinzu.

Nachdem noch am Vortag eine allgemeine Prozession zur Rettung ihrer Seelen stattgefunden hatte, wurden Gilles de Rais und zwei seiner Komplizen am 26. X. 1440 in Nantes erhängt und ihre Leichen den Flammen übergeben. Aber während seine Diener zu Asche verbrannten, wurde der Leichnam des Barons zuvor geborgen. Den reuigen und deswegen sogleich nach der Urteilsverkündung wieder in die Kirche aufgenommenen Sünder bestatteten adlige Damen in der Karmeliterkirche von Nantes, der Grablege der bretonischen Herzöge. Die Ordnung, welche die gräßlichen Verbrechen des Gilles de Rais gestört hatten, war wiederhergestellt, die Ehre des Adels gerettet.

Darüberhinaus scheint der christliche Tod des Barons auch seine Mittäter vom Makel ihrer Untaten gereinigt zu haben. Roger de Briqueville, ein normannischer Adliger, fand sich kurze Zeit später im Dienst des Schwiegersohns des Gilles de Rais, des königlichen Admirals Prégent de Coëtivy. Sein neuer Herr erwirkte ihm bald einen Gnadenbrief des Königs. Und der Geisterbeschwörer Francesco Prelati kehrte zum einfachen Goldmachen zurück und arbeitete fortan für den Herzog von Anjou, den ‚guten König René' von der Provence.

Seine Zeitgenossen haben in dem Baron kein Ungeheuer gesehen. Er war ein dem Teufel Verfallener, der am Ende seine Sünden erkannt und zum Glauben zurückgefunden hatte. Jetzt erwartete er Gottes Gericht. Als dem hohen Herrn, der er im Leben war, gebührte dem toten Gilles de Rais ein Platz bei den Karmelitern von Nantes, unter den Großen seiner Heimat.

Bärbel Brodt

Zwei Prinzen im Tower

Sie warten alle auf meinen Tod. Alle sind da. Mein Geheimer Rat und auch meine so nützlichen Finanziers, Empson und Dudley – ich glaube nicht, daß diese beiden mich lange überleben werden, dafür wird mein Sohn schon sorgen. Alle meine Ärzte; ich habe mir nie die Mühe gemacht, ihre Namen zu lernen. Pietro Torrigiano ist auch da. Ich habe ihn schon vor Monaten aus Florenz kommen lassen, damit er mein Grabmonument in der Abtei von Westminster errichtet – er wird mir bald die Totenmaske anpassen. Und schließlich mein junger Almoner, Thomas Wolsey. Er wird es weit bringen. Ich kann sie kaum sehen, keiner von ihnen hat den Mut, sich nun meinem Bett zu nähern. Aber die, die mir vorausgegangen sind, die kann ich sehen – ganz besonders Dich, John Morton. Wie hast Du mir in den letzten Jahren doch gefehlt. Die anderen stehen in den Ecken des Zimmers, und mit ihren dunklen Gewändern sehen sie aus wie Raben. Wie habe ich die Raben im Tower gehaßt, wie habe ich den Tower gehaßt. Deshalb bin ich zum Sterben hierher gekommen, in meinen Palast nach Richmond. Wer hätte gedacht, daß ich im Bett sterben werde? Er ganz bestimmt nicht. Ich habe ihn in der Schlacht besiegt, und ich werde ihn mit meinem Tod erneut besiegen. Ihn wird die Nachwelt verdammen – dafür habe ich gesorgt! Ich jedoch werde als großer König in die Geschichte eingehen. Wenn ich da an meine Anfänge zurückdenke – wer hätte dies für möglich gehalten?

Meine Familiengeschichte war traurig, aber vielversprechend. Als ich am 28. Januar 1457 auf Pembroke Castle geboren wurde, war meine Mutter noch keine vierzehn Jahre alt und seit zwölf Wochen Witwe. Meine Mutter war eine Urenkelin von John of Gaunt, Herzog von Lancaster, dem Sohn Eduards III. Mein verstorbener Vater war das Produkt einer Verbindung der Witwe König Heinrichs V., der schönen Katharina von Valois, mit diesem Mann aus Wales. Nach dem Tod des Prinzen von Wales in der Schlacht von Tewkesbury 1471 und Heinrichs VI. ach so überraschendem Tod im Tower (wieder mal der Tower) war ich plötzlich der letzte Hoffnungsträger der Lancasters geworden. Nicht auszudenken, was passiert wäre, wenn mich nicht mein Onkel Jasper in die Bretagne gebracht hätte. Eduard IV., der für das Haus York in Tewkesbury die Königskrone gewonnen hatte, hätte alles darum gegeben, uns in seine Hände zu bekommen. Wenige Wochen vor dieser Schlacht hatte ihm seine Gattin Elisabeth Woodville den langersehnten Erben geboren und nach seinem Vater benannt. Wer hätte damals geahnt, daß dieser Junge als einer der Prinzen im Tower so tragische Berühmtheit erlangen sollte? Zwei Jahre später wurde dann auch noch sein Bruder Richard geboren. Zwei Prinzen für das Haus York. Und jede Menge Töchter, alle hübsch, doch keine so schön wie ihre Mutter. Aber so richtig sicher konnte sich Edward seiner Sache immer noch nicht sein, denn ich lebte immer noch im politischen Exil. Und wartete.

Es war nicht einfach dort in der Bretagne – besonders habe ich Mutter und ihren Rat vermißt. Meine Mutter ist eine wunderbare Frau, so voller Voraussicht und Cleverness. Und sie bewies wirklich großes Geschick mit ihren drei Ehen. Erst der Graf von Richmond, dann der jüngere Sohn des Herzogs von Buckingham, und schließlich Thomas Stanley, den sie 1483 heiratete. Gerade Stanley sollte sich als besonders hilfreich für meine Sache erweisen. Genauso wie Eduards Bruder Clarence galt seine Loyalität immer und zuallererst sich selbst. Clarence hatte dies 1478 mit seinem Leben bezahlen müssen; er war einfach zu gierig geworden und Eduard hatte keine andere Wahl, als ihn wegen dieser Sache mit dem burgundischen Hochzeitsversuch und diesen unangenehmen Gerüchten über den Tod seiner Frau Isabella hinrichten zu lassen.

Aber von dieser Geschichte mit Clarence mal abgesehen erlebte das Haus York goldene Jahre, während ich mich in der Bretagne langweilte. Trotz seiner zahllosen Affairen war Eduard immer noch vernarrt in Elisabeth, und er überschüttete ihre zahlreiche Verwandtschaft mit Titeln, Ämtern und Ehren. Glücklicherweise führte dies zu Spannungen am Hof, die ganz offensichtlich wurden, als Eduard IV. am 9. April 1483 starb – ein Freudentag für unsere Sache. Er hinterließ sein Königreich seinem mittlerweile zwölfjährigem Sohn Eduard, doch bis zu dessen Volljährigkeit bestimmte er seinen Bruder Richard, den Herzog von Gloucester, zum Protektor. Und er übertrug dem Kronrat Richards Unterstützung. Dem Kronrat, also Männern wie William Lord Hastings, Henry Stafford, Herzog von Buckingham, der mit Elisabeths Schwester verheiratet war und diese haßte, und meinem Stiefvater Thomas Stanley. Kurz vor seinem Tod hatte Eduard noch einmal gebeichtet – bei John Morton, mittlerweile Bischof von Ely und enger Vertrauter von Mutter. John Morton: Kleriker, Politiker, Wendehals, Intrigant. Aber John wußte schon, was für uns gut war. Natürlich wußte er besonders, was für ihn gut war. Das kann ich ihm nicht übel nehmen. Ich weiß, welchen Ruf ich habe. Aber Morton – einmal ein Lancaster-Mann, immer ein Lancaster-Mann! Ich habe viel von ihm gelernt!

Richard war bei seiner Frau Anna und seinem Sohn in Yorkshire als er durch Hastings von Eduards Tod hörte, und – und das muß ich ihm zugestehn – seine erste Tat war ein Zeichen seiner ungeteilten Loyalität. Er reiste nach York und schwor in der Kathedrale seinem Neffen die Treue, erst dann ritt er gen London. Dieser Neffe, jetzt Eduard V., wurde von seinem Onkel unter strikter, sollen wir mal sagen – Aufmerksamkeit – von seinen walisischen Gütern nach London gebracht. Hastings haßte diesen Onkel und die gesamte Woodville Fraktion, die sich zu diesem Zeitpunkt des Kronschatzes bemächtigt hatte, und beabsichtigte, sich Richards Protektorat zu widersetzen und Eduard sobald wie möglich krönen zu lassen. Richard und Eduards Onkel trafen zusammen und noch am selben Abend gesellte sich der Herzog von Buckingham zu ihnen. Ich habe keine Ahnung, was tatsächlich vorfiel, aber Buckingham scheint Richard von seiner absoluten Treue überzeugt zu haben. Konnte sich Richard einen besseren Verbündeten wünschen als den Mann, der nach ihm der erste Peer Englands war? Gab es einen besseren Garanten gegen Verschwörung und Aufstand? Wie auch immer: Am nächsten Morgen übernahm Richard seinen Neffen und die Macht. Als Protektor habe er das Königreich zu schützen; Eduards Krönung müsse sich verzögern. Elisabeth und ihr zweiter Sohn suchten politisches Asyl in Westminster. Am 4. Mai kamen Richard, Buckingham und der junge Eduard in London an und wurden von jubelnden Massen begeistert begrüßt. Für diesen 4. Mai hatten die Woodvilles Eduards Krönung geplant! Und nun dies!

Richard begab sich unverzüglich an die Arbeit; er strukturierte den Rat nur leicht um, doch ließ sich Buckinghams steigender Einfluß nicht übersehen. Er war es auch, der den Tower als angemessene Residenz für den jungen Eduard empfahl. Buckingham ließ keine Gelegenheit verstreichen, auf seine Bedeutung hinzuweisen: Er war der Verbündete des Protektors, der Freund des Protektors, der Mann des Protektors. Er schuf und er war die Partei des Protektors. Durch seinen Landbesitz in Wales, einem Gebiet, das zuvor Eduards Onkel unterstanden hatte, stärkte er Richard besonders dort, wo dessen Herrschaft am schwächsten war. Doch auch meine Macht zentrierte sich in Wales. Mutter und Morton haben das auch erkannt, und deshalb mußten wir uns Buckinghams versichern – um jeden Preis!

Der Tag von Eduards Krönung rückte näher, doch glücklicherweise erhöhten sich im Rat die Spannungen. Morton begann sein Werk. Hastings konnte Buckinghams Aufstieg nicht fassen, sah sich seiner führenden Position und seines engen Kontakts zu Richard beraubt. Hatte nicht er, Hastings, Eduard IV. immer treu gedient, hatte nicht er Richard als erster vor den Woodvilles gewarnt? Morton riet Hastings dazu, sich von Richard ab- und der Königinwitwe zuzuwenden. Hastings' Mätresse, die schöne Jane Shore, stellte sich als Botin zur Verfügung, doch natürlich blieben ihre zahlreichen Gänge nach Westminster nicht unbeobachtet. Ich brauche wohl nicht zu sagen, wer Richard davon in Kenntnis setzte? Und so mußte Richard handeln, er mußte eine mögliche Verschwörung gegen seine Partei, sein Protektorat und – so wie er es sah – das Wohl des Reiches im Keim ersticken. Und so kam es zu der Sitzung des Kronrates am 13. Juni 1483 im Tower.

Richard erklärte, es sei eine Verschwörung gegen die Regierung entdeckt worden. Die Königin und ihre Anhänger gehörten ebenso wie Jane Shore zu den Rädelsführern. Doch gebe es noch andere ... Direkt beschuldigte Richard Hastings, Morton und Stanley, sie hätten sich mit den Woodvilles gegen die Protektorschaft verschworen. Hastings leugnete entrüstet – aber wohl nicht besonders überzeugend. Das gefürchtete Wort ‚Verrat' fiel; ein Wort gab das andere, der ein oder andere sprang auf, griff möglicherweise zu den Waffen, es gab ein Handgemenge, die Wachen stürzten in die Ratskammer ... In wenigen Augenblicken war alles vorbei. Morton und Stanley wurden gefangengesetzt; Hastings wurde mitgeteilt, daß er sofort hingerichtet werde. Er wurde aus der Kammer gebracht, ins Freie vor die Kapelle des Towers geführt und auf einem Stück Bauholz enthauptet. Was für ein Ende!

Richard war grausam, aber – und dies war mein Glück – nicht grausam genug. Er ließ Hastings hinrichten, aber, fromm wie er nun mal war, ließ er Morton leben. Und mehr noch: Richard verschonte auch meinen Stiefvater. Der gute Stanley. Ohne seinen Verrat wäre die Schlacht von Bosworth so ganz anders verlaufen.

Richard und Buckingham setzten vor dem Rat durch, daß der junge Herzog von York, Richard, seinem Bruder im Tower während der Vorbereitungen zu dessen Krönung Gesellschaft leisten sollte. Auf Buckinghams ausdrücklichen Wunsch wurde Morton auf seiner Burg von Brecknock Castle in den walisischen Marschen inhaftiert. Und dann betrat ein weiterer Geistlicher, Robert Stillington, der Bischof von Bath und Wells, die politische Bühne: er erklärte Richard, die Kinder von Elisabeth Woodville und Eduard IV. seien illegitim, da der König mit einer anderen, Eleanor Butler, der mittlerweile verstorbenen Tochter des Grafen von Shrewsbury, verlobt gewesen sei, als er Elisabeth heiratete. Er selbst, Stillington, sei der einzige Zeuge dieses Verlöbnisses gewesen. Richard, religiös wie er war, war entsetzt – doch er kannte seinen verstorbenen Bruder und dessen allzu zahlreiche Affairen zu gut, um an Stillington zu zweifeln. Er informierte den Rat, und dieser bestärkte ihn sofort darin, seine eigenen Rechte auf die Krone geltend zu machen. Oh, die Macht der Kirche! Am Sonntag, dem 22. Juni des Jahres 1483, hörte Richard, in Begleitung des Herzogs von Buckingham, dann einer öffentlichen Predigt zu, die kein anderer als der ausgesprochen populäre Prediger, Ralph Shaa, hielt. Und welch' gelungene Wahl des Bibeltextes: „Bastardsprößlinge sollen nicht Wurzeln fassen". Eduards Kinder seien aufgrund seines früheren Verlöbnisses unehelich. Clarences Sohn sei aufgrund des väterlichen Hochverrats rechtsunfähig und von der Thronfolge ausgeschlossen. Richard von Gloucester sei der rechtmäßige Erbe des Hauses York und daher auch der rechtmäßige König Englands.

Am nächsten Morgen versammelten sich Adel und Prälaten. Buckingham war natürlich der erste Redner, und er vertrat eindringlich Richards Recht auf den Thron. Am nächsten Tag zeigte er seine Eloquenz in der Guildhall. Das Parlament spielte mit, und am 26. Juni nahm Richard nach Akklamation Buckinghams den Wunsch der Lords and Commons an, leistete in Westminster den königlichen Eid, und begann unter dem Beifall des überfüllten Hauses seine Herrschaft als König Richard III.

Der junge Eduard und sein Bruder Richard verblieben in den königlichen Gemächern im Tower; Richards loyaler Gefolgsmann, der Herzog von Buckingham, begab sich für den Sommer auf seine walisischen Güter.

Dort, auf Brecknock Castle, erwartete ihn glücklicherweise für unsere Sache ein interessanter, herausfordernder, provokativer und vor allem suggestiver Gesprächspartner: John Morton, noch immer Bischof von Ely, weniger ein bemitleidenswerter Gefangener denn ein in seinem klerikalen Anspruch entsprechendem Luxus residierender Gast. Man speiste zusammen, trank zusammen, spielte Schach zusammen und unterhielt sich dabei. Morton wird nicht versäumt haben, Buckingham auf seinen adeligen Anspruch, seine Rolle für den Herrschaftsanspruch Richards, seine Beteiligung bei der Niederschlagung von Hastings' Verschwörung, seine akklamatorische Rede in Parlament und Guildhall hinzuweisen. Bedauerlich, daß Richards einziger Sohn und Erbe augenscheinlich an Tuberkulose leide. Das Königreich brauche Stabilität und Sicherheit. Buckingham sei ein Garant dafür. Doch, wie gesichert sei denn Richards Herrschaft und damit Buckinghams Rolle als de-facto Stellvertreter, solange die Bastarde Eduards IV. lebten? Kanonisches Recht sei eine Sache, politische Realität eine andere. Prätendenten seien durch ihre bloße Existenz gefährlich. Man brauche doch nur an diesen obskuren Abkömmling der Lancasters im bretonischen Exil zu denken, diesen Heinrich. (Ha!) Natürlich, so unser guter Morton, könne der Bastard Eduard König Richard offiziell nie gefährlich werden. Und Richard sei viel zu gut, zu gläubig, und er hätte viel zu viele Skrupel, sich dieser Kinder, die so schnell zu unschuldig mißbrauchten Werkzeugen anderer werden könnten, zu entledigen. Doch nicht Richard! Aber man wisse doch auch ob der Dankbarkeit und der tiefen Loyalität Richards Freunden gegenüber. Habe er Buckingham nicht gerade seiner zahllosen Verdienste wegen zum Constable of the Tower ernannt? Des Towers, da wo die beiden Jungen lebten? Sei dies nicht geradezu als Aufforderung zu verstehen? Sei es nicht anzunehmen, daß sich Richard als tief dankbar erweisen und diese seine Schuld durch weitere Ämter, Titel und Ehren begleichen würde, sobald er sich um diese beiden Jungen keine Gedanken mehr zu machen brauchte? Sei Buckingham, als – nach dem König selbst – ranghöchster Peer des Königreiches dem König die Erfüllung dieses unausgesprochenen Wunsches nicht nachgerade schuldig? Natürlich war ich bei diesen Gesprächen nicht dabei, ich weiß nicht genau, was die beiden besprochen haben, aber Mutter hat mir in ihren üblichen Andeutungen das eine oder andere geschrieben. Und sie war überaus fromm – und voller Abgründe! Ich war ihr einziges Kind. Sie war so leidenschaftlich stolz auf ihre königliche Herkunft und auf ihren Anspruch auf die Krone Englands. Und sie haßte Richard. Muß ich noch mehr sagen?

Der Tower – wie sehr ich diesen Ort hasse! Residenz und Schatzkammer, aber auch Stätte des Grauens. Manches bleibt hier besser unerwähnt. Eduard V. residierte seit Mitte Mai 1483 mit seinem unmittelbaren ‚Hofstaat', Tutoren, Ärzten und Gefolge in den königlichen Gemächern, und seit dem 16. Juni leistete ihm ja auch noch sein Bruder Richard Gesellschaft. Sie haben ihre Freizeit mit den üblichen Dingen genossen, mit Ballspielen, mit ihren lächerlichen Haustieren, mit Bogen- und Scheibenschießen auf den weitläufigen Grünflächen außerhalb ihres Garden Towers. Richard war ein Narr: erst hatte er seine Neffen offiziell zu Bastarden erklärt, und dann hat er nicht mal ihre Lebensumstände eingeschränkt. Wenn ich da an meine Zeit in der Bretagne denke! Sicher, die Jungen waren von ihrer Mutter und ihren Schwestern getrennt, doch ihre Tutoren, ihr Personal und ihre Ärzte wurden nicht ausgetauscht. Vertraute Gesichter – Leute ihres Vertrauens …

Glücklicherweise verlagerte sich das Interesse der Öffentlichkeit in diesem Sommer nach Norden, nach York, Richards Lieblingsstadt – mir wird immer noch schlecht, wenn ich an den Empfang denke, den mir die fetten Bürger dort 1486 bereitet haben! Dort nämlich erhob Richard am 8. September seinen Sohn zum Prinzen von Wales. Richard und Familie waren schon Wochen vorher aus London abgereist und am 30. August in York angekommen, und natürlich haben sie ihn begeistert gefeiert. So sehr, daß Richard am folgenden Tag seinen Meister der königlichen Knappen, Sir James Tyrell, nach London schickte, um benötigtes Tuch, Blattgold, Banner und Wappenschilde, das im Tower gelagert war, für die Yorker Investitur zu überführen. Timing is everything!

Der Tower unterstand dem Befehl des Herzogs von Buckingham; der Kommandant der Festung war Richards Freund Sir Robert Brackenbury. Richard hatte Tyrell mit einem Schreiben ausgestattet, das diesem Zugang zum Tower gewährte. In Tyrells Begleitung befanden sich verschiedene Bedienstete aus dem Haushalt Richards, darunter Miles Forrest und John Dighton. Tyrell kam seinem Auftrag nach, ließ die benötigten Gegenstände verpacken und ritt umgehend nach York zurück, das er gerade noch rechtzeitig zur Investitur erreichte. Er und seine Begleitung hatten sich nur wenige Stunden im Tower aufgehalten. Die Prinzen standen schon vor Tyrells Ritt nach London nicht mehr im Mittelpunkt des öffentlichen Interesses; erst Monate später haben dann die geschwätzigen Londoner Chronisten vermerkt, daß sie seit dem Sommer nicht mehr gesehen worden waren. Timing is everything!

Denn sie sind dann verschwunden. Spurlos. Was für eine dumme und peinliche Situation für meinen frommen, so loyalen, ach so ehrenwerten Vorgänger auf dem Thron. Wie dumm von ihm, seinen eigenen Sohn in diesem Spektakel in York zum Prinzen von Wales zu machen. Und genau seit diesem Zeitpunkt wurden die beiden Söhne Eduards nie mehr gesehen. Wer hätte Richard denn geglaubt, daß er nichts mit ihrem Verschwinden zu tun hatte. Schließlich war doch der gute Herzog von Buckingham sein engster Vertrauter. Er hat ihn mit Ehren, Geldern, Titeln und Ämtern überschüttet. Vielleicht hätte er ihn nicht zum Constable of the Tower machen sollen. Richard tut mir beinahe leid.

Und Henry Stafford, Herzog von Buckingham? Er traf Richard zum letzten Mal Ende August 1483 in Gloucester. Ich fürchte fast, daß er wie üblich zu viel geredet hat, und es ist durchaus möglich, daß er Richard sagte, er müsse sich ob seiner Neffen keine weiteren Sorgen machen. Doch anstelle des erwarteten Lobes, Dankes, der erhofften Ehren und Titel, sah sich Buckingham mit beredtem Schweigen konfrontiert. Ich frage mich oft, was Richard gedacht, gefühlt und überlegt haben mag? Konnte er Buckingham denn wirklich öffentlich des Mordes bezichtigen? Ihn möglicherweise wie Hastings hinrichten lassen? Wer hätte ihm diese Anklage geglaubt? Wer hätte geglaubt, daß Buckingham eigenmächtig gehandelt hatte? Konnte er ihn seiner Ämter und Titel entheben, ohne sich dem Verdacht der Willkür gegenüber seinem mächtigsten Magnaten auszusetzen?

Buckingham sah seine einzige Chance in der Flucht nach vorn, und John Morton wird ihn in seinem Irrglauben bestätigt haben, daß sein eigener Anspruch auf die Krone dynastisch legitimierbar, der Unterstützung des Adels, und auch der des letzten Lancster-Prätendenten im bretonischen Exil gewiß sei ... Ich erhielt ein Schreiben, das den 18. Oktober 1483 als Beginn eines bewaffneten und landesweiten Aufstand gegen Richard III. nannte. Ich habe mich natürlich nicht gerührt, denn bereits am 11. Oktober hatte Richard Buckingham öffentlich als Verräter ausrufen und für vogelfrei erklären lassen. Am 1. November wurde er aufgespürt, gefangengesetzt und nach Salisbury gebracht. Verzweifelt versuchte er, eine Audienz beim König zu erreichen – ohne Erfolg. Seine Hinrichtung erfolgte am folgenden Morgen auf dem Marktplatz der Stadt.

Der Herzog von Buckingham hat nun wirklich versucht, sich nützlich zu machen. Wirklich sehr nützlich, aber auch viel zu verletzlich. Er wußte zu viel und erkannte zu spät, daß seine einzige Hoffnung darin bestand, sich selbst zum König zu machen. Richard konnte ihm die Sache mit den Prinzen im Tower nie vergeben, und seine eigene, so ehrenwerte und so dumme Loyalität, hinderte ihn daran, Buckingham dieses Verbrechens anzuklagen. Buckinghams Rebellion kam ihm da wirklich wie gerufen. Uns auch. Ein bedeutender Mitwisser weniger. Wie klug von mir, mich so ganz aus dieser Rebellion herauszuhalten. Ich blieb weiter in der Bretagne. Ich wartete. Und schließlich – endlich – war es soweit: im August 1485 konnte ich mit französischen und walisischen Truppen in England landen. In der Nähe von Leicester, bei Market Bosworth, kam es am 22. August zur alles entscheidenden Schlacht. Und sie war blutig!

Richard trug sogar sein Diadem, und er scheint sich seiner Sache sicher gewesen zu sein, denn das Heer des gekrönten, gesalbten und anerkannten Königs von England (seine Worte, ich datiere meine Herrschaft ab dem Tag vor Bosworth!) war dem meinen mit seinen zusammengewürfelten Truppen, Söldnern, Fremden, und Anhängern der Woodville-Fraktion zahlenmäßig überlegen. Richard hatte seine Truppen wohl positioniert – glücklicherweise sollte besonders Stanley eine entscheidende Rolle zukommen, denn er war im Rücken meiner Truppen plaziert. Richard war ein solcher Narr – er führte den Angriff selbst; ich hielt mich zurück.

Doch als Richard versuchte, mich zu attackieren, passierte es: Stanley kam Richard nicht wie geplant zu Hilfe, sondern wählte gerade diesen Moment, um sich auf meine Seite zu schlagen. Richard hatte keine Chance; seine Standarte wurde gefällt; um ihn herum fielen seine engsten Freunde, wie glücklicherweise Sir Robert Brackenbury; Richard selbst wurde tödlich verwundet.

Und so wurde ich König. Kein Enkel eines obskuren Walisers hat so etwas jemals geschafft. All die Jahre des Wartens und des Planens und der Intrigen – sie hatten sich endlich ausgezahlt. Es war alles so kompliziert und dann doch so einfach. Was sind da schon eine Schlacht, ein paar Hinrichtungen und zwei dumme Kinder. Welch ein Glück, daß auch Brackenbury gefallen war; Dighton und Forrest haben Bosworth natürlich auch nicht überlebt. Tyrell war schwieriger, um ihn mußte ich mich gesondert kümmern – und was für eine gute Idee, ihn zum Constable von Calais zu machen! Weit weg von London!

Mittlerweile hatten die Gerüchte begonnen. Ich hätte viel darum gegeben, diesen Londoner Bürger in meine Hände zu bekommen, der diese anonyme Annale über Buckinghams Schuld verfaßte, aber ich glaube nicht, daß ihn irgendwer besonders ernst nahm. Dann gab es ja so Leute wie John Rous, vormals Archivar des Grafen von Warwick, und Günstling von Richards Frau, der sich nach Bosworth einen neuen Patron suchen mußte. Wen besser als mich, den neuen König. Und was er für eine Geschichte geschrieben hat: wollten nicht Gerüchte wissen, Richard sei am Tod seiner Frau Anna nicht unschuldig gewesen? Hieß es nicht, Richard habe ihren Tod herbeigesehnt, um seine Nichte, die älteste Tochter Eduards IV. – sie wurde meine Frau! – heiraten zu können? War Richard nicht so ganz anders gebaut – sah er nicht so ganz anders aus als sein verstorbener älterer Bruder – so klein, so dunkel, so – beinahe könnte man sagen – hintergründig und intrigant? John Rous verfaßte eine neue Version seiner ‚Rous Roll' – und in dieser wurde Richard III. zum Buckeligen, mit verwachsener Schulter, deformiertem Arm; ein Monster, das zwei Jahre im Leib seiner Mutter gelegen und mit langen Haaren und scharfen Zähnen durch einen Kaiserschnitt zur Welt gebracht wurde. Er portraitierte ihn als Intriganten und gewissenlosen Schurken, der gnadenlos und nur seinen eigenen Interessen genügend über Leichen ging.

Schade, daß er nichts über die Prinzen im Tower gesagt hat. Aber dennoch: John Rous war ein nützlicher und schlauer und völlig unbedeutender Mann, der wußte, aus welcher Richtung der Wind bläst. Was für ein Monster er aus Richard gemacht hat! Danke, John Rous. Mit solchen Leuten kann ich arbeiten. Schade, daß der junge Thomas More seine Geschichte noch nicht zuende gebracht hat – ich hätte sie so gern gelesen. Ich hätte so gern gewußt, wie John Morton, bei dem Thomas More so viel gelernt hat, sich darin verkauft hat.

Und so werde ich jetzt bald als großer König sterben. Ich habe alle Rebellionen gegen meine Herrschaft erstickt und alle Thronanwärter besiegt. Wie mühsam, daß ich sie in der Öffentlichkeit überhaupt ernstnehmen mußte. Es war immer meine Politik, die Toten die Toten begraben zu lassen. Warum hätte ich denn die Sache mit der Illegitimität Eduards V. und seines Bruders aus der Welt schaffen sollen? Ich habe diesen Punkt ruhen lassen – schließlich habe ich ihre Schwester geheiratet. Warum hätte ausgerechnet ich eine Untersuchung einleiten sollen, was denn wirklich im Tower passierte, als der junge König und sein Bruder verschwanden? Nun gut, vielleicht hätte ich sofort nach Bosworth Richard anklagen sollen. Es ging nicht – der eine oder andere, der wußte, was wirklich passiert war, lebte ja noch. Stattdessen habe ich alles getan, daß die Sache so dunkel, undurchsichtig und mysteriös wie nur möglich blieb. Erst 1502 konnte ich Sir James Tyrell dann hinrichten lassen. Offiziell hat er den Mord an den Prinzen im Tower gestanden und Richard als den Auftraggeber dieser entsetzlichen Tat genannt. Sein ‚Geständnis' ist natürlich niemals niedergeschrieben worden. Ich halte detaillierte Informationen dieser Art weder für sinnvoll, noch meinem Hause für zuträglich. Die Schreiber mögen spekulieren, was sie nur wollen. Ich setze große Hoffnungen in Thomas More. Ohne mich, meine Taten, und meine Entscheidungen, stünde die Herrschaft meines Sohnes auf wesentlich schwächeren Füßen. Und so werde ich hier im Palast von Richmond sterben, im Vollgefühl meiner Macht, wenn auch ohne den wahren inneren Frieden. Ich Heinrich, der siebte König dieses Namens von England, aber der erste aus dem Hause Tudor.

Notker Hammerstein

Die schwierigen Fälle akademischer Gerichtsbarkeit

Wann ein student wurd geporn,
So werden im vier baurn ußerkorn,
Ein baur, der im nert,
Der ander, der im den markt kert,
Der drit so fur in in d'hell fert,
Und der viert, der in ain schöns weib beschert.

Zimmersche Chronik

Keineswegs ist hier von Kleinigkeiten zu berichten. Der Verweis auf das akademische Umfeld, wie ihn die Überschrift enthält, darf nicht in eine falsche Richtung führen. Bildung und Wohlgesittetheit gehören nicht, wie überraschenderweise immer wieder vermutet wird, unbedingt zusammen, auch historisch nicht. Das zeigen die im folgenden vorgeführten Fälle. Der glückliche Umstand, daß gelegentlich, wenn auch z. T. in verschlüsselter Form, Protokolle solch ominöser Vorfälle sich erhalten haben, erlaubt einen Einblick in die Abgründe frühneuzeitlicher Universitätsverhältnisse. Es verweist darauf, welch verantwortungsschwere und zugleich diffizile Tätigkeit im Umfeld der Universitäten und der sogenannten akademischen Gerichtsbarkeit zu leisten war.

Die Lebensumstände in den Universitätsstädten änderten sich, als das gemeinsame, mittelalterlich-bewachte Wohnen in Bursen unter der Aufsicht von Professoren zunehmend in Mißkredit geriet. Der Reformator Luther selbst wie auch der Praeceptor Germaniae Philipp Melanchthon stützten diese Entwicklung. Das Leben des Studierenden in Bursen erinnerte sie an eine klösterliche Existenz, die es zu überwinden gelte. So wurde das von den Studenten erstrebte freie Leben in der Stadt fast die Regel. Daß eine verantwortungsvolle Erziehung der meist recht jungen Studenten unter diesen Umständen Schaden nehmen konnte, wurde den Beteiligten rasch klar. Denn wie sollte einem Studenten von sich aus einleuchtend sein, was ein gewissenhafter, spätmittelalterlicher Rechtsprofessor in seiner Anleitung zu angemessenem Studium nahelegte, daß nämlich die Studentenbude nach Norden hin liegen müsse, mit der Begründung eben: „Denn das erst bringt Standhaftigkeit und andauernde Festigkeit mit sich, und lenkt den auf Gedanken gerichteten Geist nicht durch Vergnüglichkeiten ab"? Auch andere wichtige Empfehlungen und Vorschriften, wie sie in Collegien und Bursen vermittelt wurden, konnten nicht mehr als allgemein gewußt und angewendet gelten.

Ohne den bursalen Zwang konnte der Student – zunehmend Bursche bzw. Pursche genannt – sein Leben weitgehend frei gestalten. Diese Freiheit manifestierte sich vorab im Recht des Burschen, einen Degen zu tragen. Von da wiederum wurde geschlußfolgert: „Ulpian sagt im Buch III der Pandecten von der Gerichtsbarkeit: Herrschaft im eigentlichen Wortsinne heißt Schwertgewalt haben. Die Studenten haben Schwertgewalt, also auch Herrschaft im eigentlichen Wortsinne. Herrschaft im eigentlichen Wortsinne wird zu den Majestätsrechten gerechnet; Majestätsrechte aber besitzen die Fürsten; also sind die Studenten Fürsten. Nach Buch I der Pandecten Titel 3 Gesetz 31 gemäß dem Julischen und Papischen Gesetz ist der Fürst vom Gesetz befreit, also sind auch die Studenten vom Gesetz befreit". Das hat durchaus eine nachvollziehbare Logik! Daß manch Älterer nicht so dachte, ist natürlich gleichermaßen einsichtig. Da konnte, wie es der Staatsrat in russischen Diensten August von Kotzebue meinte, die „sogenannte akademische Freiheit" verurteilt werden, da sie in „nichts anderem, als in der gänzlichen Freiheit jedes Studenten, lüderlich zu leben oder nicht" bestehe. „Wahrlich, jeder Vater mußte zittern, einen Sohn auf die Universität zu schicken". Folgerichtig wurde Kotzebue dann von einem Studenten, Sand, erdolcht.

Bursen wichen also der Existenz des freiwohnenden Purschen. Dies Wohnen in der Stadt war aber alles andere als egalitär. Es kam darauf an, bei wem und wie der Student Aufnahme fand und welchen Status er von zu Hause mitbrachte. Voran gingen die Adligen, gefolgt von den Professoren-Purschen (die bei einem Professor wohnten), sodann den „Normalen" und alle lange vor den Pauperes.

Daß Professoren Wohnung boten, erlaubte ihnen ein willkommenes Zubrot, denn wenn Wein und Bier zur Logis teuer gereicht wurde, konnten größere Häuser bezogen werden. Das konnten auch Statuten, wie solche von 1575 in Tübingen, nicht unterbinden. „Kein Bürger oder Universitätsverwandter soll bei strenger Strafe heimliche Trinkstuben für Studenten halten; Wirthe sollen bei Strafe, dieselben nicht einziehen, ...; die Apotheker dürfen den Studenten kein Marzipan, Confect oder anders Schleckwerk verkaufen bei Strafe und Verlust der Zahlung; auch an den Kosttischen soll nicht (wie bisher vielfältig geschehen) ein Übermaaß von Extra-Wein stattfinden, und deshalb haben alle Kostreicher, auch wenn sie Professoren sind, von Zeit zu Zeit ihre Zettel vom Senate revidieren zu lassen".

Daß die Professoren-Purschen sich besonders vornehm und privilegiert vorkamen, läßt sich unschwer auch daran erkennen, daß sie beanspruchten, die ortsansässigen Studenten, also die Abkömmlinge der verachteten Philister, „Pflastertreter" oder „Quark" zu nennen, die im Umkreis wohnenden als „Kümmeltürk", die noch in Collegien (meist theologischen Zuschnitts) Wohnenden als „Fotzgesichter". Und man unterschied sich allemal von den sogenannten armen Schluckern. Das waren nicht nur die Pauperes, sondern alle solche, die nicht recht in der Lage waren, hinreichend für ihr leibliches Wohl zu sorgen. Deswegen der Spruch:

Geh nit zu armer Bursch zu Gast
So du dein Speis nit bey dir hast.

Und Essen wie Trinken waren in allen Jahrhunderten erfreulicherweise wichtig. Gewiß gab es Unterschiede, je nach Stand, Region, Selbstverständnis und Konfession. Daß über das aufgeklärte Göttingen geurteilt werden konnte: „... und überhaupt kann man sagen, daß wenn der Göttingische Bürger und sein Schwein einander wechselseitig zu Gast bäthen, beyde Parthien, jede gleich zufrieden mit dem Tractament, von einander scheiden würden", mag ein wenig überspitzt formuliert sein. Aber es erklärt Lichtenbergs nicht ohne Neid festgehaltene Beobachtung über englische Gelehrte: „Die sitzen am Tische, so fett und so rund, essen und trinken sich einen Westenknopf nach dem andern aus dem Knopfloch, und wann sie das lange genug betrieben haben, so strecken sie sich in Westminster Abtei mit unter den Königen auf ein marmornes Postament hin und lassen das Publikum, über das sie sich noch dazu im Leben meistens lustig gemacht haben, für die Unkosten sorgen".

In früheren Jahrhunderten mag das ein wenig auch in Deutschland so gewesen sein. So berichtet etwa der berühmte Tübinger Gräzist, Martin Crusius, 1596, er habe „um 9 Uhr früh" eine „Vorlesung über Ciceros zweite Rede gegen Rullus" gehalten. „Um 1/2 11 Uhr ging ich ins ‚Schaf'. Dort haben wir bis 1/2 6 Uhr am Abend fröhlich zu Mittag gegessen. Es war, beim Wein und bei den Speisen ein prachtvolles Essen. Dreimal fünf Gänge, außer dem Nachtisch. Um 6 ging ich, mit einem Dank an alle, nüchtern nach Hause. Gott sei Ehre und Preis! Fast sieben Stunden bin ich beim Essen gewesen, habe gut gegessen und mich kein einziges Mal von der Tafel entfernt. Ich fühle keine Beschwerden". Daß besorgte Eltern ihre Söhne lieber einem spartanischen Magister anvertrauten, mag einleuchten, selbst wenn die sich dann brieflich beschwerten: „Warum kriegen wir fast immer Kalbfleisch zu essen?" Der Vater schrieb aus Zwickau: „Du weißt auch, daß kein ding mehr schedlich ist, dem ingenio den überflüßigkeit der speiß und des getranks. Derhalben wirstu bei deinem magister bleiben und behelfen mit der speiß damit sich dy andern behelfen. Denn ein groß nahmen wirt nit erlangt durch zarthligkeit des lebens, sunder durch muhe, arbeit und wachen".

Beschwichtigend, ermahnend, bittend hatte der Senat als hohes Gericht vorzugehen, ob es nun darum ging – wie 1565 in Tübingen – einem Ansbacher Juristen nahezulegen, „seinen Sohn, welcher sich durch keine Strafe vom Trinken, Müßiggang und Unfuhr abhalten lasse, von der Universität wegzunehmen", oder die Bürger der Stadt wegen eines Nachttumults mit Studenten zu beruhigen, sie seien entgegen ihrer Meinung in ihren Häusern vor den Studenten sicher, sie also davon abzubringen, wie sie dem Rektor erklärt hatten, „es werde nit guththon, bis sie derselben einen (i.e. Studenten) einmal zu Todt schlahen", oder ihnen auf ihre Vorhaltungen gegenüber einem Studenten, daß derselbe sich „ungepürlich im Zechen halte, in allem Luder liege, schreie und manchmal die Füß zum Fenster ausstoße", darauf zu verweisen, daß dies eben nichts Ungewöhnliches sei.

Noch weit schwierigere Entscheidungen standen an, wann und bei welchen Delikten Straftäter bzw. Beschuldigte als Universitätsverwandte anzusehen seien. Nach langen Beratungen konnte man etwa positiv entscheiden, daß ein Metzgergeselle, der sich in einem Universitätsgebäude erhängt hatte, dadurch als solcher anzusehen sei. Mägde konnten vom Universitätsgericht bestraft werden, wenn sie „während ihrer Dienstzeit von einem civis academicus geschwängert“ worden waren. Dies war ohnedies ein weites und beliebtes Feld studentischen Treibens, das aber hier nicht ausführlicher erörtert werden soll.

Häufig und störend war ferner das Nachtlärmen. Im Fall Tübingens ließ das Herzog Ulrich 1547 nicht ruhen, die Universität zu ermahnen, sorgfältiger gemäß den Statuten vorzugehen, „so da wenig gelept und nachkhommen werde, sondern sich ietzo eine Zeitlang her bei nacht vill ungepürlichs, leichtvertigs üppigs und schandlichst onwesen zugetragen hat“. Auch die Bürger klagten über solches Nachtlärmen wie auch darüber, daß die Studenten „wider Unser gegeben Bevelch und Mandat uff den Werd feurbüchsen tragen und der Armen Leute Gens und Enten schießen“.

„Als mehrere Studenten auf Kübeln trommelnd auf die Brücke zogen“, gab es Streit mit dem Vogte. „Die meisten Studentenjungen – heißt es in einem andern Protokoll – treiben bey tag und bey nacht mit fluchen, johlen und anderen tumultuiren gar große gottlosigkeit, grobheit und mutwillen“, insbesondere auch dadurch, daß sie „mit brennenden fackeln so unvorsichtig und gefährlich umbgehen, daß sie solche an stallungen und scheunen anschlagen“, sie gelegentlich „auch wohl ohnausgelöscht in häuser hineintragen“. Folgerichtig wurde in Göttingen „um nun die Nachtruhe desto gewisser zu erhalten“, verboten, „an allen Orten und zu allen Zeiten, alles Schreyen, Geblöcke, Klatschen, die Anstimmung schändlicher, schmähsüchtiger und aufrührerischer Lieder, das Maskirtgehen, das Gehen mit bloßem Degen, das Wetzen, das Vivat-Pereat und Lichtweg-Rufen, das Fenster-Einwerfen, und alle dergleichen unfertige und der Ruhe und Sicherheit widrigen Händel“. Auch Singen und Musik konnten als Lärm vernommen werden, so wenn in einem Zimmer „Musique mit Pauken, Trompeten und Waldhörnern“ gemacht wurde. Als 1776 Göttinger Studenten mit Musikanten aus Weende durch die Stadt zogen und die Polizei die Musik untersagte, „greifen einige Studenten zu Brunnenstangen und attackieren die Ordnungskräfte“. Bei der Vernehmung behaupten die Studenten, sie hätten nicht gewußt, daß man zur Musik eine Erlaubnis bräuchte.

Zuständig war immer das akademische Gericht, auch für die Kleidung der Studierenden. Sie habe ordnungsgemäß und nicht auffallend zu sein. Studiosi sollten keine zerschnittenen Hosen oder Filzhüte tragen, sondern „die Studenten sollen ehrbare Studentenpierette ohne Federn, Schnüre, abhängende Bänder und dergleich kriegerisch Gebendel tragen. Im Übertretungsfall ist die verbotene Kleidung und Wehr, oder soviel sie an Geld werth sind, verfallen", galt nicht nur in Tübingen. Daß sich die Studenten daran nur selten hielten, versteht sich eigentlich von selbst. Da nutzte es auch nichts, wenn der württembergische Herzog den Senat an seine Pflicht erinnerte, besser die Gesetze hinsichtlich der Kleidung durchzusetzen, weil es „offenbar und landeskundig sei, daß man Cleidungen und Weer nit wissen mege, welcher ein Student, Landesknecht oder Handwerksgesell sei".

Natürlich änderten sich die Sitten und Vorstellungen von dem, was elegant, auffallend und imponierend sei. Dagegen anzukommen erhofften sich die Universitäten meistens wohl vergebens, wie die zahlreichen Verhandlungen und Vorschriften belegen. „Namentlich sollen sie in Gang und Anzug nicht den Landsknechten ähneln – hieß es im frühen 16. Jahrhundert –, keine nach Art von Reit- oder Reisekleidung gemachten kurzen Röcklin, Wappenröck oder Kappen tragen, sondern Kleider, welche der Studirenden Ehrbarkeit bequem, und die die Waden erlangen. Namentlich aber sollen alle Magister, Solche, welche Armenstipendien genießen, alle Theologen und Philosophen immer mit angethonen Aermeln auf der Gasse gehen, nur die Schuler der Rechte, besonders die edel und die Schuler der Arznei mögen ihre Aermel anthun oder nicht. Alle sollen keine zerschnittenen und getheilthen Hosen tragen, nur am Knie darf, geschickteren Ganges halber, Eine Oeffnung sein. Dieses alles bei Strafe von 7 Schilling".

Stilbildend wirkten häufig die Adligen, was es dem Senat zusätzlich erschwerte, sich gegen Verstöße durchzusetzen. So wurde – und nicht nur im 16. Jahrhundert – darüber geklagt, daß die Studenten „kurz und verhackte Kleidung" trügen. „Edelleut, so neuerlich hergekommen, (seien) wegen ihrer Bruttalhosen und Bloßgesäß" angeklagt worden – sie trugen gleichsam Jeans mit Löchern. Sie hätten ermahnt werden müssen, „solch unflätig und kriegerisch Kleid abzulegen, wie drittenfalls sie nicht angenommen" würden. Das brächte freilich neue Schwierigkeiten, stieg der Ruhm einer Anstalt doch mit dem Besuch der Edelleute. Da konnte und mußte gelegentlich über extensiven Gebrauch der akademischen Freiheit hinweggesehen werden, wie daß „die studiosi et praecipue nobiles Tag und Nacht fressen und saufen, Fenster einschlagen, schreien". Immer wieder wurden „Zusammenrottungen sowohl bey Tage als auch zur Nachtzeit, noch mehr Tumult mit Störung öffentlicher Ruhe ... Beleidigung einzelner Bürger oder öffentlicher Personen", das Tragen von Degen und Masken, das Halten von Nachtmusiken, „die Ausschweifungen mit dem weiblichen Geschlechte" untersagt. Es half nur bedingt, wie auch die Studenten es immer wieder genossen, als ungebetener Besuch bei anderer Leute Feste einzufallen. Beim Metzger Koch drangen 1769 in Göttingen die Studenten ein und „hätten die Hochzeits Gäste auf aller Arth vexiret und turbiret, den Frauens Leuthen, welche aus der Stube aus und ein gegangen die Mützen von den Köpfen gerißen und bey den Röcken gezogen, hätten die auf den Tischen in der Stube liegenden Pfeiffen zerbrochen, das Bier von den Tischen genommen, üßgetruncken, sich bey den Tischen niedergesetzet und den Hochzeits-Gasten solchen Verdruß gemacht, daß selbige die Stube verlassen und die Musicanten weggehen müssen. Es wären einige Studenten draußen vor dem Hause gewesen, diese hetten ein Geschir gehabt, damit Waßer aus der Gosse gefellet, um die Hochzeits-Gaste durch das Fenster an der Stube auf der Haus Diele damit zu begießen".

Wie aber sollte gegen solche Verbrechen vorgegangen, die Beachtung der Gesetze durchgesetzt werden? Denn es lehrte die Erfahrung, wie der Tübinger Senat 1581 hinsichtlich der Statuten erklärte, „daß sie, die Wahrheit zu vermelden, nicht könnten gehalten werden. Ihr fremder Nation herkommen, wenn man sie zu den statutis anhalten würde, ziehen sie lieber hinweg, so daß die Schul gar leer stehen müßte". Für den Göttinger Pro-Rektor stand fest: „Selbst eine mäßige Zahl von fleißigen, untadeligen, aber armen Leuten ist ein großes Übel, während man den Herren von Stande sowohl Duell als Hasard-Spiel ihrer Erziehung gemäß erlauben müsse". Man lebe von ihnen und es genüge nicht, daß die Professoren „zum jeweiligen Fachwissen noch Wein und Bier verkauften". Man müßte die Studenten hofieren, und selbst Handwerker neigten zur Zurückhaltung, wie das Beispiel eines Göttinger Bäckermeisters nach einem Studentenkrawall belegt, der den Spruch in seinen Laden hing: „Wer die Pursche will betrügen – den will ich in den Ofen schieben".

Zurückhaltung war also bei den Gerichtsverhandlungen angesagt. „Es versteht sich von selbst, daß alle Behutsamkeit dabei gebraucht werden müsse, damit nicht etwa honette und bekante Personen angegriffen werden dürfen". Der vom Universitätsgericht verhandelte Fall eines studentischen Päderasten rief sogar die Hannoversche Regierung auf den Plan. „Obwohl dieses factum ad graviorem poenam criminalem sich qualifiziert ... so ereignet sich doch dabey dieses Bedenken, daß das begangene Verbrechen dadurch auch eo ipso publiquer gemacht werde", was „nicht nur der Universität nachtheilig, sondern auch überhaupt nicht zu rathen" sei. Bei einer Vaterschaftsklage plädierte folgerichtig das Universitätsgericht dafür, die einsitzende Geschwängerte erst gar nicht zu vernehmen, weil sonst „weit mehr studiosi genennet werden, als uns lieb ist".

Schärfer vorgehen konnte man beim Erlassen schrecklicher Drohungen. Ein oft wiederholter Senatsbeschluß aus dem Jahre 1644 verkündete in Tübingen „gewisse Studenten zu ermahnen, die öffentlichen Vorlesungen zu besuchen". Es solle „bei Carcer-Strafe verboten sein, auf dem Kirchhofe unter der Predigt zu spazieren, in die Kirche hineinzusehen und zu lachen". Auch durften keine Hunde mit in den Gottesdienst genommen werden. Schwieriger war es wiederum, dies auch für die Vorlesungen durchzusetzen. So wurde sich darüber beschwert, daß Hunde „öftere Störungen in den Collegii verursachet". Um dem vorzubeugen, hielt sich in Göttingen ein weitsichtiger Professor einen großen Hund, der andere nicht in den Raum bzw. seine Wohnung ließ. Er verstieß damit zwar gegen eine Verordnung, wonach alle „Bullen-Beißer ... abzuschaffen und wegzuthun" seien, denn diese „gefährliche und beißige Hunde ... mancherley Beschwerde veranlasset". Insbesondere solche Hunde, welche „bloß durch ihre Größe Schrecken erwecken", sollten zu Hause gelassen werden. Aber der Gelehrte hatte mit seinem Gesetzesverstoß wohl Erfolg. „Göttingen wimmelt von Hunden. Viele Studenten haben zwei bis drei und mehrere, im ganzen sollen mehrere hier seyn, als Studenten – sogar in das collegium nehmen sie sie mit", schrieb damals ein Beobachter nach Hause.

Er hätte hinzufügen können, daß in Vorlesungen im allgemeinen die Hüte nicht abgesetzt wurden. Das wäre ein zu großer Verstoß gegen die studentische Ehre gewesen, da schließlich entgegenstehende Bestimmungen immer wieder erlassen wurden. Und auf Ehre hielt die feine Universität, die wie z. B. in Göttingen, drei Studententypen kannte: Crasse, Petits maîtres und sog. honorige Studenten. „Crasse heißt im weitläufigen Verstande alles, was steif ist und nach Pedanterie schmeckt. Ein crasser und ein petit maître beobachten zwey Extreme, und sind einem studioso honorico gleich unverdaulich. Jener ist leicht daran zu erkennen, daß er den Hut vollkommen waagerecht, die Spitze gerade vor der Stirn, und einen ziemlich großen, dicht an den Kopf gebundenen Haarbeutel, ein Kleid mit langen Schössen, Rahmenschuhe mit kleinen viereckigen Schnallen, oder bey einer schwarzen boxledernen Hose ebenso schwarze Stiefel trägt. Seine Bücher schleppt er unterm rechten Arm ins Collegium, wo er den ganzen Discurs nachschreibt. In Gesellschaft weiß er seine Hände nirgends zu lassen, er beißt sich also zum Zeitvertreibe alle Nägel ab. Bey Tische erzählt er, was er am liebsten gegessen hat, als er noch zu Hause war und was für Lehren ihm seine selige Großmutter gegeben hat".

Um noch einmal auf die Professoren-Purschen zurückzukommen: Sie hatten das bemerkenswerte, viel benutzte Privileg, nur einmal Vorsicht rufen zu müssen, wenn sie ihr Nachtgeschirr auf die Straße ausschütteten. Ausgießen wie Urinieren aus dem Fenster war auch bei anderen üblich, die hatten aber wenigstens zweimal Vorsicht zu rufen. Gleichwohl passierte es, daß die Frau des Jägersergeanten Ruberti „mit Urin übergossen wurde". Ein Göttinger Student namens Schrader wurde von einer Metzgerstochter verklagt: „Er habe schone vielmals auf ihren Laden zugegossen und ihren Speck, Wurst und Flaumen zuschanden gemacht". Alle Anweisungen, „sich mit Ausgießens des Wassers, mag dasselbe beschaffen seyn wie es wolle, auf die Straße sowohl des Tags als des Nachts über gänzlichst zu enthalten" halfen nicht. Als dann die Polizei daran ging, solche Vorschriften durchzusetzen, griff wiederum die Universität ein, weil die Polizei sich eine „unmittelbare Gerichtsbarkeit über ihre Personen angemaßet" habe.

Fenstereinschlagen, Lärmen und Wetzen galt als Ausdruck akademischer Freiheit. Professoren konnten davon ein Lied singen. Das Einwerfen der Fenster wurde höher als das Einschlagen bestraft – wenn man die Delinquenten fand. Diese „klingende Musik" konnte angekündigt werden, aber auch spontan beim Spazierengehen erfolgen, wie im Falle der Schneiderin Katherina Rotte. Da gingen fünf Studenten vorbei „und geruffen Licht weg, und im Augenblick auch mit dem Degen in die Fenster schlagen und geruffen Hundsfott Licht weg und die Thür zu. ... Die Studenten gehen mit dem Ruf Vivat unsere Freiheit“, wie das Protokoll vermeldet.

Gern bewiesen sie die auch dadurch, daß sie auf die umliegenden Dörfer zogen, wo kein Pedell oder Polizist schnödes Interesse am studentischen Treiben nahm. So konnte in Herzenslust in den bekannten Dorfgaststätten gezecht und geschmaust werden. Nicht nur der württembergische Herzog sah sich veranlaßt, 1581 dem Senat ein Einschreiten gegen die Unsitten anzuempfehlen: „Es sei in Erfahrung gebracht, daß das Cehren in deren Dingen sehr überhand nehme; der Senat habe das Uebermaaß abzustellen“. Ob dies gelang ist ebensowenig überliefert wie in den vielen anderen vergleichbaren Fällen. 1732 nannte man das in Würzburg gar einen „Studententumult“. Da hatten weintrunkene Studiosi in Unterdürrbach Fensterscheiben eingeworfen, auf dem Rückweg nach Würzburg Bürger verprügelt, den sog. Galgenberg aufgesucht und dort mit den Gerippen der Aufgehängten makabere Späße angestellt und schließlich die herbeigeeilte städtische Wache „thätlich insulthiert“. Das Universitätsgericht tat es – zum Einschreiten vom Fürstbischof angewiesen – anschließend als „ohnüberlegten Bubenpossen und Muthwillen“ ab.

In Göttingen suchte man gern die in der Nähe liegenden hessischen Dörfer auf. Hier zogen die universitären Verordnungen nur bedingt. Der Senat konnte nur feststellen, daß „die benachbarte, mehrentheils auswärtige Dörfer, von verschiedenen Studiosis nicht mehr so häufig besuchet werde, daß ihre Studia nothwendig darunter leiden müssen, sondern auch an besagten benachbarten Orten, in liederlichen Häusern, ein höchstärgerliches Leben geführet, die Gesundheit dabey zugesetzet, und Geld und Zeit höchstunverantwortlich angewendet wird“. Und so konnten die sogenannten „Dorfgesellschaften“ unbedenklich – wie in Bovenden im Wirtshaus „Zum letzten Heller“ oder in „Rauschenwasser“ – billig besseren Wein, viel Branntwein, Kaffee und Zucker zu sich nehmen. Glücksspiele, Tanz und Theater und natürlich auch Prostitution vervollständigten diese „Divertissements“, die selbst Kurator von Münchhausen unter dem Motto „auf die Dörfer laufen" bekannt waren und besorgt machten, da manche Studenten mehrere Wochen hier zubrachten. Die Vergnügungsmöglichkeiten in der Stadt konnten da zunächst nicht annähernd mithalten, schon gar nicht die Einladung in die „Häuser der Professoren". Ein Schweizer Teilnehmer solcher illustrer Göttinger Abende notierte: „Man beschäftigt sich mit Pfänderspielen, oft mit Tanz und Unterhaltung und endigt jedesmal mit einem Piquenik. Gegen zehn Uhr geht man wieder nach Hause, und fast allemal von Langeweile ermüdigt". Erst als in den 90er Jahren „Lustorte" in der Stadt eingerichtet wurden, ging der Besuch der Dorfschenken drastisch zurück. Zwanzig Jahre zuvor jedoch hatte das „aus der Stadt Ausreiten" so „bey den Studiosis überhand genommen, daß wohl 100 Pferde darzu alhier unterhalten werden". Die Zeiten wurden gesitteter – oder schienen es zum mindesten.

Dennoch: das Ende des Heiligen Römischen Reichs deutscher Nation brachte noch keineswegs das Ende der akademischen Freiheit und selbst nicht das der akademischen Gerichtsbarkeit. Sie wurde eingeschaltet im Falle eines Jurastudenten, der um 1884 in einer Prüfung gefragt wurde: „Was ist Betrug?" – „Betrug ist, wenn Sie mich durch das Examen fallen lassen!" – „Wieso?" – „Weil sich nach dem Strafgesetzbuch derjenige eines Betrugs schuldig macht, welcher die Unwissenheit eines anderen benützt, um diesen zu schädigen!"

Ulrike Walton-Jordan

John Baldwin und der Brandstifter

Ich, John Baldwin, schreibe dies am Ende eines heißen Augusttages im Jahre des Herrn 1779, in meiner bescheidenen Unterkunft in Cross Street, Clerkenwell, London. Meine Frau und drei kleine Kinder versuchen, etwas Abkühlung in der Abendluft zu finden. Sie haben wahrhaft Zerstreuung nötig, denn Armut und Sorgen treiben uns seit zweieinhalb Jahren um. Mein Einkommen aus dem Malerhandwerk ist fast erloschen, und um meine Gesundheit ist es schlecht bestellt. Die mir rechtmäßig zustehende Belohnung von tausend Pfund Sterling (etwa das zehnfache des Jahresgehaltes als Offizier der Krone in Amerika) könnte uns alle aus diesem Ungemach retten. Und was, geneigter Leser, habe ich getan, daß ich nun seit Monaten von den Lords George Germaine und Sandwich vertröstet werde? Habe ich doch nichts als meine staatsbürgerliche Pflicht erfüllt, um einen gefährlichen Feind des Mutterlandes dingfest zu machen! Doch ich eile voraus, laß' mich am Anfang der Geschichte beginnen.

Damals, in jenen Februartagen des Jahres 1777, sah es anders um uns aus. Ich hatte einen gutgehenden Betrieb als Drucker gegründet, nachdem ich in Amerika als Maler gearbeitet hatte. In Perth Ambay in den Jerseys hatte ich eine in den Kolonien gebürtige Frau geheiratet und viele Jahre in Philadelphia und New York gelebt. Ein Sohn, der in Philadelphia geboren wurde, hatte uns nach England begleitet, wo uns zwei weitere Kinder geboren wurden. Auch nach unserer Rückkehr nach England haben wir uns eine „Brücke in die Neue Welt" erhalten: die Familie meiner Frau und viele Freunde, unter ihnen bekannte Leute wie meine Druckerkollegen David Hall (Partner von Benjamin Franklin) und Messrs Dunlap, Bradford, Stuart und Rivington. Doch trotz dieser engen Verbindungen mit Männern, die nun auf der Seite der Rebellen stehen, soll niemand an meiner Loyalität zur Krone zweifeln!

Wie nun kam es zu unserer beklagenswerten Lage? Die Episode mit „Maler John" scheint die Ursache unseres Elends gewesen zu sein. Geneigter Leser, ziehe Deine eigenen Schlüsse über mein Verhalten und das derer, die mich so schmählich im Stich ließen.

Da ich mich von allen, in deren Macht es stünde, mir aus den gegenwärtigen ökonomischen und menschlichen Schwierigkeiten zu helfen, verlassen fühle, werde ich mich spätestens am 14. des Monats September 1779 an die Öffentlichkeit wenden und habe daher die Begebenheiten unter dem folgenden knappen Titel zum Druck vorbereitet: *A Chit Chat or a Trip to the Treasury. A circumstantial and most remarkable narrative that transpired in different conferences held with the Lords Germaine and Sandwich, Esq Philip Stephenson with the author together with an exact and impartial account of John the Painter from the first interview to the time of his condemnation, wherein will be fully explained the names of several gentlemen whom by him were thought suspicious as being privy in aiding and assisting in his hellish machinations. A full account respecting Bristol etc etc with several interesting particulars.* ... John Baldwin. No 9 Cross Street. Hatton Garden. God save the King! Diese patriotische Widmung kommt trotz der ernüchternden Erfahrungen, die ich machen mußte, von Herzen.

Sehr geehrter Leser, der Du meine Erzählung als erster zur Hand nimmst und daher mein schärfster Kritiker sein magst, versetze Dich in einen kalten, trüben Februartag in London vor rund zweieinhalb Jahren. Wie jedermann weiß, waren die 70er Jahre voller Tumult gewesen: Anno 73 hatte die sogenannte „Boston Tea Party" die Kolonien und das Mutterland erschüttert. Zwei Jahre darauf begann der Krieg mit den Schüssen von Lexington und Concord. Am 15. Mai 1776 kam der entscheidende Aufruf durch die Delegierten Virginias im „Kontinentalkongress" zur Abspaltung der Kolonien vom Mutterland, der etwa einen Monat später angenommen wurde. Dann kam die unerhörte und unrechtmäßige Anmaßung der „Unabhängigkeitserklärung", verfaßt vom jungen Anwalt Thomas Jefferson aus Virginia. Währenddessen war nach der britischen Niederlage bei Boston im März 1776 der Krieg offiziell erklärt worden. George Washington, General der Rebellenarmee, hatte einer Entscheidungsschlacht ausweichen und sich durch eine abenteuerliche Überquerung des Delaware-Flusses nach New Jersey retten können. Dieser unselige „Unabhängigkeitskrieg" schien sich auch hier im Mutterland bemerkbar zu machen.

Und jetzt, nach meiner Vorrede, komme ich zu den Einzelheiten der Begebenheit, die mir soviel Kummer verursacht hat. Wir alle hatten von den alarmierenden Bränden in den Häfen von Portsmouth und Bristol gehört, die die britische Kriegsmarine schwer hätten treffen können. Am 19. Januar, etwa zwei Wochen vor meiner ersten denkwürdigen Begegnung mit „Maler John“, waren Lagerhäuser in Bristol angezündet worden. Drei Schiffe Seiner Majestät König Georgs III., die *Savanna La Marr*, die *Fame* und die *Hibernia* waren beschädigt worden. Ein schändlicher Anschlag! Am Abend des 6. Februar 1776, einem Donnerstag, um etwa halb elf Uhr (die Kerzen waren gelöscht und meine Familie hatte sich bereits zur Nachtruhe begeben), erhielt ich die Visitenkarte von Sir John Fielding, Direktor des Königlichen Gefängnisses in der Bow Street in London: Um neun Uhr am folgenden Tag, Freitag, dem 7. Februar, möge ich mich dort einfinden. Ohne die geringste Ahnung, um was es sich handelte, folgte ich dieser Aufforderung gehorsam – nicht ohne Bedauern, wertvolle Zeit für meine Arbeit zu verschenken. Ich wartete über eine Stunde, bis mir um zehn Uhr ein recht junger, etwa fünfundzwanzig Jahre zählender, Gefangener des dortigen Gefängnisses vorgeführt wurde, allgemein bekannt unter dem Namen „Maler John“. Ein Gefängnisangestellter bat mich, mein besonderes Augenmerk auf diesen Gefangenen zu richten. Da ich nun dachte, daß es sich um einen Kollegen im Malerhandwerk handelte, grüßte ich ihn mit den Worten: „How do you do, Brother Brush!“

Doch bereits zu diesem frühen Zeitpunkt wurde mir bewußt, daß es sich bei diesem Gefängnisinsassen um einen besonderen Fall handeln mußte. Jedes Gespräch mit dem Gefangenen, so wurde mir bedeutet, war verboten. Meine Neugier war geweckt.

Sir John nahm mich beiseite in einen angrenzenden Raum, fragte mich in aller Form nach meinem Namen und ließ mich einen Eid auf die Wahrheit meiner Antworten schwören. Nochmals vor den Gefangenen geführt, konnte ich bejahen, ihn noch nie gesehen zu haben. Sir John bedeutete mir, daß die Familie Grenville mich ihm empfohlen habe. Daher sei eine schriftliche und unterzeichnete Aussage an Eides statt nötig. Diese Nachricht erfreute mich zutiefst, war dies doch eine Ehre ohnegleichen. Ich unterschrieb und wandte mich zum Gehen. Auf meinem Weg aus dem Gefängnis, schon auf der Schwelle, machte mir der Gefangene unerwarteterweise ein Zeichen und erklärte, wie wichtig meine unparteiische Aussage für ihn sei. Er ersuchte mich dringend, möglichst am Nachmittag wiederzukommen und bedauerte, sich nicht erkenntlich zeigen zu können. Dies sagte ich ihm zu. Geschätzter Leser, hier nun lag mein verhängnisvoller Irrtum: Ich wollte dem Arm des Gesetzes zu Hilfe kommen, wußte indes noch nicht, um was es sich handelte. Sofort begab ich mich zu Earl Temple, der sich mit dem Staatssekretär für Angelegenheiten der nordamerikanischen Kolonien, Lord George Germaine, darauf verständigte, daß dies eine unwiderbringliche Chance sei, Anklagematerial und genaue Nachrichten über die Machenschaften von „Maler John" zu erhalten. Ich solle, so rieten mir beide hohen Herren, wie besprochen am Nachmittag nach Bow Street zurückkehren.

Indes wußte ich zu jenem Zeitpunkt noch nicht, daß ich achtzehn Tage lang diese Besuche machen würde, mich ins Vertrauen des Angeklagten schleichen und ihn schließlich seiner Verbrechen ohne Zweifel überführen können würde. Der Gefangene empfing mich am selben Nachmittag herzlich, schüttelte meine Hand und dankte mir, da meine Aussage nicht wie die der anderen Zeugen lautete. Temperamentvoll erzählte der rothaarige und drahtige Gefangene, daß jemand ihn als einen Insassen des Gefängnisses in Gloucester, der nach Amerika verbannt worden sei, erkannt haben wolle. Außerdem meinte eine Frau ihn in Portsmouth gesehen zu haben, doch er habe, so sagte sie, die Farbe seines Haares verändert. Wortreich und lebhaft rief der Gefangene:

> „Es ist geradezu hanebüchen, daß es in meiner Macht stehen sollte, meine Haarfarbe zu ändern, da ich doch nicht meine Hautfarbe wechseln kann, die so sandfarben und rötlich ist. Ich denke wohl, ich bin eine besondere Art von Chamäleon".

Da ich wußte, daß es entscheidend war, das Vertrauen des Gefangenen zu gewinnen, unterrichtete ich ihn über meine besonderen Verbindungen zu den Kolonien. „Gott segne Eure Familie und Euch", antwortete der Gefangene. Mit der Bitte, ihn am nächsten Tag wieder zu besuchen, verabschiedete sich „Maler John". „Nur", so beeilte er sich zu versichern, „wenn Eure werte Beschäftigung nicht unter der Abwesenheit leidet". Das Malerhandwerk, so versicherte ich ihm, war im Winter ohnehin langsam. Sofort ging ich zu Lord Germaine, der sehr von der Aussicht, mehr über den Gefangenen zu erfahren, angetan war. Allerdings, so schärfte er mir ein, war die Angelegenheit mit der äußersten Diskretion zu behandeln. Dies versprach ich ihm.

Am Samstag, dem 8. Februar, kehrte ich ins Neue Gefängnis in der Bow Street zurück. Wir hatten ein Gespräch von etwa einer dreiviertel Stunde und außerdem eine Unterhaltung am Tor, wo wir ungestört reden konnten. Der Gefangene fragte mich nach den Namen meiner Verwandten in Amerika, meinen Bekannten und Kollegen. Vollends beruhigt, begann der Gefangene schließlich, mich ins Vertrauen zu ziehen:

> „Ich werde Euch nun eine einzigartige Sache berichten, und das ist, daß ich vom ersten Moment unserer Bekanntschaft an dachte, hier ist ein ehrlicher und des Vertrauens würdiger Mann. Deshalb, wenn Ihr ein Geheimnis bewahren möget und wenn Ihr Interesse an der amerikanischen Sache habt, besorgt mir einige Salpetersäure und zwei Sägen."

Ich solle, so „Maler John", entweder jemanden damit beauftragen oder selbst diese Dinge heimlich zu ihm ins Gefängnis bringen. Der Gefangene bat mich außerdem darum, ihn für einige Tage zu verstecken, um ihm die Buchung einer Seepassage nach Frankeich oder Holland zu ermöglichen.

Lord Germaine riet mir, die Illusion der Freundschaft zu „Maler John" zu erhalten und erwärmte sich sehr für den Gedanken, mehr über dessen kriminelle Machenschaften herauszufinden. Aber die versprochenen Hilfsmittel zur Flucht sollten einer offiziellen Person im Gefängnis, die ins Vertrauen gezogen werden müßte, bekannt sein. Ich entschied mich dafür, Mr. Bond, der die Wasserversorgung des Gefängnisses beaufsichtigte, diese Rolle zuzusprechen. Er wurde von Lord Germaine genau unterrichtet. Am nächsten Tag, Sonntag, dem 9. Februar, ging ich wiederum ins Gefängnis und versicherte dem Gefangenen, daß ich einen befreundeten Uhrmacher damit beauftragt hatte, die gewünschten Sägen zu fertigen. Der Gefangene erwiderte: „Ich bin vollends zufrieden, daß Ihr Euch durch Eure Taten als echter Freund Amerikas erwiesen habt." Der Gefangene war indes betrübt über eine Veränderung in seinen Umständen, da Sir John Fielding ihn mit anderen Gefangenen zusammen eingesperrt hatte, statt ihn alleine in seiner Einzelzelle zu lassen. Die anderen waren jedoch bereit, sich dem Ausbruchsversuch anzuschließen. Er fügte hinzu:

„Ich will allerdings mich nicht hervortun, und ich bin kein reicher Herr – ich nehme jedoch an, mein Freund, daß ich mehr Entbehrungen erlitten habe als man glauben mag, alles für unsere amerikanische Sache. Sie, die britischen Behörden, klagten mich an, die Absicht zu haben, Bristol anzuzünden, aber sie sind gründlich im Irrtum, weiß ich doch genau, welchen Teil von Bristol ich anzünden will und welchen nicht: Ich will alle Häuser in Brand setzen, wo diejenigen wohnen, die sich gegen die amerikanische Sache gewandt haben."

Am folgenden Dienstag, dem 11. 2. 1777, las ich mit großem Interesse eine Anzeige in der *London Gazette*, daß eine Belohnung von tausend Pfund Sterling für die Erfassung des Brandstifters in Seiner Majestät Marinehäfen Portsmouth und Bristol ausgesetzt wurde. Diese Summe war etwa fünf einmal so hoch wie das jährliche Einkommen eines kleinen Industriellen in London und fast zehnmal so hoch wie mein jetziger Unterhalt. Der Gefangene begann mir bei meinem nächsten Besuch von dem Taue-Schuppen von Portsmouth zu erzählen, auch vom Brand in den Schiffs-und Lagerhallen in Bristol. Er erklärte, daß er persönlich und ohne Komplizen oder Gehilfen für beide schauerlichen Taten verantwortlich war!

Er bedauerte es sehr, bereits jetzt gefaßt worden zu sein, da er sich fest vorgenommen habe, die Schiffe in Portsmouth und einigen anderen britischen Häfen zu zerstören, bevor er England verließ. In glühenden Farben beschrieb er mir, wie die Welt erstaunt sein würde über den Effekt, den diese Brände auf den Betrachter haben würden. Weiterhin eröffnete er mir, daß er aus einer der besten Familien Englands stamme und eine gute Erziehung genossen habe. Es wurde mir einsichtig, daß der Gefangene keinerlei Reue an den Tag legte. Hill, so erklärte er, sei nicht sein wahrer Name, James jedoch sein richtiger Taufname, unter dem er abgeurteilt werden wollte.

Wie gingen die Brandanschläge vonstatten? „Zuerst", so berichtete der Gefangene, „ging ich in Portsmouth zu Werke, im Taue-Schuppen, wo ich einen Quart Terpentin auf Hanf gesprenkelt habe und auch eine Viertelflasche voll Terpentin auf die Seite gelegt habe, mit Hanf im Flaschenhals statt eines Korkens. Nahe dabei war Papier mit ein wenig losem Pulver, und darüber einiger

Hanf, sehr leicht verteilt. Zu diesem Schießpulver führte ein dünnes Papierstreichholz, doppelt gehalten in Form eines Fächers.“ Dies, so beteuerte der Angeklagte, sei bei weitem die beste Art, ein solches Unterfangen zu betreiben, denn einige der Falten würden das Feuer sicher halten. Das Ganze war dann mit Kohle und Schießpulver bestrichen worden. Jenes Pulver hatte er auf einem Malerstein sehr fein gerieben (daher sein Rufname „Maler John“). Ein solcherart angefertigtes Zündgerät hielt vierundzwanzig Stunden. So habe er es in Portsmouth seinem eigenen Plan gemäß bestimmen können, wann das Feuer in den Lagerhäusern im Hafen losbrach. Fast vier Meilen sei er zu Fuß gelaufen, bevor er des hellen Widerscheins gewärtig wurde. Tags zuvor hatte er seine Konstruktion im Hanflagerhaus angebracht, bevor er noch in den Taue-Schuppen ging. Schlau wie ein Fuchs war der Gefangene, so erfuhr ich von ihm, sogar in derselben Nacht, an St. Nikolaus Anno 76, zur Wache im Hanfhaus gegangen und hatte um einen Weg nach draußen ersucht, da er während seines Aufenthalts „aus reiner Neugier“ dort eingeschlossen worden war.

Wie mich all’ dies affektierte, verehrter Leser, kannst Du Dir unschwer denken! Ich bekam die gewünschten Waffen zum Ausbruch des Gefangenen, und Lord Germaine ermutigte mich, weiterhin die Illusion freundlicher Geneigtheit aufrecht zu erhalten. Er drang aber darauf, die Verbindungen des Gefangenen zu einigen Kolonisten zu prüfen, unter ihnen Alderman Lee aus Virginia, der zur Tatzeit in Portsmouth gesehen worden sei. Seine Lordschaft bat mich, auf jeden Fall am folgenden Tag ins Gefängnis zu gehen. Maler Johns Lage hatte sich verschärft: Er sollte bald zu seinem Prozeß ins berüchtigte Gefängnis von Newgate gebracht werden. Bei diesem Besuch erfuhr ich vom Gefangenen, daß seiner Ansicht nach Amerika, falls es besiegt würde, spätestens in fünf Jahren eine neue Revolution beginnen und auf keinen Fall länger als achtzehn Jahre unter britischer Hoheit bleiben werde. Er war indes zuversichtlich, daß sein Ausbruch immer noch gelingen könne und wollte an einen Freund in Paris schreiben.

Am folgenden Tag berichtete mein Gesprächspartner mir, daß er gut mit Colonel Byrd aus Virginia bekannt sei und Mr. Mead getroffen habe. Die Bekanntschaft mit den Gebrüdern Lee leugnete „Maler John“ jedoch standhaft. Er prahlte indes mit seinen Plänen: Den schmählichen Taten in Portsmouth und Bristol sollten ähnliche im Depot von Woolwich folgen. Auch seine Ausbruchspläne hatte der Gefangene noch nicht aufgegeben. „Maler John“ war aber ganz niedergedrückt über den Mangel an Hilfe und Unterstützung von Silas Dean. Hier nun waren Hinweise auf hohe Verbindungen: Silas Dean, der diplomatische Vertreter des rebellischen Kontinentalkongresses in Paris, höchstpersönlich!

Schließlich vertraute der Gefangene mir die Geschichte des gescheiterten Brandanschlages auf die Schiffe im Hafen von Bristol an. Am Neujahrstag vor zwei Jahren, Anno 77, kam er in dieser schönen und reichen Stadt an. Auf der *Savanna La Marr*, der *Fame* und der *Hibernia* legte er seine Sprengladungen. Auf einem der Schiffe war ein Hund, der gewaltig bellte, doch als er sein Licht angezündet hatte, beruhigte sich das Tier sogleich. Jedoch war das Unterfangen von begrenztem Erfolg: Als er sich nachts um zwei oder drei Uhr nach der Stadt umdrehte, sah er keine Flammen; nur eines der Schiffe hatte Schaden erlitten. Am folgenden Tag, so erzählte er mir als seinem „treuen Freund“, wollte er zurückkehren und die Stadt anzünden, oder im Versuche sterben. Es kam jedoch anders: In der Stadt Calne in der Grafschaft Wiltshire begang er einen Raub und wurde gefaßt.

Dies alles, so meinte Lord Germaine, als ich ihm berichtete, war eine genügend feste Grundlage für die rechtmäßige Verurteilung des Gefangenen. Aber er war erpicht, dennoch mehr über die Brüder Lee und ihre Verstrickung in die Tat zu erfahren. Die nächsten Begegnungen brachten mehr Neuigkeiten ans Tageslicht. Am 18. des Monats Februar ging ich erneut zum Gefangenen, der mir anvertraute, daß niemand anders als Silas Dean selbst ihn beauftragt habe, die Versorgungslager der britischen Marine zu zerstören. Die Franzosen, so fuhr er fort, würden den Amerikanern mit Soldaten und Schiffen zu Hilfe kommen. Seine besondere Hoffnung setzte er auf die neue Königin Frankreichs, Marie Antoinette, die in seinen Augen einen wahrhaft heldengleichen Mut an den Tag legte und ihren sanften Gatten mit Leichtigkeit zu allem überreden könne.

Er wollte noch einmal versuchen, auszubrechen, obwohl er in der Nacht schon angekettet worden war. Noch in dieser verzweifelten Lage dachte er an sein teuflisches Unternehmen, hatte das Schiff namens *Warrington* in der Themse liegen sehen und den Plan gefaßt, es ebenfalls anzuzünden. Er wunderte sich aber höchlich, weshalb sein Name in London noch nicht publik gemacht sei, wo er doch vielen Herren gut bekannt sei.

Ich begab mich nach diesem Besuch zu Lord Germaine ins Schatzamt, und abends darauf zu Lord Sandwich. Die Herren baten mich, alles zu wiederholen, was der Gefangene mir in den letzten Wochen mitgeteilt hatte. Lord Sandwich glaubte nicht an die Wahrheit alles dessen, wollte eine zweite Person als Zeugen benennen und entschied sich für einen gewissen Mr. Hoyle. Ich sollte ihn vor dem Gefangenen als meinen Bruder aus Wales ausgeben, der nach Amerika auswandern wolle. In der Anwesenheit Mr. Hoyles gestand der Gefangene getreulich alles so, wie er es bereits mir allein mitgeteilt hatte. Für meinen ‚Bruder' stellte er einen Reiseplan über Holland auf.

Endlich zeigten sich alle Herren der Regierung von der Wahrheit meiner Aussagen überzeugt, allein, sie waren weiterhin sehr begierig, von den Verbindungen einer Reihe von Verdächtigen zu der Person des Gefangenen zu erfahren. Bei meinem nächsten Besuch im Gefängnis beteuerte „Maler John" jedoch, daß er allein verantwortlich sei in England, und daß Silas Dean sein einziger Freund jenseits der Kolonien sei. In der Zwischenzeit legte sich das Netz immer enger um seinen Hals. Schließlich, geneigter Leser, zog die Schlinge sich am 6. März im Jahre des Herrn 1777 zu, als er rechtmäßig in Winchester schuldig gesprochen wurde an dem ruchlosen Brandanschlag auf Seiner Majestät Marinehafen in Portsmouth und gleichermaßen dem Schaden, den er in Bristol angerichtet hatte. Gott sei seiner verirrten Seele gnädig, die durch die gerechte Todesstrafe durch Hängen seinen Körper verlassen hat.

Hochgeschätzter Leser, der Du meine Geschichte nun von Anfang an gehört hast und auch selbst von dem großen Skandal sicher erfuhrst, fasse Mitleid mit mir! Alle meine Bemühungen bei den Autoritäten um die Erlangung der versprochenen Belohnung, die mir zusteht, waren vergebens, so daß ich am 28. des Monats Februar dieses Jahres eine Petition an Seine Majestät König Georg III. geschickt habe. Welch eine jammervolle Zeit habe ich mit Warten – allein sechsundzwanzig Tage auf Lord North – hinbringen müssen.

Und so beschließe ich meinen Bericht mit einer Aufforderung an die Öffentlichkeit. Dich, geneigter Leser, bitte ich untertänigst um mildtätige Einwirkung bei den Autoritäten. Eine Merkwürdigkeit, die mir eben jetzt zu Bewußtsein kommt, ist die Ähnlichkeit der Empfindung und Sprache zwischen der Schilderung meines Elends und der Lage der Kolonisten Anno 76. Auch beschleicht mich die Angst, daß „Maler Johns“ stumme Freunde in London und ganz England mich für meine Spitzeltätigkeit mit geschäftlichem Ruin bestrafen. Es steht in den Sternen, wie sich das Schicksal der Rebellen und der Landstriche und Städte jenseits des Atlantik entwickeln wird. Meine Loyalität, die stets fest bei der Krone lag, ist unerschütterlich. Doch gestern kam über Holland die persönlich abgelieferte Depesche mit dem aberwitzigen Vorschlag eines Cousins meiner Gemahlin, nach dem gewonnenen Unabhängigkeitskrieg (!) in die Neue Welt zurückzukehren. Inmitten all' dieser Unsicherheiten bitte ich daher innigst um Gehör:

„Ich flehe die Öffentlichkeit an, ob eine gerechte Seele die Bürde ertragen kann, die die Feder kaum auszudrücken vermag, welche auf einem Niedergedrückten lastet, der sein Leben selbst für sein Land hingeben wollte, dessen Charakter fälschlich verleumdet wurde, seine Geschäfte zerstört, seine Familie dem Elend anheim gegeben worden ist. ... John Baldwin.“

Michael Schaich

Spanische Inquisition in Bayern

Um halb elf Uhr abends, man schrieb den 24. September 1785, erschienen in München zwei hochrangige Justizbeamte in der Wohnung des Hofkammerrats und Aufklärers Alois Friedrich Wilhelm von Hillesheim. Ausgewiesen lediglich durch ein handgeschriebenes Billet, das sich auf einen mündlichen Befehl des bayerischen Kurfürsten Karl Theodor vom selben Tag berief, verhafteten sie den Hausherren, der bereits im Bett lag. Offenkundig völlig überrascht leistete er keinen Widerstand und ließ sich in das lokale Untersuchungsgefängnis, den Neuturm, führen. Ein Grund für die Inhaftierung wurde ihm an diesem Abend und auch während der nächsten Tage nicht genannt.

Mit dieser nächtlichen Aktion erreichte ein Fall seinen ersten Höhepunkt, der die bayerische Regierung während der nächsten annähernd zwanzig Jahre beschäftigen sollte. Im Kern ging es in ihm um das Verbrechen der Gotteslästerung, das seit dem Mittelalter von geistlichen wie weltlichen Obrigkeiten mit aller Strenge, bis hin zur Verurteilung zum Tode, bestraft worden war. Im Zeitalter der Aufklärung wurde dieses „Delikt“ zwar nur noch selten von Staats wegen verfolgt. Gerade der konservative Klerus bediente sich des Vorwurfs der Blasphemie aber weiterhin, um aufgeklärte Modernisierer und Reformer zu diskreditieren. Der Fall Hillesheim führt denn auch mitten hinein in die Auseinandersetzungen zwischen Aufklärern und Gegenaufklärern um politischen Einfluß und kulturelle Deutungsmacht am Ende des 18. Jahrhunderts. Zugleich beleuchtet er das von den Zeitgenossen nicht weniger heftig diskutierte Phänomen der sogenannten Kabinettsjustiz, des Eingriffs des Herrschers in eine zunehmend als unabhängig definierte Justiz. Aufsehenerregende Beispiele wie die zehnjährige Haft des schwäbischen Dichters Christian Friedrich Daniel Schubart auf dem Hohenasperg, die vom württembergischen Herzog Karl Eugen persönlich und ohne Prozeß angeordnet worden war, riefen über die Landesgrenzen hinweg im ganzen Reich Empörung hervor. Was den Fürsten gemäß ihrem Selbstverständnis als ureigenes Recht erschien, galt

Justizreformern als willkürliche, oft persönlich motivierte Despotie.

Sowohl die Kritik an fürstlicher Selbstherrlichkeit als auch die Entkriminalisierung der Blasphemie waren das Resultat aufgeklärten Denkens, das gegen Ende des 18. Jahrhunderts immer weitere Kreise der Gebildeten in seinen Bann schlug. In Bayern wie im übrigen Reich markierten die 1770er Jahre in dieser Entwicklung eine wichtige Etappe. Allenthalben wurden aufgeklärte Zeitschriften und Journale gegründet. Immer mehr Bücher drängten auf den Markt und fanden ihre Leser. Freimaurerlogen, patriotisch-gemeinnützige Sozietäten und Lesegesellschaften, in denen sich die Anhänger der Aufklärung zu Gedankenaustausch und geselligem Beisammensein einfanden, schossen aus dem Boden. In den Amtsstuben wurden Lehrpläne und Gesetzesbücher im Geiste der Aufklärung umgeschrieben, während in Klöstern und Pfarreien Geistliche eine zeitgemäße Reform von Theologie und Kirche diskutierten. All diese Neuerungen erzeugten eine Aufbruchsstimmung, die, zumindest in Bayern, gerade die Zwanzig- bis Dreißigjährigen erfaßte. Aus ihren Reihen rekrutierte sich das Gros der Aufklärer.

Zu dieser jungen, ungestümen Generation zählte auch Alois Friedrich Wilhelm von Hillesheim, ein gebürtiger Rheinländer und Sproß einer Familie von Offizieren, der 1775 als Neunzehnjähriger zum Studium der Jurisprudenz nach Bayern gekommen war. Wie viele seiner Altersgenossen ließ er sich vom Zeitgeist anstecken und brachte nach Abschluß des Studiums 1779 eine Zeitschrift unter dem Namen „Baierisch-Ökonomischer Hausvater" heraus, die Fragen der Landwirtschaft behandelte und vornehmlich der Aufklärung des „Landmanns" dienen sollte. Trotz ihres heutzutage altfränkisch klingenden Titels und des etwas biederen Inhalts etablierte sie Hillesheim als einen der führenden Volksaufklärer im süddeutschen Raum. Beinahe zeitgleich mit dem Erfolg des „Hausvaters", im Jahr 1780, erhielt Hillesheim auch eine Ratsstelle in der kurfürstlichen Hofkammer, wenn auch noch ohne reguläre Besoldung. Diese rasche Aufnahme in den Staatsdienst läßt sich jedoch angesichts einer hohen Akademikerarbeitslosigkeit mit seinen unbestreitbaren Fähigkeiten allein nicht erklären. Vielmehr dürften ihm wohlgesonnene Ministerialbeamte, allen voran der Direktor der Hofkammer, der Freiherr von Castell, seine Einstellung bewirkt haben.

Allerdings machte sich Hillesheim in jenen Jahren nicht nur Freunde. Nach allen vorliegenden Berichten war er ein schwieriger Mensch, der durch Besserwisserei und arrogantes Auftreten vielfach aneckte und selbst manchen seiner Gönner im Laufe der Zeit vor den Kopf stieß. Sein selbstherrliches Gebaren verband sich zudem mit einem unruhigen, aufmüpfigen Geist. Wiederholt äußerte er Ansichten, die auf ein stark rationalistisches Weltbild schließen ließen. Von dritter Seite, aber durchaus glaubwürdig überliefert sind aus jenen Jahren deftige Aussagen über Religion und Kirche. So stritt er die Realpräsenz Christi in der Hostie ab und nannte diese „einen Braten". Maria erschien ihm keineswegs als Gottesmutter, sondern als gewöhnliches „Weib". Und den Heiligen Franz Xaver, einen jesuitischen Asienmissionar, schimpfte er einen „Erzhurer", der mit „Indianerinnen", gemeint waren Inderinnen, Unzucht getrieben habe und an einer Geschlechtskrankheit gestorben sei.

Mochten ihm solche Äußerungen in der erhitzten Atmosphäre der späten 1770er Jahre auch den Applaus und die Bewunderung seiner Altersgenossen einbringen, so mußten sie doch in anderen Sektoren der Gesellschaft Anstoß erregen. In dem Maße, in dem der aufgeklärte Zeitgeist an Boden zu gewinnen schien, formierte sich nämlich auch der Widerstand traditionalistischer Kreise, vor allem innerhalb des kirchlichen Establishments. Angeführt von ehemaligen Angehörigen des 1773 aufgelösten Jesuitenordens, nahmen die Verächter der Aufklärung den Kampf gegen die neuen Ideen auf. Von Predigtkanzeln herab wetterten sie gegen den Unglauben und das wiedererwachende Heidentum. In Prozessionen und Wallfahrten stellten sie ihre unerschütterte Loyalität zum überkommenen Glauben vor aller Welt zur Schau. Die Auseinandersetzung mit den Aufklärern blieb jedoch nicht auf das Ringen um die öffentliche Meinung beschränkt. Insgeheim ging es auch um Macht und Einfluß bei Hofe und in der staatlichen Bürokratie. In der Wahl der Mittel waren Aufklärer wie Gegenaufklärer wenig wählerisch: Denunziationen, Intrigen und die Protegierung eigener Gefolgsleute waren an der Tagesordnung.

Gegen Ende des Jahres 1780 geriet auch Hillesheim ins Visier der Traditionalisten. Einer seiner Kollegen in der Hofkammer, der von den Aufklärern als bigott verschrieene Anton Edle von Weizenbeck erfuhr von provokanten Äußerungen Hillesheims. Diesmal sollte er die Menschwerdung Christi bestritten haben: Jesus sei ein Betrüger, den man zurecht hingerichtet habe. Weizenbeck hinterbrachte diese Aussage umgehend zwei führenden Repräsentanten des konservativen Klerus, den beiden Exjesuiten und Predigern Johann Nepomuk Gruber und Franz Xaver Scherer. Was bei diesem Treffen besprochen wurde, entzieht sich unserer Kenntnis. Doch aller Wahrscheinlichkeit nach wurde der Plan zu einer Intrige gegen Hillesheim gefaßt.

Als es wenige Tage später, am 18. Dezember 1780, in einer Sitzung der Hofkammer zu einem Streit zwischen Hillesheim und Weizenbeck über einen nebensächlichen Tagesordnungspunkt kam, brachte letzterer nämlich plötzlich und ohne alle Veranlassung den ominösen Vorfall zur Sprache: erregt verlangte er mehr Respekt vor der Religion. Hillesheim wußte sich nicht anders zu helfen, als eine Beschwerde gegen diese Vorwürfe beim Kurfürsten anzukündigen. Damit hatte Weizenbeck jedoch erreicht, was er wollte: die bislang private Angelegenheit war aktenkundig geworden. Folgerichtig machte er sich sofort daran, belastendes Material gegen Hillesheim zusammenzutragen. Er befragte mehrere Bekannte Hillesheims, u.a. eine Stieftante und deren Tochter sowie beider Vermieter. Alle drei bestätigten bereitwillig die lästerlichen Reden. In notariell beurkundeter Form sandte Weizenbeck die Aussagen an den Kurfürsten ein und drang gleichzeitig auf eine Bestrafung des Frevlers. Allerdings hatte er Hillesheims Beziehungen zu einflußreichen Persönlichkeiten bei Hofe unterschätzt. Der Freiherr von Castell, der beim Kurfürsten stets ein offenes Ohr fand, hielt die Hand schützend über seinen Protegé. Er erreichte Anfang Januar 1781 nicht nur die Abschmetterung der Klage, sondern setzte sogar eine Maßregelung Weizenbecks durch. Um Hillesheims Triumph komplett zu machen, verlor Weizenbeck Anfang 1782 sogar aus heute nicht mehr bekannten Gründen seine Position als Hofkammerrat. Die ganze Affäre, die durchaus bedrohlich hätte werden können, endete also mit einem vollständigen Sieg Hillesheims, dessen Aufstieg sich in den nächsten Jahren ungebremst fortsetzte: Zusätzlich zu seinen Aufgaben in der Hofkammer avancierte er zum Fiskalatsrat sowie zum Zensurrat.

Hinter der reputablen Fassade des vielbeschäftigten Staatsdieners war Hillesheim jedoch in ein Netz von Korruption verstrickt, das sein Gönner Castell geknüpft hatte. Schamlos nützte dieser seinen Einfluß als Direktor der Hofkammer aus und nahm für die Gewährung von Vorteilen jeglicher Art Geschenke entgegen. Hillesheim selbst bestach ihn 1784 mit einer größeren Summe Geldes sowie zwei nicht näher spezifizierten Gemälden, um endlich eine reguläre Besoldung zu erhalten. In erster Linie fungierte Hillesheim aber – ob aus Geldgier oder aus Abhängigkeit muß dahingestellt bleiben – als Handlanger Castells. Nach seinem eigenen späteren Geständnis sammelte er im Laufe der Zeit beinahe 26000 Gulden an Schmiergeldern ein. Nun war die Bestechung von Beamten durchaus kein ungewöhnlicher Vorgang, dessen Beurteilung nicht ausschließlich nach modernen Standards erfolgen darf. Doch das Maß an Korruption, das im Falle Castells zu beobachten war, scheint die Grenze des von den Zeitgenossen Tolerierten beträchtlich überschritten zu haben. Auf jeden Fall wurde Castell im Frühjahr 1785, als seine Machenschaften nicht mehr zu übersehen waren, auf einen Schlag von allen seinen Ämtern suspendiert. Hillesheim ereilte sein Schicksal, wie kaum anders zu erwarten, nur wenig später. Ende April bzw. Mitte Mai wurden ihm seine Zuständigkeiten in der Hofkammer entzogen. Offiziell war von „Exzessen" die Rede, derer er sich schuldig gemacht habe.

Schwerer als die vorläufige Suspendierung wog jedoch, daß Hillesheim nunmehr ohne Protektion war. Während er noch mit Eingaben an den Kurfürsten um die Wiedereinsetzung in Amt und Würden kämpfte, sahen seine Feinde die Gelegenheit zur Abrechnung gekommen, zumal die Aufklärer bei Hofe allmählich an Einfluß zu verlieren begannen. Eine Kampagne gegen das vermeintlich rückständige Bayern in zahlreichen aufklärerischen Zeitschriften und Broschüren hatte Ärger und Empörung, nicht zuletzt an der Staatsspitze, ausgelöst. Seit 1784 gelangten außerdem Berichte über einen radikalen Geheimbund, den sogenannten Illuminatenorden, an die Öffentlichkeit. Die Münchner Regierung zeigte sich zunehmend alarmiert über die Existenz einer nach freimaurerischem Muster organisierten geheimen Vereinigung und verbot den Orden – dem im übrigen auch Hillesheim beigetreten war, ohne jedoch über die untersten Grade hinauszugelangen – seit 1784 in mehreren Dekreten.

In dieser spannungsgeladenen Situation traten offensichtlich konservative Kreise an den mit dem Verbot der Illuminaten befaßten Geheimen Kanzler Wiguläus von Kreittmayr heran und regten eine Wiederaufnahme des Falles Hillesheim an. Tatsächlich forderte Kreittmayr am 20. Juni den mittlerweile in Ingolstadt lebenden Weizenbeck auf, das 1780 gesammelte Beweismaterial zur neuerlichen Prüfung einzusenden – ein Ansuchen, das Weizenbeck nur zu gerne erfüllte. Am 30. August kam es gar zu einem persönlichen Treffen Kreittmayrs mit Weizenbeck, in dessen Verlauf der Geheime Kanzler um die Aushändigung der Originale der ihm bisher nur in Abschriften vorliegenden Zeugenaussagen bat. Als diese Mitte September endlich eintrafen, hatte sich die politische Lage dramatisch zugespitzt. Die Entdeckung geheimer Illuminatenpapiere hatte eine Säuberung des Regierungsapparats von Mitgliedern des Geheimbundes ausgelöst, der selbst hochrangige Beamte zum Opfer fallen sollten. In dieser aufgeheizten Atmosphäre zögerte Kreittmayr keinen Augenblick, am 17. September auch gegen Hillesheim eine geheime Untersuchung wegen des Verdachts der „Religionsspötterei und Gotteslästerung" einzuleiten. Er teilte dem mit dem Verfahren beauftragten Hofrat sogar mit, welche Zeugen zu verhören seien: neben den bereits 1780 Vernommenen zusätzlich noch der Baron Johann Nepomuk von Yrsch. Dieser neue Name ging wohl ebenfalls auf eine Anregung Weizenbecks zurück.

Die Aussagen, die am 23. und 24. September aufgenommen wurden, stimmten im wesentlichen mit jenen des Jahres 1780 überein, fielen aber detaillierter und umfangreicher aus. Demnach hatte Hillesheim nicht nur die Menschwerdung Christi, sondern auch die Unsterblichkeit der Seele und die Verkündigung an Maria als Hirngespinste der „Pfaffen" bezeichnet. Außerdem hatte er neben dem Jesuitenmissionar Franz Xaver auch zahlreiche andere christliche Heilige und Märtyrer beschimpft. Als gravierend sollte sich der Vorwurf erweisen, er habe das Fastengebot vor dem Kirchgang mißachtet und in einem Falle nach der Kommunion demonstrativ und mit aller Gewalt auf die Hostie gebissen. Von seiner Stiefcousine wurde Hillesheim sogar noch der zweimaligen versuchten Vergewaltigung in Tateinheit mit schwerer Körperverletzung bezichtigt. Die Beschuldigungen bezogen sich dabei im wesentlichen auf die Jahre vor 1780. Daß Hillesheim schließlich auch gegen den Kurfürst Karl Theodor und insbesondere Kreittmayr die „ärgerlichsten Beschimpfungen" ausgestoßen haben sollte, dürfte den weiteren Ablauf der Ereignisse nur noch beschleunigt haben. Unmittelbar nach Abschluß der Zeugenvernahme am 24. September leiteten die beiden mit der Untersuchung beauftragten Hofräte die Protokolle direkt an Kreittmayr weiter, der schnurstracks zum Kurfürsten eilte und von diesem den Befehl zur Gefangennahme Hillesheims erwirkte. Noch am Abend des gleichen Tages kam es dann zur eingangs beschriebenen Verhaftung Hillesheims und zu seiner Einlieferung in den Neuturm.

Auch die nächsten Schritte erfolgten Schlag auf Schlag. An die Wohnungsdurchsuchung und die Einvernahme weiterer Zeugen schloß sich am 6. Oktober ein dreitägiges Verhör Hillesheims an. Wohl erst bei dieser Gelegenheit erfuhr der Gefangene, der sich ursprünglich für ein Opfer der Illuminatenverfolgung gehalten hatte, von den gegen ihn erhobenen Beschuldigungen. Unerschüttert stritt er vor allem die Vorwürfe der Gotteslästerung ab. Die angeblichen Vergewaltigungen erklärte er dagegen als Verführungsversuche. Im übrigen wies er darauf hin, daß die ihm zur Last gelegten Taten, selbst wenn er sie denn begangen hätte, läßliche Jugendsünden seien, die lange zurücklägen.

Beim Kurfürsten und seinem leitenden Minister Kreittmayr, denen die Akten schließlich vorgelegt wurden, verfing diese Argumentation nicht. In ihren Augen war der Fall klar: Hillesheim hatte sich nicht nur eines unmoralischen Verhaltens, sondern insbesondere auch der Gotteslästerung in Wort und Tat schuldig gemacht, wobei die Mißhandlung der Hostie offensichtlich als „blasphemia realis“ galt. Nach dem bayerischen Kriminalrecht hätte nunmehr im Extremfall sogar die Todesstrafe verhängt werden können. An eine solche Maßnahme oder überhaupt an eine Leibstrafe dachte jedoch niemand. Weder Karl Theodor noch Kreittmayr waren vom Gedankengut der Aufklärung unberührt geblieben. Im Zeitalter von Vernunft und Rationalität aber galt Blasphemie nicht mehr primär als strafwürdiges Verbrechen, sondern als Ausdruck eines verwirrten Geisteszustandes, was meist die Wegsperrung in ein sogenanntes Tollhaus zur Folge hatte. Eine ganz ähnliche Überlegung stand wohl auch hinter dem Dekret vom 9. November 1785, das Hillesheims Schicksal entschied: Er sollte als „gottloser“ und „ehrvergessener Mensch“ aus dem Staatsdienst entlassen und wegen der Gefahr, die er für seine Umwelt darstellte, auf unbestimmte Zeit aus der menschlichen

Gesellschaft entfernt werden. Anstelle des Tollhauses war jedoch die Burg Grünwald, ein Gefängnis nahe Münchens, als Aufbewahrungsort vorgesehen, worin er sich zu seiner Besserung der Lektüre erbaulicher und religiöser Bücher widmen sollte. Da das Urteil jedoch unter Umgehung der zuständigen Instanzen ohne eigentlichen Prozeß gefällt worden war, sah man sich genötigt, diese Vorgehensweise mit einem Kunstgriff zu verschleiern. So sprach das Dekret davon, daß es Hillesheim angesichts der gegen ihn erhobenen Beschuldigungen zwar verdient hätte, einem Blasphemieprozeß unterworfen zu werden, der Kurfürst aber aus besonderer Gnade darauf verzichten wolle. Gerade die Verweigerung des Prozesses, wenn auch mühsam kaschiert, sollte später noch von Bedeutung sein.

Zunächst einmal richtete sich Hillesheim in seiner neuen Umgebung durchaus wohnlich ein. Seine Haftbedingungen waren nämlich alles andere als drückend. Der ihm ursprünglich zugedachte Raum in der Burg Grünwald hatte sich als so feucht und finster erwiesen, daß selbst die Münchner Regierung seine Weigerung, sich darin einsperren zu lassen, als gerechtfertigt anerkennen und ihn umgehend wieder in den Neuturm zurückverlegen mußte. Dort stand ihm ein trockenes und sauberes Zimmer zur Verfügung, in dem er sich frei bewegen konnte. Er besaß auch eigenes Mobiliar, etwa einen Schreibtisch sowie einen Bücherschrank für seine Bibliothek, die er sich hatte bringen lassen. Von der Lektüre religiöser Werke war nicht mehr die Rede. Vielmehr arbeitete Hillesheim an der Herausgabe und dem Vertrieb seiner Zeitschrift, die sich jedoch bereits seit 1782/83 in einer Krise befand und noch 1786 ihr Erscheinen einstellen mußte. Doch auch ansonsten war für Zeitvertreib gesorgt. Hillesheim verfügte über zwei Büchsen zum Scheibenschießen, stand brieflich mit der Außenwelt in Kontakt und traf sich regelmäßig mit seinen Mitgefangenen. Insbesondere in einem gewissen Dufresne fand er „einen treuen Gefährten seines Unglücks", dem er angeblich sogar seine Rachepläne anvertraute. So soll er die Versendung vergifteter Briefe an Kreittmayr geplant und Gebete für den Tod des Geheimen Kanzlers in Auftrag gegeben haben. Die Freundschaft mit Dufresne endete jedoch abrupt, als beide feststellten, daß sie ein Auge auf dieselbe Frau, die Gattin des Gefängniswärters, „eine 47jährige Schönheit", geworfen hatten. Schließlich war ausreichend für Verpflegung gesorgt, wobei Hillesheim diese Kosten – wie allgemein üblich – aus eigener Tasche bestreiten mußte. Auch an Bier scheint kein Mangel bestanden zu haben, sind doch Raufereien des betrunkenen Hillesheim mit dem Gefängniswärter belegt.

Nach knapp zwei Jahren schien sogar ein Ende seiner Haft in Sicht. Auf Bitten seines Vaters, eines Offiziers in bayerischen Diensten, hatte Karl Theodor am 16. Oktober 1787 einer Freilassung unter der Bedingung zugestimmt, daß Hillesheim die kurfürstlichen Lande, zu denen neben Bayern etwa auch die Pfalz gehörte, für immer verlasse. Hierauf ging Hillesheim jedoch nicht ein. In einer für seinen unbeugsamen, ja geradezu starrsinnigen Charakter bezeichnenden Geste verlangte er entweder die Durchführung des ihm verweigerten Prozesses, der seine Unschuld erweisen werde, oder eine bedingungslose Rehabilitierung inklusive finanzieller Entschädigung. Diese unerwartete Reaktion, die aus Sicht des Kurfürsten wohl einem Affront gleichkam, hatte fatale Konsequenzen. Sichtlich verärgert und brüskiert nahm Karl Theodor am 29. Juli 1788 sein früheres Angebot zurück und ordnete eine deutliche Verschärfung der Haftbedingungen Hillesheims an. Zu diesem Zweck wurde er Ende August 1788 auf die Festung Rottenberg in der Pfalz verlegt. Seine Habseligkeiten, vor allem Bücher und Schriften, mußte er in München zurücklassen.

Die Haftbedingungen auf dem Rottenberg waren nun deutlich schlechter als in München. Die Zelle war klein und sehr feucht, sie hatte eiserne Gitter vor dem Fenster und doppelte Türen mit Vorhängeschlössern. Außerdem lag sie so, daß Hillesheim ständig der Gestank der Kanalisation in die Nase stieg. Er durfte weder Besuch empfangen noch das Zimmer verlassen. In diesem Zustand verblieb er sechs Monate. Die Folgen für seine Gesundheit waren bald unübersehbar. Schwellungen an den Füßen zeigten eine beginnende Wassersucht an. Außerdem plagten ihn Engbrüstigkeit und ein stechender Schmerz beim Urinieren, „der fürchterlichste und schrecklichste Schmerz, welcher je einen Menschen befallen kann", wie Hillesheims Arzt, der dringend frische Luft, bessere Verpflegung und mehr Zerstreuung anriet, konstatierte. Selbst der Festungskommandant sah sich nun veranlaßt, in München um eine Lockerung der Haft zu bitten. Eigenmächtig gestattete er Hillesheim sogar vor- und nachmittags je eine Stunde Bewegung im

Festungshof unter strenger Bewachung. Soviel Fürsorge ging dem Kurfürsten jedoch entschieden zu weit. Am 25. Juni 1789 verfügte er, daß Hillesheim nicht mehr nur auf unbestimmte Zeit, sondern lebenslänglich eingesperrt bleiben sollte. Außerdem ordnete er eine erneute Verlegung des Gefangenen, diesmal auf die pfälzische Festung Otzberg am Rande des Odenwalds, an, da es Hillesheim durch seine Verstellungskünste gelungen sei, die lokalen Beamten zu täuschen.

Entgegen der Erwartung und den Befehlen des Kurfürsten fand Hillesheim auf dem Otzberg jedoch – zumindest im Laufe der Zeit – erträglichere Bedingungen vor als auf dem Rottenberg. Jahrelang wurde ihm zwar an Verpflegung nur eine kärgliche Tagesration in Höhe von 15 Kreuzern zugestanden, obgleich er aus seinem Vermögen, das sich 1790 auf knapp 3700 Gulden belief, durchaus ein reichhaltigeres Mahl hätte bezahlen können. Entscheidender war jedoch, daß sich ein vertrauensvolles, ja geradezu freundschaftliches Verhältnis zum Kommandanten der Festung Major Siebein entwickelte, das Hillesheim zu einer Vorzugsbehandlung verhalf: er durfte als einziger Gefangener anfangs in Gesellschaft Siebeins, später sogar alleine, im Schloßhof spazierengehen, die Frau des Kommandanten nahm sich seiner Wäsche an, und vor allem erhielt er wieder Zugang zu Büchern. 1792 verfaßte er sogar eine Schrift über die Fruchtbaumzucht, die später im Druck erscheinen sollte.

Seine Hoffnungen auf Entlassung aus der Haft erlitten im Frühjahr 1795 allerdings einen Rückschlag. Nach beinahe zehnjähriger Inhaftierung hatte er im Februar, unterstützt von Siebein, ein Gnadengesuch gestellt, das brüsk abgewiesen worden war. Schlimmer noch, bei dieser Gelegenheit wurde Hillesheim erstmals mitgeteilt, daß ihn der Kurfürst mittlerweile zu lebenslänglicher Verwahrung verurteilt hatte. Wohl seit diesem Zeitpunkt reifte in ihm der Entschluß zur Flucht. Unter dem gegenwärtigen Kommandanten war aber an einen solchen Versuch nicht zu denken. Erst mit dem überraschenden Tod Siebeins am 15. März 1796 änderte sich die Situation. Nur zwei Tage später spazierte er am hellichten Tage, wahrscheinlich nur leicht unkenntlich gemacht, zum Tor hinaus. Die „abgeschwächten alten Augen der Schloßwache“, die wie die gesamte Besatzung der Festung aus Invaliden bestand, waren offensichtlich leicht zu täuschen. Auf einem Billet, das er in seiner Zelle hinterließ, stand geschrieben: „daß er mit dem Kommandanten gekommen, und mit ihm wieder gegangen sei, daß er ihm zu lieb alldort so lange verharret". Nachdem er beinahe elf Jahre eingesperrt gewesen war, befand sich Hillesheim wieder in Freiheit.

Damit begann der letzte, noch einmal acht Jahre währende Akt in diesem Drama. Denn kaum freigekommen, begab sich Hillesheim nach Wetzlar an den Sitz des Reichskammergerichts, der neben dem Reichshofrat in Wien höchsten richterlichen Instanz im Reich, und verklagte im Dezember 1796 den bayerischen Kurfürsten auf Aufnahme des ihm 1785 verweigerten Prozesses. Nur im Zuge der Durchführung des ursprünglichen Verfahrens, so sein Kalkül, konnte er seine Inhaftierung als Fehlurteil entlarven und anschließend eine Entschädigung einfordern. Die folgenden Jahre waren aber erst einmal mit dem Austausch juristischer Schriftsätze angefüllt, wobei die bayerische Regierung deutlich auf Zeit spielte, um Hillesheim, der von seinem in München eingefrorenen Vermögen abgeschnitten war, finanziell in die Knie zu zwingen. Tatsächlich schien sich Hillesheim, der lediglich über Einkünfte aus seiner Tätigkeit als freier Schriftsteller verfügte, auf einen für ihn ungünstigen Vergleich einlassen zu müssen, als am 12. Februar 1799 Karl Theodor beim Kartenspiel vom Schlag getroffen wurde und wenige Tage später verstarb.

Mit dem neuen Kurfürsten Max IV. Joseph übernahm Graf Maximilian von Montgelas, ein dezidierter Aufklärer, als leitender Minister die Regierungsgeschäfte. Eine Neuorientierung der bayerischen Politik schien unvermeidlich. Angesichts der veränderten Situation schöpfte auch Hillesheim neue Hoffnung, zumal sich Montgelas 1791 persönlich für seine Freilassung eingesetzt hatte. Hätte er jedoch gewußt, daß Montgelas ihn trotz seiner aus humanitären Gründen erfolgten Intervention damals schon wegen seines Charakters als „mauvais sujet" bezeichnet hatte, wären seine Erwartungen wohl weniger hochfliegend gewesen. So verlangte er noch im März 1799 in einer umfangreichen Eingabe seine vollständige Rehabilitierung, die Wiedereinsetzung in seine alten Ämter und eine angemessene finanzielle Entschädigung für den ihm zugefügten Schaden. Zu keiner der drei Forderungen wollte sich die Regierung jedoch verstehen. Seine Wiederanstellung wurde bereits am 22. April abgelehnt. An dieser Entscheidung war auch in den folgenden Jahren, in denen Hillesheim noch mehrfach um Verwendung in bayerischen Diensten einkam, nicht mehr zu rütteln. Dem Gesuch um Rehabilitierung kam Max Joseph immerhin insofern entgegen, als er den Hillesheim 1785 abgeschnittenen Prozeß endlich durchführen ließ. Der hierfür zuständige Hofrat entschied denn auch am 28. Oktober 1799, daß das damalige Verfahren als null und nichtig zu betrachten sei. Obwohl sich diese Entscheidung offensichtlich nur auf die verfahrensrechtlichen Aspekte bezog und keinen Freispruch in der Sache darstellte, gab sich Hillesheim mit diesem Ausgang zufrieden. Ungeklärt war nun lediglich noch die Frage eventueller Ansprüche an den Fiskus.

Im unbeirrbaren Vertrauen auf die Rechtmäßigkeit seiner Forderung reichte Hillesheim deshalb am 22. März 1800 eine Klage ein, in der er die gewaltige Summe von 46 000 Gulden als Schadenersatz verlangte, sich eine zusätzliche Klage auf Schmerzensgeld aber sogar noch vorbehielt. Obgleich Hillesheims Forderung, wie sich rasch herausstellte, krass überzogen war, setzte sich bei den zuständigen Beamten nach einem genauen Studium der umfangreichen Akten bald die Auffassung durch, daß der Prozeß letztlich nicht zu gewinnen sei. Die Verweigerung eines rechtsförmigen Verfahrens im Jahre 1785 entzog der staatlichen Argumentation jegliche Grundlage. Es konnte daher nur darum gehen, Hillesheim in einem außergerichtlichen Vergleich auf eine akzeptable Summe herunterzuhandeln. Dieser Strategie folgend trat man in langwierige Verhandlungen mit Hillesheim ein. Nachdem die Regierung anfangs nur 5000 Gulden als Ersatz angeboten hatte, einigte man sich schließlich im Sommer 1804 auf 24 000 Gulden. Mit der Zahlung dieser Summe, die ironischerweise dem hinterlassenen Privatvermögen Karl Theodors entnommen wurde, konnte unter den Fall Hillesheim nach 19 Jahren endlich ein Schlußstrich gezogen werden.

Obwohl auf diese Weise einer der wichtigsten politischen Prozesse Bayerns im späten 18. Jahrhundert zu Ende gebracht worden war, interessierte sich die Öffentlichkeit für seinen Ausgang kaum. Schon in den vorangegangenen beiden Jahrzehnten hatte sie der Leidensgeschichte Hillesheims merkwürdig wenig Aufmerksamkeit geschenkt. Während andere Aufklärer, die etwa in der Illuminatenverfolgung der 1780er Jahre ihre Anstellung verloren hatten, in der Presse als Märtyrer und Opfer der Kabinettsjustiz in ganz Deutschland gefeiert worden waren, hatte Hillesheims weit schwerere Bestrafung kaum eine Feder in Bewegung gesetzt. Gotteslästerer eigneten sich wohl – auch noch im Zeitalter der Aufklärung – nicht zu Helden. Als Hillesheim, der seine letzten Jahre nach dem Scheitern verschiedener literarischer Projekte zurückgezogen in München verbracht hatte, 1819 starb, war sein Fall daher längst in tiefe Vergessenheit geraten.

Ulrich Muhlack

Von der „Kriminaluntersuchung" zum „Weltgericht" oder Ein „juristisches" Wort über Rankes Geschichtsschreibung

Als Leopold Ranke 1824 mit den *Geschichten der romanischen und germanischen Völker* an die Öffentlichkeit trat, verkündete er ein historiographisches Grundsatzprogramm, aus dem vor allem eines strikt ausgeschlossen war: die Pose des Richters, der die Geschichtsschreibung wie einen Strafprozeß über die Geschichte aufzieht, um Schuld oder Unschuld festzustellen und am Ende freizusprechen oder, je nach dem gebotenen Maß, zu verurteilen. Er tat dazu, gleich in der Vorrede, seinen berühmtesten Ausspruch überhaupt: „Man hat der Historie das Amt, die Vergangenheit zu richten, die Mitwelt zum Nutzen zukünftiger Jahre zu belehren, beygemessen: so hoher Aemter unterwindet sich gegenwärtiger Versuch nicht: er will bloß sagen, wie es eigentlich gewesen." Ranke wollte damit zunächst sein konkretes Vorhaben bestimmen, das darauf abzielte, die „Geschichten der romanischen und germanischen Völker" um 1500 „in ihrer Einheit zu begreifen"; das schien ihm eine gegenüber den jeweiligen Mächten und Akteuren unparteiliche Erkenntnishaltung zu erfordern, die sich mit den normativen Entscheidungen einer historiographischen Jurisdiktion nicht vertrug. Aber er war sich natürlich sehr wohl über die prinzipielle Bedeutung dieser Abgrenzung im klaren und hat auch später denselben Gedanken geradezu toposhaft ausgesprochen. Gerichtet war er gegen die traditionelle „historia magistra vitae" wie gegen alle Formen theologischer, philosophischer, ethisch-politischer, praktischer Verfügung über die Historie, von der Ranke die Autonomie der Geschichtsschreibung bedroht sah. Jedenfalls gilt jene Sentenz bis heute als Markenzeichen von Rankes Geschichtsdenken. Auch Kritiker oder Gegner haben sie immer wieder aufgespießt. Einer der entschiedensten Gegner, Friedrich Nietzsche, rief, in formuliertem Widerspruch zu Ranke, nach einer „kritischen Historie", die die Vergangenheit „vor Gericht zieht, peinlich inquiriert und endlich verurteilt"; dieser Ruf ist seitdem gewiß nicht verstummt.

Rankes Erstlingswerk machte bekanntlich großes Aufsehen und trug seinem Verfasser sofort eine Geschichtsprofessur an der Universität in Berlin ein. Um so bemerkenswerter ist, daß dieser Erfolg keineswegs auf das in der Vorrede verkündete Grundsatzprogramm zurückging, ja, eigentlich so gut wie nichts mit den *Geschichten* selbst zu tun hatte, die vielmehr weithin zurückhaltend aufgenommen wurden. Was Ranke mit einem Schlag höchste Anerkennung verschaffte, war das Büchlein *Zur Kritik neuerer Geschichtschreiber*, das er gleichzeitig als *Beylage zu desselben romanischen und germanischen Geschichten* herausbrachte. In diesem Text aber befolgte er ein Verfahren, das jenem Grundsatzprogramm so diametral entgegengesetzt war, daß sich kaum ein besseres Beispiel für das dort der Historie abgesprochene Richteramt denken läßt, und es kann kein Zweifel daran bestehen, daß das Büchlein gerade deswegen so ungemein erfolgreich war.

Auch hier ging es zunächst um die Lösung eines konkreten Problems, aber gleichfalls mit einer universalen Aussicht. Das konkrete Problem bestand für Ranke darin, „die Art und Weise zu rechtfertigen, auf welche in meinem Bändchen romanischer und germanischer Geschichten die Quellen genutzt worden sind", d.h. deren Erkenntniswert zu präzisieren. Er handelte dabei von Geschichtsschreibern, die aus eigener Erfahrung über die fraglichen Geschehnisse berichteten, je nachdem, „ob sie Theilnehmer und Augenzeugen, oder ob sie nur Zeitgenossen gewesen sind." Alles hing von der Glaubwürdigkeit dieser „gleichzeitigen" Schriftsteller ab, und Ranke unternahm es, sie daraufhin zu überprüfen. Er verfolgte mit diesem quellenkritischen Geschäft zugleich eine allgemeine Absicht, nämlich „zur Sammlung eines unverfälschten Stoffes für die neuere Geschichte, [...] so viel oder so wenig ich vermag, beyzutragen." Die *Kritik neuerer Geschichtschreiber* war also zugleich als eine Methodologie der Quellenforschung auf dem Gebiet der neueren Geschichte gedacht.

Die Rankesche Schrift läßt sich einer Gattung zuordnen, die Johann Gustav Droysen in seiner *Historik* als „untersuchende Darstellung" bezeichnete. Er hielt diese Darstellungsform überall da für anwendbar, „wo man irgendein unbekanntes X aus mehreren Begebenheiten auf kombinatorischem Wege zu finden hat."

Sie erinnerte ihn an „Kriminalprozesse", und er führte diese „Analogie einer Kriminaluntersuchung" Punkt für Punkt aus: „Das Beweisverfahren gibt den Eindruck logisch stringenter Schlußfolgerung; es wird plädiert wie in einem Prozeß. Mit der Frage beginnend, zerlegt man zuerst deren Elemente, führt die Zeugen, die Beweise, die Indizien an der betreffenden Stelle ein, schreitet so von Stufe zu Stufe fort, bis man endlich zu ihrer Konklusion schreiten kann."

Droysens „untersuchende Darstellung" sollte freilich nicht auf die Klärung einer Schuldfrage hinauslaufen und damit einem Wunsch nach Recht und Gerechtigkeit genügen; sie hatte es vielmehr allein mit der Lösung eines Erkenntnisproblems zu tun, bei der es allein auf Richtigkeit und Wahrheit ankam. Auch die Rankesche Schrift galt einem Erkenntnisproblem: der Frage, inwieweit ein gegenwärtiger Geschichtschreiber aus den „urkundlicheren Schriften" der neueren Geschichte „wahrheitsfähige" Informationen erheben könne. Gleichwohl trug sie Züge einer „Kriminaluntersuchung", die über eine bloße „Analogie" hinausgingen.

Dieser Eindruck stellt sich zunächst ein, wenn man auf die allgemeine Tendenz der Abhandlung sieht. Man kann sagen, daß es Ranke um eine einzige Abrechnung mit der historiographischen Überlieferung zu tun war, hinter der zugleich eine einzige Kampfansage an den üblichen Fachbetrieb der Historie seiner Zeit stand. Nach der herkömmlichen Auffassung besaßen die „urkundlichen Geschichtschreiber", weil Augen- oder Ohrenzeugen der von ihnen berichteten Ereignisse, den höchsten Quellenwert; noch immer war die uralte Vorstellung herrschend, daß die Geschichtsschreibung über die Gegenwart und die jüngste Vergangenheit der Inbegriff des uns überhaupt zugänglichen historischen Wissens sei, daß demgemäß alle Zeitgeschichten eine fortlaufende Reihe, eine „historia perpetua", bildeten, die jeweils von Zeit zu Zeit zu überliefern und fortzuschreiben sei. Ranke brach mit dieser Auffassung, indem er für seinen Gegenstandsbereich eine chronische Unzuverlässigkeit jener Schriftsteller nachwies. Darunter befanden sich hochangesehene Autoren wie Guicciardini und Beaucaire, auf denen bis dahin alle Darstellungen zur europäischen Geschichte des ausgehenden 15. und des beginnenden 16. Jahrhunderts beruht hatten. Gerade über sie erging das vernichtende Urteil, „daß ihre Mittheilungen weder zureichend noch authentisch sind; daß wir im Dunklen tappen, so lang wir ihnen gradezu folgen." Ranke traf damit die historische Zunft ins Mark.

Dieses radikale Verdikt über eine ganze Gruppe von Quellenschriftstellern und damit über die bisherige Form historischer Quellenforschung mochte als Erkenntnisurteil im Gefolge einer logisch-analytischen Argumentation daherkommen, wirkte aber tatsächlich wie ein Schuldspruch in einem „Kriminalprozeß", dem die Vollstreckung auf dem Fuß zu folgen hatte. Ranke schien das Schauspiel einer Gerichtsverhandlung zu inszenieren, in der im Grunde die gesamte etablierte Historie der systematischen Verfälschung der Geschichte bezichtigt und für dieses ungeheure Verbrechen unnachsichtig zur Verantwortung gezogen wurde. Dazu kam, daß Rankes logisch-analytische Argumentation immer wieder direkt in eine ethisch-juristische Bewertung umschlug. Er scheute nicht davor zurück, bei einem Autor wie Guicciardini bewußte Geschichtsfälschung zu konstatieren und damit denen, die ihm folgten, mangelnden Sinn für historische Wahrheit, wenn nicht ebenfalls arglistige Täuschung zu unterstellen. Er nahm vor allem die Reden bei Guicciardini aufs Korn, die er allesamt für erdichtet erklärte; er unterschied „die Veränderung gehaltener, die Erdichtung nie gehaltener" Reden und „die Umgestaltung der Thatsachen, um zu einer erdichteten Rede zu gelangen", was am meisten ins Gewicht falle und „eines Historikers nicht sehr würdig" sei. Er glaubte, denselben Autor auch der willentlichen Veränderung der diplomatischen „Beschlüsse und Bündnisse" überführen zu können. Bei der abschließenden Abwägung von „Erfolg und Verdienst dieses Werkes" hieß es nochmals ohne Umschweife, „daß ein großer Theil derselben [Geschichte], die Reden, keineswegs historische Monumente, sondern Uebungen der Redekunst, daß wichtige Facten ganz entstellt, Verträge verändert und Wunder erzählt seyen, die sich nie begeben, daß die Darstellung, die der Verfasser von seinem eigenen Verhalten giebt, mindestens großen Zweyfeln unterliege." Das waren wirklich die Ergebnisse einer „Kriminaluntersuchung", und es ist augenscheinlich, daß die Wirkung des Ganzen wesentlich von solchen Urteilen herrührte.

Die *Kritik neuerer Geschichtschreiber* blieb nicht vereinzelt. Ranke ließ ihr vielmehr alsbald zwei weitere Abhandlungen dieses Zuschnitts folgen. Der „kriminalistische" Aspekt erschien dabei in ihnen noch dadurch verstärkt, daß sie sich jeweils auf einen

Sachverhalt bezogen, der selbst eine eigentümliche „kriminalistische“ Dimension aufwies. Das eine Mal, in einem Artikel der Wiener „Jahrbücher der Literatur“ vom Jahre 1829, thematisierte Ranke die „Geschichte des Don Carlos“, eine spannende Geschichte von Zerwürfnis, Intrige und Tod, voll schlimmer Verdächtigungen, die Schiller neuerdings einem dafür empfänglichen Publikum präsentiert hatte. Die „Analyse bisheriger Erzählungen“, mit der Ranke seine Abhandlung eröffnete, ergab ein ganz ähnliches Bild: eine kaum unterbrochene Serie von Verfälschungen, Fabeln, Märchen und Mißverständnissen, die vielfach auf Vorsatz und Eigensucht zurückgingen.

Wenn es aber einen Rankeschen Text gab, der dem 1824 aufgestellten Muster am vollkommensten entsprach, dann war es die Arbeit *Ueber die Verschwörung gegen Venedig*, die 1831 erschien. Der Autor bezeichnete sie selbst ausdrücklich als eine „Untersuchung“. Er hatte darin ein Ereignis der venezianischen Geschichte nicht einfach zu rekonstruieren, sondern überhaupt zu verifizieren. Noch sein Fazit klang ziemlich ernüchternd: „Von dieser Verschwörung lässt sich sagen, dass sie zugleich wahr und nicht wahr sey.“

Die umstrittene Geschichte, die auch in das von Schiller angeregte Sammelwerk *Geschichte der merkwürdigsten Rebellionen und Verschwörungen aus den mittlern und neuern Zeiten* Eingang gefunden hatte, war ausgesprochen spektakulär. Im Frühjahr 1618 hatte es in Venedig Hinrichtungen französischer Söldner gegeben, die im Dienst der Republik standen oder sich in der Stadt aufhielten; weitere Söldner hatten die Stadt kurz darauf fluchtartig verlassen, auch der spanische Botschafter war entwichen. Die Venezianer behaupteten, man sei damit einem Anschlag auf die Republik zuvorgekommen, den diese Mietstruppen im Verein mit dem Vizekönig von Neapel und dem Gouverneur von Mailand, Amtsträgern der spanischen Krone, geplant hätten, wobei der spanische Botschafter vermittelt habe. Dagegen erhoben sich allerdings sofort spanische und französische Gegenstimmen; sie stellten die angebliche Verschwörung rundheraus in Abrede und führten für jene Vorfälle ganz andere Gründe an. Aus diesen beiden Grundanschauungen entwickelte sich eine immer wieder erneuerte literarische Kontroverse, ohne daß es dabei zu einer Entscheidung der Sache gekommen wäre. Ranke hatte also einen regelrechten Kriminalfall vor sich, der noch völlig unaufgeklärt war und ihn vor allem deswegen interessierte, weil es zu seiner Aufklärung eines ungewöhnlichen Maßes an Scharfsinn bedurfte; freilich wußte er „ein im ganzen so wenig bedeutendes Ereigniss, wie unsere Verschwörung", zugleich in den Gesamtzusammenhang der europäischen Staatengeschichte am Vorabend des Dreißigjährigen Krieges einzuordnen. Jedenfalls schrieb er darüber eine „Kriminaluntersuchung" im wahrsten Sinne des Wortes, die noch heute an Stringenz ihresgleichen sucht und neben jedem Kriminalroman bestehen kann.

Sie gipfelte im zweiten Teil der Abhandlung, in dem Ranke, konfrontiert mit „mannigfaltigem Stoff", sich vornahm, die Faktizität des Geschehens selbst zu konstatieren. Er setzte mit „dem Allgemeinen" ein, indem er, ausgehend von der politischen Gesamtlage in Europa, das gespannte Verhältnis zwischen Venedig und Spanien darlegte, das die Republik seit dem Herbst 1617 einen direkten Angriff des Vizekönigs von Neapel befürchten ließ. Er schwenkte sodann zu den französischen Soldtruppen in Venedig über, die aus Geldgier und Abenteuerlust zu jedem Frontwechsel bereit waren. Der nächste Schritt war, daß er, in diesem Koordinatensystem, ein gewisses „Einverständniss" zwischen einer Gruppe von Söldnern und dem Vizekönig heranreifen sah, der sich dabei freilich einigermaßen bedeckt hielt, um nicht in unabsehbare Verwicklungen zu geraten; das Haus des spanischen Botschafters diente dabei als Umschlagplatz. Danach folgten die „Anschläge" selbst, die die Verschwörergruppe auszuhecken begann und mit Unterstützung des Vizekönigs zu verwirklichen trachtete: Pläne zur Besetzung der wichtigsten Plätze der Stadt, zur Ermordung der Senatoren, zur Plünderung, zur Auslieferung der Stadt an den Vizekönig, die aber allesamt noch unausgegoren blieben und niemals in ein konkretes Stadium traten. Daraufhin aber die Wende: die „Entdeckung" dieser „Anschläge" durch Verrat, die Beschlußfassung des Kriminalkollegiums, die Hinrichtungen, die Flucht der Mitwisser. Rankes Resümee: „Gehört es zu einer Verschwörung, dass man sich durch ausdrückliches Verbündniss zu einem bestimmten Endzweck, für eine auf Tag und Stunde festgesetzte Zeit, in einer genau angegebenen Art und Weise vereinigt habe, so ist diess keine zu nennen. Reicht es aber hin, daß man im Allgemeinen einverstanden sey, die Mittel vorbereite, damit umgehe, die Ausführung näher zu bestimmen, und eine endliche Uebereinkunft zu schließen, so war diess allerdings eine Verschwörung. Den Venezianern gelang es, sie zu ersticken, ehe sie reif ward." Es schloß sich an, wie die Venezianer, um die Unterdrückung des drohenden Umsturzes zu vollenden, die Abberufung des spanischen Gesandten erzwangen und auch an der Absetzung des Gouverneurs von Mailand, der sich damals gleichfalls gegen die Republik feindselig verhalten hatte, und des Vizekönigs von Neapel mitwirkten. Endlich: ein Ausblick, der wiederum zur politischen Gesamtlage zurücklenkte. Ranke verband ein auf jeder Stufe strenges Beweisverfahren, in dem alle relevanten Zeugnisse zur Erörterung standen, mit einer anschaulichen Schilderung der Ereignisse und Umstände; er wußte insbesondere den Schauplatz des Geschehens so genau ins Bild zu setzen, daß jeder Venedig-Besucher bei der Lektüre in den schönsten Erinnerungen schwelgen kann.

Bevor Ranke dergestalt „den reinen Inhalt" des Geschehens darlegte, fand aber der „Kriminaluntersuchung" erster Teil statt: die „Kritik" der historiographischen Überlieferung. Der Ermittlung des Staatsverbrechens selbst ging die Ermittlung eines Überlieferungsverbrechens voraus. Hier setzte es, statt der bloßen Konstatierung, direkte juristisch-moralische Urteile, die auf eine klare Verurteilung hinausliefen. Gleich eingangs hieß es unheilverkündend: „Mehr als Eine Schwierigkeit hat die Untersuchung, an die ich mich wage. Die Schriftsteller, denen sie gilt, begehen oft unverschuldete, zuweilen selbst vorsätzliche Irrthümer; die Actenstücke, die man uns vorlegt, sind weit entfernt, alle ächt zu seyn; die Handelnden selbst begegnen sich mit wahren und erheuchelten Anschlägen, mit falschem so gut wie mit begründetem Verdacht." Rankes „Untersuchung" hatte zum Ergebnis, daß die „verschuldeten" Fehler ein erdrückendes Übergewicht besaßen.

Zunächst musterte Ranke die Darstellungen, die auf der venezianischen Version der „Verschwörung" basierten. Die Reihe wurde eröffnet vom venezianischen „Staatshistoriker" Battista Nani, der das Ereignis im Rahmen seiner 1663 erschienenen *Historia della republica Veneta* behandelte. Ranke fand die Erzählung einigermaßen seriös, aber doch wiederum nicht befriedigend, nicht ohne dabei ein schuldhaftes Verhalten zu vermuten: „Sollte man nicht glauben, dass es in Nani's Gewalt gestanden hätte, allem Zweifel, allem Gerede auf immer ein Ende zu machen?" Als nächster Autor figurierte der Abbé St. Real, auch sonst durch „zweideutige Erzählungen" hervorgetreten; Ranke hatte ihn schon bei seinen Studien zu Don Carlos als einen der „Wahrheit" durchaus abgeneigten Geschichtsschreiber kennengelernt. Dieser schrieb über die „Verschwörung" aus dem einzigen Grund, „die öffentliche Neugier zu befriedigen, und sich an dieser Sache zu dem Range des modernen Sallust zu erheben". Er war daher bemüht, den Bericht Nanis um neue Fakten zu ergänzen, die ihm die Aufmerksamkeit des Publikums sicherten. Er stieß auch auf „Actenstücke", die dergleichen enthielten; sie hatten das Aussehen „gleichzeitiger" Dokumente und konnten daher zugleich die Gelehrsamkeit des Autors ins hellste Licht setzen. Ranke unterzog das wichtigste dieser „Actenstücke" einer minuziösen Analyse und kam zu dem Resultat: „Ohne Zweifel ist unser Actenstück von Anfang bis Ende erdichtet." Er sah einen „Verfälscher" am Werk und schloß mit dem Satz: „Die Personen, die man hier verhaften, martern, bekennen, hinrichten lässt, haben nie existirt"; um so mehr kam es offenbar darauf an, den Erfinder dieses „Actenstücks" gewissermaßen im nachhinein zu „verhaften", zu „martern", seine Schuld „bekennen" und „hinrichten" zu lassen. Der Abbé St. Real war aus seiner vor- oder unwissenschaftlichen Gesinnung heraus dumm genug, um auf diese Fälschung hereinzufallen, und fügte weitere Erfindungen hinzu, um die Widersprüche zwischen dem angeblichen „Actenstück" und dem Bericht Nanis zu beheben. Bodenlose Dummheit regierte auch die weitere Überlieferung. Spätere Autoren wie Vettor Sandi und Christoforo Tentori stützten sich auf eine anonyme italienische Handschrift derselben Zeit, merkten aber nicht, daß es sich dabei um eine Übersetzung der Schrift von St. Real handelte. Noch Domenico Tiepolo, der 1828 *Discorsi sulla storia veneta* veröffentlichte, war nicht bereit, die „abenteuerliche Darstellung Tentori's" und damit die ganze auf sie zulaufende Tradition zu widerrufen.

Als sich Ranke jenen Darstellungen zuwandte, die in „Opposition" zu der venezianischen Lesart standen, traf er auf Verhältnisse, die nicht viel besser waren. Er konzentrierte sich auf zwei neuere Arbeiten, eine Abhandlung des preußischen Akademikers Chambrier vom Jahre 1801 und die soeben erschienene *Histoire de Venise* des ehemaligen Napoleonischen Ministers Daru, und hielt sie beide für unbrauchbar. Chambrier setzte dem angeblichen „Mährchen von der Verschwörung" ein veritables „Mährchen" entgegen, indem er eine „Hypothese" aufstellte, die „den Facten gegenüber" keinen Bestand hatte. Daru geriet durch „die hartnäkkige Verfolgung eines flüchtig gefassten Gedankens" auf eine abschüssige Bahn. Aus „Vermuthung auf Vermuthung, baut er eine zusammenhängende Erzählung vor uns auf": „Ob sie aber auch wahr ist?" Rankes Verdikt war eindeutig: „Hier aber befinden wir uns in einem Reich von Irrthümern und Verwirrungen." Sein Schlußurteil lautete: „Wäre es ein Theaterstück, so könnte man die Gewandtheit, mit welcher die Schwierigkeiten beseitigt und die Intrigue bis zum letzten Moment durchgeführt worden, nicht anders als loben. Geschichte schreibt man damit nicht [...] sie fordert Hochachtung vor der vergangenen Begebenheit."

Aber Ranke blieb nicht bei der Verurteilung einzelner Darstellungen stehen, sondern nahm wiederum die ganze bisherige Geschichtsschreibung ins Visier. Als er jenes von Abbé St. Real ausgeschöpfte „Actenstück" als Fälschung erkannte, machte er nämlich eine Entdeckung von weittragender Bedeutung: daß die historiographische Überlieferung zur neueren Geschichte überhaupt in großem Maße auf Fälschungen dieser Art zurückzuführen sei. Vor seinen Augen erstand ein gigantisches Fälschersyndikat, das die geneigte Welt mit erlogenen Nachrichten belieferte: „Diese starke Betrügerei macht uns auf eine Schule von Verfälschern aufmerksam, welche, um zu verkaufen, was sie nicht hatten, etwas erfanden, dem analog, was man forderte. Diese Leute [...] haben selbst den Wurmstich so alter Papiere nachgeahmt; aber allerdings ist das etwas unvollkommen geschehen, und der Betrug springt bei dem ersten Blick in die Augen; [...] einige Documente der spätern Zeit, die allgemeinen Glauben erworben, sind ihnen schlechterdings zuzuschreiben". Die Historie glitt hier in die Sphäre organisierter Kriminalität ab.

Ranke hat weder vorher noch später dermaßen scharf über die frühere Geschichtsschreibung geurteilt. Aber was er sagte, paßte grundsätzlich zu jener Haltung, die er auch sonst immer wieder in Vorreden, Exkurse und Analekten einfließen ließ. Jedenfalls war damit die Tendenz getroffen, die er zeit seines Lebens verfolgte. Natürlich kann im Ernst keine Rede davon sein, daß er die Geschichte der Geschichtsschreibung umstandslos als Abfolge von „Schulen von Verfälschern" aufgefaßt hätte. Er wußte zu differenzieren; man braucht dazu nur die Vorlesungseinleitungen und ihre Bemerkungen zur historischen Literatur anzusehen; auch in jenen von uns betrachteten Abhandlungen fehlt es keineswegs an Worten der Anerkennung oder des Verständnisses. Völlig ungebrochen war bekanntlich sein Respekt vor der antiken Geschichtsschreibung: „Die wirklich Größten sind unübertrefflich, und Leute wie Thuk.[ydides] und Tacitus sind unübertrefflich, die höchsten." Aber diese Folgerung verwies zugleich auf das ganze Dilemma der Geschichtsschreibung seit dem griechisch-römischen Altertum und gerade auch in moderner Zeit. Denn Ranke war nicht darüber zweifelhaft, daß den großen antiken Geschichtsschreibern kaum selbständige Hervorbringungen gefolgt seien, die mit ihnen nach ihrer formalen Qualität verglichen werden könnten, und er ließ seine Leser und Hörer nicht darüber im unklaren, daß er selbst sich nach so langer Zeit erstmals eine Historiographie im Stile des Thukydides und Tacitus zutraute.

In der Tat schien es ihm nach der Antike um die Geschichtsschreibung nicht gut bestellt. Wenn er alles überblickte, hatte er es mit einer Serie von Fehlleistungen zu tun, die immer mehr von der wahren Erkenntnis der Vergangenheit wegführten. Auch wenn dabei keine kriminelle Absicht im Spiele war, handelte es sich doch, objektiv gesehen, um ein kriminelles Verhalten, das mit Recht aufs strengste geahndet werden mußte: indem diese Art der Geschichtsschreibung fortan aus dem Umkreis der historischen Wissenschaft verbannt wurde. Wo sich eine kriminelle Absicht nachweisen ließ, lag dieses ganze verbrecherische Treiben sozusagen offen zutage. Insoweit war die Kategorie der Fälschung überhaupt, auf die wir durchgängig gestoßen sind, gleichsam der Inbegriff der Geschichtsschreibung, die Ranke vorfand. Er saß über sie zu Gericht, um sich von dieser Hinterlassenschaft zu befreien und eine von Grund auf erneuerte Historie heraufzuführen, die sich mit seinem Namen verbinden sollte.

Es existiert eine Rankesche Tagebuchnotiz aus den 1840er Jahren, die diese Sicht der Dinge auf eine kurze Formel brachte: „Die Historie wird immer umgeschrieben; was schon bemerkt worden. Jede Zeit und ihre hauptsächliche Richtung macht sie sich zu eigen und trägt ihre Gedanken darauf über. Danach wird Lob und

Tadel ausgeteilt. Das schleppt sich dann alles so fort. Bis man die Sache selbst gar nicht mehr erkennt. Es kann dann nichts helfen als Rückkehr zu der ursprünglichsten Mitteilung. Würde man sie aber ohne den Impuls der Gegenwart überhaupt studieren? Wie dem auch sei, es bleibt immer die Aufgabe, sich zu reiner Anschauung zu erheben." Ranke bot hier, im Gewand einer erkenntnistheoretischen Reflexion, zweierlei, worauf es in unserem Zusammenhang ankommt: eine Bewertung der bisherigen „Historie" und eine Bestimmung der „Aufgabe", die Ranke demgegenüber erfüllen wollte. Der Rückblick auf die Geschichte der Geschichtsschreibung machte eine jeweils fortschreitende Dekadenz sichtbar. Ursprünglich ging es um die Erkenntnis der Vergangenheit aus „der ursprünglichsten Mitteilung", wie bei Thukydides und Tacitus. Aber im Laufe der Zeit wurde dieser Stoff im Lichte immer neuer Gegenwartsbedürfnisse immer weiter verunstaltet. Ranke war realistisch genug, um in dieser Entwicklung eine gewisse Gesetzmäßigkeit zu erkennen. Aber er nahm sich doch vor, ihr entgegenzutreten. Mochten seine Sätze auch eine Relativierung seines Wahrheitsanspruchs implizieren: die regulative Idee, der er sich verschrieb, hieß ihn, sich auf die absolute Wahrheit einzustellen, und er besaß hinreichendes Selbstbewußtsein, um ihre annähernde Erreichung für möglich zu halten. Am Ende der Vorrede zur *Deutschen Geschichte im Zeitalter der Reformation* schloß er eine Korrektur seiner „Grundwahrnehmungen" durch die spätere Forschung aus: „Denn die Wahrheit kann nur Eine seyn." Es war diese Selbstgewißheit, aus der heraus er sich zum Richter über die gesamte Historiographiegeschichte aufschwang.

Ranke leugnete für sich „das Amt, die Vergangenheit zu richten"; aber er hatte keinerlei Bedenken, die vergangene Geschichtsschreibung „zu richten", und zwar so radikal absprechend wie nur immer möglich. Wie ging das zusammen?

Der Widerspruch ist natürlich nur scheinbar, und es empfiehlt sich, dazu zunächst an die soeben zitierte Tagebuchnotiz anzuknüpfen. Ranke richtete da über eine Geschichtsschreibung, die die „Gedanken" ihrer „Zeit" auf die Vergangenheit überträgt und nach ihnen „Lob und Tadel" verteilt. Sein Richterspruch galt mithin der „historia magistra vitae": jener Historie, die für sich „das Amt, die Vergangenheit zu richten", beansprucht. Auf sie trifft man in der *Kritik neuerer Geschichtschreiber*, der *Geschichte des*

Don Carlos und der *Verschwörung gegen Venedig* allenthalben: „entgegengesetzte Meinungen, begründet in der Stellung des Augenblicks". Rankes Urteile über Fälscher und Fälschungen zielten hauptsächlich auf eine Geschichtsschreibung dieses Typs. Ranke richtete also eine richtende Geschichtsschreibung; das eine war die Kehrseite des anderen.

Nicht anders steht es, wenn man nach Rankes Maßstäben fragt. Wenn er in der *Kritik* die traditionellen Quellenschriftsteller aufs Korn nahm, wollte er wissen, „wem von so Vielen eine originale Kenntniß beygewohnt"; das durchzog alle Rankeschen Quellenstudien und entsprach jenem Kriterium, an dem er die richtende Historiographie gemessen hatte: lediglich zu „sagen, wie es eigentlich gewesen". Bekanntlich hat Ranke diese „originale Kenntniß" schließlich nicht aus den historiographischen Quellen, die er als unzuverlässig erkannt hatte, sondern aus Gesandtschaftsberichten, Briefen und Akten, die er die „originalen Papiere" nannte, gewonnen. Ein Satz aus der Vorrede zur *Deutschen Geschichte im Zeitalter der Reformation* enthielt ein förmliches Forschungsprogramm: „Ich sehe die Zeit kommen, wo wir die neuere Geschichte nicht mehr auf die Berichte selbst nicht der gleichzeitigen Historiker, außer in so weit ihnen eine originale Kenntniß beiwohnte [...], sondern aus den Relationen der Augenzeugen und den ächtesten unmittelbarsten Urkunden aufbauen werden."

Ranke hielt aber nicht nur Gericht über die Geschichte der Geschichtsschreibung. Auch in seiner Geschichtsschreibung selbst machte sich ein eigentümlicher Anspruch auf Recht und Gerechtigkeit geltend; in ihm war das letzte Ziel beschlossen, dem diese Geschichtsschreibung zustrebte. Er ergab sich aus Rankes Religiosität: aus der Vorstellung, daß Gott der Herr der Geschichte sei und die Menschen vor sein Tribunal ziehe.

Mitunter operierte Ranke dabei sogar mit der traditionellen Figur des Jüngsten Gerichts. Er konnte, um seine Unparteilichkeit gegenüber den kämpfenden Parteien in der Geschichte zu begründen, in einer Vorlesung der beginnenden 1830er Jahre feststellen: die Historie habe deren Streit „nicht einmal theoretisch zu entscheiden, wohl ihre Vergangenheit zu lehren; sie weiß wohl, daß er sich nach Gottes Willen entscheiden wird". Das war historische Objektivität als Vorstufe der göttlichen Gerechtigkeit.

Allerdings ging die ganze Tendenz des Rankeschen Denkens

eher dahin, das Gericht Gottes in die Geschichte selbst hineinzuverlegen. In den *Epochen der neueren Geschichte* steht: „Die Gottheit – wenn ich diese Bemerkung wagen darf – denke ich mir so, daß sie, da ja keine Zeit vor ihr liegt, die ganze historische Menschheit in ihrer Gesamtheit überschaut und gleich wert findet“. Wenn man so will, handelt es sich hier um eine Anwendung der Lutherschen Rechtfertigungslehre auf die Geschichte. Dem Immediatverhältnis des evangelischen Christen gegenüber Gott entspricht das Immediatverhältnis, in dem „alle Generationen der Menschheit“ zu Gott stehen: „jede Epoche ist unmittelbar zu Gott“. Was Ranke dabei von Luther unterscheidet, ist, daß er den eschatologischen Horizont so weit hinausschiebt, daß er faktisch zu einer Immanenz der göttlichen Gerechtigkeit in der Geschichte gelangt. Das gleiche Recht jeder Epoche beruht „in ihrer Existenz selbst, in ihrem Eigenen selbst.“ Die Aufgabe des Historikers ist es, dieser „Existenz selbst“ zur gleichmäßigen Anerkennung zu verhelfen. Das war historische Objektivität als Verkündung der göttlichen Gerechtigkeit.

Freilich bleibt dieser Verkündung eine letzte Grenze gesetzt: Die Gottheit weiß mehr, als jemals ein Historiker wissen kann, und ihre Gerechtigkeit reicht daher in jene Sphäre des Jüngsten Gerichts, die Ranke nie ganz preisgegeben hat. Jedoch verliert der Gedanke der in der Geschichte geoffenbarten und vom Historiker ausgesprochenen göttlichen Gerechtigkeit dadurch nichts von seiner Schärfe, im Gegenteil: der Verweis aufs Jenseits gibt ihm gewissermaßen eine metaphysische Legitimation.

Es ist eklatant, daß Ranke sein historiographisches Amt von vornherein in diesem Sinne verstand. Die Radikalität seines Verdikts über die bisherige Geschichtsschreibung rührte zuletzt von dem Selbstbewußtsein her, das ihm der Glaube an Gottes historische Gerechtigkeit eingab. Manchmal war er sich seiner Einsicht in Gottes Willen so sicher, daß er es nicht bei der innerweltlichen Darstellung des Geschehens beließ. Man kennt die Stellen in den *Geschichten der romanischen und germanischen Völker*, wo Ranke solcher Einsicht Ausdruck gab: „Gott wollte aber“, „Gott gab aber“, „Gott wollte nicht“, „Gott“ der „Schöpfer“ und „Verderber“. In der Vorrede war auf solche Stellen hingedeutet, als Ranke abschließend den Gegenstand seines Geschäfts umriß: „das Leben des Einzelnen, der Geschlechter, der Völker, zuweilen die Hand

Gottes über ihnen." Mochten derartige Urteile auch in den späteren Schriften zurücktreten, mochten sich von Anfang an auch agnostizistische Aussagen finden über die „Menschheit wie sie ist, erklärlich oder unerklärlich", über „das Uebrige", das „Gott befohlen" sei, so war doch Ranke immer zutiefst davon überzeugt, daß es ihm gegeben sei, kraft seines Wahrheitswillens gleichsam das Gericht Gottes an der Geschichte zu vollstrecken.

Von Friedrich Schiller stammt das Wort: „Die Weltgeschichte ist das Weltgericht" – die Quintessenz des 1784 entstandenen Gedichts „Resignation". Konrad Repgen hat gemeint, Ranke habe mit seiner Wendung gegen das der Historie bis dahin angesonnene „Amt, die Vergangenheit zu richten", auch der Schillerschen Sentenz „eine indirekte, aber deutliche Absage" erteilt. Ich bin nicht dieser Meinung: im Einklang mit einer Deutung, die Reinhart Koselleck kürzlich in einem Vortrag in Frankfurt am Main geliefert hat. Im Mittelpunkt des Gedichts steht ein Mensch, der nach gescheiterter Liebe auf Vergeltung des ihm angetanen Unrechts im Jenseits hofft. Aber als er vor den Thron des ewigen Gerichts tritt, wird ihm die Auskunft zuteil, daß alles schon hinter ihm liege, daß seine Hoffnung selbst in ihrer jeweiligen Gegenwärtigkeit sein Lohn gewesen sei. An dieser Stelle fällt der Satz: „Die Weltgeschichte ist das Weltgericht"; er bedeutet also: das „Weltgericht" findet nicht nach Ablauf der „Weltgeschichte" statt, sondern vollzieht sich in ihr selbst oder durch sie selbst, in jedem Moment, in jeder Handlung; man kann auch sagen: Die Geschichte richtet sich selbst. Die grundsätzliche Übereinstimmung mit der Rankeschen Position springt ins Auge. Rankes Glaube an die Offenbarung der göttlichen Gerechtigkeit in der Geschichte: das war in der Tat der Glaube an eine „Weltgeschichte", die zum „Weltgericht" geworden war. Die „Kriminaluntersuchung" über das verfehlte Richteramt der traditionellen Historie fand darin ihre Erfüllung.

Peter Alter

Die grausige Bluttat in Islington

An der Südostecke der wenig bemerkenswerten Gemeindekirche St. James in Clerkenwell, heute der südliche Teil des Londoner Stadtbezirks Islington, ist eine helle, unauffällige Steinplatte eingemauert. Die Inschrift des Steins ist verwittert; lesbar sind nur noch Bruchstücke des Textes. Deutlich erkennbar sind die Jahreszahl 1834, der Name „Steinberg" und die Worte „a native of Germany". Das ist genug, um neugierig zu machen. Warum erinnert, mitten in London, ein Gedenkstein an einen Deutschen, der dort offenbar vor nahezu 170 Jahren zu Tode kam?

Der volle Text auf dem Stein findet sich in der detailreichen Geschichte Clerkenwells von William Pinks aus dem Jahre 1865:

Es steht greulich und schrecklich im Lande – Jer. 5, 30

Unter diesem Stein liegen die sterblichen Überreste von Ellen Lefevre, 25 Jahre alt, und ihrer vier Kinder:

Henry,	5 Jahre und	6 Monate alt
John	4	6
Ellen	2	6
Philip		8

die ermordet wurden in ihrem Haus an der *Southampton Street*, Pentonville, in der Nacht des 8. September 1834 von John Nicholas Steinberg, 45 Jahre alt, ein gebürtiger Deutscher, und Vater der obengenannten Kinder, der sich danach selbst mordete, und nach den Bestimmungen des Gesetzes begraben wurde.

Poor babes could not your innocence prevail!
And when your father heard your plaintive wail
Did not compunction smite his guilty soul,
Dark thoughts of murder to control –
None! –

None heard your cries, in sleep the world was bound,
A gloomy, death-like stillness reigned around,
While guilt with gliding footsteps noiseless trod,

Gedenkstein an der Gemeindekirche St. James in Clerkenwell, erbaut 1788–92 von dem Londoner Architekten James Carr: Bildmitte rechts neben dem Treppenaufgang (Fotos: P. Alter)

You slept on earth, you woke and saw your God.
'Neath your Creator's wings in peace you're blest,
For angels wafted you to realms of rest.

Dieser Stein wurde durch eine öffentliche Sammlung aufgestellt, um dieser traurigen Begebenheit zu gedenken.

Häuserzeile in einer Nebenstraße von Southampton Street, gebaut im gleichen Stil wie das nicht mehr existierende Haus Nr. 17 (Foto: Tony Paris-Simons)

Über das, was in der Nacht des 8. September 1834 in dem Haus am damaligen Rande der Londoner Innenstadt geschehen war, informierte das *Gentleman's Magazine* seine Leser in einem nüchternen Bericht. Ein 45jähriger Deutscher namens Steinberg, von Beruf Peitschenmacher, habe seine junge Lebensgefährtin Ellen Lefevre und die vier gemeinsamen Kinder auf barbarische Weise ermordet, indem er ihnen die Kehle durchschnitt. Anschließend habe er sein Leben auf die gleiche Weise beendet. Am Samstag, dem 13. September, seien die Opfer auf dem Friedhof von St. James in Clerkenwell begraben worden. Eine große Menschenmenge habe sich dazu eingefunden. Unmittelbar nach Bekanntwerden der Tat sei spontan ein Komitee gebildet worden, um Geld für die ordentliche Beerdigung der Opfer und die Errichtung eines Gedenksteins zur Erinnerung an ihr unglückliches Schicksal zu sammeln.

Der Bericht läßt erkennen, daß die Mordtat in der damals schnell wachsenden Riesenstadt ein ungeheures Interesse und ungewöhnliche Anteilnahme am Schicksal der Opfer geweckt hatte. Entsetzen und Empörung, schrieb später William Pinks, „prägte für einige Zeit die öffentliche Meinung". Die *Times* befriedigte die öffentliche Neugier in den Tagen nach den Morden mit der Enthüllung immer weiterer Details über den Hergang der Tat, ihre Hintergründe und die grauenvollen Szenen, die sich der Polizei in den Räumen des Hauses Nr. 17 in der Southampton Street boten. Andeutungen, Vermutungen und Spekulationen über die möglichen Motive des Täters verdichteten sich zu einer Geschichte, in der Liebe und Eifersucht eine Rolle zu spielen schienen, aber auch Geldgier und Betrug, Not und Verzweiflung. Das Interesse der Öffentlichkeit und der Polizei konzentrierte sich auf den Mörder. Wer war Steinberg? Womit hatte er in London seinen Lebensunterhalt verdient? Was hatte ihn zu einer Handlung getrieben, die in der Londoner Bevölkerung Entsetzen auslöste, aber auch mitmenschliche Anteilnahme am Schicksal der Opfer und geradezu archaische Emotionen bei der Beerdigung des Täters?

Auf die Fragen fanden sich in den Tagen und Wochen nach der Tat keine schlüssigen Antworten. John Nicholas Steinberg blieb trotz aller Nachforschungen der Polizei und der Journalisten ein rätselhafter Mensch. Sein Geburts- oder Herkunftsort „in Deutschland" konnte nicht ermittelt werden. Offenbar hatte er zum Zeitpunkt der Tat schon seit über zehn Jahren in London gelebt, dort verschiedene Tätigkeiten ausgeübt und seine Adresse häufiger gewechselt. Die Zeitungen nannten ihn einen „Peitschenmacher" („whip-maker"). Eine Erfindung, über die nichts Näheres bekannt wurde, ermöglichte ihm die Gründung einer kleinen Werkstatt, in der er einen jungen Gehilfen beschäftigte. Ganz offensichtlich gehörte er zur großen, im 19. Jahrhundert wachsenden Zahl deutscher Handwerker und Arbeiter, die in London ihr Glück suchten. Die Volkszählung von 1851 registrierte nahezu zehntausend Deutsche in der britischen Hauptstadt. Theodor Fontane hatte jedoch den Eindruck, es seien dort noch viel mehr anzutreffen. Bei seiner zweiten Englandreise notierte er am 30. Mai 1852 mit milder Ironie und Übertreibung in seinem Tagebuch: „Die Zahl der Deutschen ist so enorm groß, daß man mitunter auf heimatlichem Boden zu sein glaubt und sich wundert, daß nicht auch die Schilder der Kaufläden deutsche Inschriften tragen. Fast nur die Kinder und die Constabler, allenfalls auch noch die Kutscher sprechen englisch; wogegen man jeden Kellner, jeden Commis, jeden Handwerker – namentlich bestimmte Professionen – und jeden Menschen mit unrasiertem

Kinn (dies ist das Hauptkennzeichen) deutsch anreden und einer deutschen Antwort gewiß sein kann. Die City ist eine deutsche Handelsstadt wie Hamburg oder Bremen, die eine Hälfte *ist* deutsch, die andere *spricht* es wenigstens."

Unter den vielen deutschen Handwerkern aller Sparten in London gehörte Steinberg allem Anschein nach zu den erfolgreichen, die es zu einigem Wohlstand gebracht zu haben schienen. Mit gutem Recht konnte er sich als selbständiger Kleinunternehmer bezeichnen; er hatte ein größeres Haus gemietet, leistete sich ein junges Dienstmädchen und verbrachte im Sommer 1834 mit der ganzen Familie mehrere Monate in Deutschland. Doch war das nur trügerischer Schein? Die Ermittlungen der wenige Jahre zuvor gegründeten Metropolitan Police ergaben, daß Steinberg erst zwei Tage vor der Mordtat vom Kontinent zurückgekehrt war. Mit seinen Mietzahlungen, so stellte sich schnell heraus, war er mehrere Monate im Rückstand. Seinen Gehilfen hatte er sofort nach der Rückkehr aus Deutschland entlassen – nach einer heftigen Auseinandersetzung, wie Ohrenzeugen berichteten. Ein deutscher Bekannter hatte Steinberg am Nachmittag des Mordtages im Pub *The King of Prussia* in Whitechapel getroffen, kurz darauf noch einmal. Bei der Gelegenheit habe Steinberg gesagt, er sei ein ruinierter Mann und werde verrückt; er habe gerade ein Gerichtsverfahren verloren, das ihn 200 Pfund Sterling kosten werde.

Alle diese Indizien deuteten auf finanzielle Probleme des Täters hin. Von einem nahen Verwandten Steinbergs stammte zudem die Information, daß seine legale, in London lebende Ehefrau in Deutschland über Immobilienbesitz verfügte, der im Falle ihres Todes an ihren Ehemann fallen sollte. Steinberg habe während seines jüngsten Aufenthalts in Deutschland versucht, die Verfügungsgewalt über den Besitz zu erhalten, indem er fälschlicherweise behauptete, seine Frau sei verstorben. Das sei Mrs. Steinberg zu Ohren gekommen; umgehend habe sie die Behörden in Deutschland und ihre dort lebenden Angehörigen über ihr Wohlergehen und die sinistren Pläne ihres Mannes benachrichtigt. Den Ausgang der versuchten Erbschleicherei schilderte die *Times* mit unverhohlener Befriedigung: „In Unkenntnis des Briefes stellte der Mörder die junge Frau Lefevre seiner Schwester und seinen Verwandten als seine rechtmäßige Ehefrau vor und die Kinder als seine Kinder mit dieser, und behauptete, daß seine erste Frau bereits seit einigen Jahren tot sei. Nachdem er einige Schritte unternommen hatte, um sich des fraglichen Besitzes zu versichern, konnten ihn die Freunde von Mrs. Steinberg aufgrund der Informationen, die ihnen so rechtzeitig durch den Brief mitgeteilt wurden, daran hindern."

Diese zwielichtigen, ja kriminellen Vorgänge rückten den Charakter des Mannes, der seine gesamte Familie mit einem Metzgermesser aus nicht durchschaubaren Motiven umgebracht hatte, in den Mittelpunkt des öffentlichen Interesses. Von denen, die ihn gekannt hatten, hörte man Widersprüchliches. Dem Besitzer des Hauses, das Steinberg in der Southampton Street unweit des späteren Kopfbahnhofs King's Cross gemietet hatte, erschien er als „a quiet tradesmanlike man". Doch dann korrigierte er sich selbst und sagte, er habe Steinberg als gewalttätigen Mann eingeschätzt. Im ähnlichen Sinne äußerte sich der älteste Sohn Steinbergs, der bei seiner Mutter lebte. Sein Vater sei leicht erregbar gewesen; er habe ihn und seine Mutter geschlagen. Er glaubte, sein Vater sei zeitweise geisteskrank gewesen („at times insane"). Positiv äußerte sich das junge Dienstmädchen im Haushalt der Steinbergs, sowohl über den Charakter ihres ehemaligen Chefs als auch über das Verhältnis zwischen ihm und Ellen Lefevre. Sie habe Steinberg nie betrunken erlebt. Während des Aufenthaltes in Deutschland hätten er und seine Lebensgefährtin nie miteinander gestritten, im Gegenteil: „Sie schienen sehr glücklich zusammenzuleben." Sie habe ihn stets für einen wohlhabenden Mann gehalten, der in Hamburg, dem Reiseziel, irgendwelche Geschäfte zu erledigen hatte.

Doch dann, ganz unvermittelt, bestätigte das Dienstmädchen den Eindruck, den auch andere von Steinberg hatten: „Mein Meister war ein sehr leidenschaftlicher Mann. Wenn er in Wut geriet, habe ich gesehen, daß er seine Kinder an den Haaren und Ohren hochzog und auf den Boden warf. Jedesmal, wenn er das tat, pflegte meine Herrin milde mit ihm zu schelten und zu sagen, daß das, was er tue, nicht recht sei. Er schlug auch die Kinder bei solchen Gelegenheiten."

Am Abend der Tat war dem Dienstmädchen nichts Ungewöhnliches aufgefallen. Einen zornigen Wortwechsel habe es zwischen dem Paar nicht gegeben. „Kurz bevor ich ging, befahl mir meine Herrin, ein Pint Bier und ein Viertel Gin zum Abendessen zu holen. Als ich zurückkam, fragte Mr. Steinberg die nun Verstorbene, ob sie sich zur Ruhe begeben wolle ... Sie antwortete, es sei zu früh ... Als ich das Zimmer, in dem sie saßen, verließ, bat mich meine Herrin, am nächsten Morgen um sechs Uhr da zu sein. Mein Herr lachte, als sie mich versprechen ließ, daß ich ihrer Anweisung Folge leisten würde."

Das, was Zeugen und Bekannte über Steinberg berichteten, fügte sich also nicht zu einem eindeutigen Bild zusammen. In ihren Schilderungen erschien er als jähzorniger, aber auch als nüchterner und sehr zurückhaltender Mann „with mildness of disposition". Aber er zeigte „wütende und beleidigte Gefühle, wenn man ihn um Geld anging". Die Polizei stand vor einem Rätsel. Ihre Ermittlungen ergaben, daß Steinberg nach der Tat seine Hände in einem Waschbecken gereinigt und sich erst nach vier Stunden selbst getötet hatte. Über seine familiären Lebensumstände kursierten zwei Versionen. Die eine Version besagte, daß er sich vor sieben Jahren von seiner Frau und dem damals zwölfjährigen gemeinsamen Sohn getrennt habe und in eine Wohnung im Norden Londons gezogen sei. Der Vermieter dieser Wohnung habe ihm eine Reinigungshilfe besorgt, eine Mrs. Lefevre und deren 17jährige Tochter Ellen. Steinberg habe sich alsbald für die hübsche Ellen interessiert, und diese sei zu ihm gezogen. Ihr gegenüber habe er sich in den Jahren des Zusammenlebens wie „ein ruhiger, freundlicher und großzügiger Ehemann" verhalten. Doch Mrs. Steinberg habe die Idylle gestört, als sie von der „illicit connexion" ihres Ehemanns erfuhr. Sie erschien mehrmals in seiner Wohnung und „wurde einmal eingesperrt, weil sie dort einen Aufruhr verursacht hatte. Der Schluß, der damals gezogen wurde, war, daß sie ihren Mann um Alimente anging, und es wurde gesagt, daß er ihr bis zu seinem Tod nach richterlicher Anordnung 10 Schillinge in der Woche zahlen mußte."

Nach der zweiten Version war das Ehepaar Steinberg mit der Witwe Lefevre und ihrer Tochter schon seit längerem befreundet. Es sei sogar der Wunsch von Mrs. Steinberg gewesen, daß Ellen mit Rücksicht auf die schwierigen finanziellen Verhältnisse ihrer Mutter in den Haushalt der Steinbergs aufgenommen wurde – in den Worten der *Times* „nicht als Dienstmagd, sondern um mit ihnen in einer freundschaftlichen Weise zusammenzuleben." Kurze Zeit später habe Steinberg das Mädchen verführt. Als Mrs. Steinberg davon erfuhr, habe sie ihren Ehemann aus der gemeinsamen Wohnung geworfen.

Beide Versionen ließen John Steinberg in einem ungünstigen Licht erscheinen, aber die Morde konnten sie nicht schlüssig erklären. Letztlich blieb das Motiv für die Mordtat im Dunkeln. Eine Reihe von Indizien legte die Vermutung nahe, dass sich Steinberg seit längerem in einer verzweifelten finanziellen Situation befand. Mit der Miete für das Haus in der Southampton Street war er seit einem halben Jahr im Rückstand. Hinzu kamen die Belastungen durch den Dauerkonflikt mit seiner aufgebrachten und rachsüchtigen Ehefrau und der offensichtliche „Mißerfolg" seiner Reise nach Deutschland. Vieles deutete darauf hin, dass Steinberg für sich keine Zukunft sah und die Tat nicht im Affekt begangen, sondern bewusst vorbereitet hatte. Die Mordwaffe hatte er nach Aussage glaubwürdiger Zeugen Stunden vor der Tat erworben. Fremdeinwirkung schloß die kleine Kommission des amtlichen Leichenbeschauers (*coroner*) mit Entschiedenheit aus. Sie tagte, während sich draußen die Schaulustigen drängten, in dem Wirtshaus *The Three Kings* direkt gegenüber von St. James in Clerkenwell.

Die enorme Anteilnahme der Londoner Bevölkerung an den furchtbaren Geschehnissen in Islington hatte sicherlich mehrere Gründe. An die Zunahme von Diebstahls- und Raubdelikten hatte sie sich längst gewöhnt, gewissermaßen als unvermeidliche Begleiterscheinung des Lebens in der wuchernden Metropole, die 1831 schon über 1,5 Millionen Einwohner zählte. Aber Kapitalverbrechen waren dort noch in der ersten Hälfte des 19. Jahrhunderts eher selten. Daß Steinberg ein deutscher Immigrant war, spielte für die erregte Öffentlichkeit keine Rolle. Die vielen Deutschen in London, unter denen es durchaus dubiose Elemente gab, waren auch aus der Sicht der Polizei keine auffällige Gruppe; selbst ihre politischen Aktivitäten boten keinen Anlaß für Besorgnisse um die öffentliche Sicherheit und Ordnung. Dazu waren sie zu bescheiden und zu wenig konspirativ. Was die Londoner so aufbrachte und die Sensationsgier entfachte war das, was wohl am zutreffendsten als die menschliche Dimension des unbegreiflichen Geschehens in der Southampton Street bezeichnet werden kann: die Ausrottung einer ganzen Familie, zumal bekannt wurde, daß sich Ellen Lefevre und ihr knapp sechsjähriger Sohn gegen die Attacke Steinbergs verzweifelt gewehrt hatten.

Als die Opfer Steinbergs fünf Tage nach der Tat beerdigt wurden, nahmen die Anwohner lebhaften Anteil. „Schon früh am Morgen versammelten sich große Menschenmengen um die Kirche von St. James, Clerkenwell," berichtete die *Times*, „um der traurigen Zeremonie beizuwohnen. Auf Hausdächern und an Fenstern, kurz, an jedem Ort, von dem der Friedhof einsehbar war, drängten sich neugierige Zuschauer jedes Alters und Geschlechts." Die Anwohner hatten ein Komitee gebildet, das Geld für die Beerdigung sammelte. Die Zeitungen berichteten, daß es schon am Tage nach den Morden zu Spenden aufrief, mit deren Hilfe auch ein Gedenkstein finanziert werden sollte „zum Gedenken an den furchtbaren brutalen Vorgang, mit Angaben dazu, wie und von wem sie ermordet wurden, mit einem passenden Gedenkspruch."

Die Beerdigung des für die „horrible tragedy" Verantwortlichen hatte schon zwei Tage vorher in einem Armengrab der Gemeinde Clerkenwell stattgefunden, abends um 23.00 Uhr. Auch bei dieser Gelegenheit hatte sich eine große Menschenmenge eingefunden. Die Behörden befürchteten Unruhen und Ausschreitungen, wenn der Sarg mit der Leiche aus der Krypta von St. James herausgeholt würde. Auf dem nächtlichen Friedhof spielte sich ein Vorgang ab, den die Journalisten als „eine seltsam merkwürdige Zeremonie" beschrieben: Er sollte, so glaubten sie, „den alten Brauch, einen Pfahl durch den Körper zu stoßen," ersetzen. Zwei Berichte haben die düstere Szene festgehalten. Der eine konzentrierte sich auf die Behandlung der Leiche: „Die Hülle, die den Toten enthielt, wurde neben das Grab gelegt. Zwei Männer nahmen den Toten heraus ...; sie hielten ihn waagrecht über das Grab, dann gaben sie ihm einen Ruck, und er fiel mit dem Gesicht nach unten auf den Grund und lag auf den Armen. Sobald die Leiche zum Teil von Erde bedeckt war, schlug einer der Totengräber mit einem großen eisernen Hammer mehrfach auf die Erde über dem Schädel des Toten. Der Zweck war, wie wir erfuhren, den Schädel zu zertrümmern. Viele glaubten, daß ein Pfahl in den Leichnahm getrieben werden sollte, aber sie wurden durch den Hinweis, es handele sich um die übliche Form des Begräbnisses für einen Selbstmörder, aufgeklärt."

Im zweiten Bericht interessierte sich der Beobachter mehr für die Emotionen und Reaktionen der Zuschauer: „Eine Gruppe von Männern mit brennenden Laternen ging den Beamten und den

Trägern des Leichnams voraus zu einem tiefen Loch ... und nachdem die Leiche den Zuschauern gezeigt worden war, wurde sie aus der Umhüllung genommen und mit dem Kopf zuerst hineingeworfen; der hohle Klang, als der Körper auf den Boden fiel, war schockierend und rief ein Gefühl des Grauens hervor, aber kein Mensch schien Mitleid mit ihm zu empfinden. Als er im Grab war, schüttelten die Träger ihre Geräte über ihm aus und machten mit der größten Leichtigkeit abfällige Bemerkungen. Die Fenster, die auf den Kirchhof blickten, waren voll von Menschen, die riefen: ‚Warum verbrennt ihr ihn nicht', ‚Hängt ihn an einer Laterne auf', ‚der Elende', ‚der Grausame' usw. Die Erde wurde über ihn geworfen, dann verließ die Menge den Kirchhof."

Das öffentliche Interesse an den Morden in der Southampton Street und die Erregung der Bevölkerung hielten auch nach der Beerdigung der Toten an. Clevere Geschäftsleute mieteten das Haus und beschafften Wachsfiguren, denen sie die angeblichen Originalkleider der Ermordeten und des Täters anzogen. Die Kleidungsstücke hatten sie für die „enorme Summe von 25 Pfund" erworben. Doch, so meinte anerkennend eine Zeitung, die Investition habe sich gelohnt. Für die „lovers of the horrific" war der Schauplatz der grausigen Tat, wo man an den Kleidern und auf den Holzböden der Zimmer noch die Blutflecken erkennen konnte, unwiderstehlich. Gegen Entrichtung eines geringen Eintrittsgeldes konnte jedermann den Tatort besichtigen und, wie der Lokalhistoriker William Pinks wenige Jahre später indigniert schrieb, seine „morbid curiosity" befriedigen. Das Geschäft blühte. Schon am ersten Tag nach der Öffnung des Hauses für das Publikum konnten die Nachahmer der schon weithin bekannten Madame Tussaud, die ihr Londoner Etablissement aber erst seit 1835, und zwar zunächst in der Baker Street, betrieb, fast 50 Pfund als Einnahme verbuchen. Doch dann protestierten die Anwohner der Southampton Street gegen den täglichen Menschenauflauf und die Geschmacklosigkeit der Ausstellung. Der „respectable portion of the inhabitants", besonders den Damen, könne das alles nicht länger zugemutet werden. Ein Schnellrichter verfügte die Schließung des Hauses durch die Polizei.

Und heute? Das Haus Nr. 17 in der Southampton Street und die benachbarten Gebäude sind längst abgerissen worden. Ein Block mit Sozialwohnungen steht an ihrer Stelle. Vor vielen Jahren wurde die Straße in *Calshot Street* umbenannt. Die Kirche St. James, die den „Blitz", die Bombardierung Londons im Zweiten Weltkrieg, unbeschadet überstanden hat, wird von der Gemeinde immer noch genutzt. Der angrenzende Friedhof, auf dem Ellen Lefevre und ihre Kinder beigesetzt wurden, ist zum Erholungspark für die Bewohner Clerkenwells geworden. Der Gedenkstein an die Opfer Steinbergs ist mittlerweile stark verwittert. Gelegentlich versuchen Touristen, ihn zu entziffern. Im Pub *The Three Kings*, der in den letzten anderthalb Jahrhunderten reichlich Patina angesetzt hat, treffen sich abends die jungen Banker und Büroangestellten aus der nahen City. Sie reden über die Börse, über Fußball und Cricket. Von der Vergangenheit der großen Stadt wissen sie wenig, von ihren Geheimnissen nichts.

Lothar Gall

Henriette Zobel

„Die Frau eines heruntergekommenen Notenlithographen, Henriette Zobel, lief täglich in die Paulskirche, sog aus den Parlamentsdebatten Haß ein gegen alle Angehörigen der höheren und besitzenden Klassen und wurde am 18. September Hauptanstifterin und grausame Mittäterin bei der Ermordung des Fürsten Lichnowsky" – so Veit Valentin im abschließenden, bilanzziehenden Kapitel seiner großen *Geschichte der deutschen Revolution von 1848–49*, in dem auch kurz von der Rolle der Frauen in dieser Revolution die Rede war. „Eine ernsthafte politische Bildung gab es ja damals nur bei ganz wenigen Frauen; auch solche, die dem häuslichen Kreise entwachsen waren, steckten nun in der ganz anderen Engigkeit des Berufs. Selbständige Führung kam also in ganz beschränktem Maße in Betracht; die Mehrzahl war auf Mithilfe angewiesen", bemerkte der Autor in diesem Zusammenhang, um hinzuzufügen: „Die stärkeren und eigenartigeren Naturen unter den Frauen schlugen sich nach links". Wie also nun? Gehörte Henriette Zobel, deren Regenschirm, „die Waffe dieses rabiaten Weibes", noch lange „als ein kurioses Zeugnis von Revolutionspathologie" aufgehoben wurde, zu den „stärkeren und eigenartigeren Naturen" unter den damaligen Frauen, die sich „nach links" geschlagen hatten, oder zu den sozial untenstehenden, aus der Hefe des Volkes kommenden „Weibern", die in einer Revolution, von blindem Neid und Haß erfüllt, nach Schillers berühmten Worten zu „Hyänen" werden?

Valentin berief sich in seiner dem letzteren zuneigenden Darstellung auf einen zeitgenössischen Zeugen, auf das 1853 in Tübingen erschienene Buch *Auerswald und Lichnowsky. Ein Zeitbild nach den Akten des Appellations-Gerichtes zu Frankfurt a. M. mit Genehmigung dieses h. Gerichtshofs* von C. Reinhard Köstlin, eines Tübinger Rechtsprofessors, der als Gutachter des Gerichts tätig gewesen war. Seine Schrift spiegelte Beweisführung und Urteilsbegründung des Gerichts, das im Januar 1851 Henriette Zobel zu sechzehn Jahren Zuchthaus wegen „Theilnahme an einem Complott zur Tödtung des Generals von Auerswald sowie der

Anstiftung und Rädelsführung dabei“ verurteilt hatte. Das Oberappellationsgericht in Lübeck ließ zwei Jahre später die Anklagepunkte „Theilnahme an einem Complott“ und „Anstiftung und Rädelsführung“ fallen und erkannte auf „Betheiligung an der Misshandlung und Tödtung des Generals von Auerswald“, reduzierte die Zuchthausstrafe allerdings nur um ein Jahr auf fünfzehn Jahre unter Anrechnung von drei der bisher schon verbüßten sechs Jahre Untersuchungshaft. 1865 wurde Frau Zobel nach Ablehnung vorangegangener Gnadengesuche ihrer zerrütteten Gesundheit wegen entlassen – nach Verbüßung von fünf Sechsteln ihrer Strafe.

Es war dies, alle Schwächen der Beweisführung einmal beiseite gelassen, zweifellos ein exzessives Urteil, das auf dem Höhepunkt der Reaktionszeit den Tatbestand der „Betheiligung an der [...] Tötung des Generals von Auerswald“, also der, modern gesprochen, „Beihilfe zum Totschlag“ sehr weit auslegte – der erhaltene dünnstielige Schirm war wohl kaum eine ernsthafte Waffe, und der Hinweis auf einen Steinwurf blieb ganz vage; in beiden Fällen ergab die Obduktion keinen Hinweis auf von daher rührende Verletzungen. Aber viel wichtiger ist die Frage nach den Motiven, ja, zunächst überhaupt dem Anlaß der Teilnahme Frau Zobels an der ganzen, schließlich in der Ermordung der beiden Abgeordneten gipfelnden Aktion. Ist sie da einfach, massenhysterisch angesteckt, hineingeraten? Gehörte sie schon vorher einem entsprechenden, wir würden heute sagen linksradikalen politischen Milieu an, wie es die ursprünglichen Anklagepunkte der „Anstiftung und Rädelsführung“ nahelegen, auch der Vorwurf der Beteiligung an einem „Complott“? Oder war sie gar, getarnt von dem äußeren Schleier kleinbürgerlicher Wohlanständigkeit und zusätzlich im Schatten der offiziellen politischen Abstinenz der Frauen, eine Art Ulrike Meinhof auf dem äußersten linken Flügel der Revolution von 1848?

Für alle drei Deutungen ließen sich Zeugen und Zeugnisse finden, die die entsprechenden Vormeinungen zu bestätigen und zu stützen schienen. Sechs Tage nach der Tat am 24. September „auf Grund mehrfacher Indizien und dem Gericht gewordener vertraulicher Mittheilung“ verhaftet, ergab die Untersuchung des familiären und sozialen Hintergrundes nur wenig, was aus dem normalen Rahmen einer kleinbürgerlichen Existenz der damaligen

Zeit herausfiel. 1813 als älteste von drei Töchtern des Bäckermeisters Tobias Pfaff in Oberrad geboren, besuchte sie dort die Volksschule, und die dortigen Lehrer stellten ihr auf Befragen nur das günstigste Zeugnis aus. „Sie war immer fleißig und von sanfter, steter Gemüthsart. Gerade die Sanftmuth war ein hervorstechender Zug ihres Charakters, und ich habe niemals nur die geringste Hinneigung zu einem aufbrausenden Wesen oder gar zum Jähzorn wahrgenommen", erklärte der Lehrer Bardorff der Untersuchungskommission. „Ebenso tadellos als in der Schule war ihr Benehmen auch außer der Schule", fügte er hinzu, „was ich aus dem Grunde beobachten konnte, weil ihre Eltern in demselben Hause wohnten, wo ich auch wohnte." Und die Lehrerin Platz bestätigte: „Was das Betragen der Henriette anbelangt, so kann ich nicht das mindeste Nachtheilige gegen sie sagen. Sie war ein lustiges Mädchen, machte aber willig ihre Aufgaben fertig, war nicht zank- oder streitsüchtig, am wenigsten aber jähzornig." Mit sechs Jahren verlor sie ihren Vater und zog mit fünfzehn mit ihrer inzwischen mit dem Offenbacher Christian Müller wieder verheirateten Mutter nach Offenbach. Zwei Jahre später, 1830, trat sie hier bei der Witwe Deon für ein Jahr „in Condition", um sich dann im Hause ihres Vormundes, des „Handelsmannes" Jacob Scheibler, „in weiblichen Arbeiten ferner auszubilden". Mit ihm geriet sie freilich bald „ihrer Vermögensverhältnisse wegen", das heißt um ihr väterliches Erbteil, in Streit und Prozeß, der zum Zeitpunkt der Untersuchung gegen sie, also 1848/49, gegen Scheiblers Witwe immer noch andauerte. So verließ sie ein Jahr später, 1832, inzwischen knapp zwanzig und mit dem Buchdrukker Friedrich Kracke verheiratet, das Haus ihres Vormundes.

Die kinderlos bleibende Ehe wurde fünf Jahre später nicht „in Folge richterlichen Spruchs, als vielmehr kraft landesherrlicher Machtvollkommenheit, ohne Angabe von Gründen" geschieden, wie der Verteidiger betonte, der gleichzeitig die Aussage des Offenbacher Bürgermeisters, „Henriette Zobel solle in früheren Zeiten etwas leichtsinnig und dies die Veranlassung zur Ehescheidung gewesen sein", als Produkt unbelegter Gerüchte in Zweifel zog. Es lag dem Gericht freilich auch die Aussage ihres Onkels, des Bäckermeisters Tobias Pfaff aus Offenbach vor, der seine Nichte als eine „sehr leidenschaftliche, aufgeregte und liederliche Person" schilderte und ebenfalls hinzufügte: „Es solle auch ihr vielfach bethätigter Hang zur Ausschweifung der Grund ihrer Ehescheidung gewesen sein".

Der Verteidiger bemühte sich unter Hinweis auf andere Zeugen und den bloßen Gerüchtecharakter dieser Äußerungen nachdrücklich darum, diese Aussagen zweier sozial angesehener Personen, wovon eine noch dazu der Onkel war, zu relativieren und zu entkräften – wohl wissend, wie stark die Neigung einer Strömung des Zeitgeistes und mit ihr vielleicht auch des Gerichts war, Abweichungen von den Normen privaten Verhaltens mit entsprechendem politischem Verhalten gleichzusetzen. Frau Zobel sei vor zwölf Jahren von Offenbach weggezogen, da verschiebe sich die Grenze zwischen Wirklichkeit und Gerücht noch zusätzlich, fügte er hinzu, wobei er außerdem darauf hinwies, daß die Besuche Carl Zobels, ihres jetzigen Ehemanns, bei Henriette während der Zeit ihrer ersten Ehe das Entstehen solcher Gerüchte sicher begünstigt hätten.

Nach ihrer zweiten Heirat 1839 zog das Paar nach Seckbach, wo Carl Zobel, unterstützt von seiner Frau, dem Gewerbe eines Lithographen nachging. Auch hier stellten ihr ihre drei Vermieter das denkbar beste Zeugnis aus, wobei sie sich freilich auf die Zeit des unmittelbaren Vorfeldes der Revolution bezogen und politische Sympathien mit der Angeklagten nicht auszuschließen sind. Ein Johann Zeh gab zu Protokoll: „So lange sie bei mir wohnten [immerhin rund sechs Jahre] habe ich nicht die geringste Klage über sein oder ihr Benehmen gehabt – im Gegentheil wüsste ich keine besseren Mietsleute zu finden. Die Frau Zobel besonders war so sanft und verträglich, als man nur wünschen konnte." Sie habe es „nicht leiden" können, „wenn über Jemanden raisonnirt wurde, weil – wie sie sagte – man nicht wissen könne, ob man ihm nicht Unrecht thue. Von diesem ihrem gewöhnlichen Wesen habe ich sie nie abweichen sehen, namentlich habe ich nicht bemerkt, dass sie dem Jähzorn unterworfen wäre oder sonstigen krankhaften Affectionen unterlegen hätte." Und die beiden anderen Vermieter bestätigten dieses Urteil. Ein Peter Zeus erklärte, er „habe nie gehört, dass sie mit anderen Leuten Misshelligkeiten gehabt hätten", und sprach von einer „musterhaften Lebensweise" des Ehepaars: „Sie sind fast gar nicht in's Wirthaus gegangen, sondern zu Haus geblieben und haben da oft musiziert." Auch Johann Heuser II. meinte, „sie haben sich in allen Stücken richtig aufgeführt. Sie haben weder untereinander noch mit sonst Jemand Streit gehabt [...] Die Frau Zobel namentlich war gegen alle Leute sehr verträglich, und ich habe Nichts an ihr bemerkt, was auf eine zornige Gemüthsart schließen ließ."

Einmal freilich, berichtete Peter Zeus, habe es im Frühjahr 1848 eine nächtliche Auseinandersetzung zwischen dem Ehepaar und zwei Männern vor dem Haus gegeben, eine „Rauferei", „wegen einer Äußerung, die Zobel gegen die Bürgerwehr gethan haben sollte". Die nachfolgende Untersuchung habe aber nichts Strafbares ergeben. Kurz danach zogen die Zobels nach Bornheim, „zu dem Zwecke", so der Verteidiger, „um der hiesigen Stadt näher zu sein". Es sei ihr, Henriette Zobel, bei diesem Umzug allein darum gegangen, betonte der Anwalt, den Verdacht dahinter stehender politischer Motive vorsorglich abwehrend, „ihrem Ehemann, welcher lythographische Arbeiten für die hiesigen Musicalien-Verleger Hedler und Löhr anfertigte, den Geschäftsbetrieb zu erleichtern". Der Umzug sei im übrigen seit längerem geplant und jetzt, im Frühjahr 1848, durch eine Abschlagszahlung von 200 Gulden aus dem Streit um das väterliche Vermögen möglich geworden.

Ein unauffälliges, zurückgezogenes Leben – das war der vielfältig bezeugte Eindruck, der sich, auch von dem Vermieter der Wohnung in dem Bornheimer Hinterhaus noch einmal bestätigt, aus all dem ergab. Nur der knappe Hinweis auf eine handgreifliche Auseinandersetzung wegen einer Äußerung Zobels „gegen die Bürgerwehr", an der auch Frau Zobel beteiligt war, läßt, freilich ganz vage, auf eine bestimmte politische Einstellung links von der bürgerlichen Opposition, die jetzt die Mehrheit in der Paulskirche stellte, und auf ein politisches Engagement des Ehepaars schließen. Und dann, am 18. September 1848, die Beteiligung Frau Zobels an der Hetzjagd auf Auerswald und den Fürsten Lichnowsky, die beiden konservativen Paulskirchenabgeordneten, und das gar, wie das erste Urteil meinte, als Anstifterin und Rädelsführerin, als „Hauptanstifterin und grausame Mittäterin", wie, gestützt auf die erwähnte zeitgenössische Darstellung Köstlins, Valentin rückblickend in seiner großen Geschichte der Revolution von 1848/49 noch verschärfend schrieb?

Der Verteidiger hat sich damals sehr bemüht, schon um den Vorwurf der „Anführung und der Rädelsführung" zu widerlegen, das Zufällige ihrer Anwesenheit und Beteiligung an dem Ganzen zu betonen: Am Nachmittag des 18. September habe sich Zobel zur Ablieferung der Lithographie eines Notentitels mit der Steinplatte zu dem Musikalienhändler Löhr begeben, und seine Frau habe ihn begleitet, um „einige Einkäufe in der Stadt für die Haushaltung zu machen". Sie seien jedoch, wegen einer Barrikade am Eingang der Schäfergasse, nicht zu ihrem Ziel gelangt und hätten die Steinplatte bei einem ihr bekannten Specereihändler in der Vilbeler Straße deponiert und sich dann auf den Rückweg nach Bornheim gemacht. Am Friedberger Tor seien sie dann auf die die beiden Abgeordneten verfolgende Menge gestoßen und hätten sich ihr angeschlossen. Hier beginnt dann die eigentliche Geschichte der Verfolgung und Ermordung der beiden Abgeordneten, wobei weder von Seiten der Verteidigung noch des Gerichts auf die Rolle des (nicht angeklagten) Ehemanns eingegangen wurde, der seinerseits als Zeuge nur summarisch erklärte, er habe „nichts gesehen", er könne sich „an kaum etwas erinnern".

Der Verteidiger ging in seiner Verteidigungsschrift, da die Angeklagte nach anfänglichem Leugnen im wesentlichen geständig war und nur das mehrmalige Schlagen mit dem Schirm, den Steinwurf und die Aufforderung zum Töten bestritt, auf die Einzelheiten des ganzen Hergangs nur kurz ein und verwies, bei anderer Bewertung der einzelnen Vorgänge, auf den Hauptbericht der Untersuchungskommission an das Gericht. Vielmehr konzentrierte er sich auf einige allgemeinere, übergreifende Gesichtspunkte, um von daher die Handlungsweise seiner Mandantin verständlicher zu machen, sie in einem milderen Licht erscheinen zu lassen und zugleich die Konzentration der Untersuchung auf seine Mandantin als die angeblich einzige beteiligte Frau zu durchbrechen.

Unter diesen Gesichtspunkten rückte er an die erste Stelle die Frage nach den Motiven und Zielen des Aufstandes vom 18. September und ihrer Wortführer sowie die Frage, ob diese Motive und Ziele mit denen der eigentlichen Täter identisch gewesen seien. Ziel dieses Aufstandes sei erklärtermaßen die „Vernichtung der rechten Seite der Nationalversammlung" gewesen, und daraus könne man schließen, „daß das blutige Drama im Schmidt'schen Garten lediglich eine theilweise Ausführung jenes Planes an zwei Mitgliedern des geächteten Theiles jener Versammlung" dargestellt habe. In solcher Perspektive müsse man davon ausgehen,

„daß der Verfolgung und Tödtung der beiden Abgeordneten lediglich politische Motive zu Grunde gelegen hätten, die begangenen Verbrechen die Früchte der politischen Erregtheit der Massen gewesen seien". „Allein dieser Grund", fuhr der Verteidiger fort, „kann nimmermehr ausreichen, die Verbrechen in der Weise, wie solche verübt worden, zu erklären; politische Erregtheit allein hätte nimmermehr eine solche Hartnäckigkeit der Verfolgung, eine solche barbarische Grausamkeit bei der Tödtung zu erzeugen vermocht. Es müssen daher nothwendigerweise noch andere Anreize und Triebfedern im Spiele gewesen sein, welche in einem ursächlichen Verhältnis zu den vorliegenden Verbrechen standen."

Es sei, so die Verteidigung, in der Kombination von drei Momenten eine Art Massenhysterie entstanden: Einmal habe man die beiden Reiter der Spionage für das einrückende preußische Truppenkontingent verdächtigt, nach dessen Marschrichtung diese sich erkundigt hätten. Sodann habe man in einem der beiden den bei der Linken besonders verhaßten Fürsten Lichnowsky erkannt. Und schließlich sei der Eindruck entstanden, beide hätten auf die Menge geschossen. In blinder Wut habe man sie daraufhin verfolgt, gestellt und schließlich massakriert. In dieser Menge sei, von vielen bezeugt und von ihr selber bestätigt, ohne Zweifel auch Henriette Zobel gewesen. Laut Anklage habe sie auf der Friedberger Chaussee mit Steinen auf die beiden Vorbeireitenden geworfen, dann den Verfolgern das Schmidt'sche Haus als mutmaßliches Versteck bezeichnet, mit ihrem Regenschirm auf den General von Auerswald eingeschlagen und wiederholt zu seiner Ermordung aufgefordert, schließlich sogar Steine auf den bereits am Boden Liegenden geschleudert.

Die Verteidigung meldete in diesem Zusammenhang massive Zweifel an der Zusammenfassung der Zeugenaussagen und zum Teil auch an diesen selbst an, die auf die Behauptung hinausliefen, es sei nur eine Frau am Ort des Geschehens gewesen und diese eine Frau habe alle die in Frage stehenden Taten begangen. Es spreche einiges dafür, daß es mehrere Frauen gewesen seien, und die einzelnen Handlungen ließen sich diesen nicht mit hinreichender Sicherheit zuordnen. Das Gericht folgte der Verteidigung freilich nicht, sondern verurteilte Henriette Zobel entsprechend der Anklage im Januar 1853 zu sechzehn Jahren Zuchthaus, ein Urteil, welches das Oberappelationsgericht in Lübeck zwei Jahre später, wie gesagt, hinsichtlich der „Theilnahme an einem Complott zur Tödtung des Generals von Auerswald sowie der Anstiftung und Rädelsführung dabei" korrigierte und sie „nur" wegen „Betheiligung an der Mißhandlung und Tödtung des Generals vom Auerswald" zu fünfzehn Jahren Zuchthaus unter Anrechnung von drei Jahren Untersuchungshaft verurteilte. Es klammerte damit die Frage nach den Hintergründen dieser Beteiligung, die das erstinstanzliche Urteil mit den Vorwürfen des „Complotts", der „Anstiftung" und der „Rädelsführung" zumindest noch angedeutet hatte, völlig aus und hielt sich nur an die von der Angeklagten selber eingeräumte „Betheiligung", wobei es im Sinne der Anklage und gegen die Argumente der Verteidigung von einer schwerwiegenden Beteiligung ausging.

Damit wurde sowohl die Frage nach der politischen Motivation der Tat weitgehend beiseite geschoben als auch das Argument der Verteidigung, die Tat sei das Ergebnis einer psychologischen Ausnahmesituation der beteiligten Menge gewesen, hervorgerufen durch eine Art Massenhysterie unter dem Eindruck des Spionageverdachts, der politischen Verhetzung und des Gefühls der akuten Bedrohung. Das Gericht hielt sich an den Vorwurf, Frau Zobel habe sich als Individuum unmittelbar an der Ausführung der Tat beteiligt, und sah diesen unter Absehung von allem anderen als erwiesen an. In diesem Sinne war es zugleich ein exemplarisches Urteil und wurde in diesem Sinne dann auch vollstreckt: Erst nach zwei vergeblichen Gnadengesuchen kam Frau Zobel im Januar 1865, zwölf Jahre nach dem erstinstanzlichen Urteil, unter Hinweis auf ihre zerrüttete Gesundheit frei.

Von der hochdramatischen Situation des 18. September und ihren politischen Aufgipfelungen auf den Straßen Frankfurts war nirgends mehr die Rede. Das Ganze erschien unter dem Aspekt einer Straßen- oder Wirtshausschlägerei mit Todesfolge und einem dingfest gemachten Haupttäter beziehungsweise einer Haupttäterin, deren Motive nicht weiter oder doch nur ganz am Rande interessierten. Frau Zobel wurde also behandelt und verurteilt als ganz gewöhnliche Verbrecherin, und nur die Höhe der Strafe bei im Kern – der konkreten Beteiligung an der Tötung Auerswalds – ganz unsicherer Beweislage, läßt etwas von den politischen Hintergründen des Urteils erkennen: der drakonischen Verfolgung und Bestrafung zumindest von „Ausschreitungen“ im Rahmen der gescheiterten Revolution von 1848/49.

Aber noch einmal: Wen traf dieses drakonische Urteil? Eine zufällig in die Situation hineingeratene, letztlich politisch am Rande stehende und politisch eher abstinente Vertreterin der kleinbürgerlichen Unterschicht? Oder eine politisch durchaus aktive, leidenschaftlich und aktiv parteiergreifende Anhängerin des äußersten linken Flügels der Revolution? Oder gar eine geschickt getarnte terroristische Aktivistin, die auf den radikalen Umsturz nicht nur aller politischen, sondern auch aller sozialen Verhältnisse hinarbeitete? Das erste wird man wohl, trotz aller entsprechenden Argumente und Hinweise der Verteidigung, ausschließen können: Rein aus dem Augenblick, angesteckt von einer Stimmung der Massenhysterie, wird sie sich kaum an der Jagd auf die beiden Abgeordneten in den Straßen der Stadt beteiligt haben, bei der jederzeit ein Ausscheren und Beiseitetreten möglich war. Also eine Anhängerin der radikalen politischen Linken, die jetzt die Stunde der Abrechnung mit ihren Gegnern, der Verlagerung der Revolution auf die Straße gekommen sah? Man wird davon ausgehen können, daß weder die Anklagebehörde, noch das Gericht, noch auch die Verteidigung sich, wenngleich aus ganz unterschiedlichen Gründen, veranlaßt sahen, den politischen Hintergründen und Motiven der Tat und der Täterin nachzugehen, und daß auch die Angeklagte selber gut beraten war, sich in dieser Beziehung in Schweigen zu hüllen und sich ganz darauf zu konzentrieren, ihre direkte Beteiligung an der Tat mit ihrem Anwalt zu bestreiten. Sie zog sich dabei wieder ganz auf das Bild der sanftmütigen, jedem Streit und Konflikt abgeneigten Ehefrau zurück, das die Mehrzahl der entsprechenden Zeugen von ihr zeichneten, und suchte auf diese Weise den Eindruck zu vermitteln, daß sie, politisch ganz randständig, doch wohl auch an der Tat, wenn überhaupt, nur ganz am Rande beteiligt gewesen sein könne – dies umso mehr, als es in der Öffentlichkeit praktisch keine Anhänger und Bekenner dieser Tat gab. „Mit einem Stein, das habe ich nicht getan“, erklärte sie bei ihrer Vernehmung, „mit einem Regenschirm, das will ich nicht in Abrede stellen, jedoch fest erinnern kann ich mir das nicht“. Also, so hieß das, da die beiden Abgeordneten unzweifelhaft durch Schüsse ums Leben gekommen waren und Verletzungen durch einen Stock oder Schirm nicht festzustellen waren – wo bliebe dann eine direkte Beteiligung an der Tötung? Weder die Richter in der ersten noch die in der zweiten Instanz aber ließen sich davon beeindrucken. Man ging offenbar von einer individuell zurechenbaren, maßgeblichen Beteiligung an der Kollektivtat aus, deren Motive und direkten und indirekten Anlässe freilich unerörtert blieben. (Schon bald nach der Tat forderte das Reichsaußenministerium unter Betonung des gemeinen, also nicht politischen Charakters des Verbrechens von Frankreich die Auslieferung der 21 dorthin geflohenen eigentlichen Haupttäter – bei politisch motivierten Verbrechen verbot die französische Gesetzgebung eine Auslieferung. Auch das mag das Frankfurter Gericht veranlaßt haben, sich nicht mit den Hintergründen der Tat zu beschäftigen. Nach langem Zögern stimmte die französische Regierung im Zeichen der nach der Wahl Louis Napoleons zum Präsidenten grundlegend veränderten innenpolitischen Situation der Auslieferung schließlich zu. Mittlerweile waren die fraglichen Personen freilich untergetaucht, der Ausgang des Ganzen zur Zeit des Frankfurter Prozesses also noch offen.)

Frau Zobel selber hat zu deren Aufklärung nichts beigetragen, weder in der Voruntersuchung noch in den beiden Gerichtsverfahren. Sie konzentrierte sich ganz darauf, den Vorwurf, sie habe mit Steinen geworfen, abzuwehren und beharrte darauf, höchstens mit ihrem Schirm gefuchtelt oder geschlagen zu haben – dieser Schirm lag dem Gericht als Beweisstück vor, und von seiner Fragilität konnten sich die Richter leicht überzeugen. Das Motiv für dieses Verhalten liegt auf der Hand: Jeder Versuch, ihr Verhalten und ihr Handeln zu erklären oder gar von den allgemeinen Rahmenbedingungen, der radikalen Zuspitzung der politischen Auseinandersetzungen her politisch zu motivieren, hätte das Argument konterkariert, sie sei da „irgendwie“ hineingeraten, aus dem – sicher irrigen – Gefühl heraus, ihrerseits angegegriffen und bedroht worden zu sein. Die Rechnung der Verteidigung, auf diesem Wege die Angeklagte in jeder Hinsicht als eine Randfigur erscheinen zu lassen und damit zugleich ihre Tatbeteiligung zusätzlich zu marginalisieren, ging nicht auf. Das Urteil war zweifellos ein politischer Akt, ein Akt der politisch motivierten Strafjustiz, da man bei einem „gemeinen Verbrechen“, wenn es denn tatsächlich ein solches gewesen wäre, die Art und den Grad der individuellen Tatbeteiligung sehr viel genauer und zugleich unbefangener hätte prüfen müssen. Es handelte sich also um ein Urteil im Interesse und zu Gunsten der wiederhergestellten politischen und sozialen Ordnung.

Damit aber kann man es mit Blick auf die Angeklagte und schließlich Verurteilte nicht bewenden lassen. Traf, so muß man sich nochmals fragen, diese politische Strafjustiz, so wackelig die Begründung von der individuellen Tatbeteiligung her war, am Ende von ihren Motiven her doch die Richtige, also eine radikale Gegnerin nicht nur der inzwischen wiederhergestellten, sondern auch jener politischen, wirtschaftlichen und gesellschaftlichen Ordnung, die von der Mehrheit der gewählten Abgeordneten der Paulskirche gewollt und erstrebt wurde? Schickte sie also eine Wortführerin des völligen politischen und gesellschaftlichen Umsturzes für sechzehn beziehungsweise fünfzehn Jahre ins Zuchthaus? Das würde zwar das Urteil als eine Straf- und Racheaktion der in dieser Beziehung Hand in Hand gehenden Wortführer der alten und der neuen bürgerlichen Ordnung nicht rechtfertigen, aber erklären. Denn sonst bliebe nur der Schluß, es sei hier von einer politischen Strafjustiz ein politisches Exempel an einem vergleichsweise unschuldigen Objekt vollzogen worden.

Was aber gibt es bei dieser Quellenlage überhaupt für Möglichkeiten, nachträglich die Frage der Antriebe und Motive Henriette Zobels – über die diese, wie gesagt, auch ihrem Verteidiger gegenüber beharrlich schwieg – zu klären oder zumindest einige Hinweise darauf zu erhalten? Gestützt auf die schon erwähnte Darstellung im unmittelbaren zeitlichen Zusammenhang mit den Vorgängen selber und dem Prozeß heißt es in der großen zweibändigen Geschichte der Revolution von Veit Valentin, Henriette Zobel sei „täglich in die Paulskirche" gelaufen und habe „aus den Parlamentsdebatten Haß" eingesogen „gegen alle Angehörigen der höheren und besitzenden Klassen". Mit anderen Worten, sie sei als permanente und engagierte Zuhörerin auf der Tribüne von den Vertretern der äußersten Linken politisiert und ganz für deren Überzeugungen gewonnen worden – was Henriette Zobel bestritt: Sie sei überhaupt nur einmal in der Paulskirche gewesen, um, wie sie behauptete, „die Decorirung der Kirche zu sehen". Auf diesem Wege, so Köstlin und ihm folgend Valentin, sei sie zur engagierten Parteigängerin der äußersten Linken geworden, und alles weitere habe sich daraus dann mit innerer Logik ergeben.

Von daher leitet sich Valentins das Urteil von 1853 und vor allem von 1855 noch radikalisierender Schluß ab, sie sei am 18. September zur „Hauptanstifterin und grausame[n] Mittäterin bei der Ermordung des Fürsten Lichnowsky" – im Urteil ist von Auerswald die Rede – geworden.

Unbestritten, und zwar auch von ihr selbst unbestritten, ist, daß sie am Sonntag, dem 17. September, also einen Tag vor der Verfolgung und Ermordung der beiden Paulskirchenabgeordneten, an der großen Volksversammlung auf der Pfingstweide teilgenommen hat, auf der die Linke sich gegen die Politik der Paulskirchenmehrheit formierte und zum entschiedenen Kampf gegen diese aufrief. Und selbst ihr Verteidiger versuchte nicht, sie in diesem Zusammenhang als Neugierig-Unbeteiligte darzustellen. Im Gegenteil. „Die durch die Reden der Pfingstweide geweckte Ahnung demnächst bevorstehender Ereignisse von entscheidender Bedeutung", so führte er in seiner Verteidigungsschrift aus, „steigerte die fieberhafte Aufregung der Inculpantin auf den höchsten Punkt", eine Aufregung, die sich aus „jener in Clubbs und Volksversammlungen, Zeitungen und Flugblättern systematisch betriebenen politischen Aufreizung" ergeben und in der privaten Existenzunsicherheit der Angeklagten einen fruchtbaren Nährboden gefunden habe. Allerdings versuchte er sie dabei zugleich als psychisch Labile und politisch Verführte darzustellen, weshalb sie dann am nächsten Tag unter den gegebenen Umständen in einen psychischen Ausnahmezustand versetzt und damit – darauf wollte er hinaus – ihre strafrechtliche Verantwortung entsprechend verringert worden sei. Dagegen, also gegen das Bild der labilen und politisch verführten, in politischen Dingen letztlich urteilslosen Frau aber spricht vor allem, daß ihr sie begleitender Mann, von keiner Seite bestritten, als bloßer, sich dann rasch zurückziehender Mitläufer erscheint, nicht, wie es diesem Bilde entsprechen würde, als vorandrängender oder auch sie energisch zurückhaltender Teil. Sie handelte also offensichtlich aus eigenem Antrieb und eigener Überzeugung, und das nicht so sehr in einer individuell-psychischen, sondern in dem Bewußtsein einer revolutionären Ausnahmesituation, in einer vor ihr so empfundenen Situation der politischen Entscheidung, in der sie sich der strafrechtlichen Verantwortlichkeit enthoben glaubte. Darüber aber ließ sich im nachhinein in der nun gegebenen Situation weder reden noch gar darauf eine irgend erfolgversprechende Verteidigungsposition aufbauen. Daher war Schweigen, der völlige Verzicht auf die Erörterung ihrer Motive, selbst ihrem Verteidiger gegenüber, und die Beschränkung auf das faktisch Erwiesene – mit Bestreitung der unsicheren Punkte – die sich unmittelbar aufdrängende Taktik.

Wie weit sie über die aktive, gesinnungsmäßig fundierte Beteiligung an dem Ganzen, also an den politischen Auseinandersetzungen der Revolution und ihrer Zuspitzung im September 1848, selber, wenn auch im Verborgenen, eine führende Rolle gespielt hat, darüber läßt sich nichts sagen. Es ist jedoch eher unwahrscheinlich, da sich sonst in den vielfältigen Quellen irgend etwas darüber erhalten hätte und vor allem die sehr genaue, alle Einzelheiten ausleuchtende polizeiliche Untersuchung darauf gestoßen wäre. Der Schluß geht also auf eine politische Überzeugungstäterin aus dem Lager der äußersten Linken, die sich von der möglicherweise auch gewaltsamen Durchsetzung des politischen und gesellschaftlichen Programms dieser Linken zugleich eine entscheidende Veränderung und Verbesserung ihrer privaten Lage versprach. Den Versuch der Verteidigung, sie als psychisch Labile und politisch Verführte darzustellen, hat sie weder unterstützt noch hat sie ihm widersprochen, und auch das Gericht ist ihm in keiner Weise gefolgt, sondern hat sie schlicht als Kriminelle behandelt und verurteilt. Aber wenn sie gehofft haben mag, aufgrund der schwachen Beweislage als solche ein mildes Urteil zu erhalten, so hat sie sich getäuscht. Das Gericht redete zwar nicht über Politik und politische Motive, aber es handelte politisch und schickte sie für sechzehn beziehungsweise fünfzehn Jahre ins Zuchthaus. Und Henriette Zobel wird letztlich von den Verteidigern des Bestehenden, dem sie so entschieden den Kampf angesagt hatte, nichts anderes erwartet haben. Veit Valentin hatte mit seiner allgemeinen Bemerkung schon recht: „Die stärkeren und eigenartigeren Naturen unter den Frauen schlugen sich nach links, denn da richtete sich der Blick in die Zukunft.“ Nur daß es bei dieser Herkunft und diesem Milieu eine andere Linke und eine andre Zukunft war als bei jenen Frauen aus dem gehobenen Bürgertum, die er dabei im Auge hatte.

Andreas Fahrmeir

Die merkwürdigen Erbschaften des Risk Allah Bey

Anfang April 1865 hatte der britische Konsul in Antwerpen etwas Außergewöhliches an das Londoner Außenministerium zu berichten. Am 30. März 1865 war Charles Readly (auch genannt Readley oder Ridley) im *Hôtel du Rhin* tot aufgefunden worden. Readly, ein junger Mann von knapp 21 Jahren, war vor einiger Zeit in Antwerpen angekommen. Einige Tage vor seinem Tod war sein ‚Onkel' Risk Allah Bey zu ihm gestoßen; er logierte in Zimmer 14, das ebenso wie Readlys Zimmer 7 auf dem sonst unbewohnten zweiten Stock des Gebäudes lag. Die Dienstboten schliefen im Erdgeschoß und konnten bezeugen, daß in der fraglichen Nacht niemand das Gebäude betreten oder verlassen hatte. Am Morgen des 30. März wollte der ungewöhnlich erregte Risk Allah die von innen verriegelte Zimmertür Readlys aufbrechen lassen; die Hausangestellten zogen es jedoch vor, durch das benachbarte Zimmer 6 in Zimmer 7 einzudringen, wo sie Readlys Leiche fanden. Der Hals des Toten war durchschossen; neben dem Bett lagen ein Gewehr und ein umgekippter Stuhl. Risk Allah stürzte sich sofort auf einen Zettel, auf dem der Satz stand: „Ich habe es selbst getan". Vieles deutete auf Selbstmord hin, doch es gab einige Merkwürdigkeiten. Das Stubenmädchen Philomene Brauers sagte aus, Risk Allah habe selbst das Gewehr in Readlys Zimmer gestellt, obwohl er vorher erzählt habe, er befürchte, der junge Mann wolle sich nach einer unglücklichen Liebesgeschichte etwas antun. Am Vorabend seines Todes habe Readly über schwere Bauchschmerzen geklagt; daher sei sie später nochmals ins Zimmer gegangen und habe ihn in genau der Stellung fest schlafen sehen, die seine Leiche nach dem angeblichen Selbstmord einnahm. Beide Arme Readlys befanden sich unter der Bettdecke; Risk Allah zog aber gleich einen Arm unter der Decke hervor, um den Puls zu messen.

Als die Polizei sich angesichts dieser Verdachtsmomente entschloß, Risk Allah erst einmal in Untersuchungshaft zu nehmen, erschien ihr Gefangener in Festtagskleidung und drohte mit der

Rache der türkischen und britischen Regierungen. Da außerdem offen blieb, welches Interesse Risk Allah am Tod seines ‚Neffen' haben könnte, ordnete der mit dem Fall betraute Untersuchungsrichter nach einigen Tagen seine Freilassung an.

Am 6. April, als Konsul Grattan eben seinen abschließenden Bericht verfaßte, traf im britischen Konsulat ein Schreiben eines gewissen O'Mahoney aus Ramsgate ein, der die Nachricht vom Tod seines Freundes Readly aus der Zeitung erfahren hatte. O'Mahoneys Brief lieferte den Hinweis auf ein mögliches Mordmotiv. Readly sei nicht der Neffe, sondern der Stiefsohn Risk Allahs. Als Madame Risk Allah, die Mutter Readlys, die vor ihrer Heirat den Namen Lewis trug, 1860 unter merkwürdigen Umständen verstarb, habe Readly einen Teil ihres stattlichen Vermögens geerbt. Diese Geld würde, da Readly vor Erreichen der Volljährigkeit verstorben war, nun vermutlich Risk Allah zufallen. Grattan trug diesen Brief zum Untersuchungsrichter, der sich vom Londoner Außenministerium genauere Informationen über Mrs. Lewis' Testament erbat. Aus dem Außenministerium wanderte die Anfrage weiter ans Innenministerium, wo sie kurz nach dem 10. April auf dem Schreibtisch des ranghöchsten ‚unpolitischen' Beamten des Home Office, Horatio Waddington, landete.

Zunächst war Waddington nicht geneigt, mit der belgischen Polizei zu kooperieren. Ein erster Blick auf Risk Allahs Einbürgerungsantrag von 1856 und Mrs. Lewis' Testament lieferte keinen Beleg für die Vermutungen O'Mahoneys. Nach den Angaben in seinem Einbürgerungsantrag war Risk Allah Bey 1825 in der Türkei geboren worden. Er hatte eine medizinische Ausbildung absolviert und war Angehöriger des Londoner *King's College* und Mitglied des *Royal College of Surgeons*. Im Krimkrieg wurde er den britischen Sanitätstruppen als Verbindungsoffizier zugeteilt und erwarb sich gewisse Verdienste, für die er mit dem Rang eines Bey ausgezeichnet wurde. 1856 erwarb er die britische Staatsangehörigkeit. Einer der Bürgen, die seinen Antrag gegenzeichneten, war Vizekanzler Wood. Nun war Risk Allah als medizinischer Attaché bei der türkischen Botschaft in London tätig.

Mrs. Lewis' Testament enthielt keinen Hinweis auf ein finanzielles Interesse Risk Allahs an Readlys Tod, denn er war Alleinerbe und Testamentsvollstrecker seiner Frau. Am 27. April ließ

Innenminister Sir George Grey dem Außenministerium mitteilen, Risk Allah sei ein hochanständiger Zeitgenosse.

Ein Mann gab sich damit aber nicht zufrieden. Im Juli 1865 erhielt das Londoner Außenministerium ein Schreiben eines gewissen Mr. Linden. Linden behauptete, Risk Allah sei „der größte Bösewicht, der je gelebt hat". Mrs. Lewis, die Risk Allah 1858 heiratete, sei eine „Kurtisane" gewesen, die kaum Freunde hatte – daher habe sie ihren unehelichen Sohn Charles Readly als ihren Neffen ausgegeben. Die Ehe mit Risk Allah sei nicht glücklich gewesen; sie habe mehrfach erklärt, diesem Mann keinen Pfennig hinterlassen zu wollen. Bei einer Reise nach Köln sei sie 1860 verstorben und rasch auf der anderen Rheinseite begraben worden.

Nach Mrs. Lewis' Tod habe sich Risk Allah ein neues Opfer gesucht, einen „in diesem Land bekannten Gentleman". Nach dessen Tod sei ebenfalls ein neues Testament aufgetaucht, welches das gesamte Vermögen des Verstorbenen seiner Witwe hinterließ, die dem Charme Risk Allahs erlegen sei. Risk Allah wurde Testamentsvollstrecker. Die Verdachtsmomente seien aber so schwerwiegend gewesen, daß eine Exhumierung der Leiche geplant wurde. Es sei gewiß kein Zufall, daß Readly kurz vor seiner Volljährigkeit erschossen wurde. Linden, der um die Intervention britischer Behörden in Belgien bat, nannte drei Referenzen: die Anwaltskanzleien Carlisle und Odell sowie Taylor, Hoare & Taylor und den Rechtsanwalt Mr. Cole.

Waddington fand diesen Brief wenig überzeugend: viele Anschuldigungen, keine Beweise. Außerdem war ihm nicht klar, warum Linden nicht versuchte, Risk Allah in England wegen Mordes vor Gericht zu stellen. Er riet, die Angelegenheit nicht weiter zu verfolgen.

Linden wandte sich daraufhin nach Brüssel. Nach ihrer Darstellung in dem späteren Strafverfahren konnte die dortige Staatsanwaltschaft die Entscheidung des Antwerpener Untersuchungsrichters ohnehin nicht ganz nachvollziehen. Die weitere Verfolgung Risk Allahs schien zunächst aber so gut wie aussichtslos. Er war aus Belgien abgereist, dem Vernehmen nach in den Orient; es schien, als könne der neue Haftbefehl nie vollstreckt werden.

Im Winter 1865 und im Frühjahr 1866 hatte die Brüsseler Polizei aber unerwartetes Glück. Bei Banken in Brüssel, Paris und London wurden gefälschte Wechsel eingereicht, die allesamt auf

Dokumenten beruhten, die entweder Risk Allah gehört hatten oder an diesen übergeben worden waren. So wurde in Brüssel bekannt, daß Risk Allah in Paris war. Eine Durchsuchung seiner Wohnung durch die französische Polizei brachte zwar keine weiteren Beweise in der Fälschungsangelegenheit, führte aber dazu, daß er wegen des Antwerpener Todesfalls in Auslieferungshaft genommen wurde.

Um die Auslieferungsdokumente so vollständig wie möglich zu machen, forderte die belgische Regierung im März das britische Vorstrafenregister Risk Allahs an. Waddington zögerte immer noch, da Risk Allah in England keines Verbrechens beschuldigt worden war. Man könne daher allenfalls den Direktor der Londoner Polizei um eine kursorische Untersuchung bitten, aber es gehe nicht an, daß man – außer beim Vorliegen klarer Beweise – in Prozesse vor ausländischen Gerichten eingreife. Der Polizeibericht, den Police Commissioner Richard Mayne am 11. April 1866 vorlegte, schien allerdings die Aussagen Lindens (der selbst nicht aufzufinden war) zu untermauern.

Die Kanzlei Taylor, Hoare & Taylor war mit den Geschäften von Mr. Lewis betraut gewesen. Er hinterließ seiner Witwe, Mrs. Lewis, die stattliche Summe von £25000. Davon waren aber £5000 für ihren Sohn „Charles Ridley" bestimmt, der nach seinem 21. Geburtstag über diese Summe verfügen konnte. Die erste Untersuchung Waddingtons hatte sich also auf das falsche Testament bezogen. Mr. Cole, ein persönlicher Freund des Ehepaars Lewis, gab an, Mrs. Lewis habe ihren Mann kurz vor seinem Tod überzeugt, ein weiteres Testament zu unterzeichnen, das ihr die £5000 vermachte, wenn Readly vor Erreichen der Volljährigkeit starb. Die £5000, die Risk Allah nach Readlys Tod als Alleinerbe der Mrs. Lewis zustanden, seien ihm im Oktober 1865 ausbezahlt worden.

Die Stellungnahme der Firma Carlisle und Odell ließ Risk Allah in noch schlechterem Licht erscheinen. Im Dezember 1863 habe Risk Allah die Bekanntschaft eines Mr. Bingham gemacht, der in „Broom Park" bei Canterbury residierte. Risk Allah habe diesen Mann während einer Erkrankung behandelt; Bingham sei im März 1864 verstorben. Zu diesem Zeitpunkt tauchte ein auf den Januar 1864 datiertes, den Anwälten Binghams unbekanntes Testament auf, das die Witwe Binghams zur Alleinerbin und Risk

Allah zum Testamentsvollstrecker ernannte. Die Kanzlei habe daraufhin erwogen, einen Strafprozeß gegen Risk Allah einzuleiten und die Exhumierung der Leiche Binghams beim Innenministerium beantragt. Diese wurde genehmigt. Ob sie stattfand, ist unklar, da die entsprechenden Akten später vernichtet wurden. Doch die Drohung scheint genügt zu haben: Binghams Witwe und Risk Allah willigten ein, das neue Testament zurückzuziehen, so daß Binghams Vermögen an seine Kinder überging. Im Frühjahr 1866 waren aber noch Prozesse gegen Risk Allah wegen Veruntreuung eines Teils des Nachlasses anhängig.

Die Gelegenheiten, bei denen Risk Allah mit plötzlichen Todesfällen, Testamenten, auf denen die Tinte kaum getrocknet war, und leichtgläubigen, seinem Charme zugänglichen reichen Witwen in Verbindung gestanden hatte, häuften sich in auffälliger Weise. Dennoch blieb offen, wie es Risk Allah gelang, Testamente zu produzieren, die dem englischen Verfahren der Testamentsbestätigung standhielten.

Der letzte Teil des Polizeiberichts gab eine Antwort. Im Dezember 1865 wurde bei einer Londoner Bank ein gefälschter Scheck eingereicht, der durch die Hände Risk Allahs gegangen war. Nach den Ermittlungen der Polizei handelte es sich bei dem Mann, der den gefälschten Scheck in Umlauf zu bringen versuchte, um Joseph Ruscovich alias Osman Effendi. Dieser Name war Waddington ein Begriff. Ruscovich war 1858 wegen anderer Fälschungsdelikte zu sechs Jahren Haft verurteilt worden. Er wurde aber aufgrund eines „Briefes“, den er selber im Gefängnis verfertigt hatte, bereits nach vier Jahren entlassen. Diese Episode hatte einiges Aufsehen erregt.

Die Erkenntnis, daß der scheinbar so ehrbare Risk Allah mit einem gewitzten Verbrecher bekannt war, veränderte die Haltung der englischen Behörden grundlegend. Waddington ordnete sofort an, die Pariser Polizei vor beiden zu warnen; die Londoner Polizei hatte bereits die letzte bekannte Adresse Ruscovichs in Paris an ihre dortigen Kollegen übermittelt. Alle Gesuche der Anwälte Risk Allahs um Empfehlungsschreiben oder die Anwesenheit des britischen Konsuls beim Prozeß in Brüssel wurden nun vom Innenministerium ebenso kommentarlos abgewiesen, wie das vorher bei den Hilfsersuchen der belgischen Behörden und Mr. Lindens der Fall gewesen war. Die Bitten der belgischen Behörden um

Beweismaterial im Original wurden dagegen bereitwilligst erfüllt – die Testamente von Mrs. Lewis und Mr. Bingham, die gefälschten Schecks, der Brief, den Ruscovich im Gefängnis geschrieben hatte: alles wurde aufgetrieben und – ebenso wie der mit den Ermittlungen betraute Polizist, der kurioserweise den Namen Druscovich trug – nach Brüssel geschickt. Der Fall entwickelte sich zu einem Musterbeispiel internationaler Polizeikooperation.

Das war insofern bemerkenswert, als die englische Justiz ebenso wie die Ministerialbürokratie die Gerichte kontinentaler Staaten mit großer Skepsis betrachtete. Die britischen Behörden sahen sich in einem Dilemma. Natürlich ging es Justizbeamten in einem Rechtsstaat darum, alle Verbrecher ihrer gerechten Strafe zuzuführen. Außerdem war das britische Justizwesen keineswegs besonders milde – immerhin war England das Land, in dem in Europa im Verhältnis zur Bevölkerungsgröße mit Abstand die meisten Hinrichtungen vollzogen wurden; auch in Schottland war die Justiz weit weniger blutig. Die Vorbehalte der Briten gegenüber den kontinentalen Staaten konzentrierten sich auf zwei Punkte: auf das Prozeßrecht, das den Angeklagten kein Recht auf ein faires Verfahren einzuräumen schien, sowie auf die Nutzung von Strafverfahren zur Verfolgung politischer Gegner der jeweiligen Regierung. Diese Bedenken waren im Zusammenhang mit Auslieferungsabkommen besonders gewichtig. Die ersten Auslieferungsabkommen zwischen Großbritannien und anderen Ländern wurden 1843 mit den Vereinigten Staaten und Frankreich abgeschlossen. Sie bezogen sich nur auf einige schwere Delikte, darunter Mord und Betrug, und schlossen explizit aus, daß wegen ‚normaler' Straftaten ausgelieferte Personen später wegen politischer Vergehen angeklagt werden konnten. Dennoch taten sich britische Richter mit den Abkommen schwer und benutzten alle möglichen juristischen Kunstgriffe, um Auslieferungen zu verhindern. Bis in die 1860er Jahre wurde keinem französischen Auslieferungsantrag stattgegeben.

England drohte so zu einem sicheren Asylland für Verbrecher aller Art zu werden, zumal die Einreise nach Großbritannien keinerlei Beschränkungen unterlag. Die formlose Zusammenarbeit von Polizeibehörden über Grenzen hinweg wurde dadurch freilich nicht verhindert. Anläßlich der Weltausstellung von 1851 lud die britische Regierung Polizisten aus vielen Ländern ein, die ihre britischen Kollegen auf bekannte Straftäter, die sich vermutlich auch auf den Straßen Londons tummeln würden, hinweisen sollten. Gewiß, die Korrespondenz zwischen der belgischen Staatsanwaltschaft und der Londoner Polizei, die den großen Dienstweg über das Londoner Außen- und Innenministerium durchlaufen mußte, belegt, daß die Zusammenarbeit nicht immer formlos und schnell möglich war. Andererseits bestanden zumindest zwischen der Londoner und der Pariser Polizei engere Kontakte, wie die rasche Weitergabe von Ruscovichs Adresse deutlich macht.

Entscheidend war, ob auf beiden Seiten der Wille zur Zusammenarbeit bestand. Solange man Risk Allah in London als das Opfer anonymer Anschuldigungen betrachtete, war die Kooperation sehr begrenzt. Aber sobald sich die Ansicht durchgesetzt hatte, daß es darum ging, einen Schwerverbrecher zur Strecke zu bringen, wurden bürokratische Hemmnisse kurzerhand beseitigt.

Ruscovich, dem es ja bereits gelungen war, der britischen Polizei mehrere Jahre lang zu entgehen, blieb trotz aller Bemühungen unauffindbar. Er hatte sich im Januar 1866 aus Paris entfernt und war danach – über Belgien, wo er noch eine Bank zu betrügen versuchte – in Begleitung einer Engländerin, die angeblich die Reisekosten übernahm, nach Italien aufgebrochen. Die französische Polizei mußte daher mit Risk Allah vorlieb nehmen, der ohne weiteres nach Brüssel ausgeliefert wurde.

Das Londoner Innenministerium wurde offiziell nur noch einmal mit dem Fall befaßt. Ende September trafen zwei an den britischen Innenminister gerichtete Briefe ein, die mit „Risk Allah Bey Effendi“ unterzeichnet waren und als Adresse ein Haus in der „rue des Petits Carmes“ in Brüssel nannten. Sie erbaten Informationen darüber, ob die Leiche Mr. Binghams tatsächlich exhumiert worden war. Waddington hielt die Briefe für Fälschungen, denn Risk Allah ‚wohnte‘ ja damals nicht in der rue des Petits Carmes, sondern im Brüsseler Gefängnis. Es ist natürlich auch möglich, daß Risk Allah wissen wollte, welche weiteren Anschuldigungen auf ihn zuzukommen drohten, und sich auf einen aus einer Strafanstalt abgeschickten Brief keine rasche Antwort erhoffte.

Der Prozeß gegen Risk Allah begann am 22. Oktober 1866 vor dem „Cour d’Assizes de Braband“. Als Ankläger trat der Generalstaatsanwalt auf; Hauptverteidiger war der bekannte Pariser

Anwalt Lachaud. Risk Allah saß in einem mit fünf Orden verzierten türkischen Gewand aufrecht auf der Anklagebank; die Wochenzeitung *The Paris Times* bemerkte allerdings, es sei seltsam, daß ein Mann, der sich als gläubiger Moslem bezeichne, zwei Orden trug, die vom Papst nur an Katholiken vergeben wurden. Risk Allah wurde beschuldigt, James William Macklin, auch genannt Charles Readly, ermordet, und gemeinsam mit Joseph Ruscovich Betrugsversuche unternommen zu haben. Die Hauptsache in diesem Prozeß war eindeutig der Mord, so daß es zumindest wahrscheinlich war, daß die Geschworenen Risk Allah entweder beider Delikte für schuldig finden oder ihn freisprechen würden.

Die Anklage schilderte zunächst die Umstände von Readlys Tod. Zahlreiche Zeugen bestätigten, daß sie Charles Readly in den Wochen vor seinem Tod gekannt und keine Selbstmordabsichten bemerkt hatten. Nach der Darstellung der Staatsanwaltschaft war die Liebesbeziehung Readlys zudem nicht so aussichtslos, daß sie einen Selbstmord erklärt hätte. Die Mutter seiner Erwählten habe lediglich verlangt, daß er seiner Braut nach der Hochzeit eine Rente überschreiben sollte. Das sei Readly zwar damals nicht möglich gewesen, er habe jedoch fest damit gerechnet, daß er bald in der Lage sein werde, die Erwartungen der angehenden Schwiegermutter zu erfüllen. Hiermit lag ein klares Motiv für die Tat Risk Allahs vor: Hätte Readly geheiratet, wäre sein Geld für Risk Allah verloren gewesen.

Weitere Zeugen belegten die enge Freundschaft Risk Allahs und Ruscovichs. In letzter Zeit hatte Risk Allah in seiner Korrespondenz mit Ruscovich mehrfach Geldsorgen erwähnt – allerdings immer, um Bitten Ruscovichs abzuwimmeln. Die Anklage verwies auf die gefälschten Testamente von Mrs. Risk Allah und Mr. Bingham, die von einem Mitarbeiter des Londoner Nachlaßgerichts vorgelegt wurden; auf die Genehmigung der Exhumierung von Mr. Bingham; sowie auf die Tatsache, daß alle Wechsel und Schecks, die von Ruscovich verfälscht worden waren, zuvor durch die Hände Risk Allahs gegangen waren.

Die Verteidigung zeichnete ein gänzlich anderes Bild. Was die Fälschungen betraf, so sei Risk Allah ein unschuldiges, gutgläubiges Opfer des perfiden Ruscovich gewesen. Die Hinweise auf in England begangene Verbrechen waren bloße Behauptungen, die durch zahlreiche positive Charakterzeugnisse bekannter Engländer widerlegt wurden. Was den Seelenzustand Readlys betraf, so hielten zahlreiche Zeugen einen Selbstmord für wahrscheinlich.

Da auf dieser Ebene ein Patt zwischen Anklage und Verteidigung erreicht wurde, konzentrierte sich der Prozeß bald ganz auf den Mechanismus des Mordes oder Selbstmordes. Readly wurde mit durchschossenem Hals aufgefunden; seine Arme lagen beide unter der Decke, der linke am Körper, der rechte angewinkelt. Wenn es sich um Selbstmord handelte, dann mußte Readly das Gewehr gegen einen Stuhl stützen und auf dem Kissen fixieren, bevor er mit Hilfe eines Stocks mit der rechten Hand abdrückte. Ein Paletot sei um den Lauf des Gewehrs gewickelt gewesen, um es auf dem Kissen zu fixieren, was gleichzeitig das Geräusch der Explosion dämpfte. Der Gerichtsmediziner hatte ausgesagt, daß sich Readlys Arme nach dem Tod nicht mehr bewegt hatten. Die Fragen, die verschiedenen Fachleuten vorgelegt wurde, waren also: War dies prinzipiell möglich? War es wahrscheinlich, daß die Arme unter der Bettdecke zu liegen kamen? Wenn es sich nicht um Selbstmord handelte, dann war Risk Allah der einzige mögliche Täter.

Für die Anklage traten zwei Waffenmeister namens Janssen und Montigny auf. Beide sagten aus, daß Selbstmord und Mord in diesem Fall schwer unterscheidbar seien; jedoch war zumindest Janssen der Ansicht, daß man mit den Armen unter der Bettdecke das Gewehr nicht auslösen könne. Der Experte der Verteidigung, Charrince, ein Waffenmeister der belgischen Armee, kam genau zur entgegengesetzten Ansicht: Es handele sich zweifellos um Selbstmord; die Bettdecke müsse über die Arme gezogen werden, um der prekären Konstellation von Gewehr, Kissen und Stuhl zusätzliche Stabilität zu verleihen.

In ihrem Bericht über den Prozeßverlauf, der am 27. Oktober, just dem Tag nach der ersten Expertenbefragung, erschien, hielt die Wochenzeitung *The Paris Times* die Schuld Risk Allahs für erwiesen und spekulierte bereits, daß einer seiner Diamantringe Gift enthalte, mit dem er sich der Guillotine entziehen wolle. Im anschließenden Kreuzverhör einigten sich die Experten jedoch, daß man genau wissen müsse, wie hoch das Bett Readlys war. Das Möbelstück wurde daraufhin aus Antwerpen herbeigeschafft. Die drei Experten und ein Statist spielten im Gerichtssaal die diversen Theorien durch. Das Experiment erwies sich als unterhaltsam, aber wenig hilfreich: Nun hielten alle sowohl Selbstmord als auch Mord gleichermaßen für möglich.

Die Beweislage war mithin nicht eindeutig. Für Risk Allah sprachen vor allem seine Haltung, seine Beziehungen und seine Orden. Der vorsitzende Richter teilte während der Verhandlung seinen Schnupftabak mit dem Angeklagten, was vom Publikum mit Schmunzeln bemerkt wurde. Wollte die Anklage einen Schuldspruch erreichen, dann mußte sie den Ruf Risk Allahs noch gründlicher angreifen, als ihr das bis dahin gelungen war. Der Staatsanwalt wandte sich daher in seinem Schlußplädoyer den Orden und Ehrenzeichen Risk Allahs zu. Er versuchte nachzuweisen, daß Risk Allah die meisten davon für 400 Francs in Paris von einem Betrüger namens André gekauft habe. In der Tat war diese Theorie, besonders, was die katholischen Orden betraf, nicht vollkommen unwahrscheinlich.

Das Plädoyer der Verteidigung, das die Zeitung *L'indépendance Belge* als wahres rhetorisches Kunstwerk beschrieb, verwies dagegen auf die gesellschaftliche Stellung Risk Allahs. Sein großes Vermögen (das von der Verteidigung vorausgesetzt, von der Anklage ebenso beweislos bestritten wurde) schließe Habgier als Motiv aus. Die Geschworenen berieten von viertel vor vier bis halb sechs Uhr, bevor sie den Angeklagten freisprachen. Während *L'indépendance Belge* das Urteil nur wiedergab, fügte der Korrespondent der Londoner *Times* hinzu, es handele sich offenbar zumindest, was die Fälschungsangelegenheit betraf, um ein klares Fehlurteil.

Es ist natürlich unmöglich, den Fall im Rückblick ‚lösen' zu wollen. Es bleibt daher unklar, ob hier ein Verbrecher seiner gerechten Strafe entging, oder ob ein ehrbarer Mann zu unrecht schwerer Straftaten beschuldigt wurde. Ein naheliegendes Motiv für eine solche Verwechslung (wenn es denn eine war) wären Vorurteile gegenüber einem orientalischen Aufsteiger gewesen. Dafür gibt es aber bemerkenswerterweise keine Belege. In der Korrespondenz des Londoner Innenministeriums wurde ebensowenig wie in den Berichten der *Times* oder der *L'indépendance Belge* Risk Allahs türkische Herkunft betont oder gar als Beleg für kriminelle Neigungen gewertet. Allein die Berichterstattung der *Paris Times* mit ihren Andeutungen über mit Gift gefüllte Ringe und dem merkwürdigen Beharren darauf, bei Risk Allah handele es sich nicht um einen ‚echten' Türken, sondern um einen „Maronite of Syria“, ging in diese Richtung.

Nach dem Prozeß kehrte Risk Allah in den Orient zurück, wo er weiterhin Anwälte beschäftigte. 1872 beschwerten sich seine juristischen Vertreter darüber, daß der britische Generalkonsul in Beirut sich weigerte, seinen britischen Paß zu visieren. Der Konsul erläuterte in seinem Rechtfertigungsschreiben, daß er sich nicht in der Lage gesehen habe, den Paß gegenzuzeichnen, da dies als Beleg dafür hätte gelten können, daß Risk Allah auch in seinem Geburtsland als Brite galt, was nach dem britischen Staatsangehörigkeitsrecht prinzipiell ausgeschlossen war: Solange sich Risk Allah im Osmanischen Reich aufhielt, konnte er keinen britischen diplomatischen Schutz erhoffen. Dort mußte er daher mit einem türkischen Paß reisen. Prinzipiell handelte es sich um eine Routineangelegenheit, deren Spuren vermutlich bald aus den Akten entfernt worden wären. Doch im Außenministerium erinnerte man sich noch vage an den Prozeß, der „unter fragwürdigen Umständen“ in Brüssel stattgefunden hatte, was dazu führte, daß die Akte aufbewahrt wurde. Nach der damaligen Zurückweisung verliert sich die Spur dieses von einigen Rätseln umgebenen Mannes.

Rudolf Muhs

Mord auf der Nordbahn

Seine Gemahlin, so bemerkte der Dichter Theodor Fontane am 12. Dezember 1857 in einem Brief aus London an seinen Berliner Freund und Mentor Wilhelm von Merckel, sei gerade unterwegs, „um in Newgate (d.h. nicht im Gefängnis selbst, aber doch in der nebenher laufenden Straße) ein paar Enten und Hühner zu kaufen. Als deutsche Hausfrau besucht sie diesen sonnabendlichen Markt ziemlich regelmäßig, um den Sonntagsbraten einzukaufen, der dort wirklich oft nur halb soviel kostet wie in den fashionablen Quartieren der Stadt. Wenn es sich zufällig mal treffen sollte, daß einer sonnabends gehängt wird (sie hängen 2 Stunden gerade über dem Trottoir der Newgate-Straße, in der der Fleischmarkt ist), so wird meine Lady wohl, von dem Augenblick an, ihre ökonomischen Wanderungen aufgeben. Sie sehn, daß hier alles noch natürwüchsig hergeht und daß zwischen Fleischkaufen und Hängen keine ängstlichen Barrieren gezogen werden."

Fontanes schelmische Vorstellung, daß seine Emilie beim Shoppen einmal mit einem baumelnden Missetäter konfrontiert werden könnte, blieb jedoch Phantasie. Um nämlich Kommerz und Justiz, wenn schon nicht räumlich, so doch wenigstens zeitlich auseinanderzuhalten, fanden Hinrichtungen in der Regel montagmorgens statt. Newgate wurde dann, des unfehlbar zu erwartenden Massenandrangs wegen, unmittelbar nach Ende des Wochenmarktes weiträumig abgesperrt. Um Mitternacht mußten die Arbeiten eingestellt werden, denn mit der Sonntagsheiligung nahm man es genau im viktorianischen England. Erst in den frühen Stunden des Montags gingen die Vorbereitungen weiter. Innerhalb einer engeren Absperrung wurde das hölzerne Schafott aufgeschlagen, direkt neben einer kleinen Tür in der fensterlosen Außenwand des Gefängnisgebäudes, durch die der Todeskandidat auf seinem letzten Gang ins Freie hinaustreten würde. Im Morgengrauen schließlich wurde das schaulustige Publikum bis an die Barrieren um den Galgen vorgelassen.

So auch am 14. November 1864, nur daß der Zustrom an diesem Tage noch stärker war als gewöhnlich. Mehr als 50000 Menschen drängten sich nach amtlichen Schätzungen in Newgate und den Zugangsstraßen, als kurz vor acht Uhr die Totenglocke der nahegelegenen Kirche St. Sepulchre zu läuten begann und eine kleine Personengruppe das Schafott bestieg, darunter der Verurteilte. Sein Name war Franz Müller, und mit der Hinrichtung dieses 24-jährigen Schneidergesellen aus Thüringen hatte eines der spektakulärsten Verbrechen im London jener Jahre, der Mord auf der Nordbahn, offiziell seine Sühne gefunden. Doch viele Fragen blieben offen. Handelte es sich bei dem Gehängten wirklich um den Täter? Oder war seine Verurteilung vor allem auf Deutschfeindlichkeit zurückzuführen? Wie ist ein Geständnis aus zweiter Hand zu bewerten? Und welchem Zweck dient eine öffentliche Hinrichtung?

***

Jedenfalls keinem moralischen, so lautete das einhellige Urteil der Londoner Presse am Tag danach. Der *Times*-Reporter sprach für alle Kollegen, wenn er seinen Bericht mit dem Ausdruck der Hoffnung begann, nie wieder Zeuge eines solchen Spektakels werden zu müssen. Der Abschaum der hauptstädtischen Bevölkerung habe den Ton angegeben und nicht Gewissenserhebung, sondern die Befriedigung niedrigster Instinkte gesucht. Alkohol und Prostitution, womit sich die wachsende Menge die Nacht vertrieb, hätten eine Atmosphäre allgemeiner Unanständigkeit geschaffen. Straßenprediger, die sich zahlreich eingefunden hatten, um unter Verweis auf Müllers Exempel zur Buße und Umkehr aufzurufen, seien ausgelacht oder niedergebrüllt, das Anstimmen frommer Gesänge durch Absingen schmutziger Lieder übertönt worden. Selbst das Einsetzen des Trauergeläutes habe dem wüsten Treiben nur vorübergehend Einhalt gebieten können, und der Ruf „Hüte ab!“ sei nicht aus Gründen der Pietät erfolgt, sondern um besser sehen zu können.

Kaum daß Müller ausgezuckt hatte, habe der Radau erneut eingesetzt. Es war diese Ausartung von Hinrichtungen zu einem Pöbelfest, die den Abscheu der respektablen Gesellschaft erregte, nicht die Todesstrafe als solche. Mit besonderer Empörung wurde die Tatsache verzeichnet, daß Schaulustige aus den besseren Kreisen sich hatten anrempeln, verspotten und bestehlen lassen müssen, um zu ihren teuer bezahlten Plätzen zu gelangen. Alle Fenster und Dachflächen mit Blick auf die Richtstätte waren nämlich zu Höchstpreisen vermietet, Newgate aber, wie immer an Exekutionstagen, ein weitgehend rechtsfreier Raum gewesen, da die Polizeikräfte kaum zum Schutz der Absperrungen ausreichten. Ausgerechnet bei einer Veranstaltung, die beiläufig auch den zur Kriminalität neigenden Unterschichten die Allmacht des Gesetzes vor Augen führen sollte, besaßen also Angehörige der Mittel- und Oberschicht keine Gewähr für die Sicherheit ihrer Person und ihres Eigentums.

Bei allem Naserümpfen über den Mangel an Dezenz versäumten die Zeitungen jedoch nicht, billigend das Einverständnis des Mobs zu registrieren: Obwohl jedermann wußte, daß Müller stets seine Unschuld beteuert hatte, und trotz einer starken Präsenz von deutschen Arbeitern aus dem Londoner Osten waren nämlich, anders als sonst oft bei Hinrichtungen, keine Zweifel laut geworden, daß es ein Akt der Gerechtigkeit war, der da seinen Lauf nahm. In dieser Überzeugung konnten sich Behörden und Publikum bestärkt fühlen, als die Presse am nächsten Tag die sensationelle Nachricht von einem Geständnis mit dem letzten Atemzug verbreitete.

Als Müller, an Händen und Füßen gefesselt, bereits unter dem Galgen stand, hatte man einen Geistlichen herantreten sehen, der auf den Todeskandidaten einsprach, während der Henker ihm den Strick um den Hals legte und eine schmutzige Kapuze über sein Gesicht zog, bevor er unter dem Schafott verschwand, um die Bolzen der Falltür zu lösen. Kaum hatte der Delinquent, Momente später, seinen Fall in die Ewigkeit getan, stürzte Dr. Louis Cappel, Pastor der Deutschen Evangelischen St. Georgskirche in Whitechapel – denn um ihn handelte es sich –, mit allen Zeichen größter Erregung davon, um, im Innern des Gefängnisses angekommen, mit dem Ausruf „Gestanden! Gott sei Dank, er hat gestanden!“ auf einem Stuhl zusammenzusinken. Nach einem Glas Brandy wieder einigermaßen bei Kräften, ließ der Mann Gottes Beamte und Presseleute wissen, was zum Schluß noch an Worten gewechselt worden war und was in folgender Fassung auf Mit- und Nachwelt gekommen ist:

„Müller, in wenigen Augenblicken stehen Sie vor Gott. Ich frage Sie nochmals, und zum letzten Male, sind Sie schuldig oder unschuldig?" – „Ich bin unschuldig." – „Sie sind unschuldig?" – „Gott weiß, was ich getan habe." – „Gott weiß, was Sie getan haben? Weiß Er auch, daß Sie dies Verbrechen getan haben?" – „Ja. Ich habe es getan."

Hocherfreut nahm der diensthabende Sheriff diese Eröffnung noch in seine Vollzugsmeldung an den Innenminister auf, und Sir George Grey durfte sich gratulieren, wie recht er daran getan hatte, den nachgesuchten Aufschub der Hinrichtung abzulehnen. Nach dem Zeugnis von Memoiren und Autobiographien zu urteilen, wurde das Geständnis unter dem Galgen bestimmend für die kollektive Erinnerung an den Fall Müller. Zweifel und alternative Deutungen sind dagegen mit der Zeit verblaßt, obwohl sie viel für sich hatten.

Müllers ursprünglicher Beistand Adolf Walbaum, Pastor der Hamburger Lutherischen Gemeinde in London und zugleich Anstaltsgeistlicher des Deutschen Hospitals sowie preußischer Gesandtschaftsprediger, war noch zum Rückzug genötigt worden, als er sich von der Schuld seines Klienten überzeugt zeigte und erklärte, ihn bis zuletzt zum Geständnis ermahnen zu wollen. Den daraufhin, fünf Tage vor dem Hinrichtungstermin, eingesprungenen Cappel hatte der militant antiklerikale *Hermann*, das Londoner deutsche Wochenblatt, zunächst ausdrücklich begrüßt, weil er sich des Gefangenen „nicht als Pfaffe, sondern als Menschenfreund" annehme. Tatsächlich war es ihm, anders als Walbaum, rasch gelungen, Müllers Zutrauen zu gewinnen, was dessen Anhänger zu einem Fehlschluß über seine Absichten verleitete. Denn ein Geständnis erzielen wollte der „liebevoll drängende, aber doch drängende Geistliche" auch.

Diese Charakterisierung Cappels stammt von Eugene Oswald, einem badischen Republikaner, der seine Tage als Deutschlehrer der britischen Königsfamilie beschließen sollte. Seiner Ansicht nach hätte die Hinrichtung auf jeden Fall unterbrochen werden müssen, um das Geständnis vor Zeugen schriftlich zu fixieren.

Als 1887 die *Sporting News*, ein Blatt für Liebhaber von Pferderennen, in einer Artikelserie über berühmte Verbrecher auf den Mord auf der Nordbahn zu sprechen kam und auf das schließliche Geständnis, meldete sich der Rechtsanwalt Thomas Beard zu Wort, der seinerzeit zu Müllers Verteidigungsteam gehört hatte: „Ich habe", sei in Wahrheit alles gewesen, was der Delinquent noch habe herausbringen können, bevor ihm im Fall das Wort abgeschnitten worden sei. Niemand wisse, ob er den Satz mit „es getan" habe fortsetzen wollen oder mit „es nicht getan".

Wenngleich fast ein Vierteljahrhundert seit dem Ereignis vergangen war, erregte der implizite Zweifel an Müllers Schuld doch leidenschaftlichen Widerspruch, was wiederum Frederick Wicks zu einem Leserbrief veranlaßte. Der ehemalige Redakteur des *Globe* und, wie er schrieb, einzige Überlebende von denen, die seinerzeit auf dem Schafott zugegen gewesen waren, hatte den Wortwechsel mangels Deutschkenntnissen zwar nicht verstanden, besaß aber genaue Aufzeichnungen über dessen anschließende Verschriftlichung. Danach hatte Cappel zunächst nur erklärt, in indirekter Rede und auf englisch, daß Müller seine letzte Frage nicht mehr mit Nein beantwortet, sondern die Tat zugegeben habe. Beim Nachhausegehen habe er dann eigenhändig dem Vertreter der *Times* den deutschen Satz „Ich habe es getan" in sein Notizbuch geschrieben, und zwar noch ohne das vorangestellte „Ja", mit dessen Einfügung sich die Frage nach dem Satzende erledigt. Vermutlich habe der Geistliche das Geständnis, das Wicks als solches nicht in Frage zog, aber in der Substanz auch nicht bestätigen konnte, nachträglich etwas eindeutiger zu machen gesucht.

Tatsächlich findet sich die Endfassung erst in späteren Ausgaben der *Times* und in einem Bericht für den *Hermann* vom Samstag nach der Hinrichtung. Wie Cappel dort weiter ausführte, war er bei seiner Betreuung von der Ansicht ausgegangen, daß Müller zwar keinen Mord beabsichtigt, aber doch den Raubüberfall begangen habe oder mindestens daran beteiligt gewesen sei. Mit der weltlichen Gerechtigkeit zu hadern, sah er daher wenig Grund. Was ihn jedoch bestimmt hatte, einen Mann zum Geständnis anzuhalten, dem auf Erden ohnehin nicht mehr zu helfen war, sei dessen ewige Seligkeit gewesen: „Wohl ihm, daß er noch im letzten Atemzuge seine schwere Versündigung an Gott, an der Menschheit und seinen Freunden mit dem Bekenntnisse seiner Schuld gesühnt hat."

Doch ganz so selbstlos, wie er sich darstellte, war der einzige Zeuge des Geständnisses auch wieder nicht. Als nämlich der anglikanische Gefängnisgeistliche Müller, weil er nicht gestehen wollte, das Abendmahl verweigerte, hatte der mitleidige Cappel am Vorabend der Hinrichtung auf eigene Verantwortung etwas

Brot und Wein mitgebracht. Daß folglich „die blutigen Hände des Mörders das Sakrament entgegengenommen“ hatten, wie ein englischer Prediger formulierte, gab nicht nur Stoff für interkonfessionelle Polemik, sondern lieferte gewissermaßen auch den Seelsorger der Gnade des Sünders aus. Ein Geständnis konnte letzteren möglicherweise vor Gottes Zorn retten; mit Sicherheit aber rettete es Cappels Reputation bei anderen Christenmenschen, daß er aus Müllers letzten Worten ein Geständnis heraushörte.

***

Nicht minder dringend als der Seelsorger die Gewißheit brauchte, daß der Gehängte seine Schuld bekannt hatte, war für das deutsche Publikum, in London wie jenseits des Kanals, die Überzeugung, daß er seiner Nationalität zum Opfer gefallen war. Der „neuen, schrecklichen und jedes Gefühl persönlicher Sicherheit erschütternden Form des Eisenbahnmordes gegenüber“, so der *Hermann*, habe man sich in England „gefreut, daß auf einen Fremden der Verdacht fiel, und weil die politischen Vorgänge des Jahres eine scharfe Spannung zwischen beiden Nationen hervorgebracht, haben die Massen einen Deutschen eher der Tat fähig gehalten“.

Von Vorurteilen war allerdings die deutsche Seite ebensowenig frei. Bevor Müllers Name noch ins Gerede gekommen war, hatte der *Hermann* für die Tat nicht nur, wie bei einem Raubmord naheliegend, die „Sucht nach Geldgewinn“ verantwortlich gemacht, sondern auch angedeutet, es handele sich dabei um einen spezifisch britischen Charakterzug. Diese Unterstellung mochte ein Leserbriefschreiber nicht auf seinen Landsleuten sitzen lassen: „Bis jetzt, dem Himmel sei Dank, hat kein Engländer einen Eisenbahnmord begangen; derartige Verbrechen sind nur unter den Franzosen und den mit ihrer Bildung prahlenden Deutschen zu finden.“ Die Redaktion merkte dazu spitz an, daß der gemeine Mann in Deutschland in der Tat höher gebildet sei als in England und schon deshalb nicht in einen Topf mit Franzosen geworfen werden sollte, bei denen Eisenbahnmorde zugegebenermaßen eine Alltäglichkeit seien.

In der englischen Presse wurde das eher schmächtige deutsche Schneiderlein als ein durchtrainierter Muskelprotz geschildert, der sein trotz fortgeschrittenen Alters kräftiges Opfer mühelos habe überwältigen können. Dabei hatte Müller, wie der *Hermann* tadelnd vermerkte, anstatt im Londoner Deutschen Turnverein seinen Körper zu ertüchtigen, leider, „es vorgezogen, nachdem er die Nadel niedergelegt, der Minne zu huldigen". Überhaupt nahm die nationalbewegte Emigration in vielem Anstoß an der Wertewelt der deutschen Einwanderer im East End. Unangefochten in ihrer Vorstellung von dem, was Deutschsein bedeutet, kreideten sie Müller besonders seine „ungewöhnliche Eitelkeit" an. Noch im Gefängnis habe er dringend um Mittel gebeten „zur Anschaffung kleiner Gegenstände, deren er früher zur Pflege seines Haars sich zu bedienen pflegte. Halskragen und Halstuch waren stets sorgfältig gepflegt, das letzte selbst in Newgate mit einer kleinen goldenen oder vergoldeten Nadel geschmückt."

Sein Leben zu retten, war aber nun einmal zu einer Frage der deutschen Ehre geworden, und so betrieb der Rechtsschutzverein nach dem Todesurteil mit allen Kräften eine Wiederaufnahme des Verfahrens. Tatsächlich gelang es, noch verschiedenes an Aussagen aufzutreiben, was Müllers Alibi für den Tatabend zu bekräftigen und den Hauptbelastungszeugen zu diskreditieren schien. Die *Times* aber sprach von einem Anschlag auf die Grundlagen von British Justice bei dem Ansinnen, daß ein Minister in der Abgeschlossenheit seines Büros ein rechtmäßiges Urteil suspendieren sollte, noch dazu auf der Grundlage von Informationen, die in dem öffentlichen, unparteiischen Verfahren vor zwölf getreuen und auf die Wahrheit eingeschworenen Männern nicht zur Sprache gebracht worden seien. Dagegen waren Müllers deutsche Anhänger durchdrungen von der Überzeugung, daß es in der Tat Aufgabe des Staates sei, genau zu ermitteln, was sich am Abend des 9. Juli 1864 zwischen Bow und Hackney auf der Nordbahn abgespielt hatte; Sprachschwierigkeiten bildeten zu allen Zeiten das geringste Hindernis für eine Verständigung zwischen beiden Kulturen.

Am Freitag, dem 10. November, übergab eine Delegation das Memorial des Rechtsschutzvereins im Innenministerium. Der damit verbundene Antrag auf Aussetzung der Hinrichtung wurde am nächsten Morgen mit knappen Worten abgelehnt, obwohl sich inzwischen neben dem König von Preußen auch Müllers Landesherr, der Großherzog von Sachsen-Weimar, für einen Aufschub eingesetzt hatte sowie Herzog Ernst von Sachsen-Coburg und Gotha, der Bruder des verstorbenen Prinzen Albert und Schwager der Königin Viktoria, die aber anders als ihre kontinentalen Kollegen persönlich keine Eingriffsmöglichkeiten in derlei Fragen besaß. Im Nachhinein scheiterten auch noch die Bemühungen von deutscher Seite um eine Veröffentlichung der nachgelassenen Erklärung des Gehenkten. Ihr Inhalt sei durch das Geständnis unter dem Galgen überholt.

Da die durchaus als gravierend empfundenen Indizien für eine Verwicklung Müllers in den Tatkomplex nun nie mehr würden aufgeklärt werden können, bestand für den *Hermann* kein Zweifel, daß er „in Wahrheit dem Nationalhaß Englands zum Opfer gebracht“ worden sei. „Solange das Resümee des verknöcherten ‚hanging judge‘, der Jury übereiltes Verurteilen, des Ministers starres Verweigern einer kurzen Frist im Gedächtnis der Deutschen lebt, wird man an einen Justizmord glauben.“

***

Die *North London Railway* war Anfang der 1850er Jahre angelegt worden, um die Docks, östlich der City am Unterlauf der Themse gelegen, mit der Eisenbahn Euston-Birmingham zu verbinden. Von Poplar aus führt die Strecke in nordwestlicher Richtung um die Innenstadtbezirke herum nach Camden Town, dem Knotenpunkt der beiden Linien. Am Samstag, dem 9. Juli 1864, hatten zwei Fahrgäste, die kurz nach zehn Uhr abends in Hackney zugestiegen waren, um nach Highbury zu fahren, frische Blutspuren auf ihren Sitzen bemerkt. Bei genauerer Inspektion des betreffenden Erster-Klasse-Abteils durch den herbeigerufenen Schaffner fanden sich außerdem ein Hut, eine Aktentasche und ein Spazierstock.

Wenig später, um zwanzig nach zehn, ließ der Lokomotivführer eines Zuges in Gegenrichtung kurz vor Bow anhalten, um einen unförmigen Gegenstand zwischen den Gleisen zu inspizieren. Wie sich herausstellte, war es ein blutüberströmter, bewußtloser Mann, der am Tag darauf seinen schweren Verletzungen, einer Schädelfraktur und anderen Kopfwunden, erlag. Papiere in seiner Brusttasche wiesen ihn als Mr. Thomas Briggs aus, Hauptbuchhalter eines Bankhauses in der City und nahezu 70 Jahre alt. Nach Aussagen des Bahnhofspersonals, dem der Tote als täglicher Fahrgast bekannt war, hatte er um 9.45 Uhr in Fenchurch Street den Zug bestiegen. Familienangehörige bezeugten, daß ihm der aufgefundene Stock und die Tasche gehörten, nicht aber der Hut. Sein Hut blieb ebenso verschwunden wie seine goldene Uhr samt Kette, und obwohl er noch erhebliche Bargeldbeträge bei sich hatte, konnte kein Zweifel bestehen, daß Mr. Briggs gewaltsam beraubt und dann aus dem Abteil geworfen worden oder aber im Handgemenge herausgefallen war.

Die Polizei war ratlos. Panik machte sich breit, zumal, ebenfalls ein Novum, kurz zuvor eine Vergewaltigung auf der Eisenbahn vorgekommen war, das Böse also unwiderruflich auch die schöne heile Welt des technischen Fortschritts unterwandert hatte. Erstes Licht in das Dunkel des Falles brachte die Anzeige des Juweliers John Death, daß am Montag nach der Tat ein Kunde, möglicherweise ein Ausländer, in sein Geschäft gekommen sei, um eine Uhrkette einzutauschen. Aus dem fehlenden Endglied, das noch in der Weste des Opfers verhakt war, ergab sich zweifelsfrei, daß dies die Kette von Mr. Briggs war. Weiter führte die Spur nicht.

Tage vergingen. Spekulationen schossen ins Kraut. Nacheinander setzten Regierung, Robarts Bank und die Eisenbahngesellschaft Belohnungen von je £ 100 für die Ergreifung des Täters aus, zusammengenommen eine Summe, die dem Jahreseinkommen eines Londoner Mittelklassenhaushalts entsprach. Man schrieb den 18. Juli, als der Droschkenkutscher John Matthews vor der Polizei in Harrow die Aussage machte, ein deutscher Schneider namens Franz Müller, der längere Zeit in seinem Hause ein- und ausgegangen war, vor einigen Tagen aber nach Amerika abgereist sei, habe ihm bei seinem Abschiedsbesuch eine neu erworbene Uhrkette gezeigt und seiner kleinen Tochter die Schmuckschachtel mit dem Firmenaufdruck von Death & Co. geschenkt. Da er außerdem ein Photo von sich hinterlassen hatte, auf dem der Juwelier seinen Kunden wiedererkannte, gab es endlich einen Verdächtigen.

Es entsprach auch damals schon nicht dem Usus flüchtiger Verbrecher anzugeben, mit welchem Schiff und nach welchem Zielhafen sie sich absetzen wollten. Müller hatte das jedoch getan, und da sein Segelschiff sechs Wochen brauchte, um den Atlantik zu überqueren, ein Dampfer aber nur vierzehn Tage, reisten Polizeibeamte mit Matthews und Death im Schlepptau ihm nach. Sie hatten schon einen amerikanischen Haftbefehl erwirkt, als die „Victoria“ mit dem Verdächtigen an Bord am 25. August im Hafen von New York einlief. In seinem Gepäck fanden sich die eingetauschte Uhrkette, die Taschenuhr des Ermordeten und ein Hut, dessen Besitz ihn das Leben kosten sollte.

Müller bestritt, irgendetwas mit dem Mord zu tun zu haben. Die fraglichen Gegenstände habe er rechtmäßig erworben. Um eine Auslieferung zu verhindern, setzte sein Anwalt im wesentlichen auf politische Argumente und prangerte die britische Neutralitätsverletzung im laufenden Bürgerkrieg an. Wegen der unbestrittenen Verdachtsmomente gab der Richter jedoch dem Ersuchen kurzerhand statt. Am 17. September traf Müller, der sich während der Rückfahrt, dieses Mal als Kabinenpassagier, die Zeit mit der Lektüre von Dickens' *Pickwick Papers* und *David Copperfield* vertrieben hatte, wieder in London ein.

Tausende erwarteten in Euston Station die Ankunft des Zuges aus Liverpool, und überall wo der Gefangene später in der Öffentlichkeit erschien, kam es zu tumultuarischen Massenaufläufen, am 19. September bei der Überprüfung der Haftgründe vor dem Magistratsgericht in Bow Street, am 26. September bei der Feststellung der Todesursache vor dem *Coroner* in Hackney und schließlich Ende Oktober vor dem *Central Criminal Court* in Old Bailey. Ernst Juch, Redakteur des *Hermann* und führendes Licht im Rechtsschutzverein, der nach 1848 eine Zeitlang die deutsche Zeitung in San Francisco herausgegeben hatte, fühlte sich an seine Erlebnisse in Amerika erinnert: „Der Kriegsruf der Indianer ist Gesang im Vergleich zum Geheul des nach dem Anblicke eines Opfers dürstenden englischen Pöbels.“

Der 1840 geborene Müller, der mit 15 Jahren in Neustadt an der Orla seine Schneiderlehre angetreten hatte, war 1858 auf Wanderschaft gegangen und nach mehreren Stationen in Thüringen und Bayern über Frankfurt, Köln und Rotterdam 1860 nach London gekommen. Ein Arbeitskollege aus Deutschland, der mit einer Schwester von John Matthews verheiratet war, hatte ihn 1862 in die Familie seiner Frau eingeführt, und Müller hatte sich bald darauf mit einer anderen Schwester des Droschkenkutschers namens Grace verlobt, das Verhältnis aber wieder gelöst, wofür sie ihn, halb im Scherz, an den Strang zu bringen gedroht hatte. Trotzdem verkehrte der entlaufene Bräutigam weiter im Hause Matthews, bis er sich im Sommer 1864 entschloß, seine Schwester in Amerika zu besuchen und die Möglichkeit einer dauerhaften Niederlassung dort zu erkunden.

Am 2. Juli hatte Müller seine Anstellung gekündigt und in der Folge, da ihm noch etwas Geld für die Überfahrt fehlte, eine Serie von Operationen unternommen, wie sie für die Ökonomie der kleinen Leute kennzeichnend war: Er borgte bei Freunden, versetzte Wertgegenstände und Kleidungsstücke, verkaufte die Pfandscheine weiter usf. War Müller aber auch zum Räuber und Mörder geworden? Uhr und Kette wollte er am Montag, dem 11. Juli, von einem Hehler in den Londoner Docks erworben haben, um letztere gleich anschließend für einen höheren Preis wieder legitim zu verkaufen bzw. gegen eine billigere Kette für den eigenen Gebrauch und etwas Bargeld einzutauschen. Am Mittwoch jedenfalls hatte der Verdächtige £4 für eine Zwischendeckpassage bezahlt und war am Freitag, dem 15. Juli, abgesegelt.

Am Sonnabend zuvor, dem Datum des Mordes, war Müller tagsüber in der Werkstatt von Gottfried Repsch in Aldgate beschäftigt gewesen und nach der Arbeit mit einem deutschen Kollegen in Richtung City gegangen, hatte sich jedoch gegen acht Uhr von ihm getrennt, um seine Freundin Mary Ann Eldred in Camberwell südlich der Themse zu besuchen. Sie vor Gericht aussagen zu lassen, zierte er sich später lange, vermutlich weil sie als „ein öffentliches Frauenzimmer“ bekannt war. Aber gerade dieser Umstand gab ihm ein Alibi. Müller hatte nämlich Mary Ann nicht mehr zu Hause angetroffen, weil sie um 9 Uhr anschaffen gegangen war. So hatte er sich eine Zeitlang mit ihrer Hauswirtin Mrs. Jones unterhalten, die beschwor, daß „der kleine Franzose“, wie sie ihn zu nennen pflegte, nicht vor halb zehn wieder aufgebrochen war.

Innerhalb von weniger als zwanzig Minuten war es jedoch unmöglich, den Weg von Camberwell bis Fenchurch Street zurückzulegen bzw. nach Bow, dem letzten Halt des Zuges vor jener Stelle, wo der unglückliche Mr. Briggs gefunden worden war. Müller hätte spätestens kurz nach neun den Heimweg antreten müssen, um den Tatort zu erreichen. Um so gewichtiger wurde die Frage, ob es sonst irgendein unzweideutiges Indiz gab, daß er dort gewesen war.

Den Hut in Müllers Besitz hatte der Sohn des Toten zunächst nicht als Eigentum seines Vaters identifiziert, da Mr. Briggs als älterer Herr noch einen ofenrohrartigen Zylinder getragen hatte, wie er vor Jahren Mode gewesen war. Doch dann stellte sich heraus, daß das Kopfteil um anderthalb Zoll gekürzt und anschließend wieder an die Krempe angenäht worden war. Hatte Müller das getan, um die in das Futter eingestickten Namen von Hutmacher und Eigentümer zu beseitigen? Oder war es wahr, wenn er angab, den Hut gebraucht gekauft und aus Modegründen umgeändert zu haben?

Daß Müller als flotter junger Mann niedrigere Kopfbedeckungen bevorzugte, für die sich umgehend der Name „Muller hats" einbürgerte, bestätigte indirekt sogar der Hauptbelastungszeuge. Der Cabman beschwor nämlich, den am Tatort gefundenen Hut, der jenem moderneren Typ entsprach und an dem er einige unverwechselbare Merkmale wiedererkennen wollte, persönlich für Müller gekauft zu haben, nachdem dieser ihm vor einigen Monaten den Wunsch ausgedrückt habe, genau so einen Hut zu besitzen, wie er, Matthews, einen trage.

Diese Aussage lenkte aber zugleich den Verdacht auf ihn selber, da er über den Verbleib seines eigenen Hutes widersprüchliche Angaben machte. Verwunderung durfte auch erregen, daß Matthews als Droschkenkutscher, der tagtäglich in London herumkam, über eine Woche lang nichts von dem Mord gehört haben wollte, der alle Welt aufregte, einschließlich seiner Ehefrau, zumal er auch noch zugab, gelegentlich eine Zeitung zu lesen. Schließlich hatte er seine Anzeige erst gemacht, nachdem der Beschuldigte außer Landes und eine hohe Prämie ausgelobt war. Doch obwohl sich der Eindruck aufdrängte, daß Matthews dem Verbrechen ebenso nahestand wie Müller, blieb er von der Polizei unbehelligt.

Am 27. Oktober 1864, donnerstagsmorgens, begann das Hauptverfahren gegen Müller, wegen der Prominenz des Falles unter hochkarätiger Besetzung. Den Vorsitz führten der nahezu achtzigjährige Lord Chief Baron, Sir Frederick Pollock, dem die Reputation eines Scharfmachers vorausging, und sein Schwiegersohn Mr. *Baron* Martin, denen sich in Wahrnehmung eines alten Rechtes noch der Lord Mayor von London beigesellt hatte. Die Anklage wurde durch den obersten Rechtsberater der Krone vertreten, den Solicitor General Sir Robert Collier QC, MP, während Mr. John Parry, Serjeant-at-law, die Verteidigung führte, unterstützt von Mr. Beard als dem Solicitor des Rechtsschutzvereins.

Zweieinhalb Tage später, nach Aussage und Kreuzverhör der Zeugen für beide Seiten, schritt der Vorsitzende Richter am Samstagnachmittag zur Zusammenfassung der Beweislage. Nicht nur die Art und Weise, wie Sir Frederick mit dem Alibi umging, ließ deutlich werden, welche Entscheidung er für richtig hielt. Könne man wirklich der Uhr in einem unanständigen Hause trauen? Für die Rechtsfrage entscheidend sei der Hut, und sollten die Geschworenen zu der Überzeugung kommen, daß der Hut im Abteil Müller gehöre und der Hut in Müllers Gepäck identisch sei mit dem von Mr. Briggs, so müßten sie ihn schuldig sprechen.

Die Jury brauchte keine Viertelstunde, um einstimmig ihr Verdikt zu fällen. Das gesetzlich vorgeschriebene Todesurteil folgte auf der Stelle. In einem Schlußwort erklärte Müller noch, Richtern und Geschworenen habe er nichts vorzuwerfen, doch sei der Schuldspruch auf Grund falschen Zeugnisses erfolgt. Zum ersten und einzigen Mal um Fassung ringend, schloß er unter Tränen: „Wird das Urteil vollstreckt, so sterbe ich als unschuldiger Mann."

***

Was sich zwei Wochen später, am 14. November 1864, in Newgate abspielte, besaß für alle Beteiligten seinen je verschiedenen, aber doch eindeutigen Sinn. Daß es schlicht absurd sein könnte, mochte, angesichts seiner Endgültigkeit, niemand in Betracht ziehen. Auch Müller selbst hat sich daher noch einen sinnträchtigen Reim auf sein Schicksal zu machen versucht. Der Vorstellung, als Märtyrer des deutschen Namens in den Tod zu gehen, konnte er offenbar wenig abgewinnen. Mehr Trost als die säkulare Religion des Nationalismus gab ihm, als es ans Sterben ging, der Glaube seiner Kindertage.

Kurz nach seiner Verurteilung hatte er am 1. November „mit zitternder Hand und wehmutsvollem Herzen" einen Brief an Eltern, Geschwister, Freunde und Bekannte in der Heimat geschrieben, um ihnen „nähere Nachricht zu geben über mein Unglück, welches auf meinen Ungehorsam gegen Euch, teuerste Eltern, mir gefolgt und die Tage meines Lebens unendlich verkürzt hat". Er verstehe jetzt die Warnung des vierten Gebotes, Vater und Mutter zu ehren, damit es einem wohlergehe und man lange lebe auf Erden. Anderer Sünden eingedenk lasse Gott seine Geschöpfe mitunter eine konkret unverdiente Strafe erleiden. „Das ist jetzt bei mir der Fall, um mich für meine übeln Taten gegen Euch, teuerste Eltern, zu strafen; denn hätte ich Euch gehorcht und wäre nicht nach England gegangen, so würde mich dieses Unglück nicht betroffen haben". Mit der Bitte um Verzeihung für seinen Ungehorsam verband er, was den Mord auf der Nordbahn anging, die Versicherung, „Gott der Allmächtige weiß, daß ich unschuldig bin", und unterzeichnete sich als „Euer Euch liebender Sohn und Bruder Franz Müller, welcher verkauft wurde als ein Sklave in London von John Matthews für 2000 Taler" (den Gegenwert von £300 in norddeutscher Währung).

Nachdem der Justiz Genüge getan war auf dem Schafott von Newgate und der Kommerz wieder zu seinem Recht kommen sollte, stellte sich freilich heraus, daß Matthews, der auf einen Jahresverdienst von £50 bis £70 rechnen durfte, seine Belohnung nicht entgegennehmen konnte, weil er mittlerweile selbst im Schuldgefängnis saß. Wie der *Hermann* mit grimmiger Genugtuung zu berichten wußte, wollten „seine sämtlichen Gläubiger, deren Ansprüche sich zusammen auf £560 belaufen, jenes Blutgeld mit Beschlag belegen lassen, und ehe er aus der Haft entlassen werden kann, wird er noch durch das Bankerottsgericht passiren müssen." In der Überzeugung, „welch eines vortrefflichen Subjektes" sich die Anklage zur Verurteilung Müllers bedient habe, wären seine Anhänger nur bestärkt worden, hätten sie gewußt, daß der wegen eines Eigentumsdelikts vorbestrafte Droschkenkutscher auch später noch wiederholt mit dem Gesetz in Konflikt geraten sollte.

Den toten Müller ließ das freilich alles kalt. Tief bewegt hatte ihn dagegen einige Tage vor der Hinrichtung noch ein Brief aus Langendembach bei Gera: Den kindlichen Ungehorsam vergäben seine Eltern ihm gern; was aber den Mord auf der Nordbahn anging, beließ es Müller senior, hilf- und ahnungslos wie er war, bei dem Wunsch: „Wenn Du schuldig bist, möge Gott Dir verzeihen; wenn Du unschuldig bist, so möge er Dir Deine letzte Stunde erleichtern." Seine letzte Stunde ist Franz Müller nach allen Aussagen leicht geworden. Ob dies aber als Indiz für seine Unschuld gelten darf, sei dahingestellt, da Gottes Ratschluß bekanntermaßen unerforschlich ist.

Edgar Feuchtwanger

Der Fall Tichborne

Der Fall Tichborne war eine viktorianische *cause célèbre*, die auf die Zeitgenossen enormen Eindruck machte, von Historikern aber bislang kaum beachtet wurde. Nach 1867 faszinierte er über zehn Jahre lang ein außerordentlich breites Publikum, bevor das Interesse an ihm langsam zurückging. Es handelte sich um einen hochkomplizierten Fall von Hochstapelei, der bis heute ungelöste Rätsel aufgibt, obgleich er am Ende zur Zufriedenheit der Justiz gelöst wurde. Der Fall gab Anlaß zu zwei Prozessen, die beide zu den längsten Verhandlungen der englischen Rechtsgeschichte werden sollten. Der Zivilprozeß begann am 10. Mai 1871 und endete am 6. März 1872, der Strafprozeß dauerte vom 23. April 1873 bis zum 28. Februar 1874.

Der Fall stellte nicht nur ein bemerkenswertes juristisches Problem dar, er verriet auch sehr viel über die soziale und politische Verfassung Englands in der zweiten Hälfte des 19. Jahrhunderts. Was sich in ihm besonders gut widerspiegelt, ist zum einen die starke Abneigung der ‚Massen' gegen das ‚Establishment', zum anderen das Gefühl des Unbehagens in den politischen Klassen, auf einem Vulkan aufgestauter Feindschaft zu leben, und ihre Ratlosigkeit, wenn es darum ging, etwas dagegen zu unternehmen. Schließlich zeigt sich in ihm auch die Anziehungskraft des populären englischen Antikatholizismus in einer Epoche, in der die katholische Kirche weltweit einen Feldzug gegen den Aufstieg von Liberalismus und Säkularismus begann.

Die Familie Tichborne zählte zur ‚alten katholischen' englischen Aristokratie, sie war bereits vor der normannischen Eroberung in der südenglischen Grafschaft Hampshire ansässig. Der Rang des Familienoberhaupts war der eines ‚Baronet'. Die ehrbaren Tichbornes hatten an ihrem katholischen Glauben festgehalten, als dieser nach der Reformation unterdrückt wurde, und neigten dazu, sich mit Mitgliedern vergleichbarer Familien zu verehelichen.

1826 hinterließ eine entfernte Kusine der Tichbornes, Elizabeth Doughty, ihren umfangreichen Besitz dem damaligen Anwärter auf die Baronetcy, Edward Tichborne. Als dieser 1845 der 9. Baronet wurde, nahm er den Namen Doughty an; später nannte sich die Familie Doughty-Tichborne. 1853 wurde Sir Edward von seinem Bruder James beerbt. Der berühmte Fall drehte sich um den ältesten Sohn und Erben dieses 10. Baronet: Roger Charles Doughty Tichborne.

Roger wurde 1829 geboren. Seine Mutter, Henriette Felicité, James' Gattin, war zur Hälfte Französin, auf der väterlichen Seite stammte sie von den Herzögen von Somerset ab. Ihre Mutter, Rogers Großmutter, war eine uneheliche Tochter des Prinzen Bourbon Conti, Mitglied einer Nebenlinie der französischen Königsfamilie. Allen Berichten zufolge war die Ehe von James und seiner französischen Gattin sehr unglücklich. Henriette Felicité haßte das Leben in England und wollte ihren ältesten Sohn in Frankreich erziehen lassen. Die Tatsache, daß sie innerhalb der Familie Tichborne isoliert blieb und als exzentrisch galt, ist für die spätere Geschichte von entscheidender Bedeutung.

Roger wurde entgegen ihrem Wunsch auf die bekannte, von Jesuiten geleitete Privatschule Stonyhurst geschickt. Er machte kurz als Offizier bei dem ‚Caribineers' genannten 6. Regiment der Gardedragoner Karriere. Nach einer unglücklichen Liebesaffäre mit seiner Kusine Katherine Doughty, einer Tochter des 9. Baronet, verließ er 1853 die Armee und beschloß, durch Südamerika zu reisen. Im April 1854 bestieg er in Rio de Janeiro das Schiff *Bella*, das ihn nach Kingston auf Jamaica bringen sollte. Das Schiff erreichte nie sein Ziel; man nahm an, daß es mit Mann und Maus untergegangen war. Roger wurde für tot erklärt, so daß sein leichtlebiger jüngerer Bruder Alfred nach dem Tod des Vaters im Jahre 1862 die Familiengüter und den Titel des 11. Baronet erbte. Vier Jahre darauf starb Alfred; ein nach seinem Tod geborener Sohn wurde der 12. Baronet. Henriette Felicité, die Mutter Rogers und Alfreds, weigerte sich hartnäckig, den Tod ihres ältesten Sohnes anzuerkennen. Gerüchte, Überlebende der *Bella* seien nach Australien gebracht worden, bestärkten sie in ihren Zweifeln.

Ihr Glaube an Rogers Überleben war ein weiterer Grund für die Spannungen zwischen ihr und ihrem Gatten gewesen. Nach dem Tod ihres Mannes 1862 begann Henriette Felicité in Zeitungen zu inserieren, um Nachrichten von ihrem Sohn Roger zu erhalten. Ein weiteres Motiv hierfür mag der eklatant extravagante und sittenlose Lebenswandel ihres Sohnes Alfred gewesen sein. Es gehört wenig Phantasie dazu, sich auszumalen, daß solche Inserate eine Einladung für Hochstapler aller Art darstellten, zumal es um den Besitz eines Jahreseinkommens in Höhe von £ 20 000 ging. Im Mai 1865 wurde Lady Tichborne durch eine Anzeige in der *Times* auf Arthur Cubitts *Australian Missing Friends Agency* aufmerksam. Australien war zu dieser Zeit ein Land, wo Vermißte ebenso wie falsche Identitäten mit großer Leichtigkeit zu finden waren; die Verbannung britischer Straftäter nach Australien war erst 1850 eingestellt worden. Es war dort keineswegs ungewöhnlich, wenn Männer und Frauen ihre Vergangenheit hinter einem oder mehreren angenommenen Namen verbargen.

Lady Tichborne versprach über Cubitts Agentur in australischen Zeitungsinseraten eine ansehnliche Belohnung für Nachrichten von ihrem Sohn Roger, der mit anderen Überlebenden der *Bella* in Melbourne gelandet sein sollte. Es dauerte nicht lange, bis man in der Siedlung Wagga Wagga einen Metzger namens Tomas Castro auftrieb, der bereit war zuzugeben, daß er in Wirklichkeit Roger Tichborne war. Er behauptete, den Schiffbruch der *Bella* überlebt zu haben, weil er von einem Schiff aufgenommen worden sei, dessen Namen er nach einigem Zögern mit *Osprey* angab. Der Tatsache, daß er seine wahre Identität nicht preisgeben wollte, sondern angeblich von Cubitt und einem Anwalt aus Wagga Wagga namens Gibbes dazu überredet werden mußte, wurde große Bedeutung beigemessen. Cubitt und Gibbes wurden bald Todfeinde, denn es ging nun darum, soviel Geld wie möglich aus ihrer Entdeckung zu machen. Die erhoffte Belohnung konnte allerdings nur die Zukunft bringen, denn Castro hatte nichts als Schulden und die Kosten dafür, ihn als Roger Tichborne zu unterhalten, summierten sich rasch. Im Januar 1866 schrieb der ‚Tichborne-Anwärter', wie der vermeintlich wiedergefundene Roger Tichborne bald allgemein genannt wurde, seinen ersten Brief an Lady Tichborne. Es handelte sich um ein seltsam analphabetisches Machwerk: „Ich bedaure zutiefst den Erger und die Angst die ich dir bereit haben mus, weil ich nicht äher geschriben habe" – und so fort im gleichen Stil. Zwölf Jahre zuvor war Roger Tichborne ein gebildeter Mensch gewesen. Dennoch behaupteten in Sydney einige Leute, darunter ein alter farbiger Diener der Familie Tichborne, in dem Anwärter Roger Tichborne wiederzuerkennen.

Lady Tichborne, deren Einkünfte als Witwe nicht übermäßig hoch waren, wurde schließlich dazu überredet, für die Kosten der Überfahrt nach England aufzukommen. Als das Geld eintraf, hatte der Anwärter zusammen mit der Familie, die er sich in Australien zugelegt hatte, seine Reise aber schon angetreten. Er gab großzügig Geld aus, das ihm als Mann mit großen Erwartungen bereitwillig geliehen wurde. Weihnachten 1866 erreichte er England. 1867 fuhr er nach Paris, um Lady Tichborne zu treffen, die ihn als ihren Sohn anerkannte.

Nun machte die Tichborne-Geschichte Schlagzeilen. Sie spaltete die öffentliche Meinung. Mit Ausnahme Lady Tichbornes lehnte der Rest der Familie Tichborne den Anwärter als Hochstapler ab, ohne ihn zu Gesicht bekommen zu haben. Es blieb freilich nicht verborgen, daß hier materielle Interessen im Spiel waren. In einer Zeit hoher Kindersterblichkeit konnte der 12. Baronet möglicherweise jung sterben, so daß der Besitz an ein anderes Mitglied der Familie übergehen würde – bei dem robusten Metzger schien ein frühzeitiger Tod weniger wahrscheinlich. Ferner war es für diese standesbewußte Familie keine angenehme Aussicht, ein ungehobeltes, übergewichtiges Monstrum aus dem australischen Busch als einen der Ihren anerkennen zu müssen. Binnen zwei Jahren nach seiner Ankunft in England stieg das Gewicht des Anwärters von 100 auf 180 kg; Roger Tichborne war schlank und elegant gewesen. Gegner des Anwärters wiesen darauf hin, daß er sich bei seiner Ankunft in England geweigert hatte, Mitglieder der Familie Tichborne zu treffen. Inzwischen hatten verschiedene Parteigänger ausreichend Gelegenheit gehabt, ihn über Einzelheiten der Familiengeschichte zu unterrichten, was seinem Betrug größere Plausibilität verlieh. Parteigänger des Bewerbers entgegneten, daß er die Familie nicht besuchen konnte, da sie entschlossen war, ihn abzuweisen.

Die Londoner Presse war mit Ausnahme des *Morning Advertiser* einhellig der Ansicht, der Anwärter sei ein absurder Betrüger. Die breite öffentliche Unterstützung für ihn wurde als klarer Beleg für die Leichtgläubigkeit der Massen gedeutet, die zu diesem Zeitpunkt nach einem dem Parlament vorliegenden Gesetzentwurf zum Teil das Wahlrecht erhalten sollten. In der Tat warf die Debatte um die neue ‚Reform Bill' die Frage auf, wie weit man den Zugang zum Wahlrecht nach ‚unten' öffnen könne, ohne das parlamentarische System zu gefährden. Selbst radikale Reformer glaubten, daß das ‚Residuum', ungefähr das, was wir heute als ‚Unterschichten' bezeichnen würden, vom Wahlrecht ausgeschlossen bleiben sollte.

Doch nicht nur die ‚Masse der Ungewaschenen' nahm den Anwärter begeistert auf. Unter den Nachbarn der Tichbornes im ländlichen Hampshire wurde der Anwärter ebenfalls von vielen als Roger Tichborne anerkannt. Seine Kenntnis gegenwärtiger und vergangener Ereignisse und der Umstände seines früheren Lebens reichten aus, um die Nachbarschaft zu überzeugen. Einige Männer von Rang und Einfluß nahmen sich seiner Sache an. Führend war Guildford Onslow, ein liberales Parlamentsmitglied und Verwandter der Earls von Onslow, der wenige Meilen von Tichborne entfernt wohnte. Onslow widmete den Rest seines Lebens unter großen Opfern der Verteidigung des Anwärters. Ein weiterer überzeugter Parteigänger war der liberale Abgeordnete George Whalley, ein radikaler Protestant und erbitterter Antikatholik. Die Sache des Anwärters überwand also Klassengrenzen. Der Fall Tichborne belegt somit die These von einer ungebrochenen Tradition des englischen Radikalismus, die vom 18. bis ins späte 19. Jahrhundert reichte und ein kulturelles, kein ökonomisches Phänomen darstellte.

Die Verbindung der langen Tradition radikaler politischer Agitation mit dem Fall Tichborne brachte eine Reihe von Widersprüchen mit sich. Der Anwärter trachtete danach, aristokratische Privilegien in Anspruch zu nehmen, die ihm angeblich zu Unrecht vorenthalten wurden. Die radikale Bewegung Englands kämpfte eigentlich für die Abschaffung dieser Privilegien. Die Forderung nach ‚Gerechtigkeit für den Anwärter' scheint zunächst nicht in dieses Bild zu passen. Es war aber ein individualistischer und freiheitlicher Radikalismus, der sich des Falles Tichborne annahm. Die Kampagne für den Anwärter belebte den Mythos vom „freigeborenen Engländer", dessen Rechte immer von einer gierigen Oligarchie bedroht werden, erneut. Zudem stand die Vorstellung einer katholischen Verschwörung, deren Tentakeln bis tief in die herrschenden Klassen, ja gar bis in die königliche Familie reichten, im Einklang mit einer Grundstimmung, die immer wieder antikatholische oder anti-irische Ausschreitungen in englischen Städten hervorrufen konnte.

Dank der Auseinandersetzung zwischen Parteigängern und Gegnern des Anwärters wurde für den ersten Prozeß eine große Menge Beweismaterial zusammengetragen. Gegenstand der Verhandlung war eine Zivilklage um den Besitz von Tichborne Park und den dazugehörigen Gütern, die Oberst Lushington von den Vormündern des 12. Baronet gepachtet hatte, und die der Anwärter nun in Besitz nehmen wollte. Merkwürdigerweise war der Oberst selbst geneigt, den Anwärter für den echten Roger Tichborne zu halten. Offizielle Vorbereitungen für den Prozeß begannen im Juli 1867 mit einer Untersuchung im *Court of Chancery*; es dauerte vier Jahre, bis der Fall im April 1871 zur Verhandlung kam. Die Verzögerung erklärte sich zum Teil daraus, daß Untersuchungskommissionen nach Chile (wo sich Roger Tichborne im Laufe seiner Südamerikareise aufgehalten hatte) und Australien entsandt wurden. Beide Parteien schickten Rechtsanwälte. Der Anwärter reiste auch selbst nach Südamerika, kehrte aber zurück, ohne viel erreicht zu haben. 1870 brachte der Deutsch-Französische Krieg, der die Anreise wichtiger Zeugen aus Paris unmöglich machte, weitere Verzögerungen mit sich.

Das Verfahren war teuer. 1869 wurde der Anwärter für bankrott erklärt, nachdem Lady Tichborne, die ihn zunächst unterhalten hatte, 1868 verstorben war. Die populäre Unterstützung des Anwärters wurde durch die anschauliche Demonstration, daß das britische Justizsystem nur Vermögenden Gerechtigkeit gewährte, verstärkt. Radikale hielten dem Selbstlob, in England herrsche Gleichheit vor dem Gesetz, entgegen, es gebe ein Recht für die Armen und eines für die Reichen. „Die Justiz steht allen offen – ebenso wie das Hotel Ritz."

Um seinen Prozeß weiter führen zu können, begann der Anwärter 1870 mit der Ausgabe sogenannter Tichborne-Schuldscheine, in denen sich ‚Roger Tichborne' verpflichtete, binnen eines Monats nach Rückgabe seiner Güter dem Inhaber den Nennwert des Scheins, in der Regel £100, auszuzahlen. Das war ein gefährlicher Präzedenzfall, denn jeder beliebige Betrüger konnte so Prozesse finanzieren. Keine Familie mit größerem Besitz konnte sich noch sicher fühlen. Dies war einer der Gründe, die die Regierung schließlich dazu bewogen, den Anwärter auch strafrechtlich zu verfolgen.

Ein wichtiger Faktor, der zur Niederlage des Anwärters im

Zivilprozeß beitrug, war ein versiegeltes Paket, das Roger Tichborne vor seinem Aufbruch nach Südamerika im März 1853 bei dem Verwalter der Familiengüter, Vincent Gosford, mit dem er eng vertraut war, hinterlegt hatte. Es schadete der Glaubwürdigkeit des Anwärters sehr, daß Gosford ihn nicht wiedererkannte. Noch schlimmer war der Eindruck, als der Anwärter auf Fragen des Verteidigers von Oberst Lushington, Sir John Coleridge, angab, das Paket (das Gosford vernichtet hatte, als Roger für tot erklärt worden war) habe Anweisungen für Unterhaltszahlungen an seine Kusine Katherine Doughty enthalten, die er verführt habe und die behauptet habe, von ihm schwanger zu sein. Dieser Angriff auf eine ehrbare Frau, die inzwischen geheiratet hatte und nun Mrs. Radcliffe hies (später wurde sie Lady Radcliffe), löste in der viktorianischen Öffentlichkeit Abscheu aus. Der Anwärter hatte seine Version vom Inhalt des Pakets bei seinem Anwalt zu Protokoll gegeben, und diese war bald publik geworden. Er war daher gezwungen, an ihr festzuhalten. Es braucht kaum betont zu werden, daß die unglückliche Mrs. Radcliffe die Geschichte heftig abstritt.

Der Zivilprozeß ging im April 1871 zuende, als ein Mitschüler in Stonyhurst, Lord Bellew, der sich auch als Amateurtätowierer betätigte, erklärte, er habe Roger Tichborne mit den Initialen ‚R.C.T.' tätowiert. Den Parteigängern des Anwärters erschien es merkwürdig, daß Bellews Aussage erst so spät erfolgte; sie vermuteten eine Absprache mit der Familie Tichborne. Allerdings überzeugte Bellews Betragen im Zeugenstand die Geschworenen, die sich schon zehn Monate mit dem Fall beschäftigt hatten. Sie erklärten, keiner weiteren Beweise zu bedürfen, betonten aber, daß ihre Schlüsse auf dem gesamten Prozeßverlauf, nicht nur auf der Frage der Tätowierung, beruhten. Daraufhin zogen die Anwälte des Klägers die Klage zurück, ohne ein Urteil abzuwarten. Sir William Bovill, der oberste Richter des *Court of Common Pleas*, der den Vorsitz in diesem Prozeß führte, ließ den Anwärter wegen des Verdachts des Meineids verhaften.

Der Anwärter wurde bald gegen Kaution entlassen und zum Mittelpunkt einer Kampagne, die aus historischer Perspektive den interessantesten Teil des Falls ausmacht. Die Aktivisten gaben sich besondere Mühe, die an dem Verfahren beteiligten Richter und Anwälte persönlich zu diffamieren. So wurde betont, daß Sir John

Coleridge als *Solicitor General* (später *Attorney General*) einer der Justizbeamten (*law officers*) der Krone und Regierungsmitglied war. Dennoch plädierte er vor Gericht für einen privaten Mandanten wie Oberst Lushington. Die Übernahme privater Angelegenheiten war den *law officers* damals freilich noch nicht untersagt.

Die Untersuchungen in Chile und Australien hatten ergeben, daß ein gewisser Arthur Orton, ein Metzgerssohn aus Wapping, an den Orten gewesen war, die Roger Tichborne besucht hatte oder an denen der Anwärter sich aufgehalten zu haben behauptete. Dies ließ rasch den Verdacht aufkommen, daß der Anwärter in Wirklichkeit Arthur Orton war, was sich mit seinem Beruf in Australien deckte und auch mit anderen Teilen seiner Geschichte in Einklang zu bringen war. So konnten auch das ungehobelte Betragen und der Mangel an Erziehung erklärt werden, durch die sich der Anwärter bei seinem ersten Auftreten ausgezeichnet hatte. Der Anwärter verstand kein Wort von Roger Tichbornes Muttersprache Französisch. Andererseits war es angesichts seiner geringen Bildung bemerkenswert, daß es ihm gelang, sich binnen kurzer Zeit die Fähigkeiten, Kenntnisse und Erinnerungen anzueignen, die es ihm ermöglichten, den Betrug (wenn es denn einer war) so lange aufrechtzuerhalten. Der Zivilprozeß hatte sich lediglich um die Frage gedreht, ob der Anwärter Roger Tichborne war. Im Strafprozeß von 1873 vertrat die Anklage die These, daß es sich bei dem Anwärter um Arthur Orton handelte, und dies gilt der Justiz bis heute als bewiesen. Im Strafprozeß gelangte man zu dem Schluß, daß Roger Tichborne nie nach Australien gelangt war.

Zwischen dem Ende des Zivil- und dem Beginn des Strafprozesses verging mehr als ein Jahr. In dieser Zeit erreichte die Kampagne für den Anwärter einen Höhepunkt. Er reiste durch das Land, sprach vor Massenversammlungen und entwickelte sich zu einem guten Podiumsredner. Er wurde oft von prominenten Parteigängern wie Onslow und Whalley begleitet. Motto der Kampagne war ‚fair play'; sie richtete sich gegen das ‚Establishment', das sich verschworen hatte, um dem Anwärter seine Rechte vorzuenthalten.

Das Justizwesen und die an dem Fall beteiligten Richter und Anwälte wurden scharf angegriffen. Die Unabhängigkeit der an dem Fall beteiligten Richter, vor allem Sir Alexander Cockburns, wurde angezweifelt. Die Regierung wurde von den scharf angegriffenen Richtern unter Druck gesetzt, ihre Ehre gegen Anschuldigungen, sie hätten Anweisungen der Regierung befolgt, in Schutz zu nehmen. In Verfahren wegen Mißachtung der Justiz wurden Onslow und Whalley zu Geldstrafen verurteilt, G. B. Skipwith, ein Anwalt mit republikanischen Sympathien, wurde ins Gefängnis geschickt. Parteigänger des Anwärters kritisierten, daß die Regierung öffentliche Gelder für den Strafprozeß ausgab. Die Kampagne sammelte auch Geld für die Verteidigung – die Armut des Anwärters wurde den unerschöpflichen Mitteln gegenübergestellt, welche die Regierung aufwenden konnte, um ein faires Verfahren zu verhindern. Angesichts einer überwiegend feindlich gesinnten Presse verschafften Journale mit Titeln wie *Die Tichborne Nachrichten* und *Anti-Unterdrückungs-Journal* der Position des Anwärters Gehör.

Im Strafprozeß trat Edward Vaughan Kenealy als Hauptverteidiger des Anwärters auf. Er wurde durch die Tichborne Affäre zu einer ebenso berüchtigten Gestalt wie der Anwärter selbst. Kenealy war ein irischer Anwalt mit seltsamen theologischen Vorstellungen: Er hielt sich für den zwölften Boten Gottes in einer Reihe, die auch Adam und Jesus einschloß. Obgleich er katholisch erzogen worden war, hatte er die Beziehungen zur Kirche abgebrochen. In den 1850er Jahren arbeitete er als Journalist für *The Press*. Gründer und Herausgeber dieser Zeitung war der spätere konservative Premierminister Benjamin Disraeli. Während des Prozesses benahm Kenealy sich mehr wie der populistische Journalist, der er in seinem Herzen geblieben war, als wie ein nüchterner Anwalt. Um die Schwächen seiner Sache und seine mangelhafte Vorbereitung auf den Prozeß zu verschleiern, schlug er nach allen Seiten aus, um an die Vorurteile der Geschworenen zu appellieren. Selbst die Richter, unter denen sich der oberste Richter Sir Alexander Cockburn befand, ließ er nicht ungeschoren.

Die Anklage und die Tichbornes hatten den verschwundenen Roger als einen einigermaßen zivilisierten und moralischen Menschen beschrieben, um ihn möglichst deutlich von dem rauhen und ungehobelten Betragen des Anwärters bei seinem ersten Auftreten abzusetzen. Kenealy behauptete dagegen, Roger Tichborne sei von den Jesuiten in Stonyhurst, „die für ihre unmoralischen Aktivitäten, besonders für die Aufführung von Theaterstücken, in denen Knaben die Rollen von Frauen spielen, bekannt sind“, auf fatale Weise korrumpiert worden. Roger Tichborne habe die Romane von Paul de Kock verschlungen, „gewiß einer der verdorbensten Schriftsteller, den die Franzosen je hervorbrachten“. Kenealy stellte „den noblen intellektuellen Charakter des deutschen Volkes dem der Franzosen“ gegenüber.

Kenealys Aufgabe war schwierig. Er wurde erst in der letzten Minute mit den Einzelheiten seines Falls bekannt gemacht, der Anwärter, der sich oft aus dem Gericht entfernte, unterstützte ihn kaum, und die finanziellen Ressourcen, die ihm zur Verfügung standen, waren sehr begrenzt. Er bemühte sich, dies auszugleichen, indem er die Verteidigung als die schwächere Partei darstellte, die gegen ein übermächtiges und korruptes „Establishment“ kämpfte, das mit den voreingenommenen Richtern unter einer Decke steckte. Sein Betragen war so extravagant, daß ihm nach dem Prozeß die Zulassung als Anwalt entzogen wurde und seine juristische Karriere ihr Ende fand. Der Anwärter wurde wegen drei Aussagen des Meineids für schuldig befunden: er sei Roger Tichborne, er sei nicht Arthur Orton, und er habe Lady Radcliffe verführt. Für die beiden ersten Delikte wurde er zu je sieben Jahren Zwangsarbeit verurteilt. Beide Strafen sollten nicht parallel verbüßt werden, was schon damals als zweifelhaftes Verfahren galt, so daß dem Anwärter 14 Jahre Haft bevorstanden. Er mußte drei Jahre seiner Strafe im berüchtigten Zuchthaus Dartmoor verbringen; aufgrund der ihm zustehenden Strafminderung wurde er 1884 entlassen.

Wenn die Regierung, die Richter, die Tichbornes und die ehrbare Welt im allgemeinen gedacht hatten, daß die Angelegenheit nun beendet war, dann hatten sie sich gründlich getäuscht. Cockburn hatte in seinem Schlußwort am Ende des Prozesses bemerkt, nur „Fanatiker und Narren“ würden sich weigern, das Urteil der Geschworenen anzuerkennen. Diese Bemerkung wurde ihm nun von den ‚Tichborniten‘ vorgehalten. Wie konnte eine so große Volksbewegung nur aus „Fanatikern und Narren“ bestehen? Die Presse, die von den Auflagen befreit war, die während der Verhandlung des Falls bestanden hatten, atmete kollektiv auf. Allerdings fand sich in den Zeitungen auch ein unbewußtes Gefühl des Bedauerns darüber, daß ein Vorgang, der sich als so verkaufsfördernd erwiesen hatte, zuende war. *The Morning Advertiser*, der fast als einziges Blatt den Anwärter unterstützt hatte, urteilte treffend, daß der Fall alles andere als abgeschlossen war. „Zu behaupten, die Ansprache des vorsitzenden Richters habe im Einklang mit der unparteiischen Ausübung der richterlichen Funktion gestanden, hieße, die Unwahrheit zu sagen." Die Tichborne-Agitation erreichte zwischen 1874 und 1877 ihren Höhepunkt; Kenealy wurde ihr Hauptvertreter. Er gründete eine Wochenzeitung, *The Englishman*, die 1875 angeblich eine Auflage von 70000 Exemplaren hatte, die für je zwei Pence verkauft wurden, und die Magna Charta-Vereinigung. Sie sollten genau die Art von populistischer Politik verfechten, für die der Fall Tichborne symptomatisch war. Im Februar 1875 wurde Kenealy eingeladen, bei einer Nachwahl für den Parlamentssitz von Stoke-on-Trent zu kandidieren; er erhielt fast 2000 Stimmen mehr als der offizielle liberale Kandidat. Das reichte aus, um die politische Welt in Westminster erschaudern zu lassen. Die Tichborne-Affäre bereitete Regierungen, die von beiden Parteien gebildet wurden, Kopfzerbrechen. *The Englishman* behandelte das politische System ebenso wie die Justiz als eine Verschwörung der Reichen und Mächtigen gegen das einfache Volk. Er verschonte auch die führenden Radikalen nicht, „diese unbeschreiblichen Schufte, die täglich eimerweise Unwahrheiten erbrechen."

Kenealy war gewandt im Entwerfen von Verschwörungstheorien. Er nannte die Königin „einen Jesuiten in der Praxis wie in der Religion", denn sie hatte am Ende des Prozesses öffentlich ihrer Sympathie für Lady Radcliffe Ausdruck verliehen. Kenealy behauptete, daß John Brown, der schottische Knecht, der angeblich der Liebhaber der Königin war, auch ein Katholik sei, ebenso wie Prinzgemahl Albert und sein Vertrauter Baron Stockmar. Der Prinz von Wales, der ganz offenbar keiner Religion huldigte, habe hohe Schulden bei Papst Pius IX. Kenealy war allerdings kein Republikaner: Er ließ niemanden vergessen, daß er sich mütterlicherseits für einen Nachkommen Eduards III. hielt und väterlicherseits von irischen Stammesfürsten abzustammen glaubte.

Es war nur zu erwarten, daß Kenealy im englischen Unterhaus isoliert sein würde. Es galt allerdings zu verhindern, daß der Eindruck, es gebe gegen Kenealy ebenso wie gegen seinen prominentesten Mandanten eine geschlossene Front des Establishment, bestätigt wurde. Der Premierminister Disraeli gestattete, daß eine Debatte über eine von Kenealy eingebrachte Petition, die um die

Freilassung des Anwärters nachsuchte, stattfand, obwohl sie ausladend formulierte Vorwürfe der Korruption gegen die Richter und den Sprecher des Unterhauses enthielt. Das liberale Schattenkabinett, das die bisherige Regierung gestellt hatte und gegen das sich daher ein großer Teil des Zorns der ‚Tichborniten' richtete, wahrte Distanz und hielt an einem überparteilichen Vorgehen fest. Einige Radikale, die selbst von Kenealy angegriffen wurden, waren mit der Haltung ihrer Parteiführer unzufrieden und behaupteten, daß man „den monströsen und [...] sich verbreitenden Verirrungen über den Fall Tichborne" nur weitere Nahrung geben würde, wenn man einer Debatte aus dem Weg ging. Disraeli, der sich am Höhepunkt seiner Macht über das Unterhaus befand, behandelte die Angelegenheit mit einer geschickten Mischung aus Verachtung und Spott. Die *Quarterly Review* fand, der Premierminister habe nie eine bessere Rede gehalten, „als die, in der er an den gesunden Menschenverstand der Engländer gegen die absolut grundlosen Anschuldigungen des Dr. Kenealy appellierte und zu Recht über die schrecklichen revolutionären Folgen spottete, die angeblich auf die Ablehnung dieses Antrags zum Tichborne-Prozeß folgen würden."

Ebenso wie der Rest der politischen Elite hielt die Regierung Disraeli die ganze Angelegenheit für absurd, aber sie scheute sich nicht, sie auszunutzen. Sowohl Disraeli als auch seine Frau Mary Anne (die 1872 starb) waren vom Tichborne-Fall fasziniert. Der Schriftsteller Disraeli hatte ähnliche Situationen beschrieben, beispielsweise in seinem Roman *Sybil.* Der konservative Radikalismus, der sich in Disraelis Schriften und bisweilen auch in seiner Politik widerspiegelte, war nicht sehr weit von der Art des Populismus entfernt, den Kenealy praktizierte. Zweifellos befriedigte es Disraeli und seine Kabinettskollegen, daß die Tichborne-Affäre seinen politischen Gegnern so großes Unbehagen bereitete.

Am 17. April 1877 vermerkte Lord Derby, der Außenminister, anläßlich einer glimpflich abgelaufenen pro-Tichborne Demonstration im Hyde Park in seinem Tagebuch:

„Es ist seltsam, welchen Rang der Tichborne-Betrug in der Volksmeinung eingenommen hat: Im Moment ist es möglich, zur Unterstützung des ‚unglücklichen Adeligen' eine größere Menschenmenge zu versammeln, als für die Nahostfrage oder für jedes andere politische Thema."

Mit der Tichborne-Affäre ging es von nun an nur noch bergab, obgleich man mit ihr bis 1880 noch ansehnliche Menschenmengen mobilisieren konnte. Die Bewegung spaltete sich, da einige der Parteigänger des Anwärters eine zurückhaltendere Vorgehensweise befürworteten. Kenealy bemühte sich darum, die Ziele seiner Magna Charta-Vereinigung in ein umfassenderes populistisches Parteiprogramm umzumünzen, zu dem unter anderem die Abschaffung der Einkommenssteuer und Senkung von Zöllen und Abgaben gehörten. Bei der Parlamentswahl von 1880 erhielt er in Stoke aber weniger als 1000 Stimmen, womit er an letzter Stelle der Kandidaten stand. Er starb kaum zwei Wochen später.

Nach seiner Entlassung aus dem Gefängnis 1884 bemühte sich der Tichborne-Anwärter darum, seine Sache weiter zu verfechten, doch der Versuch geriet immer mehr zur Farce. Um zu Geld zu kommen, trat er als Zirkusattraktion auf. Bloße Neugier hatte von Anfang an dazu beigetragen, daß der Fall so große Mengen anzog; nun blieb sie alleine übrig. Der Anwärter verarmte, da jede Veröffentlichung, die seine Geschichte als die Roger Tichbornes darstellte, einen Prozeß wegen übler Nachrede riskierte. Das war vermutlich der Grund dafür, daß er sich von der Zeitung *The People* dazu überreden ließ, ein Geständnis zu verfassen, in dem er sich als Arthur Orton bezeichnete. Dieser Bericht erschien 1895 in sechs Folgen. Weil der Anwärter ein finanzielles Interesse an der Veröffentlichung seiner Geschichte hatte, vermag auch dieser Text nicht alle Zweifel auszuräumen. Er verdiente daran nur wenige hundert Pfund und starb 1898 völlig verarmt und vergessen.

So absurd und unseriös der Kern des Falls Tichbornes auch war, seine Vernachlässigung durch die Historiker bleibt rätselhaft, da er so viele Aspekte der viktorianischen sozialen und politischen ‚Szene' beleuchtet. Weniger rätselhaft, aber ebenso aussagekräftig ist das Unbehagen, das er bei den wortgewandten Klassen von links bis rechts auslöste. Die Linke erinnerte er daran, daß die Massen, die sie zu führen meinte, vielleicht nicht folgen würden; der Rechten zeigte er, daß der soziale Zusammenhalt, auf den sie vertraute, sehr brüchig war.

Benedikt Stuchtey

Die Kunst der Fälschung: Von *Carex bicolor* und anderen Erfindungen

Der Professor war ein angesehener Gelehrter. Im In- und Ausland waren seine Forschungen bekannt, seine Meinung gefragt und seine Kontakte bestens vernetzt. Er wirkte schulbildend und prägte zahlreiche junge Studenten, die wegen seines Rufes an die Universität von Newcastle-upon-Tyne gekommen waren. An einer der attraktiven Exkursionen in das schottische Hochland teilzunehmen oder auf den Hebriden Gräser und Moose zu suchen, galt als Aufnahme in den exklusiven Club jener Liebhaber, die *Hieraceum praetenerum* nicht einfach so mit Füßen treten würden wie ein gewöhnlicher Wanderer. Auch in diesem Kreis bewies sich die Gültigkeit der Regeln der zeitlosen, horizontal geordneten britischen Klassengesellschaft, nach denen zunächst festgestellt werden mußte, wer dazu gehörte und wer nicht. Kurzum, der Gelehrte war zwar hier etwas skurril, dort etwas launisch, aber einen Strahl vom Ruhmeslicht seiner Forschungen aufzufangen, war nicht unbegehrt.

Doch Professor John William Heslop-Harrison, F.R.S., F.R.S.E., D. Sc., eilte auch ein anderer Ruf voraus, den keiner so recht preisen mochte, und während seine Kollegen höflich schwiegen, war er besorgt, alle Mutmaßungen abzustreiten und sich gegen eine Kritik zur Wehr zu setzen, die das Selbstverständnis seines Berufs in den Fundamenten erschüttern mußte. Das gängige Vorurteil, die Pflanzenkunde sei eine langweilige Wissenschaft und gebe für ein Buch, das von „Mord und anderen Kleinigkeiten" handelt, nicht viel her, könnte der sensationelle Fälschungsskandal von *Carex bicolor* widerlegen. Denn das kleine Pflänzchen aus der Gattung der Riedgräser, oder auch *Epilobium lactiflorum* sowie *Lychnis alpina*, bei denen sich die fleißige Grasmücke *Pseudohormomyia granifex* besonders wohlfühlte, waren reine Erfindungen. So garantierten die Bekanntheit von Professor Heslop-Harrison nicht allein seine wissenschaftlichen Qualitäten, sondern auch sein Erfindungsreichtum und nicht zuletzt die Skrupellosigkeit, mit der er seiner Phantasie und ihrer Verteidigung ungehindert freien Lauf zu verschaffen verstand.

Je länger die vermeintlichen Entdeckungen in der Weltgeschichte überleben können, desto mehr Sympathie bringt man ihnen vielleicht entgegen. Unterhaltsam sind sie allemal, vor allem, wenn man wohlwollend in einer Fälschung auch etwas Kunstfertiges sieht und bereit ist, in der Zerstörung der Illusion auch eine heilsame Mahnung zu verstehen. Selbstverständlich gibt es gravierende Feinheiten mit entsprechenden Konsequenzen. Vergleichsweise harmlos erging es noch der *Sunday Times*, die die Publikationsrechte des angeblichen Tagebuchs von Jack the Ripper gekauft hatte, in denen dieser detailliert seine grausamen Morde an fünf Frauen im Herbst 1888 schilderte. Nichts aber war daran wahr, wie Michael Barrett, Fälscher des Tagebuchs und Schrotthändler in Liverpool, später eingestand. Für ähnliche Schlagzeilen sorgte einer der größten Skandale in der britischen Ornithologie in den frühen 1960er Jahren: die Geschichte der seinerzeit so bezeichneten „Hastings Rarities". Damals überprüften die zwei Ornithologen E. M. Nicholson und I. J. Ferguson-Lees in einem Artikel für die Zeitschrift *British Bird* 32 Vogelarten, die zwischen 1903 und 1916 neu in die britische Liste aufgenommen worden waren und alle angeblich aus der Gegend um Hastings kamen. Sie konnten nachweisen, daß die größte Anzahl dieser vorgeblich abgeschossenen Vögel, die eigentlich aus Zentral- und Westasien stammten, durch die Hände des Tierpräparators und Büchsenmachers Georg Bristow gegangen waren. Höchstwahrscheinlich waren sie im gefrorenen Zustand von weit her zu ihm gebracht und von ihm präpariert worden. Die zahlreichen Regionalmuseen, die diese sensationellen Funde eingekauft hatten und beeindruckt davon waren, daß die asiatischen Vögel *Masked Shrike* und *Grey-rumped Sandpiper* den weiten Weg ausgerechnet bis nach Hastings gefunden hatten, mußten nun hunderte wissenschaftliche Einträge aus den Lehrbüchern der britischen Ornithologie wieder streichen lassen. Und die *Yorkshire Post* vom 10. August 1962 kommentierte: „Der bisher größte Betrug mit Vögeln. 600 von der offiziellen Liste Großbritanniens gestrichen!"

Ob jener Grashalm erfunden oder dieser Vogel falsch zugeordnet ist, ändert den Lauf der Erde nicht gerade wesentlich. Interessanter ist es, wie man dem Fälscher auf die Schliche kommt. Darauf deutet auch der Untertitel des klugen Buches des Journalisten Karl Sabbagh hin, das sich mit den Spuren des Spurenlesers nicht weniger beschäftigt als mit dessen Objekt. Wer detaillierte wissenschaftliche Ausflüge in das Reich der schottischen Flora und Fauna erwartet, muß woanders nachschlagen. Statt dessen führt der Autor seine Leser in ein verzweigtes Delta spekulativer Gedanken, die in gewisser Weise dazu ermutigen, sich Pinguine in der Arktis vorzustellen. Dem Mord ohne Leiche in anderen Fällen kommt hier die Suche nach dem verlorenen Grashalm gleich. Warum aber ließ sich *Carex bicolor* nie auffinden? Und was bewegte Heslop-Harrison, der im *Who is Who* zu seinen Hobbys „fieldwork" zählte und eine Koryphäe auf seinem Gebiet in den 1930er und 1940er Jahren war, seine Stellung so leichtfertig zu gefährden?

Wie so häufig im Leben, wird im entscheidenden Fall die Rechnung nicht allein mit Zahlen aufgemacht. Auch die Geschichte von Heslop-Harrison weiß davon zu berichten. Sabbagh beschreibt, wie er als ehemaliger Student am King's College Cambridge Zugang erhielt zu einem rätselhaften und bis dahin verschlossen gebliebenen Manuskript, das John Raven, ehemaliger Don an der gleichen Universität und Hobby-Botaniker, im August 1948 verfaßt hatte. Raven war wie die Fachkollegen von Heslop-Harrison von der Häufigkeit und Sensationalität seiner Funde zunächst beeindruckt, bald jedoch stutzig geworden. Die Gemüter hatten, wohlgemerkt, nicht Edelweisse oder exotische Orchideen, nicht Schlüsselblumen oder seltene Rosen erregt, sondern blaßgrünes Gras und unscheinbares Moos. Doch weil Heslop-Harrison diese Funde für sich reklamiert hatte und glaubhaft machen wollte, daß sämtliche seiner Entdeckungen, auch *Erigeron uniflorus*, echt waren, fürchtete seine Konkurrenz einen allzu großen Abstand zwischen sich und ihm. Sie wollte sich mit diesem Zustand nicht zufriedengeben, selten ist die Stunde des Ruhmes von langer Dauer. John Raven aber, versehen mit einem Cambridge Fellowship in Classics, stellte zunächst für den zur Zeit des Berichts bereits 67 Jahre alten Heslop-Harrison keine direkte Bedrohung dar. Denn er gehörte nicht zum engeren Kreis des Professors und seinen Hintergrund bildete die ganz andere Welt von Oxbridge, im Unterschied zur eher aufstrebenden einer „Redbrick-Universität" wie Newcastle.

Ravens Vorteil war es jedoch, die Leidenschaft für die Pflanzenkunde uneingeschränkt zu teilen und fest davon überzeugt zu sein, daß die Entdeckung des vor allem in Hochlagen vorzufindenden Grases *Poa glauca* die Wissenschaft maßgeblich voranbrachte. Liebevoll fertigte er Zeichnungen seiner Pflanzen an, die er weit lieber in ihrem natürlichen Umfeld wachsen sah als im getrockneten Zustand zwischen den Buchseiten passionierter Sammler. Sabbagh zufolge besaß Raven geradezu ein mystisches Gefühl für die Pflanzen, mit dem er ein starkes ethisches Empfinden für gut und böse, wahr und falsch verknüpfte. Danach waren für ihn Heslop-Harrisons Theorien mehr als absurd, das Fälschen botanischer Daten stellte vielmehr ein „abscheuliches Verbrechen" dar. In bester englischer Tradition war Raven ein „Amateur" und gehörte insofern zu jener Spezies, die auch unter Ornithologen und Paläontologen zu finden ist und die unser Wissen nicht weniger bereichert als die, die sich von Berufs wegen damit beschäftigt. Wer dagegen die Botanik professionell betreibe, doch die Gesetze der Wissenschaft nicht befolge, beging nach Raven ein Verbrechen, das es zu ahnden gelte.

Veranschaulicht man sich die wissenschaftliche, gesellschaftliche und politische Rolle, die zum Beispiel botanische Gärten in Europa und in Großbritannien in den vergangenen 350 Jahren gespielt haben, so läßt sich das oben erwähnte Vorurteil von der Pflanzenkunde als einer langweiligen Disziplin leicht verwerfen. Um 1900 waren die Royal Botanic Gardens von Kew und ihre vier Ableger in Kalkutta, Trinidad sowie auf Ceylon und auf Mauritius zu einem festen Bestandteil im organisatorischen Netzwerk des Britischen Empire geworden, ihr wissenschaftliches Wirken hatte im Zeichen der kolonialen Expansion maßgeblich an politischem Einfluß gewonnen. Seltene Pflanzen wurden aus der kolonialen Peripherie in das Zentrum der Macht gebracht und konnten so dazu beitragen, dem erstaunten Londoner ein Bild von der Vielfalt und vom Ausmaß des Empire zu geben. Der Botaniker war ein Bote, der sammelte, katalogisierte, kultivierte, informierte und damit schließlich die Möglichkeit einer imaginativen Geographie des Weltreiches eröffnete, gleichberechtigt neben der realen, von der der Forschungsreisende berichtete. Auf das Palmenhaus von Kew schaute man nicht weniger stolz als auf Herbert Bakers spätimperiale Architektur der Bank von England. Was für den öffentlichen Raum galt, das traf auch auf den privaten zu. Ganz gleich, ob die Palmen im Landschaftsgarten von Jane Austens

Mansfield Park das Spiegelbild von vier britisch dominierten Kontinenten waren und die konstante Parkpflege der „gentlemanly control" des Empire gleichkam – auch der kleine Schrebergarten im Arbeiterviertel von Sheffield mit seinen neuen exotischen Früchten war Ausdruck eines patriotischen Empfindens, das eine Identität zwischen England und seinem Empire herstellte. Der Pflanzensammler, der Neues in die Alte Welt brachte, war mitnichten unpopulär oder unbedeutend. Im Gegenteil, er konnte mit beträchtlicher gesellschaftlicher Aufmerksamkeit rechnen. Die war ja sogar Heslop-Harrisons Gräsern zuteil geworden.

Die Schwierigkeit bestand nun darin, des Professors Werk zu entlarven. Man kannte seine Aufsätze, die er in den angesehensten Zeitschriften, etwa im *Journal of Botany* und im *New Naturalist Journal*, veröffentlicht hatte. Wie stand es mit der Praxis? Als Detektiv mit den Methoden des Archäologen ausgerüstet, machte sich Raven deshalb auf den Weg. Er grub in den Wiesen Schottlands und in den verborgenen Seelenschichten seines Angeklagten. Den anfänglichen Mangel an Indizien ersetzte sein psychologisches Einfühlungsvermögen. Und es erging Raven ähnlich wie zuvor den Kollegen von Heslop-Harrison, die ihn auf seinen Exkursionen begleiteten oder selber in die Berge ausgeschwärmt waren. Sobald sie dort erschienen, wo angeblich die unlängst entdeckten Gräser lebten, war nichts mehr zu finden – entweder sei es gerade das letzte Exemplar, das der Professor wie ein triumphierender Retter in seinen Händen hielt, oder die gesamte Vegetation sei in der Zwischenzeit von den Schafen aufgefressen beziehungsweise vom schlechten Wetter oder einem Erdrutsch vernichtet worden. Andere Pflänzchen, nein, die habe er nicht mitgebracht, die seien zu wertvoll und dürften nicht einfach gepflückt werden. Für die in der Botanik Kundigen war das Problem noch ein anderes: Selbst wenn die wertvollen Gräser von den Schafen auf das übelste zugerichtet worden wären, hätten einige Samenkörner im Boden überlebt und, wie bei Jahrespflanzen die Regel, im nächsten Jahr um so mehr Ableger produziert. Trotz allem sollten ihm die Kollegen glauben, beteuerte er, denn *Carex glacialis* und *Cochlearia arctica* seien wirklich von ihm dort zuerst gefunden worden. Folglich, so seine Forderung, müßten die Lehrbücher der Botanik neu geschrieben und ihm dort ein gebührender Platz eingeräumt werden. Die sensationellen „Funde" machten auch sie zu einer

Wissenschaft, in der die Halbwertszeit ihrer Ergebnisse mit dem Fleiß ihrer Forscher um die Wette lief. Dazu gesellte sich Heslop-Harrisons kühne These, die seine Gräser und Moose erst wirklich explosiv machte. Danach verdanke *Carex bicolor* seine Existenz schließlich der Tatsache, daß die letzten fünf Eiszeiten zwar den Großteil der nördlichen Hälfte der Britischen Inseln unter einer dicken Eisdecke vergruben, doch erstaunlicherweise eine Region bei den Hebriden verschonten. So stammten die entdeckten Pflanzen aus voreiszeitlicher Zeit, denen die 1,7 Millionen kalten Jahre erspart geblieben seien. Damit lasse sich begründen, so Heslop-Harrison, warum er seine „Funde" nur in diesem entlegenen Winkel des Vereinigten Königreichs gemacht haben konnte. Der eiszeitliche Sonderweg der schottischen Hebriden hatte Pflanzen überleben lassen, die man sonstwo vergeblich suchen würde. Und die Goldgrube dieser Inseln hieß „Rum".

Dafür hatte der Professor aus Newcastle das Vertrauen der Besitzerin der Insel, Lady Bullough, gewinnen müssen, damit diese allein ihm die Pflanzensuche und deren Exegese erlaubte. Wer ebenfalls nach „Rum" kommen wollte, um Heslop-Harrisons Ergebnisse zu prüfen, bestenfalls zu bestätigen, brauchte seine Erlaubnis und nicht zuletzt seine logistische Hilfe bei der Überfahrt, der Unterkunft, der Verpflegung auf einer Insel mit gewöhnlich rauhem Wetter, auf der es nur ein einziges bescheidenes Haus gab. Denn er wollte es seinen ungebetenen Besuchern nicht unnötig leicht machen und gewährte lediglich seinem treuen Schülerkreis Kost und Logis. Nicht Lady Bullough, sondern de facto Heslop-Harrison unterstand die Kontrolle über „Rum". Als sich Raven anmeldete, vorgeblich nur mit dem Ziel, sich etwas umzuschauen, bot er ihm einen kargen Zeltplatz an. Glücklicherweise hatte Raven seinen Spirituskocher nicht vergessen, sonst wäre ihm sogar der Nachmittagstee verwehrt geblieben. Gleichwohl beeinträchtigten die Umstände seine gute Finderlaune nicht. Raven hatte sich von vornherein vorgenommen, nicht dem dialektischen Mechanismus des Widerspruchs zu folgen, sondern wohlwollend dem menschlichen Gesetz der Anhänglichkeit. Schließlich wollte er doch persönlich vom Professor an die berühmten Fundorte geführt werden und am liebsten dort den Spaten liegen sehen, mit dem dieser *Juncus capitatus*, *Cicendia pusilla* und *Carex chordorrhiza* noch gerade eben vergraben hatte. Was immer er beobachtete, schrieb Raven auf kleine Karten und sortierte so Soll und Haben seiner Befunde. Schon bald hatte er ausreichend Beweismittel beisammen um zu zeigen, daß die Pflanzen, die Heslop-Harrison für sich beanspruchte, unmöglich weder in dem Boden noch bei dem Klima hätten überleben, geschweige denn an dieser Stelle aufwachsen können. Manche waren auf den Kanalinseln bekannt, andere in Cornwall, aber keine war jemals im rauhen Norden Schottlands gesichtet worden.

Zumeist verfuhr Heslop-Harrison so, daß er bei den Exkursionen eine Gruppe seiner Studenten vorauslaufen ließ. Plötzlich würde er stehenbleiben, sie zurückrufen und voller Freude einen Büschel Grashalme in der Hand halten, von deren Existenz in diesen Breiten kein Forscher vor ihm gewußt hatte. Als Dr. Jekyll hatte er sie eingepflanzt, als Mr. Hyde sie später entdeckt. Ein neuer bahnbrechender Aufsatz in den *Transactions of the Northern Naturalists' Union*, ein wissenschaftlicher Vortrag, der in die Jahrbücher der britischen Botanik eingehen würde, sollten nicht lange auf sich warten lassen. Wie sich aber herausstellte, waren die Gräser unlängst in des Professors eigenem Gewächshaus in Newcastle mit viel Mühe aufgezogen worden. Nun hatten sie in seinen großen Manteltaschen vorübergehend Unterschlupf gefunden.

John Raven ging wie ein Detektiv mit einem Kriminalfall um, er mußte am Tatort nach Mustern und Strukturen suchen und danach die Indizien einordnen. Wie waren der Standort der Pflanze und der Bodentyp beschaffen, welche Temperaturen und Niederschläge waren typisch? Welche gattungsverwandten Nachbargewächse ließen sich in unmittelbarer Nähe finden, für die die gleichen Boden- und Klimabedingungen bekannt waren? Je mehr Ungereimtheiten er aufdeckte, um so wahrscheinlicher war es, daß *Carex bicolor* einem Polarbären in der Wüste glich. Die Grundlage für den Raven-Report war geschaffen. Seiner Funktion nach mußte er wie ein Paar Handschellen wirken, geeignet dem Überführten das Handwerk zu legen. Allmählich begann einer der größten Skandale in der britischen Botanik des 20. Jahrhunderts bekannt zu werden. An die Öffentlichkeit gelangte jedoch vorerst nichts. Die Auseinandersetzung mit Heslop-Harrison blieb fachintern. Man diskutierte etwa über die seinerzeit heftig umstrittene Frage, in welcher Beziehung die britischen Laichkrautgewächse

Potamogeton gramineus X natans und *Potamogeton sparganifolius* zueinander stünden. Heslop-Harrison besaß jedoch den ohne Zweifel bedeutenden Vorteil, der Herausgeber der einflußreichen Zeitschrift *Vasculum* zu sein, die er zu seinem persönlichen Sprachrohr umfunktionierte und in der er von seinen Entdeckungen berichtete. Von hier aus konnte er sich auch gegen seine Kritiker rechtfertigen. Meist bezeichnete er sie lediglich als „armchair botanists", Stubengelehrte, und erklärte ihnen ohne Umschweife einen erbitterten Krieg, sobald nur der leiseste Zweifel an seinen Methoden und Ergebnissen vernehmbar wurde. Der akademische Disput und das Interesse an der wissenschaftlichen Wahrheit waren nicht seine Sache.

Derartige Geschichten finden sich natürlich in der britischen Vergangenheit nicht weniger als anderswo. Wer im *Dictionary of National Biography*, dem Pantheon der Nation, blättert, stößt auf den Eintrag über James Macpherson, den vermeintlichen Entdecker und Übersetzer der gälischen Lieder des legendären Ossian aus dem dritten Jahrhundert, in Wirklichkeit aber deren Dichter. Seine *Fragments of Ancient Poetry collected in the Highlands of Scotland* (1760) sowie seine späteren Dichtungen *Fingal* und *Temora* wurden ebenso schnell berühmt wie berüchtigt für eine geniale Fälschung, die bereits Samuel Johnson in seiner Reisebeschreibung *Journey to the Western Islands of Scotland* (1775) attackierte. Johnson war Schottland aber ohnehin nicht sonderlich zugetan, behauptete er doch, es sei lediglich „ein schlechteres England". Macpherson hatte vorgegeben, Reste tradierter schottischer Poesie, die nur noch von wenigen alten Menschen in den Highlands gepflegt worden seien, erstmalig aufgespürt und aufgeschrieben zu haben. Wenig später behauptete er sogar, die Quelle selbst, also den Ossian, gefunden zu haben. Nach Macphersons Tod wurde im Jahr 1797 eine Untersuchungskommission berufen, die die Verse des Ossian auf ihre Echtheit überprüfen sollte. Sie kam zu dem Ergebnis, daß nicht alte Quellen aufgezeichnet, sondern lediglich neue produziert worden waren. Daß der Schauplatz hierfür wiederum das westliche, nebelumschlungene Schottland ist, spielt wohl keine so große Rolle wie das offenkundige Bedürfnis, ob über die Literatur oder die Wissenschaft, eine Besonderheit der Nation, die Wurzeln der gälischen Kultur, zu finden oder eben notfalls zu erfinden.

Tatsächlich war es Macpherson mit seiner Fälschung gelungen, literarische Überreste so aufzubereiten, daß die kulturelle Identität eines keltischen Schottlands jener des irischen Nachbarn ebenbürtig erschien. Die neu erstellte Tradition eines für seine politische Identität kämpfenden schottischen Hochlandes borgte sich dafür die notwendigen Zitate aus den irischen Balladen, ja Macpherson ging so weit, den historischen, irisch-schottischen Kulturtransfer vier Jahrhunderte vorzuverlegen und zu behaupten, eigentlich hätten die Iren ihr Liedgut und damit einen Großteil ihrer Identität von den Schotten gestohlen. Nach dem Modell der *Invention of Tradition* liegt hier ein vorzügliches Beispiel für historische Konstruktion vor. Die Autorität der Gegenwart basiert auf der Kontinuität mit der Vergangenheit, so Eric Hobsbawm, und durch seine Reproduzierbarkeit wird das erfundene Ritual zur ihrerseits als Teil der Geschichte verstandenen Norm, die Sinn stiftet. Zum Sieger der Geschichte wird die Ironie, denn erst indem das Ritual und seine erfundene Tradition Distanz konstruieren, schaffen sie die Grundlage für Identifikation. Das komplizierte Überlebensgeheimnis der Tradition besteht zudem darin, zu einem Teil auch immer eine Reform in sich zu bergen. Unwillkürlich muß man an Heinrich Heines spöttische Bemerkung denken, am Tage des Jüngsten Gerichts wolle er am liebsten in England leben, weil da alles immer erst hundert Jahre später passiere. Für das schottische Hochland war jedenfalls durch Macpherson endlich ein Platz auf der Landkarte der europäischen Kulturnationen gefunden worden. Daß die Grundlage dafür in einer großangelegten Fälschung bestand, von der die Edinburgher *intellectual aristocracy* wußte und sie sogar bereitwillig vorantrieb, darüber wird bis in die Gegenwart diskutiert.

Der Quelleneditor, der seine Seriosität untermauern will, muß zum Historiker werden. Macpherson ließ alsbald eine *Introduction to the History of Great Britain and Ireland* (1771) sowie *Original Papers containing the Secret History of Great Britain from the Restoration till the Accession of George I* (1775) folgen. Schon Goethe in seinem Werther und die einsetzende nationale Romantik hatten sich von den Versen des Ossian beeindrucken lassen, die ungeachtet ihrer „handlungsarmen Emotionalität“, wie Nicholas Boyle in seiner bedeutenden Goethe-Biographie schreibt, noch als Fragmente jenen des Homer gleichwertig gewesen seien. Ossian, der Homer des Nordens? Nun aber stieß Macphersons Geschichtsschreibung allgemein auf große Bewunderung. Zum Beispiel bescheinigte ihm Leopold von Ranke in seiner *Englischen Geschichte* im berühmten Abschnitt „Zur Kritik der Historiker“, die Welt habe diesem Dichter nicht nur den Ossian zu verdanken, sondern auch auf sorgfältiger Dokumentenauswahl basierende historische Schriften: „Niemand hat jemals ihre Authentizität bezweifelt“, lobte Ranke die Quellengrundlage der Arbeiten des schottischen Geschichtsschreibers.

Vorgabe und Zweifel an Authentizität begleiteten auch den sensationellen „Fund“ des Piltdown-Schädels, einer *chronique scandaleuse*, die 1912 begann und erst 40 Jahre später durch Fluoranalyse befriedigend aufgeklärt werden konnte. *Eoanthropus dawsoni* ist die Bezeichnung für einen Schädel, der in einer Kiesgrube von Piltdown, County East Sussex, gefunden und zunächst als Urform des Menschen gedeutet wurde. Wurden die Grundlagen der Zivilisation, ja der Universalgeschichte an dieser Stelle gelegt, der aufrechte Gang erstmals erlernt, wurde also der erste Mensch als ein Engländer geboren, wie ein noch 1938 an der Fundstelle errichteter Denkstein stolz verkündete? Hier lassen sich interessante Parallelen mit den botanischen Entdeckungen von Heslop-Harrison ziehen, worauf nicht zuletzt Sabbagh selbst im Untertitel seines Buches deutet, ohne allerdings den Vergleich näher auszuführen. Ob *Carex bicolor* oder die Knochenfunde aus der Urgeschichte der britischen Inseln: beidem wohnte die Möglichkeit inne, den Sonderweg der schottischen bzw. englischen Geschichte neu zu schreiben. Freilich war in beidem gleichfalls die Gefahr verborgen, zur Quelle des Spotts und der Verhöhnung wissenschaftlicher Erkenntnisarbeit zu werden.

Der Erfinder des Sherlock Holmes spielte im Fall des Piltdown-Schädels eine zentrale Rolle. Arthur Conan Doyle hatte höchstpersönlich die Knochen und den Schädel chemisch präpariert und in der Kiesgrube deponiert, wo sie von Arbeitern erwartungsgemäß gefunden wurden. Ortsansässige Amateur-Archäologen mußten nur noch auf die Fährte gelockt werden und ihrerseits höhere Stellen für den Fund interessieren, was auch in Windeseile geschah. Doyle wollte das Urteilsvermögen jener britischen Wissenschaftler illustrieren, die seine späten spiritualistischen Werke als unseriös ablehnten und dabei schließlich vorführten, wie leicht sich die der Objektivität naturwissenschaftlicher Erkenntnis verpflichteten Gelehrten blenden lassen konnten, sobald sie eine Sensation wittertern, ganz gleich, wie wasserdicht die Echtheit der Beweise war. Wer hätte schon glauben wollen, daß der gefundene Kiefer nicht einem Menschen, sondern tatsächlich einem Orang-Utan gehörte? So ist Doyles Geschichte phantastischer und abenteuerlicher Funde zugleich der Spaß an der Entlarvung des Menschlichen, Allzumenschlichen. Ein Fall für freie Geister. Denn indem der Autor von Kriminalromanen Fiktion Wirklichkeit werden ließ und diese Wirklichkeit doch eigentlich nur Fiktion war, konnte er aus der Vogelperspektive seines Ritts auf der Kanonenkugel die Eitelkeiten der Menschen beobachten. Der Unterschied zwischen Heslop-Harrison und Münchhausen ist allein die Sichtweise. Ist der eine unwillentlich zum Gegenstand einer Detektivgeschichte geworden, so sitzt der andere in der Loge seines eigenen Theaters.

Abschließend ist von Thomas Griffiths Wainewright zu berichten, dem *Dictionary of National Biography* zufolge „Poisoner and Art Critic". Wainewright, der in den 1820er Jahren für das von Walter Scott herausgegebene *London Magazine* zahlreiche Kunstkritiken verfaßte und der als Porträtmaler in der Royal Academy ausstellte, war auch als Mörder gewissermaßen erfolgreich. Wurde er für das eine von der Londoner Gesellschaft gefeiert, so blieb das andere lange Zeit unentdeckt. Aus Geldgier pflegte er seine Opfer, vornehmlich seine Verwandten, zu vergiften, nachdem er sie von der Notwendigkeit einer Lebensversicherung überzeugt hatte. Die Nachwelt erfuhr davon erst aus seinen Schriften, die er als Strafgefangener in Tasmanien verfaßte, wohin er wegen Urkundenfälschungen zum Nachteil der Bank of England 1837 deportiert worden war. Seine Berühmtheit schließlich verdankt er Oscar Wilde, der seine Geschichte in dem Essay *Pen, Pencil, and Poison* festgehalten und damit den Ästhetizismus eines Kunstkritikers würdigen wollte. Verglichen mit den Fälschungen, die ihm laut der *Times* vom July 1837 gar nicht viel Reichtum bescherten, waren seine Morde geradezu stilvoll. Wilde faßte Wainewrights Persönlichkeit folgendermaßen zusammen: Er sei nicht nur ein begabter Kunstkritiker und Liebhaber schöner Dinge gewesen, sondern ebenfalls ein „Fälscher von nicht geringer Begabung, und als unaufdringlicher Mörder in seiner Zeit ohne Konkurrenz". Für Wilde stand fest, daß nur ein Philister Betrug und Fälschungen nicht als Kunst betrachten würde und daß der Dramatik der Morde eine Ästhetik innewohnte. So müsse sich der Historiker hüten, in feierlicher Selbstgerechtigkeit moralische Maßstäbe an die Vergangenheit zu setzen. Diese lasse sich auch anders beurteilen als nur mit den Regeln der Tugendlehre: „Kriminalität ist in England selten das Ergebnis von Sünde. Es ist fast immer das Resultat von Hunger". Kann es sich dabei auch um den Hunger nach Anerkennung und Ruhm handeln?

Doch für Madame Tussauds „Chamber of Horrors" taugt der Fall von Heslop-Harrison wohl eigentlich nicht, was vielleicht auch daran liegt, daß ihm wenigstens kein Mord angelastet werden konnte. Und niemand zog ihn wirklich zur Rechenschaft, bedenkt man, daß der Raven-Report zunächst lange in der Schublade blieb und dann ins Archiv kam. Die gut informierten Fachkollegen schwiegen bedeutungsvoll und nahmen Rücksicht auf einen betrügerischen Botaniker, der so sehr an seine Pflanzen geglaubt hatte. Das macht seine Geschichte ähnlich wie die meisten der anderen geschilderten komplizierter, als es zunächst den Anschein hatte, stand doch *Carex bicolor* für die Überzeugung von Heslop-Harrison, mit seinen großen, erdgeschichtlichen Theorien recht zu haben. Da ihm dann in den kleinen botanischen Details die Natur nicht entgegenkam, mußte er entsprechend korrigieren. Das Glaubensdogma wird nach Nietzsche zum verordneten Selbstbetrug, solange man seine Überzeugung mehr liebt als die Erkenntnis, was eine die geistige Urteilskraft prägende Interessenskonstellation voraussetzt. Die Tragik der Geschichte hätte dennoch ihre komischen Aspekte, wäre es Heslop-Harrison nicht so bitter ernst gewesen. Trotz allem biegen sich auch in der Stunde der Wahrheit Blatt und Halm von *Carex bicolor* nur in die Richtung, in die der Wind weht.

Karina Urbach

Das schwarze Buch
Kollektive Paranoia im Ersten Weltkrieg

„All Trials are Trials for one's Life"
Oscar Wilde

Anfang des Jahres 1918 fühlte sich ein großer Teil der englischen Mittelklasse von ihrer Regierung im Stich gelassen. Die versprochenen Erfolge an der Front waren ausgeblieben, das Land war kriegsmüde und es galt, die Schuldigen für diese Lage zu finden. Da waren zuerst einmal die ‚alten Männer', die den Krieg von Anfang an falsch geführt hatten, Minister und Diplomaten, denen man deutschfreundliche Neigungen nachsagte und die sich mit einer Phalanx von verschrobenen Aristokraten, inkompetenten Militärs, Großbankiers ‚dubioser' deutsch-jüdischer Herkunft sowie ‚libidinösen Gesellschaftsdamen' umgaben. Sie alle schienen in diesem Krieg keine Opfer zu bringen, waren kosmopolitisch in ihren Anschauungen und hedonistisch in ihrem Lebensstil. Hatten Moralisten 1914 noch gehofft, ein Krieg würde eine ‚innere Reinigung' der Gesellschaft herbeiführen, so mußten sie jetzt zu ihrem großen Entsetzen feststellen, daß sich nichts geändert hatte, ja schlimmer noch, der Krieg hatte die letzten Tabus gebrochen.

Im Mai und Juni 1918 fand im Old Bailey ein Verleumdungsprozeß statt, der den angestauten Haß vieler Engländer gegen das dekadente Establishment aufzeigte. Vordergründig ging es um die verlorene Ehre einer Ausdruckstänzerin, tatsächlich jedoch standen Premierminister, Peers und Londoner Gesellschaftswelt vor Gericht. Der Prozeß war von einem Mann initiiert worden, der alle Eigenschaften eines charismatischen Führers besaß. Noel Pemberton Billing war ein eloquenter Redner, gutaussehend, energiegeladen und mit einem seismographischen Gespür für die Vorurteile des Durchnittsengländers ausgestattet. Er war Schauspieler, Journalist, Soldat und Erfinder gewesen, bevor er sich 1916 der Politik zuwandte. Als unabhängiger Abgeordneter des Wahlkreises East Hertfordshire kämpfte er für den Ausbau der Flugzeugindustrie (er hatte selbst einen neuen Flugzeugtyp entwickelt, war allerdings bei der ersten Vorführung abgestürzt), gegen die „deutsch-jüdische Infiltration“ der englischen Gesellschaft sowie den „sittlichen Verfall durch Homosexuelle“, die man damals noch als ‚Sodomisten‘ bezeichnete. Billings Privatleben war jedoch alles andere als vorbildlich. Er vertrat zwar das Motto eines seiner Kampfgenossen: „Wenn Männer sich schon Frauen anschauen müssen, dann sollen es ihre Ehefrauen sein“, doch obwohl Billing eine solche Ehefrau besaß, konnte er auf mehrere außereheliche Affären zurückblicken. Seine leidgeprüfte Frau übersah nicht nur diese Tatsache, sie versuchte auch ihre eigene Herkunft den politischen Überzeugungen ihres Mannes anzupassen. Wie das Innenministerium später herausfinden sollte, war Mrs. Billing, entgegen allen ihren Beteuerungen, die Tochter eines deutschen Einwanderers. Der Xenophob Billing schlief demnach sozusagen mit dem Feind, und es überrascht nicht, daß er während des Prozesses versuchte, diese Tatsache zu vertuschen.

Am 26. Januar 1918 erschien in Billings hauseigener Zeitung *Imperialist*, die eine Mischung aus antideutschem, antisemitischem und antikatholischem Gedankengut verbreitete, ein bizarrer Artikel. Darin wurde behauptet, ein deutscher Prinz sei im Besitz eines Schwarzbuches, in dem 47000 britische Männer und Frauen verzeichnet seien, die aufgrund ihres sexuellen Lebenswandels erpressbar wären. Diese ‚Perversen‘, unter ihnen Kabinettsminister, Diplomaten, Schriftsteller, Zeitungsbesitzer und königliche Bedienstete, hätten sich 1914 in deutsche Agenten verwandelt und würden durch Korruption und Defätismus England in seinen Kriegsanstrengungen behindern. Die Quelle für diese Behauptungen war ein gewisser Captain Harold Sherwood Spencer, ein Amerikaner, der mit Billing zusammenarbeitete und angab, das schwarze Buch selbst gesehen zu haben. Die Auflage des *Imperialist* war gering, und so nahm kaum jemand von dem obskuren Artikel Notiz. Billing, der bereits 1917 eine Bewegung für die ‚Reinheit im öffentlichen Leben‘ gegründet hatte, die er ‚Vigilantes‘ (Die Wachsamen) nannte, war enttäuscht, und so taufte er im Februar 1918 den erfolglosen *Imperialist* in *Vigilante* um. Das steigerte zwar den Bekanntheitsgrad des Blattes, doch das verhaßte Establishment schien Billing weiterhin mit Mißachtung zu strafen. Dies änderte sich erst durch eine Werbeanzeige der *Sunday Times*, in der die Aufführung des Stücks *Salome* von Oscar

Wilde angekündigt wurde. In der Titelrolle würde Maud Allen zu sehen sein, eine Tänzerin, der man Verhältnisse mit Damen aus den höchsten Kreisen nachsagte. Billing erkannte sofort das Potential dieser Geschichte und setzte Spencer darauf an. Nach längeren Unterredungen beschloß man, Maud Allens sexuelle Neigungen mit einem medizinischen Fachbegriff zu umschreiben. Am 16. Februar 1918 erschien daraufhin im *Vigilante* ein kurzer Artikel mit der sensationellen Überschrift: „Der Kult um die Clitoris". Der Text fuhr fort, in vagen Tönen anzudeuten, was es damit auf sich habe: „Um als Mitglied an einer Privatvorstellung von Maud Allen in Oscar Wildes *Salome* teilnehmen zu können, muß man sich an ein Fräulein Valetta in der Duke Street wenden .... Wenn Scotland Yard die Liste dieser Mitglieder beschlagnahmen würde, hätte sie die ersten Namen ... der 47 000 ermittelt."

Maud Allen und ihr Produzent Jack Grein gehörten nicht zu den Lesern des *Vigilante,* und es dauerte zwei Wochen, bis sie von dem Artikel erfuhren. Als man sie darüber aufklärte, was mit den ‚ersten 47 000' gemeint war, entschlossen sie sich, Billing und seine Zeitung wegen Verleumdung zu verklagen.

Zuerst einmal mußte geklärt werden, welche Art von Verleumdungsform vorlag. Nach englischem Recht gab es sowohl die Möglichkeit einer zivilen Verleumdungsklage auf Schadenersatz sowie die einer strafrechtlichen Klage, die zu einer zweijährigen Gefängnisstrafe führen konnte. Zudem bestand wegen der Benutzung des Wortes ‚clitoris' auch die Möglichkeit einer Anklage wegen Obszönität. In einer ersten Vorverhandlung an einem Londoner Magistratsgericht im April 1918 einigte man sich – trotz Billings Protest – darauf, den Fall an ein höheres Gericht weiterzuleiten, wo eine strafrechtliche Klage gegen Billing eingereicht wurde. Dieser hatte es mit seinen Artikeln in der Zwischenzeit nicht geschafft, die Salomepremiere zu verhindern. Die Aufführungen waren von der Presse jedoch eher feindlich aufgenommen worden, wobei einige Kritiker sichtlich bemüht schienen, nicht in den Verdacht zu geraten, das Stück des ‚Sodomisten' Wilde zu loben.

Den Vorsitz in dem Prozeß gegen Billing führte der bekannte Richter Darling, dessen Nachname während der Verhandlung immer wieder zu Wortspielen führte. Darling, der häufig auch ‚Little Darling' genannt wurde, genoß skandalträchtige Fälle und brillierte bei Verhandlungen gerne mit geistreichen Bonmots. Er betätigte sich nebenberuflich auch als Literat und war früher als konservativer Abgeordneter politisch aktiv gewesen (Billing verdächtigte ihn deshalb wohl zu Recht der Befangenheit). Maud Allen und Jack Grein wurden von Ellis Hume-Williams vertreten, während Billing sich – ganz Volksheld – selbst verteidigte. Man munkelte jedoch, daß ihm außerhalb des Gerichts ein bekannter Anwalt beratend zur Seite stand. Juristischer Beistand war auch dringend erforderlich, denn Billing mußte stichhaltig beweisen, daß seine Behauptungen über Maud Allen erstens der Wahrheit entsprachen, und daß es zweitens im öffentlichen Interesse gestanden habe, sie zu publizieren. Er versuchte deshalb schon am ersten Prozeßtag, Allens Privatleben zu diskreditieren. Ein Hang zu lasterhaftem Leben schien ja wohl familiär bedingt zu sein, argumentierte Billing, und klärte das entsetzte Publikum genüßlich über die Vergangenheit Miss Allens auf. Bis dahin war in England kaum bekannt gewesen, daß die Tänzerin einen geistesgestörten Bruder gehabt hatte, der 1895 in Amerika wegen zweifachen Frauenmords hingerichtet worden war. Maud Allens – möglicherweise ererbte – sexuelle Andersartigkeit zeige sich, Billings Meinung nach, auch noch dadurch, daß ihr das Wort ‚Clitoris' geläufig war. Kein anständiger Mann (und erst recht keine Frau) kenne dieses Wort, da es ausschließlich von Medizinern gebraucht werde. Billing selbst sei das Wort von einem befreundeten Arzt genannt worden. In den Augen der beeindruckten Jury schien Maud Allens genaue Kenntnis ihres Körpers ihr ganz offensichtlich zum Nachteil zu gereichen. Doch auch wenn Allen ihren eigenen Ruf nicht sonderlich geschickt verteidigen konnte (es wurde unter anderem ausführlich darüber diskutiert, wie durchsichtig ihr Bühnenkostüm gewesen war), so versuchte sie tapfer, das Salomestück als ein „wichtiges Werk" vor Billings Philistertum zu schützen. Oscar Wilde war natürlich nicht der erste gewesen, der sich mit dem Salome-Sujet beschäftigt hatte. Über Jahrhunderte hinweg waren Maler wie Rubens, Tizian und Dürer von dieser Frau fasziniert gewesen, und auch Heine und Flaubert hatten versucht, sich ihr literarisch zu nähern. Dabei hielt sich kaum einer an die Bibelversion der Salomegeschichte. In dieser ursprünglichen Fassung wird Salome von ihrer Mutter dazu angestiftet, ihren Stiefvater Herodes Antipas zur Enthauptung Johannes' des Täufers zu überreden. In späteren Versionen, unter anderem in der von Wilde, liebt Salome Johannes den Täufer leidenschaftlich, wird von ihm zurückgewiesen und verlangt aus Rache seinen Kopf. Nachdem sie für Herodes getanzt hat, erfüllt dieser zwar ihren Wunsch, ist jedoch von Salomes Grausamkeit so erschüttert, daß er am Ende auch sie töten läßt. Das Inzestmotiv (Herodes liebt seine Stieftochter Salome) sowie die nekrophilen Anspielungen (Salome küßt den abgeschlagenen Kopf des Johannes) spielen in dieser Version eine wichtige Rolle, aber laut Wildes Biograph Richard Ellmann ist die wahre Hauptfigur des Stückes Herodes, der hin- und hergerissen ist zwischen „Sexualität und Spiritualität". (Auch für Richter Darling wurde Herodes im Laufe der Verhandlung zur Lieblingsfigur, besonders dessen Ausruf „Bringt dieses Weib um!" sagte ihm zu). Schon 1892 hatte es Probleme gegeben, Wildes Salomeversion in London aufzuführen. Die Proben mit Sarah Bernhardt in der Titelrolle mußten nach zwei Wochen abgebrochen werden, da der britische Zensor die Darstellung biblischer Figuren auf der Bühne untersagte. Später wurde das Stück von Max Reinhardt in Berlin erfolgreich inszeniert, und Richard Strauss benutzte es 1905 als Textvorlage für seine Salomeoper, die in Covent Garden enthusiastisch aufgenommen wurde. Auch Maud Allen hatte schon Anfang des Jahrhunderts Erfahrungen mit der Figur gesammelt, die Tanzeinlage ‚The Vision of Salome' war einer der Höhepunkte ihres großen Repertoires, von dem besonders Eduard VII. angetan gewesen war. Doch all diese Anerkennung wurde von Billing nur als Triumph der Dekadenz angesehen. Er erkundigte sich eingehend bei Maud Allen nach ihren frühen Ausbildungsjahren in Berlin und ließ beim Publikum so den Eindruck entstehen, daß ihre Art von laszivem Tanz deutschem Gedankengut entsprungen sei. Erst Allen habe dieses für die Engländer bis dahin völlig fremde Tanzen in London bekannt gemacht – die Vorreiterrolle von Isadora Duncan, Allens berühmter Konkurrentin, wurde hier einfach ignoriert – und besonders die deutschfreundlichen Damen der Oberschicht, z.B. Margot Asquith, die Frau des 1916 gestürzten Premierministers, hätten Darbietungen dieser Art geschätzt. Maud Allen bestätigte zwar, von den Asquiths nach Downing Street Nr. 10 eingeladen worden zu sein, verwahrte sich aber gegen die Frage Billings, ob sie ein besonders ‚enges' Verhältnis zu Mrs. Asquith, der man ebenfalls lesbische Beziehungen nachsagte, habe. Auch Billings zweiter Kontrahent, Jack Grein, hatte schon im Magistratsgericht große Mühe gehabt, sich gegen Unterstellungen dieser Art zu wehren. Seine Männlichkeit schien dem Publikum von Anfang an zweifelhaft, er war darüber hinaus ein in Holland geborener Jude, Gründer des *German Theatre* in London und mit dem preußischen roten Adlerorden ausgezeichnet worden. Mit welcher Naivität Grein dem Demagogen Billing entgegentrat, zeigte sich schon an seiner Aussage „Krieg und Kunst haben nichts miteinander zu tun." Grein erkannte ganz offensichtlich nicht, daß in dem klaustrophobischen Klima des vierten Kriegsjahres die alten gesellschaftlichen Spielregeln nicht mehr galten. Alles war zu einem Politikum geworden, und so schaffte Billing es, *Salome* als ‚unreines' Stück darzustellen, das von Grein zur moralischen Zersetzung des englischen Volkes aufgeführt worden sei. Bohemiens wie Allen und Grein konnten diese Argumentation kaum nachvollziehen und verfolgten den weiteren Prozeß mit wachsender Ungläubigkeit.

Die Zeugen der Verteidigung, die Billing aufmaschieren ließ, zeichneten sich in ihrer Mehrheit dadurch aus, daß ihnen eine gewisse Talmihaftigkeit anhing. Damit schien von Anfang an der Unterhaltungswert – zumindest für die Galerie – gesichert. Die erste Dame, die für Billing in den Zeugenstand trat, war Eileen Villiers-Stuart. Es ist bis heute nicht geklärt, ob Mrs. Villiers-Stuart ursprünglich als *agent provocateur* zu Billing geschickt worden war (wie sie behauptete) oder ob sie von Anfang an mit ihm zusammenarbeitete. Ihr Engagement für ihn war jedenfalls beachtlich und hing, wie sich später herausstellte, damit zusammen, daß die beiden sich auch privat näher gekommen waren. Villiers-Stuart war eine ‚femme savante' im wahrsten Sinne des Wortes. Trotz bescheidener Herkunft zählte sie Politiker und Militärs zu ihren gesprächigen Begleitern und hatte unter anderem ein Verhältnis mit Asquiths parlamentarischem Einpeitscher Neil Primrose gehabt. Primrose war es ihr zufolge auch gewesen, der ihr und seinem Kameraden Major Evelyn Rothschild das schwarze Buch gezeigt habe. Leider waren Primrose und Rothschild bereits gefallen (laut Mrs. Villiers-Stuart wurden sie ermordet, weil sie zuviel wußten) und konnten diese Aussage kaum bestätigen.

Auch war es Mrs. Villiers-Stuart nicht möglich, das Buch als Beweis vorzulegen, da es „wieder in Deutschland ist".

Vor dem Prozeß hatte Billing mit seiner Starzeugin vereinbart, daß er sie nicht über die im schwarzen Buch verzeichneten Namen befragen würde. Genau das tat er dann aber in einer fast bühnenreifen Inszenierung. Der Richter hatte ihn zu diesem Zeitpunkt bereits mehrmals ermahnt, sich zu menagerieren. Ein aufgewühlter Billing verlangte nun von Mrs. Villiers-Stuart zu wissen, ob vielleicht auch Richter Darling in dem Buch aufgeführt sei. Sie bejahte dies und stieß hervor, daß sie auch die Namen von Mr. und Mrs. Asquith sowie des ehemalige Kriegsministers Lord Haldane gesehen habe. Auch Jack Grein sei als Agent geführt. Ein unglaublicher Skandal schien sich anzubahnen, und der völlig perplexe Richter Darling wollte von nun an auf keinen Fall den Verdacht erregen, er sei gegenüber Billing voreingenommen. Zwar wehrte sich der Anklagevertreter Hume-Williams, daß plötzlich dritte Personen, die sich nicht verteidigen könnten, ohne jegliche Beweise als Agenten beschimpft wurden, aber das Unglück war geschehen. Hume-Williams blieb jetzt nichts anderes übrig als die Glaubwürdigkeit der Zeugin in Frage zu stellen. Wieso hatte denn zum Beispiel Primrose sein Wissen nicht publik gemacht, sondern war seelenruhig an die Front zurückgekehrt? Mrs. Villiers-Stuart begründete dies im Kreuzverhör damit, daß Primrose geplant habe, sich nach dem Krieg aus dem öffentlichen Leben zurückzuziehen und dann erst den Skandal aufzudecken. Sie habe jedoch nach seinem Tod mehr Mut bewiesen und bereits 1916 mehrere Persönlichkeiten, darunter Mr. Hume-Williams selbst, von der Existenz dieses Buches unterrichtet. Das war nun wieder eine völlig überraschende Enthüllung. Wie sich herausstellte, hatte Hume-Williams Mrs. Villiers-Stuart tatsächlich vor zwei Jahren auf einer Teeparty kennengelernt und sich ihre Geschichte mit Interesse angehört. Hiermit war der Anklagevertreter jetzt selbst ins Zwielicht geraten, und Mrs. Villiers-Stuarts abenteuerliche Geschichte hatte an Gewicht gewonnen.

Während sich dank einer ausführlichen Berichterstattung mittlerweile das ganze Land an dem Fall delektierte, hatte sich die Lage an der französischen Front weiter verschlechtert. Ende März 1918 hatte Ludendorffs Offensive den Engländern hohe Verluste beigebracht, so daß General Haig im April den berühmt gewordenen ‚Mit dem Rücken zur Wand' Durchhalteappell ausgeben mußte. Premierminister Lloyd George wurde für die Lage in Frankreich verantwortlich gemacht und sah sich im Mai mit einer Intrige der Militärs unter der Führung von General Maurice konfrontiert, die er nur mit einigem Glück unterdrücken konnte. Der Premier war an einem persönlichen Tiefpunkt angelangt und rechnete damit, daß der Krieg noch bis 1919 oder 1920 andauern würde. In seiner Unschlüssigkeit spielte er wohl vorübergehend mit der Idee eines Kompromißfriedens. Billing, der sich im Parlament als schärfster Kritiker jeglicher Friedensverhandlungen hervorgetan hatte, versuchte nun mit seinem Zeugen Harold Sherwood Spencer, einen ‚Peace without Victory' von Anfang an zu diskreditieren.

Captain Spencer sollte zuerst einmal als zweiter Zeuge die Existenz des schwarzen Buches bekräftigen. Er gab an, er sei Anfang 1914 Adjudant des Königs von Albanien, des deutschen Prinzen Wilhelm zu Wied, gewesen (dies wurde von deutscher Seite später mit großem Amüsement dementiert). Auf diese Weise habe er viele Geheimpapiere einsehen können und sei so auch auf das schwarze Buch gestoßen. Er habe versucht, Scotland Yard und den britischen Geheimdienst, im besonderen Admiral Hall, zu warnen, jedoch ohne Erfolg. In dem Buch seien tatsächlich die Asquiths und Lord Haldane verzeichnet. Mrs. Alice Keppel, die ehemalige Geliebte Eduards VII. und enge Freundin der Asquiths, sei ebenfalls als Agentin aufgeführt. Sie habe, so behauptete Spencer, versucht, über das neutrale Holland (wo Mrs. Keppel tatsächlich einen Zweitwohnsitz besaß) Friedensverhandlungen zwischen dem deutschen Außenminister Kühlmann und den Engländern zu vermitteln. Allein Mrs. Keppels Name wirkte auf alle Anwesenden elektrisierend. Es war genau die Sensation, die Billing und Spencer für ihre Zwecke brauchten. Dem Publikum wurde suggeriert, daß England bei Friedensverhandlungen von der Oberschicht ans Ausland verkauft wurde. Zwar kam es auf der Kriegsgefangenenkonferenz in Den Haag im Juni 1918 tatsächlich zu vorsichtigen Friedensfühlern zwischen der britischen und der deutschen Delegation, sie verliefen jedoch ergebnislos und Mrs. Keppel spielte dabei sicherlich keine Rolle.

Der angeschlagene Anklagevertreter Hume-Williams konzentrierte sich nun darauf, Spencers Behauptungen über das schwarze

Buch lächerlich zu machen. Das war insofern nicht besonders schwer, als der Captain sich in Widersprüche verstrickte. Er gab an, eine Abschrift des schwarzen Buches zu haben, war sich aber nicht sicher, wo genau er sie deponiert hatte. Zeitweise sei eine Kopie in Rom gewesen, aber da Sir Rennell Rodd, der dortige britische Botschafter, auch ein deutscher Agent sei, habe das Buch wieder ausgelagert werden müssen. Für die Jury klang es dann doch etwas unwahrscheinlich, daß ein so wichtiges Dokument in irgendwelchen Koffern auf dem Kontinent herumreiste. Spencers Geschichte blieb lückenhaft.

Aber wie reagierte das Establishment darauf, daß jeden Tag einer der ihren mit Schmähungen überzogen wurde? Anfangs herrschte eine Mischung aus Unglauben, Heiterkeit und Spott vor. Man amüsierte sich über den Earl of Albemarle, der coram publico gefragt hatte: „Wer ist dieser Grieche Clitoris? Man hat ihn mir noch nicht vorgestellt", und die Offiziere fanden es besonders unterhaltsam, daß ausgerechnet der königliche Hofarzt Sir Alfred Fripp über die Behandlung des Trippers so wenig zu wissen schien. Aber diese Nonchalance im Angesicht der Guillotine ließ bald nach. Auch wenn die Verachtung der Oberschicht gegenüber den ‚Mittelschichtmonstern' (Robert Cecil), die hier ganz offensichtlich die ‚Vorurteile ihrer Klasse' demonstrierten, groß war, so mußte man sich doch vor ihrem plötzlich erwachten Selbstbewußtsein in Acht nehmen. „Die Öffentlichkeit ist ein Monster mit einem merkwürdigen Appetit", hatte schon der verfemte Wilde erkannt. Zuerst einmal protestierte deshalb der frühere Premierminister Lord Rosebery, dessen verstorbener Sohn, Neil Primrose, als angeblicher Besitzer des schwarzen Buches diffamiert worden war. Auf Roseberys Druck hin beschäftigte sich am 4. Juni das Kriegskabinett mit dem Fall Billing. Anfangs erwog man, die Zeitungsberichte über den Prozeß zu zensieren. Der Vorschlag wurde aber verworfen. Es gab die Möglichkeit, einen Untersuchungsausschuss einzusetzen, aber diese Idee war bei den Politikern nicht besonders beliebt. Auch der Innenminister, Sir George Cave wollte, solange der Prozeß andauerte, keine Schritte einleiten, dabei war er noch am besten über Billing informiert. Wie aus den Akten seines Ministeriums hervorgeht, hatte man schon im März 1918 einen Polizisten in Zivil zu den Versammlungen der ‚Vigilantes' geschickt und einiges über ihren Glaubenskodex erfahren können. Der Polizist hatte sie als sektenartige Vereinigung beschrieben, die mehrheitlich aus Kleinbürgern zu bestehen schien. Man hatte daraufhin sogar einen Arzt konsultiert, der die irrationalen Ängste dieser Bewegung genau analysierte. Sein Resumee war, daß es sich bei den ‚Vigilantes' um paranoide Menschen handelte, deren Krankheitsbild mit den üblichen Merkmalen von Antisemitismus und Sexualangst einherging. Sie würden, ähnlich wie die Suffragetten, an Hysterie leiden, und diese Hysterie könne sich im Falle einer Verurteilung Billings noch verstärken. Doch obwohl aufgrund dieses Befundes zu einem vorsichtigen Umgang mit Billing gemahnt wurde, wollten sich nicht alle diese Zurückhaltung auferlegen lassen. Mrs. Keppel schickte einen Anwalt ins Gericht, der mitteilte, sie sei bereit zu beschwören, sie habe seit Kriegsausbruch holländischen Boden nicht mehr betreten. Admiral Hall bestand ebenfalls darauf, gegen Spencer auszusagen, und Anträge weiterer Beleidigter lagen vor, doch zur Überraschung aller reagierte Richter Darling auf diese Beschwerden mit dem befremdlichen Satz, die Leute „müßten das nun einmal ertragen", er stehe ja angeblich auch in diesem Buch.

Billing ging es nun darum, den Sodomievorwurf, den er in seinem Artikel über die ‚47000' gemacht hatte, zu belegen. Ein Jurist hatte ihm bestätigt, daß „sodomistische Vergehen" in den Kriegsjahren drastisch zugenommen hatten (was natürlich nicht anders zu erwarten ist, wenn eine große Anzahl Soldaten jahrelang ohne Frauen leben muß). Von 1914 bis 1919 wurden 22 Offiziere und 270 untere Ränge wegen Homosexualität vor Gericht gestellt. Billing erkannte dies als eine völlig ‚unenglische Entwicklung' und entdeckte dahinter deutsches Treiben. Obwohl im Deutschen Reich 1908 ein großer Homosexuellenprozeß gegen den Fürsten Philipp Eulenburg, einen engen Freund des Kaisers, stattgefunden hatte, wurde die Diskussion dort offener geführt als in England. In diesem „erstaunlich liberalen Meinungsklima" (Nipperdey) gab es auch Reformer, die die Homosexualität entkriminalisieren wollten. Billing berief nun Sodomie-Experten in den Zeugenstand, die hinter diesen deutschen Diskussionen finstere Machenschaften witterten. Der erste war Dr. Serrell Cooke, ein Tuberkulosespezialist, der sich mit Sodomie „als Hobby" beschäftigte. Er sagte aus, bereits Jack Greins affektierte Sprache deute darauf hin, daß er Sodomist sei. Nur ein sexuell kranker Mensch könne außerdem ein Stück wie *Salome* aufführen wollen, und von diesen sexuellen Kranken gebe es in der Zwischenzeit bis zu eine Million. Unter ihnen seien auch Menschen, die dem Masochismus oder Fetischismus anhingen (beide Worte mußte Dr. Cooke den Anwesenden erklären), und es sei ratsam, sie allesamt einzusperren. Richter Darling stimmte dieser Argumentation begeistert zu, und Billing durfte mit einem weiteren Starzeugen demonstrieren, was eine ‚deutsche Krankheit' wie die Sodomie bewirkte: Lord Alfred Douglas (genannt Bosie) war nicht mehr als ein hübscher ‚Literaturgroupie' gewesen, als er Oscar Wilde 1891 kennenlernte. Innerhalb von vier Jahren hatte der erotomanische Fan sein Idol in einer Art *amour fatale* restlos zerstört. Wilde wurde von Bosies Vater in einen berühmt gewordenen Prozeß gestürzt, als Sodomist verurteilt und starb nach seiner Haftentlassung in einem Pariser Hotelzimmer. Douglas hatte sich bequemerweise nicht nur von Wilde abgewandt, sondern in der Zwischenzeit auch von der Homosexualität per se. Er war zu der Überzeugung gekommen, daß die britische Gesellschaft mit Sodomisten ‚durchsetzt' sei, die nur ihresgleichen förderten und ‚normale' Männer wie ihn zerstörten. Schon allein diese Theorie kam Billing entgegen, darüber hinaus hatte Douglas auch noch den Vorteil, daß er als ein Kenner des Salomestückes galt. Wilde hatte *Salome* ursprünglich auf französisch geschrieben und Bosie dazu ermuntert, es ins Englische zu übersetzen. Es war als eine Art Beschäftigungstherapie gedacht gewesen, nachdem Douglas Oxford ohne Abschluß verlassen hatte, aber die Übersetzung geriet ihm so mangelhaft, daß Wilde am Ende jedes zweite Wort korrigieren mußte. Davon war natürlich nicht die Rede, als Douglas sich jetzt bereitwillig von Billing über die Perversionen des Stückes befragen ließ. Zuerst einmal stellte Bosie klar, wie sehr er die ‚Mitarbeit' an diesem Werk bereue. Niemand sollte es jemals zugemutet werden, so ein Stück sehen zu müssen. Wildes Intention sei es von Anfang an gewesen, die sexuelle Lust eines jungen Mädchens darzustellen, und er hätte darüber hinaus auch sodomistische Motive in das Stück eingebaut, alles unter dem Deckmantel einer überhöhten Sprache. Sadismus sei das Hauptmotiv in *Salome*, das aber euphemistisch als ‚spirituelle Erweckung' ausgegeben werde. In Wirklichkeit sei Wilde, so Bosie, „dasböseste Geschöpf gewesen, das Europa während der letzten 350 Jahre gesehen habe.“ Billing hätte sich keine bessere Zeugenaussage erträumen können, und er schaffte es auch noch zu insinuieren, daß Wildes Werk durch germanisches Gedankengut beeinflußt sei. Bosie bestätigte eifrig, daß Wilde deutsche Werke las und später auch von deutschfreundlichen Gesinnungsgenossen im Gefängnis besucht worden sei. Der prominenteste davon sei Lord Haldane gewesen, der ja bekanntermaßen Deutschland als „seine spirituelle Heimat“ bezeichnet habe. Douglas' Auftritt beeindruckte das Publikum ganz offensichtlich, aber es gelang dem gegnerischen Anwalt Hume-Williams trotzdem, Bosies Charakter in Frage zu stellen. Er vergewisserte sich freundlich, ob der Zeuge bei seiner Aussage bleibe, daß Wilde alles Minderwertige in eine ‚blumige Sprache‘ kleide und las dann einen alten Liebesbrief des Schriftstellers vor: „Mein einziger Junge, Dein Sonett ist entzückend, und es ist ein Wunder, daß diese roten Rosenlippen so gut geschaffen sind für den Wohlklang des Lieds wie für die Raserei der Küsse.“ Der Tumult, der daraufhin auf der Billingseite ausbrach, war vorhersehbar gewesen. Douglas wurde nicht zum ersten Mal mit diesem Brief konfrontiert, schon 1895 war er in dem Verfahren gegen Oscar Wilde benutzt worden und wurde seitdem von einem Londoner Anwalt an Interessenten verliehen. Auch Richter Darling war darüber informiert, er hatte schon 1913 in einem anderen Verleumdungsprozeß von Lord Alfred Douglas den Vorsitz geführt. Hume-Williams fuhr erbarmungslos fort, Douglas' Vergangenheit zu persiflieren und zitierte eine Salomebesprechung, die Bosie selbst 1893 für eine Studentenzeitung geschrieben hatte. Darin wurde von Douglas betont, daß Engländer dieses wunderbare Stück deshalb nicht verstehen könnten, weil darin kein Roast Beef vorkomme. Die gegnerische Seite schien mit dieser humorvollen Einlage einen kleinen Pluspunkt erzielt zu haben. Doch während des gesamten Prozesses hatte Billing mit seinen Zeugenmanipulationen und zweifelhaften Beweisen die Geschworenen nachhaltig beeindruckt. Auch am letzten Tag überzeugte er seine Zielgruppe mit einem geschickten und völlig irrelevanten Schlußplädoyer: „Wenn meine Anschuldigungen nicht der Wahrheit entsprechen, warum hat man dann nicht Zeugen herbeigeschafft, die mich widerlegen? ... Es ist an der Zeit, daß die Wahrheit über diese mysteriösen Einflüsse ans Licht kommt, diese Einflüsse, die unsere Kriegsanstrengungen seit dreieinhalb Jahren behindern, ... die deutsche Juden schützen und dem echten Engländer keine Chance auf Brot und Lohn geben." Billing fuhr nun fort zu erklären, daß seine Berichte im öffentlichen Interesse gewesen seien, daß es aber niemals seine Intention war, Maud Allen als lesbisch zu bezeichnen. Hiermit widersprach er all seinen früheren Argumenten, und die Anklage wäre nun an der Reihe gewesen, Billings Mangel an Logik anzuprangern. Doch obwohl Hume-Williams sein Möglichstes tat, schien die Jury ihm weiterhin zu mißtrauen. Er klärte die Geschworenen nicht über sein ominöses Gespräch mit Mrs. Villiers-Stuart im Jahre 1916 auf, und man konnte sich zu Recht fragen, was er zu verbergen hatte. Zudem argumentierte er nun, daß es durchaus möglich sei, daß die perfiden Deutschen eine schwarze Liste besäßen. Doch diese Konjunktive seien, aus einer gewissen Kriegshysterie heraus, zu einem großen Lügengebäude aufgebauscht worden, das rein gar nichts mehr mit dem Fall zu tun habe. Was jetzt allein zähle, sei die Ehre von Maud Allen und Jack Grein.

Nach dem Abschluß dieser außergewöhnlichen Plädoyers gab Richter Darling der Jury keine hilfreichen Richtlinien für ihre Entscheidung mit auf den Weg. Es war mittlerweile der Eindruck entstanden, daß nicht Noel Pemberton Billing, sondern Oscar Wildes Stück *Salome* vor Gericht stand. Wer sich für ‚normal' und tugendhaft im Angesicht all des ‚aufgedeckten' Schmutzes hielt, konnte demnach gar nicht anders entscheiden, als Billing freizusprechen. Nach 90-minütiger Beratung kamen die Geschworenen deshalb zu der Entscheidung, der Angeklagte Billing sei „nicht schuldig". Die Kosten des Verfahrens trugen Maud Allen und Jack Grein. Der Applaus des Publikums war so tosend, daß Richter Darling die Galerie räumen ließ.

Als der Sieger das Gerichtsgebäude verließ, wurde er von einer noch größeren Menschenmenge enthusiastisch gefeiert. Der Kleidung nach zu urteilen, kamen Billings Anhänger aus der Mittelschicht, aber es sind auch mehrere Arbeitermützen auf den Fotos zu erkennen. Ihnen allen hatte Billing das Gefühl gegeben, es ‚denen da oben mal richtig gezeigt zu haben.' Seine Vigilantentreffen waren von nun an vollbesetzt, und der liberale *Manchester Guardian* konnte nur noch seine Verwunderung über dieses Phänomen zum Ausdruck bringen: „Niemand hat jemals so viele angesehene Leute ... mit Dreck beworfen und ist trotzdem zu einer

Art von Held geworden.“ Aber Billings Popularität nahm in den nächsten Monaten proportional zur verbesserten Frontlage ab. Seine immer wilder werdenden Forderungen, die er mit dem Deutschenhasser Horatio Bottomley teilte (u.a. die Idee, Ausländer mit einem Abzeichen zu kennzeichnen oder jeden mit einem deutschen Elternteil zu inhaftieren) bedrohten jetzt auch das Königshaus – der deutschstämmige Georg V. hatte gerade erst den Namen Windsor angenommen –, und das wurde nicht mehr toleriert. Scotland Yard und das Innenministerium übernahmen die Aufgabe, Billings Glaubwürdigkeit zu untergraben. Es wurde zuerst einmal bekannt gemacht, daß in Mrs. Billings Adern „deutsches Blut floß“. Auch über die Starzeugin Eileen Villiers-Stuart fand man Befremdliches in den Akten. Ihr erster Mann war nicht, wie sie gehofft hatte, 1914 an der Front gefallen, sondern erfreute sich seines Lebens als Krankenwagenfahrer in Frankreich. Mrs. Villiers-Stuart wurde daraufhin der Bigamie angeklagt, was dazu führte, daß sie von nun an sehr kooperativ mit der Polizei zusammenarbeitete. Man bot ihr eine Gefängnisstrafe von lediglich neun Monaten an, und so gab sie bereitwillig zu Protokoll, daß Billing sie dazu erpreßt habe, vor Gericht Namen zu nennen. Darüber hinaus habe Spencer ihr und Billing vor dem Prozeß anvertraut, er habe das schwarze Buch nie gesehen. Billing habe trotzdem darauf bestanden, daß Spencer für „den höheren Zweck“ lügen sollte. Captain Spencer, der sich mit Billings Hilfe in der Zwischenzeit um einen Unterhaussitz bemühte, wurde ebenfalls von seiner Vergangenheit eingeholt. Es stellte sich heraus, daß er 1917 wegen Paranoia aus der Armee entlassen worden war. Billings Hauptzeugen hatten also mit größter Wahrscheinlichkeit beide gelogen.

Daß Geheimdienste, deutsche wie englische, jedoch Listen aufstellen, in denen intime Informationen über wichtige Persönlichkeiten gesammelt werden, steht außer Frage. Wie Hume-Williams in seinem Plädoyer treffend argumentierte, ist eben keine Lüge schwerer zu enttarnen als die, die ein Quentchen Wahrheit enthält. Der Fall Billing zeigt zudem, wie angespannt die Situation in der sonst so gut funktionierenden englischen Klassengesellschaft 1918 tatsächlich war. Hugh Walpole, der 1917 die Vorgänge in Rußland erlebt hatte, schrieb über Billings Freispruch verstört: „Hiermit beginnt die Große Englische Revolution“. Durch Englands Sieg über die Mittelmächte wurde Billing jedoch der Möglichkeit beraubt, ‚Novemberverbrecher' zu verfolgen oder eine englische Variante der Dolchstoßlegende zu fabrizieren. Aber sein Gedankengut lebte in Teilen der rechten Subkultur Großbritanniens weiter.

Richter Darling wurde wegen seiner mangelhaften Prozeßführung stark angegriffen und wandte sich bald darauf seinen literarischen Interessen zu. Gelegentlich erschienen seine Gedichte in der *Times*. (In seiner autorisierten Biographie *Lord Darling and His Famous Trials* wurde der Prozeß gegen Billing geflissentlich übergangen). Billing selbst wechselte weiterhin seine Berufe und wurde Filmemacher, Kinobesitzer und Buchautor. Sein berühmtestes Werk *The Aeroplane of Tomorrow* erschien 1941 und wurde von Experten als bahnbrechend gefeiert. Maud Allen, deren Karriere sich von dem Billingprozeß nie ganz erholen konnte, gab bis zu ihrem Tod 1956 Interviews, in denen sie Billing nur als „diesen grauenhaften Menschen" bezeichnete.

Inge Schlotzhauer

Butterstullen für den Geldbriefträger
Zwei Geldbriefträgermorde 1918 und 1919 in Berlin

Im Brandenburgischen Landeshauptarchiv Potsdam wird ein umfangreicher Archivbestand des Polizeipräsidiums Berlin aufbewahrt, der in den 30er Jahren angelegt wurde und mit Blick auf die Nachwelt historisch bedeutsame Personal- und Strafakten zusammenfasst. Dazu gehören auch die Akten der sogenannten Geldbriefträgermorde, die 1918 und 1919 in Berlin verübt wurden. Wie der bearbeitende Archivar im Findbuch zum Archivbestand vermerkt, war der Täter „einer der raffiniertesten und skrupellosesten Mörder der letzten Jahrzehnte. Hat seine Taten außerordentlich tiefgründig vorbereitet und alles vermieden, was ihn hätte in Verdacht bringen können. Von Tausenden von Hinweisen, die der Kriminalpolizei in beiden Sachen zugingen, nicht ein einziger richtig.“ Einige Jahre später, erst 1922, wird der Täter bloß aufgrund eines Zufalls festgenommen. Gegenüber dem in den beiden Mordsachen seit 1918 ermittelnden Berliner Kommissar legt er nach seiner Festnahme ein umfängliches Geständnis ab und schildert detailgenau und anschaulich Planung und Ablauf der beiden Raubmorde.

Dieses Geständnis und die ungewöhnlichen Umstände der Taten – sowohl was die aufwendige Vorbereitung als auch die Schauplätze der Taten betrifft – heben die Geldbriefträgermorde aus den Delikten jener Jahre heraus. Der ermittelnde Kommissar Erich Gennat wird noch Jahre später in einem Rückblick auf seine Berufslaufbahn die Geldbriefträgermorde seinen interessantesten Fall und den Täter „einen der grausamsten Verbrecher der letzten Zeit“ nennen.

Die Anzahl seiner Taten und seiner Opfer dürfte kaum der Grund gewesen sein, warum der Kommissar, der in seiner langen Berufstätigkeit in der Mordkommission mit einer Vielzahl von Verbrechern und Mördern zu tun hatte, diesen Täter als besonders grausam in Erinnerung behielt. Vielleicht ist es die kühl kalkulierte Inszenierung der Taten, mit der der Täter eine fast bühnenreife Scheinwelt aufbaut und seine Opfer in die Falle lockt, was ihn menschlich besonders abschreckend erscheinen läßt. Inszenieren und planen, das kann dieser Täter, auch ein Gefühl für Atmosphärisches ist vorhanden. Eigentlich wollte er ja auch Schriftsteller werden.

Seine Name ist Wilhelm Blume. 1874 wird er in Amsterdam geboren, in Oldenburg macht er Abitur und schlägt sich dann in wechselnden Berufen durch. Von seinen früh verstorbenen Eltern hat er etwas Geld geerbt, das schnell aufgebraucht ist. Mit seinen beruflichen Unternehmungen hat Blume wenig Glück, es sind eher windige Geschäfte, denen er nachgeht, etwa als Tippgeber für Pferdewetten. Dazwischen versucht er immer wieder zu schreiben und Interessenten für seine Theaterstücke zu finden. Zweimal ist er schon mit dem Gesetz in Konflikt geraten, wegen eines Verstoßes gegen das Wettgesetz und Betrugs sowie wegen des Führens eines falschen Namens. Nun ist Krieg, und die Zeiten sind schlecht: Arbeit ist nicht zu finden, Lebensmittel werden knapp und teuer. Vor einigen Monaten ist er als Buchhalter entlassen worden und er lebt in diesem Spätsommer 1918 nur noch auf Pump. Was also tun und wie zu Geld kommen?

Ende August 1918 bei seinen Streifzügen durch die Straßen Berlins fallen Wilhelm Blume die Geldbriefträger mit ihren Austragtaschen voll Geldsendungen auf, und es kommt ihm die Idee, einen Geldbriefträger auszurauben. Wie er in seinem Geständnis 1922 schildert, beobachtet er gezielt einige Tage lang einen bestimmten Geldbriefträger in Berlin Mitte und stellt fest, daß er immer dieselbe Route vom Hauptpostamt Spandauer Straße ausgehend von Haus zu Haus geht. Was liegt also näher, als einem Geldbriefträger, möglichst nachdem er erst wenige Geldsendungen abgeliefert hat, aufzulauern und ihn auszurauben. Auf der Straße allerdings ist die Sache riskant. Aber es kommt ihm ein Zufall zu Hilfe, der ihm fast wie ein Fingerzeig erschienen sein muß: Beim Ausspionieren der täglichen Route des Geldbriefträgers sieht er in einem Haus in der Nähe des Hauptpostamtes, in der Spandauer Straße 33 einen Aushang zur Vermietung eines Zimmers.

Er mietet das Zimmer und gibt sich gegenüber der Vermieterin Frau Rühle, einer allein lebenden älteren Schneiderin, als Buttergroßhändler Adolf Stubenrauch aus Teltow bei Berlin aus. Zusammen mit seinem Bruder wolle er demnächst einen Stand in der Markthalle eröffnen. Man kann sich vorstellen, wie erfreut die Vermieterin in dieser Zeit war, einen Buttergroßhändler als Untermieter zu haben. Und: Blume – alias Stubenrauch – kündigt an, daß auch sein Bruder einziehen möchte, wofür er auch das zweite, bereits an eine junge Dame vermietete Zimmer benötige. Er könne nur dann einziehen, wenn ihm auch das zweite Zimmer zur Verfügung stehe. Kurzentschlossen kündigt die Vermieterin ihrer Untermieterin, und ein weiteres Hindernis – eine potentielle Zeugin für die geplante Tat – ist damit aus dem Weg geräumt. Um kein Aufsehen zu erregen, bezieht Blume zwar das Zimmer zum 1. September, übernachtet aber weiterhin bei einer Freundin in der Lankwitzer Straße in Lichterfelde, geht dort jedoch früh genug weg, um morgens um 5 Uhr – bevor seine Vermieterin aufwacht – sein Zimmer in der Spandauer Straße aufzusuchen. Dabei achtet er sorgsam darauf, daß ihn kein anderer Mieter des Hauses sieht.

Systematisch bereitet er im Laufe einer Woche seinen Überfall vor. Bis in kleine Details gibt er sich mit der Vorbereitung Mühe, um seine Inszenierung so plausibel wie möglich erscheinen zu lassen. An der Wohnungstür bringt er mit Heftzwecken ein Schild an: „Gebrüder Adolf & Dietrich Stubenrauch, Butterhändler en gros". Um mit dem Geldbriefträger in Kontakt zu kommen, gibt er von verschiedenen Postämtern der Stadt kleinere Geldanweisungen an sich selbst auf.

Mit der Rolle, in die er geschlüpft ist, trifft er den Nerv der Zeit. Sich als Buttergroßhändler auszugeben, ist geradezu genial und sichert in diesen letzten Kriegswochen Sympathie und Vertrauen.

Nachdem die erste Geldsendung an ihn von seiner Vermieterin entgegengenommen wird und diese mit seinem Namen unterschreibt – was später dazu führen sollte, daß die Polizei dies als authentische Unterschrift des Mörders nehmen und in ihren Fahndungsaufrufen veröffentlichen wird –, nimmt Blume alias Stubenrauch einige Tage später persönlich die an ihn gerichteten Geldsendungen an. Die List verfängt einfacher, als Blume es sich vorgestellt hatte. Der Geldbriefträger, Albert Weber, kommt nun gleich zum Thema: ob ihn der Buttergroßhändler nicht mit Butter versorgen könne, er habe Abnehmer dafür. Wie sich später herausstellt, hat der Geldbriefträger nebenbei Schwarzmarktgeschäfte betrieben und seine Kollegen mit Lebensmitteln, u.a. auch mit Butter, versorgt und damit sein mageres Einkommen aufgebessert. Blume scheint überrascht über das Interesse des Geldbriefträgers gewesen zu sein, das ist auch seinem Geständnis vier Jahre später noch anzumerken. Die Sache läuft offenbar besser als erwartet. Blume alias Stubenrauch sichert dem Geldbriefträger Weber zu, ihm am Samstag, dem 7. September, zehn Pfund Butter zu besorgen. Weber möge nur pünktlich sein und früh am Morgen erscheinen.

Nun muß Blume nur noch die letzten Vorbereitungen für die Tat treffen und vor allem seine Vermieterin Frau Rühle als mögliche Zeugin aus der Wohnung weglocken. Als Tatwerkzeuge kauft er sich einen Trommelrevolver, einen Dolch und Stricke – eine Zusammenstellung, die von seinem Hang zur theatralischen Übertreibung zeugt. Damit beabsichtigt er, den Geldbriefträger einzuschüchtern und ihm seine Geldsendungen abzunehmen.

Am Tattag, dem 7. September, ist Blume morgens früh in der Wohnung. Den Geldbriefträger erwartet er gegen 8.30 Uhr. Kurz vor acht Uhr bittet er seine Vermieterin, für ihn in der Apotheke in der Friedrichstraße einige Medikamente zu besorgen, deren lateinische Bezeichnungen er aus der Zeitung abgeschrieben hat.

Nun ist die Wohnung leer, doch der Geldbriefträger verspätet sich und kommt erst nach neun Uhr. Blume läßt ihn in die Wohnung, bittet ihn, sich zu setzen, während Blume, vorgeblich um die versprochene Butter zu holen, ins Nebenzimmer geht. Als er zurückkommt, hat er die Pistole in der Hand und fordert den erschrockenen Geldbriefträger zur Herausgabe seiner Tasche mit den Geldsendungen auf. Der überrumpelte Geldbriefträger wehrt sich nicht, auch nicht als Blume ihn an den Stuhl fesselt, um verschwinden zu können, bevor dieser Alarm schlagen kann. Bis dahin verläuft alles wie geplant und vom Täter vorbereitet.

Die Situation eskaliert aber, als Frau Rühle früher als erwartet in die Wohnung zurückkehrt. Aus dem geplanten Raub wird ein Doppelmord. Mit Gewalt will Blume die laut aufschreiende und sich wehrende Frau daran hindern, aus der Wohnung zu laufen und nach Hilfe zu rufen. Es kommt zu einem Kampf, in dessen Verlauf Blume mit einem Messer auf sie einsticht und ihr schließlich den Hals durchschneidet. Währenddessen versucht im Nebenzimmer der gefesselte Geldbriefträger, sich zu befreien – ohne

Erfolg. Blume scheint nun keinen Ausweg mehr zu sehen. Nachdem er die Frau ermordet hat, kehrt er in das Nebenzimmer zurück, um auch den Geldbriefträger Weber zu töten. Zuerst versucht er ihn zu erdrosseln, als ihm dies nicht gelingt, schneidet Blume auch ihm die Kehle durch.

Mager allerdings ist der Gewinn dieser beiden schrecklichen Taten: 1900 Mark befinden sich in der Tasche des Geldbriefträgers. Das ist auch für damalige Verhältnisse nicht viel.

Erst vier Tage später wird der Mord entdeckt. Geldbriefträger Weber wird zwar seit dem 7. September, dem Tattag, vermißt, aber da sein offizieller Zustellgang für diesen Tag keinen Besuch der Spandauer Straße 33 vorsieht, wird dort auch nicht nach ihm gesucht. Als aber am 11. September die vor der Wohnungstür von Frau Rühle liegenden Zeitungen der Besitzerin des Hauses auffallen, bricht die Polizei die Wohnung auf. Der Anblick muß furchtbar gewesen sein. Einen Eindruck davon vermitteln auch heute noch die in den Akten vorhandenen Fotos vom Tatort, einschließlich die der beiden Opfer.

Die Mordkommission beginnt sofort zu ermitteln, aber die einzigen Spuren, die der Täter am Tatort zurückgelassen hat, sind Fingerabdrücke auf einem Wasserglas. Diese führen vorläufig aber nicht weiter, ebensowenig wie die Befragung der Hausbewohner. Niemand hat die Gebrüder Stubenrauch gesehen und kann eine Personenbeschreibung abgeben. Auch die Befragung der Postämter, auf denen die Geldsendungen an Adolf Stubenrauch, Spandauer Straße 33, aufgegeben worden sind, führt zu keinem Ergebnis. Dabei geht die Polizei, wie das Türschild vermuten läßt, von zwei Tätern aus, die sich den Namen Stubenrauch zugelegt haben. In Ermangelung von verwertbaren Personenbeschreibungen werden in den Fahndungsaufrufen die verschiedenen, offensichtlich verstellten Unterschriften der Geldsendungen wie auch die auf der – allerdings von Frau Rühle unterschriebenen – Annahmequittung abgebildet. 10000 Mark Belohnung setzt die Polizei für sachdienliche Hinweise aus. Der Doppelmord in der Spandauer Straße wird einige Tage lang in der Berliner Presse breit behandelt, und die Kriminalpolizei nutzt auch die Zeitungen, um die Bevölkerung zur Mithilfe aufzurufen, was in dieser Form weitgehend neu ist. Doch von den Hunderten von Hinweisen, die bei der Polizei eingehen, weist keiner in die richtige Richtung.

Obwohl sogar einige Männer verhaftet werden, der Täter ist nicht dabei.

Die Polizei kann keine Resultate vorweisen, und bald wird es still um den Fall. Die Tagesereignisse, Kriegsende und November-Revolution, lassen den ungeklärten Mord schließlich vollends in den Hintergrund treten.

Der Täter Wilhelm Blume ist in Berlin geblieben und wohnt weiterhin bei der Freundin in der Lankwitzer Straße. Die 1900 Mark, die ihm die Morde eingebracht haben, sind schnell verbraucht. Auf seine Spur ist bisher niemand gekommen, er scheint ein perfektes Verbrechen begangen zu haben. Warum also es nicht noch einmal probieren?

Er analysiert seine erste Tat und kommt zu dem Schluß, daß eine zweite ähnliche Aktion erfolgversprechender sein könnte, wenn er gewisse Änderungen vornimmt. In seinem Geständnis legt er detailliert die Vorbereitungen zu seiner zweiten Tat dar: „Ich hatte durch die Tat in der Spandauer Straße gesehen, daß mein Plan, mir durch die Beraubung eines Geldbriefträgers Mittel zu verschaffen, an und für sich nicht schlecht war und daß ich nur zufällig dadurch so wenig Geld bekommen hatte, weil am Tage der Tat gerade ein hoher jüdischer Feiertag war, an welchem die jüdischen Firmeninhaber ihre Geschäfte geschlossen hatten. Ich erwog daher auch ein zweites Mal den Plan der Beraubung eines Geldbriefträgers. Aus den Zeitungen hatte ich gesehen, daß die Zimmervermieterinnen gewarnt waren, an unbekannte Leute Zimmer zu vermieten .... Aus diesem Grunde erschien es mir nicht ratsam, wieder, wie in dem ersten Falle, ein Zimmer zu mieten und dorthin den Briefträger kommen zu lassen. Ich mußte vielmehr meinen Plan etwas abändern."

Anfang Dezember 1918, als er sein „seelisches Gleichgewicht" nach den beiden Morden wieder gewonnen haben will und auch das Geld aufgebraucht ist, beginnt Blume damit, die nächste Tat konkret zu planen. Er richtet sein besonderes Augenmerk darauf sicherzustellen, daß der zu überfallende Geldbriefträger auch tatsächlich mit wertvollen Geldsendungen versehen ist. In zwei Richtungen gehen dabei seine Überlegungen: 1. Welcher Bezirk Berlins verspricht die wertvollsten Geldsendungen und 2. wie kann deren Wert noch gesteigert werden?

Blume entscheidet sich für den Prachtboulevard der Stadt, Unter den Linden. Schnell hat er hier einen Ort ausgewählt, der günstig an der Route eines Geldbriefträgers liegt und in dem er auf sein Opfer warten kann, ohne verdächtig zu werden. Anstelle einer Wohnung kommt nur ein Hotel in Frage. Es ist eines der besten und vornehmsten Hotels der Stadt, das Hotel Bristol, Unter den Linden 5, wo Blume sich einzuquartieren beabsichtigt.

Nachdem der Schauplatz ausgewählt ist, versucht er sicherzustellen, daß sich auch möglichst viele und wertvolle Geldsendungen in der Tasche des Briefträgers befinden. Raffiniert ist seine Idee, die Ängste der Geschäftsleute in diesen revolutionären Wochen gegen Ende des Jahres 1918 auszunutzen. Er beauftragt einen Studenten, der per Inserat angeboten hatte, Schreibarbeiten zu übernehmen, 250 Schreiben folgenden Inhaltes zu verfertigen:

> „Vertraulich!
> Die Spartakusgruppe beabsichtigt, am 4. Januar 1919 die jetzige Regierung zu stürzen und neben der Reichsbank auch die Großbanken sowie das Postscheckamt zu beschlagnahmen.
> Wenn Sie Ihr Geld in Sicherheit bringen wollen, so lassen Sie sich Ihr Bankguthaben per Wertbrief und Ihr Postscheckguthaben per Zahlkarte an Ihre eigene Adresse anweisen.
> Es liegt in Ihrem eigenen Interesse, diese Mitteilung streng geheim zu halten.
>
> Ein Geschäftsfreund,
> der aus begreiflichen Gründen
> unbekannt bleiben will“

Ist allein schon der Text des Schreibens dramatisch, der Student wird auch noch – wie in einem schlechten Theaterstück – um absolutes Stillschweigen gebeten, denn es handele sich um eine wichtige politische Angelegenheit, die höchste Priorität genieße; auch er – sein Auftraggeber – könne daher seinen Namen unmöglich nennen.

Kurz vor Weihnachten verschickt Blume die Briefe vornehmlich an Geschäftsleute in dem von ihm für die Tat ausgewählten Zustellbezirk „Unter den Linden“ und „Friedrichstraße“. Um aber keinen Verdacht auf seinen beabsichtigten Tatort zu lenken, gehen die Schreiben auch an Adressen in anderen Bezirken der Stadt.

Einige Geschäftsleute, die diesen Brief bekommen, behandeln das Schreiben durchaus nicht vertraulich, geben es an Zeitungsredaktionen weiter oder gehen damit zur Polizei. Ein Kaufmann schickt das Schreiben an die Polizei mit dem Hinweis, daß seiner Meinung nach entweder ein Einbruch in eine Wohnung geplant ist, nachdem das Geld überbracht wurde, oder ein Überfall auf einen Geldbriefträger. Auch die Post informiert ihre Geldbriefträger und ermahnt sie, alles Verdächtige zu melden. Zur großen Bestürzung des Täters, wie er später gesteht, wird in Berliner Zeitungen über diese anonymen Briefe berichtet und dabei bemerkt, daß wahrscheinlich wieder ein Überfall auf einen Geldbriefträger geplant sein könnte.

Blume hat in der Zwischenzeit die Vorbereitungen weiter vorangetrieben. Noch vor Weihnachten will er sich ein Zimmer im Hotel Bristol nehmen. Auch dies muß sorgfältig inszeniert werden. „Mir kam es nun vor allem darauf an, mir zunächst Gepäck zu besorgen, denn ich sagte mir, daß ich als Reisender ohne Gepäck sofort auffallen würde. Wohl besaß ich in meiner Wohnung selbst Gepäck, dies konnte ich aber nicht herausnehmen, ohne daß dies meiner Wirtin auffiel. Ich suchte daher im Lokalanzeiger nach Annoncen, wo ein Koffer zu verkaufen sei und ermittelte schließlich eine solche, nach der ein Koffer in der Brandenburger Straße zu verkaufen sei.“ Ferner ersteht er eine Lacktasche, die ebenfalls privat angeboten wird. Außerdem kauft er noch eine Handtasche aus grauem Segeltuch in dem renommierten Geschäft Mädler, Ecke Friedrich-/Leipzigerstraße. Die Requisiten für seinen Auftritt in dem vornehmen Hotel hat er damit zusammengetragen.

„Ich überlegte mir nun, daß meine Gepäckstücke doch irgend einen Inhalt haben mußten und nicht so leicht sein durften. Ich kam dann auf die Idee, meine Gepäckstücke teilweise mit Sandpäckchen zu füllen. Bei einem Althändler in der Müllerstraße kaufte ich mir aus diesem Grunde einen Posten Zeitungspapier und in einem Papiergeschäft, ebenfalls in der Müllerstraße, kaufte ich mir eine Rolle Bindfaden. Ich ging dann die Müllerstraße nach Norden zu, bis ich an eine freie Stelle kam, wo ich Sand fand. Dort habe ich mir dann immer etwa 4 oder 5 Sandpäckchen aus Papier gemacht, mit dem Bindfaden umschnürt und sie dann in die bei Mädler gekaufte Handtasche getan.“ Damit geht er dann zum Stettiner Bahnhof, um den dort aufgegebenen großen Koffer und die Tasche zu füllen und schwerer zu machen.

Aber das ist noch nicht alles, was bei der Vorbereitung mit den Koffern bedacht werden muß. „Um nun im Hotel vorzutäuschen, daß ich von auswärts komme, brauchte ich für mein Gepäck, insbesondere auch für den großen Reisekoffer einen Klebezettel der Bahn, aus dem hervorgeht, daß ich von auswärts komme. Aus diesem Grunde fuhr ich nach Velten und gab den Koffer dort auf." Mit dem nächsten Zug fährt er dann wieder zurück, ruft aber zuvor aus dem nördlich von Berlin gelegenen Ort Velten noch im Hotel Bristol an und bestellt ein Zimmer. In Berlin angekommen, geht er unmittelbar zum Hotel Bristol, gibt den Gepäckschein ab und läßt sein Gepäck vom Stettiner Bahnhof abholen. Im Hotel meldet er sich unter dem Namen „Gustav von Gossen, Rittergutsbesitzer, Stettin" an. Aus dem Buttergroßhändler wird diesmal – dem Ambiente angemessen – ein adliger Grundbesitzer.

Bis dahin verläuft alles nach Plan. Er bezieht sein Zimmer und wartet auf sein Gepäck. Nun aber geschieht etwas völlig Unerwartetes. Dem Hausdiener ist der Koffer aufgegangen. Er entschuldigt sich, daß ihm die Papiersäcke durcheinander geraten sind, und bittet, der Herr möge prüfen, ob noch alles vorhanden sei. Blume erinnert sich, daß er „hierüber sehr bestürzt" gewesen sei und er den Eindruck gewonnen habe, der Hausdiener sei mißtrauisch geworden. Blume versucht also, den Hausdiener zu beschwichtigen, indem er ihm erklärt, in den Papiersäckchen seien Muster von Chemikalien. Nach diesem Vorkommnis aber muß Blume damit rechnen, daß er aufgefallen ist. Er verläßt am nächsten Tag daher wieder das Hotel Bristol. Sein Gepäck läßt er zurück zum Lehrter Bahnhof bringen. Zuvor aber hat er mit Bindfäden, die er mit Heftzwecken fixiert, im Koffer eine Art Netz geschaffen, um die Sandpakete zu sichern. Noch einmal soll ihm dieses Mißgeschick nicht passieren.

An seinem Vorhaben möchte er allerdings festhalten. Nicht weit vom Hotel Bristol und genauso vornehm wie dieses liegt das Hotel Adlon. Hier direkt am Pariser Platz vor dem Brandenburger Tor quartiert er sich nun ein. Auf dem Anmeldezettel gibt er sich als „Hans von Winterfeldt, Hausbesitzer, Hamburg" aus.

Im Hotel Adlon klappt nun zuerst alles wie von Blume erhofft. Er bekommt ein Zimmer zugewiesen, sein Gepäck wird ihm ohne weitere Vorkommnisse zugestellt. Sorgfältig hat Blume sein Äußeres verändert. Er hat sich für die Tat einen Vollbart zugelegt, der Atmosphäre eines Grandhotels angemessen trägt er einen schwarzen Anzug, einen Herren-Gehpelz mit Bisamkragen, eine vergoldete Brille und, um Warzen zu verstecken, über dem linken Auge ein Heftpflaster. Obwohl er Nichtraucher ist, bestellt er sich demonstrativ Zigarren aufs Zimmer und raucht diese auch.

Blume alias von Winterfeldt kann nun an die weitere Durchführung seines Planes denken. Auch hier will er wieder versuchen, einen Geldbriefträger aufs Zimmer zu locken. Angesichts der Warnungen, die ausgegeben worden sind, ist dies kein einfaches Unterfangen, und er muß besonders vertrauenserweckend erscheinen. Postanweisungen, wie im ersten Fall, will er nicht wieder aufgeben; dies könnte zu auffällig sein. Statt dessen sind es Nachnahmesendungen, die er auf seinen Namen in das Hotel bestellt. Er ruft in Lotteriegeschäften an und ordert Lotterielose per Nachnahme.

Verdacht jedenfalls schöpft der für den Bezirk Unter den Linden und das Hotel Adlon zuständige Geldbriefträger Oskar Lange offenbar nicht, als er Ende des Jahres 1918 dort eine Geldsendung für Herrn von Winterfeldt abgibt. Zur Einlösung der Nachnahmesendung begibt sich Oskar Lange auf das Zimmer des Hotelgastes. Man unterhält sich, Blume alias von Winterfeldt bietet Butterstullen an und verspricht, weitere Stullen auch für die Familie des Geldbriefträgers zu besorgen. Er, von Winterfeldt, könne das Berliner Brot nicht essen und lasse sich daher von seinem eigenen Gut besonderes Brot nachschicken. Zu Hause wird der Geldbriefträger erzählen, dies seien die besten Butterstullen gewesen, die er seit Jahren gegessen habe, wie sein Sohn später gegenüber einer Berliner Zeitung äußern sollte.

Auch dieser Schritt zur Vorbereitung seiner Tat hat funktioniert. Problematisch aber erweist sich die Hellhörigkeit seines Zimmers im Hotel Adlon. Zur Ausführung des Verbrechens eignet es sich deshalb nicht. Er muß nochmals umdisponieren. Er beschließt, eine Suite mit drei Zimmern im Hotel Adlon zu mieten, um dann in dem mittleren Zimmer ungestört die Tat verüben zu können. Gleich die Zimmer zu wechseln, hält er aber für zu auffällig. Er verläßt das Hotel wieder für einige Tage und bestellt die Suite erst für seine Rückkehr Anfang Januar. Um dies plausibel erscheinen zu lassen, begründet er seinen Zimmerwechsel damit, daß seine Eltern kommen werden und er daher drei Räume benötige. Die Suite solle möglichst in der ersten Etage gelegen sein, da dies für seine Eltern angenehmer sei.

Am 1. Januar 1919 zieht er wieder in das Hotel Adlon und belegt die bestellte Zimmerflucht im ersten Stock. Am selben Tag trifft er zufällig auch Geldbriefträger Lange auf der Straße. Zwischenzeitlich hat Blume wieder Nachnahmesendungen auf den Namen „Hans von Winterfeldt" in das Hotel Adlon bestellt. Der Geldbriefträger, der auch Nachnahmesendungen an Herrn von Winterfeldt bei sich hat, will sie ihm gleich aushändigen. Blume redet sich heraus, er habe kein Geld bei sich. Herr Lange möge bitte am nächsten Tag sehr früh schon bei ihm im Hotel vorbeikommen.

Tatsächlich beginnt Lange am 2. Januar seine Austragtour im Hotel Adlon und geht zuerst zu dem angeblichen Herrn von Winterfeldt. Was dann passiert, schildert Blume später in seinem Geständnis: Bei dem zufälligen Treffen am vorangegangenen Tag hat er dem Geldbriefträger versichert, „daß ich eine Menge Brot wieder für ihn habe. Mit Bezug hierauf fragte der Briefträger nun zunächst, ob ich denn Brot für ihn bereit hätte, worauf ich erklärte, er möge sich einen Augenblick setzen, ich werde es aus dem Nebenzimmer holen. Mein Plan war aber, daß ich ihm während er das Brot in seine Tasche packte, 2 Revolver vorhalten und ihn zur Herausgabe seiner Wertsachen zwingen wollte." Blume geht ins Nebenzimmer und kommt mit mehreren Stullen wieder zurück, die er dem Geldbriefträger gibt.

Bei der Schilderung des weiteren Verlaufs der Tat sind die schriftstellerischen Ambitionen Blumes unverkennbar. Sie schlagen sich bis in das Protokoll des Geständnisses nieder, dem sich auch der mitschreibende Kriminalbeamte nicht entziehen kann und das in diesem Abschnitt an die Dialoge eines Dramas erinnert:

„Während der Briefträger nun den Kopf neigte und die Stullen in seine Tasche packte, hielt ich ihm plötzlich meine beiden geladenen und schußbereiten Revolver vor.

‚Hände hoch' ‚Was wollen Sie von mir?'"

Der Briefträger ist sehr erschrocken, „bequemte sich aber keineswegs, zu tun, was ich ihm hieß.

‚Ich will das Geld haben.‘

‚Das Geld gehört mir nicht.‘“

Blume ihm die Schußwaffen vorhaltend: „‚Sie verlassen das Zimmer nicht lebend, wenn Sie nicht alles herausgeben.‘

Darauf schüttelte er nur verneinend den Kopf, worauf ich ihm erklärte: ‚Machen Sie keine Dummheiten, zwingen Sie mich nicht zum Äußersten.‘

Weiter sagte ich dann, mein Bruder sei noch im Nebenzimmer, der würde auf keinen Fall nachgeben, selbst wenn ich nachgäbe. Er schüttelte daraufhin wieder verneinend mit dem Kopf.

Ich sah nun ein, daß mit dem Geldbriefträger ohne Kampf nichts anzufangen sei. Ich überlegte nun, auf welche Weise ich ihm am Sichersten und für mich am Ungefährlichsten die Schlinge über den Kopf werfen könnte.“

Er gibt vor, in das Nebenzimmer gehen zu wollen, um mit dem angeblichen Bruder zu sprechen. Nach wenigen Schritten kehrt er wieder zurück und wirft dem Geldbriefträger eine Schlinge, die er vorsorglich schon vorbereitet hat, über den Hals und würgt ihn. Dem wehrlosen Mann bindet er außerdem noch die Hände hinter der Stuhllehne zusammen. Mit einem Taschentuch, das er in Wasser taucht, erstickt Blume schließlich den Geldbriefträger.

Die Beute, die ihm diesmal zufällt, ist erheblich höher. Blume nimmt sich Zeit, um die Tasche des Geldbriefträgers durchzusehen. Die Butterstullen, die der Geldbriefträger schon eingesteckt hat, wirft er in die mit Wasser gefüllte Badewanne. In der Austragetasche befinden sich für rund 20000 Mark Bargeld, ferner Schmuckstücke und Wertpapiere sowie Briefmarken. Die Wertpapiere wird er, nachdem sie schon bald gesperrt werden, verbrennen, die Schmuckstücke in den Teltowkanal im Süden Berlins werfen. Vorsichtig behält Blume nur das Bargeld.

Im Hotel Adlon hat offenbar niemand etwas von dem Mord bemerkt. Nachdem Blume die Zimmer abgeschlossen hat, verläßt er ohne aufzufallen das Hotel. Im Tiergarten wirft er die Zimmerschlüssel weg. Am Abend ist er wieder in Lankwitz bei seiner Bekannten; seine längere Abwesenheit erklärt er damit, daß er verreist war, um sich eine neue Anstellung zu suchen. Krankheit vorschützend bleibt er eine Woche zu Hause.

Noch am Nachmittag des Tattages wird der Geldbriefträger Lange vermißt, eine Suchaktion eingeleitet und gegen Abend die

Kriminalpolizei eingeschaltet. Wann der Geldbriefträger zuletzt gesehen wurde, läßt sich anhand von Zeugenaussagen nur mühsam feststellen. Die Angestellten der Hotels und Geschäfte, die der Geldbriefträger bei seiner morgendlichen Runde aufgesucht hat, haben überwiegend Feierabend, und die politische Lage in der Stadt – drohender Aufstand der Spartakisten und der USPD, Straßenkämpfe, Massendemonstrationen – erschwert es, rasch Befragungen durchzuführen. Erst am nächsten Morgen kann der Friseur des Hotel Adlon der Polizei berichten, daß er den Geldbriefträger Lange in die Suite des Herrn von Winterfeldt gehen sah. Da auch von Winterfeldt seit dem vergangenen Tag nicht mehr im Hotel gesehen wurde, läßt die Polizei sofort die Türen der Suite aufbrechen, wo die Leiche des Geldbriefträgers entdeckt wird.

Im Badezimmer finden sich die Butterstullen, aufgeweicht in der mit Wasser gefüllten Badewanne. Die Staatliche Nahrungsmittel-Untersuchungsanstalt stellt in ihrem Bericht vom 10. Januar 1919 fest: „Die Brotreste unterscheiden sich ... mikroskopisch nicht von dem derzeitigen Berliner Kriegsbrot“. Bei dem Brotbelag handele sich um Butter, „z. T. (um) Marmelade, in der mikroskopisch Bestandteile von Mohrrüben“ vorhanden sind. Fazit: Auch die Marmelade ist die gleiche, die die Stadt auf Bezugsscheine ausgibt.

Verwertbare Spuren hat der Täter auch diesmal nicht hinterlassen. Die Polizei läßt Flugblätter und Plakate drucken. 10000 Mark Belohnung sowie zehn Prozent des Geldwertes des Raubes werden für sachdienliche Hinweise ausgesetzt. Der Täter wird nach den Aussagen der Zeugen, die ihn im Hotel Adlon gesehen haben, folgendermaßen von der Polizei beschrieben: Gesucht wird ein Mann von etwa 35 bis 40 Jahren – offensichtlich wirkte Blume jünger als seine 44 Jahre –, gut mittelgroß, Vollbart. „Er trat sehr sicher auf, und ist offenbar mit Verhältnissen und Einrichtungen größerer Hotels vertraut.“

Aber auch diesmal erhält die Polizei keine Hinweise, die zur Ergreifung des Täters führen. Zwei Verbrechen, die mit hoher Wahrscheinlichkeit derselbe Täter verübte, können vorläufig nicht von der Kriminalkommission aufgeklärt werden. Damit verliert sich die Spur, der Täter kann sich nun sicher wähnen und vollends untertauchen.

An diesem Punkt sind einige Bemerkungen über seinen „Ge-

genspieler" angebracht, den in beiden Fällen die Ermittlung leitenden Kommissar der Mordkommission Erich Gennat.

Kommissar Gennat ist einer der fähigsten Kommissare seiner Zeit, der besonders wegen „seiner außerordentlichen Ausdauer, seinem ungeheuren Gedächtnis und seinem psychologischen Scharfblick" (H.-H. Liang) sowie seinen geschickten, psychologisch einfühlsamen Verhörmethoden schon während seiner Dienstzeit berühmt ist. Er ist auch einer der ersten, der moderne Methoden der Fahndung, etwa einen reichsweiten Erkennungsdienst oder Austausch von Akten einführt. Über 90 Prozent der ihm übertragenen Fälle soll er aufgeklärt haben. Auch persönlich ist Kommissar Gennat ein bekanntes Original, nachlässig gekleidet, beleibt, mit einer Vorliebe für Kuchen, betreut von einer Sekretärin, „Trudchen" Steiner, die für „Nachschub" seiner Lieblingsspeise sorgt. In den zwanziger Jahren werden Postkarten vertrieben, die den Kommissar mit seiner Sekretärin zeigen. Die von Gennat geleitete Mordkommission wird auch außerhalb Berlins zu einem Begriff. Anfang der dreißiger Jahre besuchen etwa Heinrich Mann, Charlie Chaplin oder auch Edgar Wallace die Berliner Mordkommission. Erich Gennat mit der treuen Sekretärin dürfte eines der entscheidenden Vorbilder für die leicht skurrile, aber fähige Figur des Kommissars sein, wie sie bis heute in den Fernsehserien auftaucht.

Trotz der für die Zeit modernsten Methoden und der Vielzahl von eingegangenen Hinweisen aus der Bevölkerung kommt die Mordkommission bei den Geldbriefträgermorden nicht weiter. Kommissar Gennat und seinen Mitarbeitern bleibt nichts anderes übrig, als darauf zu hoffen, daß der Mörder irgendwann einen Fehler macht. Oder, wie Kommissar Gennat es nannte, daß dem Täter „eine verhängnisvolle Zufälligkeit wie ein treuer Hund nachlaufe" (Zitat nach R. Stürickow).

Vorläufig jedoch kommt der Fall zu den Akten. Mehr als drei Jahre später aber, am 31. Juli 1922, bemerkt in Dresden, in der Töpferstraße 1, 2. Stock, die Frau eines Kellners, als sie aus ihrer Wohnung tritt, daß ein Mann vor ihrer Tür schnell verschwindet und die Treppe hinabläuft. Da Streichhölzer vor der Tür liegen und die Fußmatte verschoben ist, nimmt sie an, daß der Unbekannte bei ihr einbrechen wollte. Mutig verfolgt sie den Mann bis auf die Straße und macht einen Polizeiwachtmeister auf ihn aufmerksam. Dieser nimmt die Verfolgung auf und stellt den Mann im Nebenhaus. Als er ihn nach seinen Ausweispapieren fragt, zieht der Mann einen Revolver und schießt auf den Polizeiwachtmeister. Es gelingt diesem aber noch, den Verdächtigen mit einem Schlag die Treppe hinunterzustoßen. Dabei verletzt der Mann sich so schwer, daß er nicht flüchten kann. Der Verletzte wird ins Krankenhaus eingeliefert, wo er gegenüber der Polizei sich als Erich Eilers, Schriftsteller, geb. 1881 in London, ausgibt.

Die eingeleiteten erkennungsdienstlichen Ermittlungen ergeben rasch, daß es sich um Wilhelm Blume handelt. Ferner kommt bei den ersten Befragungen des Täters heraus, daß er das Haus in der Töpferstraße ausspioniert hat, um dort einen Geldbriefträger zu überfallen und zu berauben. Das bringt den Stein ins Rollen.

Die Verbindung mit den beiden noch ungeklärten Berliner Geldbriefträgermorden wird von der Polizei sofort hergestellt. Blumes Fingerabdrücke werden mit denen, die in der Wohnung in der Spandauer Straße nach der Tat 1918 gefunden worden waren, verglichen. Daraufhin gesteht Blume, nach den Akten ohne erkennbares Zögern, den mittlerweile aus Berlin angereisten Kommissaren die beiden Taten.

Was hat der Mörder seit seiner letzten Tat im Januar 1919 gemacht? Nach seinem Geständnis will er bis November 1920 als Geschäftsführer in einer Verlagsbuchhandlung in Berlin-Lichterfelde tätig gewesen sein. Dort habe er rund 1/4 Million Mark unterschlagen, seitdem sei er flüchtig. Seine Aufenthaltsorte wechseln in den nächsten Jahren: Zuerst reist er in Deutschland umher. Im späten Frühjahr 1921 hält er sich für einige Zeit in Dresden auf, geht dann nach London, wo er unter dem Pseudonym Harry G. Whitecliffe Theaterstücke geschrieben haben will.

Im Februar 1922 kommt er zurück nach Deutschland und geht wieder nach Dresden. Auch hier, wo er im vergangenen Jahr unter dem Namen Erich bzw. auch Harry Eilers gelebt hat, beschäftigt er sich vornehmlich damit, Theaterstücke zu schreiben und eine Bühne zu finden, die ein Stück von ihm aufführt. Als er anbietet, selbst einen Teil der Aufführungskosten zu tragen, erklärt sich schließlich das Neustädter Schauspielhaus in Dresden bereit, daß von ihm verfaßte Lustspiel *Simili* herauszubringen. Die Uraufführung findet im Frühjahr 1922 statt.

In Dresden versucht Blume wieder Fuß zu fassen. Schon 1921 hat er eine Familie Koch kennen gelernt, mit der er sich anfreundet: Frau Koch, die Besitzerin eines Selterswasserverkaufsstandes am Dresdner Terrassenufer, und deren drei Töchter, darunter auch eine 13jährige, die es „Onkel Harry“ besonders angetan hat. Ihnen gegenüber gibt er sich als ein vermögender Mann aus, der große Plantagen in Brasilien geerbt habe.

Offenbar nur knapp entgeht er einer Anzeige wegen Verführung Minderjähriger, die die Toilettenfrau am Terrassenufer, die unmittelbar neben dem Selterswasserverkaufsstand arbeitet, ihm angedroht hat. „Onkel Harry“ verspricht, die Tochter, sobald sie mit der Schule fertig ist, zu heiraten. Mutter Koch und Tochter sind entzückt über die anscheinend gute Partie.

Blume alias Erich oder Harry Eilers mietet sich ein Zimmer in der Nähe der Wohnung der Familie Koch. Dort schläft er, tagsüber ist er in der Kochschen Wohnung, wo er an seinen Theaterstücken weiterschreibt, den Töchtern Englisch beibringt und am Alltagsleben der Familie teilnimmt.

Zusammen mit Frau Koch gründet er einen Verlag in Dresden, den Dorian Verlag. Äußerer Anlaß ist, daß nach den Bestimmungen des Bühnenvereins sein aufgeführtes Stück *Simili* einem Bühnenvertrieb übergeben werden muß. Für den Dorian Verlag fertigt er noch weitere Lustspiele an bzw. übersetzt seine in London auf englisch verfaßten Stücke nun ins Deutsche. Außer *Simili* sind das Stücke wie *Nellys Gouvernante*, *Gift*, *Amor im Paradies*, *Der Fluch der Vergeltung* oder *Der weiße Schornsteinfeger*.

Blume scheint sich sein Leben wieder eingerichtet zu haben, als ihm schließlich im Sommer 1922 das Geld auszugehen und damit seine Lebenslüge aufzufliegen droht. Was zweimal schon funktioniert hat, versucht er jetzt auch ein drittes Mal. Erneut plant er einen Überfall auf einen Geldbriefträger. Diesmal sieht er in den Vorbereitungen zur Tat keine Butterstullen mehr vor: Als Köder will er Geldscheine auf die Treppe legen. Sobald der Geldbriefträger sich bückt, hat er vor, ihn mit einer Pistole zu bedrohen und zur Herausgabe seiner Geldsendungen zu zwingen. Aber zur Ausführung dieser Tat wird es dank der mißtrauischen Frau eines Kellners nicht mehr kommen.

Selbst bei den Vernehmungen beschäftigt Blume seine Schriftstellerei. Als sein dichterisches Hauptwerk sieht er das Drama *Der*

Fluch der Vergeltung an, für das er gerade ein Theater zu interessieren sucht, als er Ende Juli 1922 verhaftet wird. Dem Kommissar gegenüber äußert er die Hoffnung, daß seine Festnahme auch Reklame für ihn mache und die Theater an einer Aufführung interessiert sein dürften, wenn die Identität des Verfassers erst publik werden wird. Kommissar Gennat erinnert sich, daß Blume sogar soweit ging zu sagen, wenn „ich hingerichtet werden sollte und noch die Nachricht erhalte, daß *Der Fluch der Vergeltung* mit Erfolg aufgeführt ist, scheide ich gern. Dann war mein Leben wert, gelebt zu werden."

Seinen eigenen *Fluch der Vergeltung* nimmt er schließlich doch selbst in die Hand. Wenige Tage nach seinem Geständnis, kurz bevor er nach Berlin überführt werden soll, schneidet er sich die Pulsadern auf. Von der Polizei unbemerkt, hatte er vorsorglich Rasierklingen in seinem Bruchband versteckt.

Anthony J. Nicholls

Der Geiselmord in München 1919 – Politische Tat oder banales Verbrechen?

Am Samstag, dem 3. Mai 1919, konnten die *Münchener Neueste Nachrichten (MNN)*, die führende Zeitung Münchens, zum ersten Mal seit dem 7. April wieder erscheinen. In der Zwischenzeit hatte die bayerische Hauptstadt zwei Revolutionen erlebt, die zwar unter verschiedenen Führungen stattgefunden hatten, aber beide als „Räterepublik" firmierten.

Die *MNN* beschrieben diese Räteregierungen auf folgende Weise: „Während in der ersten, der literarischen Republik, eine Clique von Bohèmegrößen und verirrten oder irregeführten Anhängern aller sozialistischen Parteien die Diktatur des ‚Revolutionären Zentralrats' errichtet hatte, und von diesem Podium aus, unter dem Widerspruch und der scharfen Gegnerschaft der organisierten von bolschewistischen Agenten geführten Kommmunisten eine Politik betrieb, deren groteske Albernheit die ganze Umwelt zum Gelächter reizte, machte die zweite Räterepublik, für die ihre russisch-bolschewistischen Regisseure im Gegensatz zu ihrer bis dahin vertretenen Meinung plötzlich die Zeit als reif erachteten, Ernst mit der Praxis des asiatischen Bolschewismus in seiner reinsten Form."

Die eigentlichen Führer der zweiten Räterepublik waren zwei Kommunisten: Max Levien und Eugen Leviné. Beide stammten aus Rußland, doch Levien diente seit 1914 als Freiwilliger beim bayerischen Leibregiment, und Leviné besaß die badische Staatsangehörigkeit. Ihren Führungsanspruch suchten beide durch die Bestätigung der Versammlung der Münchener Betriebsräte zu legitimieren, Einrichtungen, die zunächst von den *MNN* vorsichtig gelobt worden waren. Doch bereits nach zwei Wochen wurde den Betriebsräten klar, welche katastrophalen wirtschaftlichen und politischen Folgen sich aus der Politik der kommunistischen Führung ergeben würden. Als sie am 27. April den Versuch unternahmen, eine neue Leitung zu wählen, wurden sie beiseite gedrängt, so daß in den letzten Tagen der Räterepublik die ‚Rote Armee' unter kommunistischer Direktion die Macht alleine in

Händen hielt. Ergebnis dieses Konfliktes war ein schwerer Kampf zwischen Rotarmisten und ‚Weißen' Truppen, die im Namen der legalen, demokratisch gewählten bayerischen Regierung Hoffmann in Bamberg versuchten, München von der Räteherrschaft zu befreien.

Ohne Umschweife machte die *MNN* in ihrem Artikel die Rote Armee dafür verantwortlich, daß es nach dem Einzug der Regierungstruppen zu neuen Kämpfen und viel Blutvergießen gekommen war. Betriebsräte und die hinter ihnen stehende Arbeiterschaft hätten dies nicht gewollt, ihnen sei klargeworden, daß sie von „landfremden Hetzern" verführt worden seien: „Die Verantwortung für die katastrophale Entwicklung der Dinge in München, für die verbrecherischen Greueltaten, für Ausschreitungen einzelner und organisierter Banden, sie trifft in erster Linie die kommunistischen Führer und ihren engeren Anhang, die eingestandenermaßen von Anfang an nur das Ziel verfolgten, in München eine verkleinerte Kopie der russischen Sowjetrepublik zu errichten. ... Wer nicht mit ihnen war, erhielt den Stempel des Konterrevolutionärs und Reaktionärs, Kritik und Opposition führten zur Verhaftung und wie sich am letzten Mittwoch zum Schauder der ganzen Münchener Bevölkerung erwies, zur viehischen Niedermetzelung unschuldiger Geiseln."

Die „viehische Niedermetzelung", von der die *MNN* sprachen, war eine der schockierendsten Ereignisse der ganzen Rätezeit, ja der ganzen deutschen Revolution überhaupt. Der Münchener Geiselmord, bei dem zehn Gefangene der Räteregierung erschossen wurden, ereignete sich am 30. April 1919. Bereits am 24. April hatten die Rotarmisten eine Reihe ‚bürgerlicher' Geiseln genommen, die zunächst im Keller des Luitpoldgymnasiums in München eingesperrt wurden. Das Gymnasium diente zu dieser Zeit als Hauptquartier der IV. Abteilung der Roten Armee. Ihr Kommandant war ein Kaufmann namens Fritz Seidl, ein überzeugter Kommunist, dem man sadistische Tendenzen nachsagte. Sein Stellvertreter war der Straßenbahnangestellte Wilhelm Hausmann, der später von mehreren Zeugen als ein eifriger Vollstrecker des Geiselmordbefehls beschrieben wurde. Unter den Geiseln befanden sich Prinz Gustav von Thurn und Taxis, seine Sekretärin Hella Gräfin von Westarp, die Kunstmaler Professor Berger und Freiherr von Seydlitz, der Bildhauer Walter Nauhaus, der Graphiker

Walter Deike, der Eisenbahnobersekretär Anton Daumenlang und der Oberleutnant Franz Carl Freiherr von Teuchert. Hinzu kamen zwei ‚Weiße' Soldaten des 8. Husarenregiments, Mitglieder der Gardeschützendivision, die bei Gefechten außerhalb Münchens von der Roten Armee gefangengenommen worden waren. Letztere wurden am 30. April um zehn Uhr vormittags erschossen, alle anderen am Nachmittag des gleichen Tages zwischen vier und fünf Uhr. Die Nachricht dieser Mordtat verbreitete sich wie ein Lauffeuer in der Stadt, und am gleichen Abend distanzierten sich sofort die Teilnehmer einer ins Hofbräuhaus einberufenen Versammlung der Betriebs- und Soldatenräte vom Geschehen und erhoben sich zum Zeichen der Trauer von ihren Sitzen. Gerüchte waren im Umlauf, die Leichen seien verstümmelt und mißbraucht worden. Die Befehle für die Festnahme und die Hinrichtung der Geiseln sollten angeblich von dem Oberbefehlshaber der Roten Armee, einem 23jährigen ehemaligen Matrosen namens Rudolf Egelhofer, erteilt worden sein. Angeblich waren auch Hoffmanns Regierungstruppen von der Nachricht der Geiselerschießung so empört, daß sie schneller als ursprünglich geplant in die Hauptstadt einrückten. In den nächsten Tagen entwickelte sich ein blutiger Kampf um München. Zwischen dem 30. April und 8. Mai kamen 625 Menschen ums Leben, 252 von ihnen wurden als ‚Rote' Gefangene von den ‚Weißen' Regierungstruppen standrechtlich erschossen. In der Folgezeit versuchte man, die Verbrechen der Rätediktatur aufzuklären und ihre Täter zu bestrafen. Von den Teilnehmern an der Erschießung der Geiseln im Luitpoldgymnasium wurden insgesamt acht zum Tode verurteilt und hingerichtet. Eugen Leviné wurde am 3. Juni 1919 wegen Hochverrats verurteilt und zwei Tage später von einem Exekutionskommando erschossen. Warum und zu welchem Zweck wurde der Geiselmord, der schnell zum Symbol der in der Räterepublik begangenen Grausamkeiten wurde, durchgeführt?

Die Idee, bürgerliche Geiseln zu nehmen, um die Revolution gegen ihre Feinde zu schützen, war gewiß nicht neu in dieser Zeit. Nach der Ermordung des ersten Ministerpräsidenten des bayerischen Freistaats, dem unabhängigen Sozialdemokraten Kurt Eisner am 21. Februar 1919, radikalisierte sich die Atmosphäre in der bayerischen Hauptstadt drastisch. Eisners Beerdigung war eine der größten Demonstrationen in der Geschichte Münchens. Die eigentliche Macht entglitt den Mitgliedern des erst vor kurzem gewählten Landtags, die beschlossen, sich in Bamberg in Sicherheit zu bringen. Der Zentralrat der Arbeiter-, Bauern- und Soldatenräte unter dem Vorsitz von Ernst Niekisch ordnete die Festnahme einer Zahl bürgerlicher Geiseln an, wurde aber von Seiten der DDP und BVP überredet, dieses Vorhaben aufzugeben. Doch in linksradikalen Kreisen hielt sich die Vorstellung, durch Geiselnahmen den Beweis für die entschlossene Führung der Diktatur des Proletariats zu liefern. Vorbilder kamen nicht zuletzt aus Rußland selbst, doch bis zum 30. April hatten es sich die Räteanhänger in Oberbayern nicht zugetraut, solche unmenschlichen Methoden anzuwenden. Nur am Ende der zweiten, kommunistischen Räteregierung kam es dazu, daß Geiseln erschossen wurden.

Es sollte im Auge behalten werden, daß die Ereignisse in München nur einige Wochen nach der Ermordung der Führer der neu gegründeten KPD, Rosa Luxemburg und Karl Liebknecht, in Berlin im Januar 1919 stattfanden. Eugen Leviné hielt sich während des Spartakusaufstandes in Berlin auf und mußte sich verstecken, um einem ähnlichen Schicksal wie Luxemburg und Liebknecht zu entgehen. Als eine geplante Rußlandreise nicht zustande kam – er wäre fast an der deutschen Grenze noch festgenommen worden – wurde er von der KPD am 5. März nach München geschickt, um die Redaktion der Münchener *Roten Fahne* zu übernehmen.

Der erste sogenannte Geiselmordprozeß begann am 1. September 1919 in München. Von den leitenden politischen Akteuren der zweiten Räterepublik, die für den Geiselmord verantwortlich gemacht werden konnten, waren viele nicht mehr am Leben. Leviné hatte man bereits hingerichtet, und Levien war es gelungen, Deutschland zu verlassen. Auch von den anderen Mitgliedern des Vollzugsrats der Räteregierung stand keiner vor Gericht. Rudolf Egelhofer, der Führer der Roten Armee, war schon am 3. Mai beim Verhör nach seiner Festnahme getötet worden, und der stellvertretende Kommandant im Luitpoldgymnasium, Hausmann, hatte sich selbst erschossen, als die Regierungstruppen in München einrückten. Von den sechzehn Angeklagten, die damals vor dem Münchener Gericht standen, waren die meisten untergeordnete Rotarmisten, denen man ‚nur' die Ausführung des Mords zur Last legen konnte. Eine Ausnahme war der damalige Kommandant, der Kaufmann Fritz Seidl.

Aus den Berichten des Gerichtsverfahrens geht hervor, daß die Erschießungen in zwei Etappen stattgefunden haben. Am Vormittag des 30. April wurden zwei ‚Weiße' Soldaten des 8. Husarenregiments aus Anlaß der Nachricht der angeblichen Erschießung von Rotgardisten in Starnberg hingerichtet. Der Kommandant Fritz Seidl sei, so heißt es in den Akten, mit der Erschießung der zwei Husaren sofort einverstanden gewesen und habe seinen Mitarbeiter Johannes Schickelhofer befohlen, Augenbinden für den Rest der zu erschießenden Geiseln herzurichten. Als der Führer der Roten Armee, Egelhofer, dazugekommen sei, habe dieser Seidl mit einem mündlichen und schriftlichen Befehl ausgestattet. Seidl habe daraufhin seinen Unterkommandanten Hausmann mit der Erschießung beauftragt. Hausmann sei dazu sofort bereit gewesen, habe sich die entsprechenden Geiseln herausgesucht und durch Johannes Schickelhofer, der als Oberzugführer anscheinend die Rolle eines Unteroffiziers erfüllte, die erforderlichen Schützen zusammenholen lassen. Die Geiseln wurden aus dem Keller geholt und im Hof des Gymnasiums erschossen.

Obgleich der Vorsitzende des Gerichts gerne von den Zeugen hören wollte, daß Gräfin Westarp vor ihrem Tod vergewaltigt worden sei, konnten sie dies nicht bestätigen. Auch die Obduktion hatte eine solche Annahme nicht gestützt. Legenden dieser Art, etwa auch die angebliche Verstümmelung der Leichen, waren rasch nach der Tat verbreitet worden und trugen zur Radikalisierung der Stimmung unter den ‚Weißen' Truppen bei.

Für die Staatsanwaltschaft war der Nachweis wichtig, daß die Führer der kommunistischen Räterepublik für die Erschießung der Geiseln verantwortlich waren. Tatsächlich war es nicht schwierig, das Gericht davon zu überzeugen, daß es sich bei Fritz Seidl um einen Hauptschuldigen handelte. Seidl stammte aus Chemnitz und war erst 1914 nach München gekommen. Seit 1916 arbeitete er in einer Dachauer Pulverfabrik. Der Vorsitzende des Gerichts verlas ein bei den Akten befindliches Protokoll der Propagandaabteilung der KPD, aus dem hervorging, daß sich Levien und zwei weitere Kommunistenführer am 1. April in Budapest aufgehalten und dort eine Kommission gebildet hatten, die die Richtlinien eines eventuellen Umsturzes festlegen sollte. Dieser Kommission gehörte auch ein Seidl an. Seidl selbst wollte selbstverständlich nichts davon wissen. Nach seinen eigenen Aussagen war er erst acht Tage nach der Ausrufung der kommunistischen Räterepublik in die Rote Armee eingetreten. Er gab aber zu, die ersten zehn Tage im April Obmann der KPD-Sektion Gärtnerplatz und später besoldeter Sekretär der KPD gewesen zu sein. Er sei auf Egelhofers Befehl in das Luitpoldgymnasium gekommen und habe damit – den übrigen Sektionsführern gleich – ein politisches Kommando übernommen. Nach seiner Darstellung vor Gericht hatte Egelhofer ihm befohlen, 22 Geiseln erschießen zu lassen. Er habe den Befehl verweigern wollen, doch sei ihm klargeworden, daß Hausmann den Befehl sowieso ausführen würde. Deshalb habe er eine Verordnung geschrieben, nach der die Geiseln freigelassen werden sollten. Später habe man ihm sogar mitgeteilt, die Geiseln seien auf freiem Fuß. Seidls Behauptung war alles andere als glaubwürdig und stand darüber hinaus mit den Aussagen vieler anderer Zeugen in Widerspruch. Seidls Version des Tathergangs sollte ihn selbst entlasten, indem er die Schuld auf seinen Stellvertreter Hausmann schob. Da Hausmann bereits tot war, war die Versuchung groß, ihn mit der Verantwortung für die Morde zu belasten. Angeblich existierte ein Abschiedsbrief Hausmanns, aus dem hervorging, daß Egelhofers Befehl den Geiselmord verursacht habe. Auch das paßte in Seidls Strategie, die Verantwortung abzuwälzen.

Neben der Frage der Hauptverantwortlichen ging es der Staatsanwaltschaft auch um den Nachweis, daß es sich bei den Rotarmisten um einen Haufen asozialer, minderwertiger Feiglinge handelte, die bereit gewesen waren, gemeine Verbrechen an anständigen Mitgliedern des Bürgertums zu verüben. Auch dieser Nachweis war nicht schwer zu erbringen, denn viele der Angeklagten waren weder zuverlässige Zeugen noch vertrauenserweckende Persönlichkeiten. Der eigentliche Hauptbewacher der Geiseln, Johannes Schickelhofer, war mit vierzig Jahren einer der ältesten Beteiligten. Der ehemalige Kohlentrimmer in der Handelsmarine entstammte schwierigen Familienverhältnissen. Sein Vater war an den Folgen seiner Alkoholsucht gestorben, und Schickelhofer selbst galt als Säufer. Zudem litt er an Geschlechtskrankheiten und Malaria. Nach Pressebeschreibungen hatte er ein „von Bartstoppeln umrahmtes brutales Gesicht“ und einen „Rundkopf mit [einer] nicht übermäßig hohen Stirne“.

Auch andere Mitglieder des Exekutionskommandos wurden als

sozial beziehungsweise physisch minderwertig beschrieben. Ein gewisser Huber hatte während des Krieges im ersten Jägerbataillon gedient, konnte aber wegen eines Nervenleidens nicht an die Front geschickt werden und wurde im Mai 1918 entlassen. Er war angeblich das uneheliche Kind einer Kellnerin und wurde eine Art Landstreicher, bevor er sich der Roten Armee anschloß, um Arbeit zu finden. Huber gab an, das Erschießungskommando sei von Hausmann zusammengestellt worden, auch habe Hausmann die Geiseln selbst aus dem Keller zur Hinrichtungsstätte geführt. Huber war nicht der einzige Arbeitslose, der sich aus Not der Roten Armee angeschlossen hatte. Georg Pürzer, der „wegen seines ausgesprochenen Schwachsinns nach dreimonatiger Militärzeit als dienstuntauglich entlassen worden [war]", war ebenfalls arbeitslos, bevor er Rotarmist wurde. Er gab an, er habe dem Hinrichtungskommando lediglich Patronen geliefert. Hesselmann, einer der Zeugen, dessen Äußerungen für Seidl belastend waren, wurde als Kellnerlehrling aus Bremen vorgestellt, der an der Front schwere Gasverletzungen erlitten hatte. Im April 1918 schloß er sich der Roten Armee an und wurde von Seidl in der Bekleidungskammer angestellt. Er gab an, Seidl habe die gefangenen Husaren mit seiner Pistole bedroht, um sie zu dem Geständnis zu zwingen, sie seien am Mord von Rosa Luxemburg beteiligt gewesen. Aber Hesselmanns Glaubwürdigkeit als Zeuge wurde durch die Tatsache kompromittiert, daß sich mehrere Gegenstände der erschossenen Geiseln – zum Beispiel Uhren – in seinem Besitz befanden, als er festgenommen wurde. Trotz der Unvereinbarkeit verschiedener Zeugenaussagen wurde im Prozeß deutlich, daß Hausmann, Seidl und Schickelhofer wichtige Rollen beim Geiselmord gespielt hatten. Zusammen mit vier ihrer Mitangeklagten wurden Seidl und Schickelhofer nach dem ersten Geiselmordprozeß hingerichtet.

Beide waren aber im Vergleich zu führenden Köpfen der Räteregierung wie Max Levien und Eugen Leviné relativ unbedeutend. Letztere hatten sich zwar am Tag vor der Erschießung im Gymnasium aufgehalten, doch war es nicht möglich, sie direkt mit dem Geiselmord in Verbindung zu bringen.

Um etwas mehr Licht auf diese dunklen Taten zu werfen, ist es nicht ohne Interesse, einige der ersten Berichte zur Frage des Geiselmords genauer zu untersuchen. In den Tagen der Befreiung

Münchens von der Rätediktatur veröffentlichten die *Münchener Neuesten Nachrichten* Anfang Mai mehrere Artikel, die sich mit der Darstellung des tatsächlichen Hergangs beschäftigten und in vieler Hinsicht überzeugender waren als die Zeugenaussagen in den Gerichtsverhandlungen, die stark von politischen Motiven und persönlicher Angst beeinflußt waren.

Bereits am 5. Mai lag die Schilderung der Lage im Luitpoldgymnasium von Oberleutnant Freiherr von Moser vor. Moser war schon nach zweitägiger Haft im Luitpoldgymnasium entlassen worden und berichtete von einem fensterlosen, engen Raum, in dem die Geiseln untergebracht worden seien. Anfangs habe es Kerzenlicht gegeben, doch später sei das Licht auf Geheiß des Kommunistenführers Max Levien entfernt worden. Levien sei es auch gewesen, der Wasser und Brot angeordnet hätte, mit der Bemerkung, die Geiseln würden sowieso bald erschossen werden. Für die Notdurft der Gefangenen habe nur ein Kübel zur Verfügung gestanden, ein Zustand, der besonders für Gräfin Westarp unerträglich gewesen sei. Sie sei einige Zeit später in einem naheliegenden Wachzimmer untergebracht worden. Besonders Seidl und Hausmann hätten die Geiseln regelmäßig beschimpft und ihre baldige Erschießung angedroht. Andere ‚bürgerliche' Zeugen gaben aber auch an, daß es unter den Rotarmisten auch solche gegeben habe, die Mitleid für die Gefangenen gezeigt und sogar versucht hätten, die Führung von ihrer Freilassung zu überzeugen.

Im zweiten Stock des Luitpoldgynasiums waren weitere Gefangene eingesperrt. Nach einem Augenzeugenbericht belief sich ihre Zahl in der Nacht vom 29. auf den 30. April ohne die Wachen auf 23 Personen. Unter ihnen befanden sich auch die zwei Husaren, der jüngere vielleicht 18 bis 20 Jahre alt, der ältere um die 35. Da die Rotarmisten stündlich mit einem Angriff rechneten, sei die Stimmung im Gymnasium sehr erhitzt gewesen. Um fünf Uhr hieß es, die Wachen hätten Befehl erhalten, alle Geiseln zu erschießen. Wenige Minuten später traf die Nachricht von der Erschießung der Spartakisten in Starnberg ein. Man behauptete, die Führer der Regierungstruppen hätten auf den Kopf eines jeden Spartakisten 30 Mark, auf den Kopf jedes spartakistischen Führers 50 Mark ausgesetzt. Diese Mitteilung verursachte eine ungeheure Aufregung. Die zwei gefangenen Soldaten wurden aus den Betten gerissen, wobei der jüngere schwer mißhandelt wurde. Man erklärte den beiden, sie würden an die Wand gestellt und müßten zuvor ihr eigenes Grab schaufeln. Gegen zehn Uhr morgens sah der Augenzeuge Dr. Konrad, wie die beiden über den Hof gebracht wurden und sich zum Abschied die Hand reichten. Sie wurden mit dem Gesicht zur Wand erschossen. Anschließend wurden die zwei Leichen auf Zeltbahnen in die nahe Holzlege gebracht.

Nach einer ‚amtlichen Darstellung', die am 5. Mai veröffentlicht wurde, hatten die anderen Geiseln die Erschießung der Husaren gesehen und wußten, daß sie bald selbst an die Reihe kommen würden. Um vier Uhr nachmittags habe Seidl Hausmann befohlen, die Geiseln auszusuchen, die hingerichtet werden sollten. Hausmann sei mit einem Schreiber ins Zimmer der Geiseln getreten und habe diesem Namen nach eigenem Ermessen zugerufen. Nachdem er sich acht ausgewählt habe, habe er mit einem Rotstrich die Namen unterstrichen und das Wort ‚Erschießen' hinzugefügt. Hierauf seien die Geiseln in den Hof gebracht worden, und auf Alarmläuten hin hätten sich dort etwa 200 Soldaten versammelt. Aus den Fenstern hätten ebenfalls ungefähr 150 bis 200 Soldaten herausgeschaut. Die Opfer standen zusammengedrängt zwischen zwei Bäumen in einer Ecke.

Angeblich standen Hausmann und sein Schreiber im Hof. Nach einer anderen Version wurde behauptet, Seidl sei am Anfang im Hof gewesen, vor der Exekution aber in seine Kanzlei gegangen, um Geld für die Löhnung zu zählen. Vorne auf der Wache spielten Soldaten auf der Mundharmonika. Hierauf wurden die Namen der Geiseln aufgerufen, und die Soldaten nahmen etwa acht Meter vor der Wand Aufstellung. Die Geiseln wurden nacheinander erschossen, die ersten zwei mit dem Gesicht zur Wand. Die dritte, Oberleutnant von Teuckert, weigerte sich, auf diese Weise zu sterben, und sagte: „Ich sehe dem Tode ins Auge". Als Prinz von Thurn und Taxis angab, er sei nicht der reiche und gesuchte Thurn und Taxis, wurde er nochmals zu Seidl geführt, da die Soldaten ausdrücklich verlangten, es dürfe kein Unschuldiger getötet werden. Seidl, der, wie aus den Dokumenten hervorgeht, mit einem Weib an seinem Schreibtisch gesessen habe, habe aber bloß gesagt: „Weg damit, bei uns gibts kein Verhandeln, entweder ja oder nein."

Danach wurden Professor Berger, Walter Nauhaus und Friedrich Wilhelm von Seydlitz getötet. Das siebte Opfer war die Gräfin Westarp, die darum bat, noch schreiben zu dürfen. Dies wurde gestattet, und sie schrieb etwa zehn bis fünfzehn Minuten lang, den Rücken eines Soldaten benutzend. Zu den Soldaten gerichtet erklärte sie: „Ich bin unschuldig, macht doch aus mir keine Leiche". Den Zettel übergab sie dem Schreiber, drehte sich zur Wand, nahm das Gesicht in ihre Hände und fiel, getroffen von einigen Schüssen, auf die anderen Leichen nieder. Als letzter starb Prinz von Thurn und Taxis.

Nach den Berichten, die sofort nach der Tat aufgenommen wurden, besteht kein Zweifel, daß Seidl und Hausmann mit Sicherheit zu den Schuldigen des Geiselmordes zu rechnen sind. Die Verantwortung der führenden Männer wie Max Levien, Eugen Leviné und Rudolf Egelhofer bleibt hingegen weniger deutlich. Moser hatte zwar behauptet, die Befehle zum Geiselmord seien von Leviné und Levien ausgesprochen worden. Doch diese Behauptung konnte Moser nicht überzeugend beweisen, da er selbst bereits vor der Ermordung entlassen worden war.

Auch das Motiv einer Hinrichtung von „Klassenfeinden", die das ‚Bürgertum' oder vielleicht besser noch die ‚Bourgeoisie' verkörperten, scheint nicht durchgehend stringent angewendet. Die zwei Husaren konnten jedenfalls nicht unbedingt als ‚bürgerlich' gelten, zudem wurden sie schon in Seidls Abwesenheit aus Rache für die angeblichen Erschießungen in der Nähe von Starnberg getötet. Von den eigentlich bürgerlichen bzw. adligen Geiseln waren allerdings mit Ausnahme von Professor Berger, der wegen des Zerreißens eines Plakates der Räteregierung von Rotarmisten verhaftet worden war, alle entweder Mitglieder oder Anwärter der demokratiefeindlichen und völkisch gesinnten Thule-Gesellschaft. Die meisten dieser Leute wurden am 26. April im Hotel *Vier Jahreszeiten* wegen konterrevolutionärer Tätigkeit verhaftet. Unter den Verhafteten war auch Max Aumiller, der später seine Erfahrungen in den *Münchener Neuesten Nachrichten* veröffentlichte. Er beschrieb sein Verhör durch den Sicherheitsrat in der Münchener Residenz, bei dem man versucht habe, ihm eine rechtsradikale Verschwörung nachzuweisen. Man habe ihm die Ausgabe des rechtsradikalen *Münchener Beobachters* gezeigt, von der er behauptete, sie nie gelesen zu haben. Nach einiger Zeit wurden auch andere Verhaftete, Gräfin Westarp und die Herren Daumenlang, Deike und Nauhaus hereingebracht. Die Gruppe wurde zum

Kriegsministerium überführt, wo sie von Egelhofer selbst, der etwas krank aussah, vernommen wurde. Es wurde ihm ein Paket vorgelegt, das eine Anzahl falscher Stempel und anti-semitischer Flugblätter sowie eine Karte mit angezeigten Stellungen enthielt, die zum Sprengen bestimmt waren und vermutlich bei Schleißheim lagen. Egelhofer erklärte man, man habe das belastende Material im Klubraum der Gruppe in den *Vier Jahreszeiten* gefunden. Egelhofer ließ die Gefangenen offiziell verhaften, doch sprach er weder von Geiselnahme, noch von Erschießung. Die Gefangenen wurden anschließend zum Münchener Polzeihauptquartier in die Ettstraße gebracht, wo sie in Zellen eingesperrt wurden. Am Montag, dem 28. April 1919, wurden sie gezwungen, durch eine aufgebrachte Menschenmenge von Räteanhängern in das Luitpoldgymnasium zu marschieren. Ihre Bewacher riefen den Zuschauern zu, die Gefangenen seien „Plünderer von den Vier Jahreszeiten" und „eine gemeine Bande". Daumenlang, der anscheinend seine Nerven verlor, versuchte wegzulaufen und wurde verprügelt. Er wurde blutüberströmt in das Luitpoldgymnasium eingeliefert. Zuletzt wurden am 28. April elf Leute im Keller eingesperrt, zwei Frauen wurden anschließend wieder entlassen. Trotz Mosers Behauptung waren die Verhältnisse scheinbar nicht ganz so schlimm, denn einige Zeugen berichteten, man habe ihnen erlaubt, in der Schulbibliothek zu lesen und Essen von Verwandten und Freunden in Empfang zu nehmen. Aumiller wurde nach einem erneuten Verhör entlassen.

Nach den verschiedenen Berichten erscheint der Geiselmord das Ergebnis eines komplexen Geflechts aus Befehlen und besonderen Umständen. Er läßt sich jedenfalls nicht auf einen einzigen Entschluß zurückführen. Mit Ausnahme des unglücklichen Professors Berger und der zwei Husaren waren alle Geiseln mit radikalen konterrevolutionären und demokratiefeindlichen Kreisen verbunden. Es läßt sich bezweifeln, ob sie tatsächlich eine Gefahr für die Räteregierung darstellten; an ihrer feindlichen Haltung konnte jedoch kein Zweifel bestehen. Von einer allgemeinen Politik der Geiselerschießung kann man dennoch nicht sprechen. Auch darf man nicht vergessen, daß sich die Soldaten zunächst geweigert hatten, Gustav Prinz von Thurn und Taxis zu erschießen, als dieser behauptete, er sei nicht der gesuchte Prinz. Die Soldaten hatten keinen ‚Unschuldigen' töten wollen, und er wurde erst hingerichtet, als Seidl ihn zurückschickte. Die Skrupel des Exekutionskommandos sind nicht mit einem festen Willen zur Geiselerschießung zu vereinbaren.

Welche Verantwortung hatte aber die militärische und politische Führung? Mehrere Augenzeugen hatten angegeben, Max Levien habe die Geiseln am 29. April aufgesucht und ihnen Vorwürfe gemacht. Wenn es von einem führenden Kommunisten einen spezifischen Befehl gegeben hatte, die Geiseln zu erschießen, dann muß Levien, der niemals vor einem deutschen Gericht gestanden hat, sondern sich nach Österreich absetzte, als Hauptverdächtiger betrachtet werden. Sein direkter Einfluß auf die Erschießungen konnte aber nie konkret nachgewiesen werden.

Eugen Leviné wurde bereits am 5. Juni 1919 wegen Hochverrats hingerichtet. Vor dem Standgericht machte er kein Hehl daraus, daß er als Führer der kommunistischen Räterepublik für die Einrichtung eines Revolutionstribunals und einer Kommission für die Bekämpfung der Gegenrevolution verantwortlich gewesen war. Vor dem Zusammenbruch der Räterepublik hatte er vor der Betriebsräteversammlung die Tätigkeit dieser Kommission gerühmt und behauptet, sie habe schon eine Reihe von Verhaftungen vorgenommen und Geiseln festgenommen. Er gab auch zu, daß er am 29. April im Luitpoldgymnasium gewesen war, obwohl er gleichzeitig behauptete, er sei damals nicht mehr Führer der Räterepublik gewesen, da er am 27. April von der Münchener Betriebsräteversammlung abgesetzt worden sei. Diese Behauptung war alles andere als überzeugend, da das Luitpoldgymnasium am 29. April zum Hauptquartier des sogenannten Aktionsausschusses gemacht wurde, dem die politische Führung des bewaffneten Kampfes gegen Hoffmanns Regierungstruppen oblag. Es ist auch nicht ohne Interesse, daß die bürgerlichen Geiseln am 28. April von Rotarmisten aus der Polizeidirektion ins Luitpoldgymnasium überführt wurden, trotz oder vielleicht wegen der Tatsache, daß am Tag vorher die kommunistische Führung von den Betriebsräten abgewählt worden war. Der Verdacht liegt nahe, daß die Kommunisten die Gefangenen doch nicht freilassen wollten und sie deshalb in eine politisch sicherere Festung der Roten Armee überführt haben. Leviné gab an, er habe geglaubt, die Gefangenen seien ins Luitpoldgymnasium gebracht worden, weil die Zellen in der Ettstraße überfüllt gewesen seien. Es scheint unwahrscheinlich, daß Leviné direkt an der Anordnung der Erschießungen beteiligt gewesen ist. Das Standgericht verurteilte ihn deshalb wegen Hochverrats, nicht wegen des Geiselmordes.

Der Führer der Roten Armee, Rudolf Egelhofer, ist weitaus schwieriger von der Schuld freizusprechen. Es ist behauptet worden, daß die Geiseln als Ergebnis des Todes von acht Rotarmisten während eines Gefechts bei Dachau am 16. und 17. April verhaftet wurden. Eine – nicht datierte – Resolution der Mannschaften des 1. Infantrie-Regiments der Roten Armee hatte die sofortige Erschießung von 40 Geiseln verlangt, und Egelhofer hatte diese Resolution angeblich mit seiner Zustimmung weitergeleitet. Am 29. April soll er einen Antrag gestellt haben, die Angehörigen der Bourgeoisie auf der Münchener Theresienwiese zusammenzutreiben und beim Einmarsch der Weißen Truppen zu erschießen. Dieser Vorschlag wurde angeblich in einer Sitzung der Stadtkommandantur abgelehnt. Weiter wurde behauptet, Egelhofer habe die Ermordung der Geiseln als Racheakt für die Erschießung von Rotarmisten bei Grünwald befohlen.

Nach Seidls Darstellung vor Gericht hatte Egelhofer ihm einen schriftlichen Befehl gegeben, die Erschießung zu vollstrecken. Aber schon hier gibt es Unsicherheit. Seidl hatte jeden Grund, die Verantwortung auf andere abzuschieben. Es konnte auch nicht bewiesen werden, daß Egelhofer sich im Luitpoldgymnasium befand, als die Geiseln starben. In der Tat scheint er sich im Kriegsministerium aufgehalten zu haben, und es ist deshalb schwierig, seine überzogenen Äußerungen über Vergeltungsmaßnahmen eindeutig auf den Geiselmord zu beziehen. So ist etwa die Tatsache, daß Egelhofer die Resolution des 1. Infanterieregiments schriftlich billigte, an sich kein Beweis für den Mordbefehl. Die Resolution verlangte die ‚sofortige' Erschießung von vierzig Geiseln. Das ist aber nicht geschehen. Mehrere Geiseln wurden verhaftet, manche konnten weglaufen, und anderen wiederum wurden nicht gleich getötet, sondern blieben als Gefangene im Keller. Man kann behaupten, daß die Festnahme selbst als politische Geste verstanden wurde, der sicherlich eine böse Absicht zugrundelag, doch hat sie nicht automatisch bedeutet, daß man zur Erschießung der Geiseln fest entschlossen war. Die beiden ersten Opfer, die zwei Husaren, fanden am 30. April den Tod als Ergebnis der Nachricht von angeblichen ‚Weißen' Greueltaten in der

Nähe von Starnberg, nicht aufgrund der Resolution der Infantristen, die auf frühere Verluste in Dachau hinwies. Hinzu kam der Verdacht, die Husaren seien am Mord von Rosa Luxemburg beteiligt gewesen. Was die unglücklichen acht Geiseln betrifft, die am Nachmittag des 30. April ermordet wurden, ist es nicht ganz überzeugend, sie als Opfer eines angeblichen allgemeinen Befehls von Egelhofer, 22 Geiseln auszusuchen, zu betrachten. Tatsächlich wurden nur acht Leute erschossen, obwohl es damals weitaus mehr Gefangene im Luitpoldgymnasium gab, die das angebliche Soll von Egelhofer hätten erfüllen können. Zudem gab es mehrere Zeugenaussagen, die schilderten, wie entsetzt, betroffen und verstört Egelhofer die Nachricht vom Geiselmord aufgenommen habe. „Das habe ich nicht gewollt" soll er unter Tränen gerufen haben.

Nimmt man alle Angaben zusammen, so gewinnt man den Eindruck, daß das Schicksal der Geiseln nicht durch einen bewußten Befehl der Führungsspitze, sondern durch das Wirrwarr der bürgerkriegsähnlichen Verhältnisse in München am 30. April 1919 besiegelt wurde, und daß die Geiseln Opfer der Wut und Angst einer Gruppe von irregeführten, unausgebildeten und teilweise kriminellen Menschen wurden, die gegen die Gefangenen aufgehetzt wurden.

Am Ende aber steht die Erkenntnis des Geiselmordprozesses, daß nicht so sehr die verwirrten, wenn auch bereits brutalisierten Soldaten, die die Erschießungen durchgeführt haben, für die Morde verantwortlich gemacht werden können. Anzulasten sind sie vielmehr den leichtsinnigen intellektuellen Extremisten auf beiden Seiten des politischen Spektrums, die bereit waren, die Anständigkeit der Arbeiterschaft beziehungsweise des Bürgertums zu zersetzen, um ihre utopischen Träume – vielleicht müßte man besser sagen Alpträume – zu verwirklichen.

Gabriela Ann Eakin

Mord ist eine Kunst

Im Gegensatz zu vielen anderen Produkten seines Schöpfers – man denke an *Vertigo*, *Die Vögel* oder *Über den Dächern von Nizza* – gilt *Cocktail für eine Leiche*, im englischen Original *Rope*, als Flop. Hitchcock selbst hätte wohl gerne anderes behauptet, immerhin schätzte er den Film als wichtiges Experiment. Mit François Truffaut, der den Meister des *suspense* 1962 so ausführlich interviewte, diskutierte er jedenfalls ausgiebig die technischen Aspekte des Projekts. Auf die Frage, ob *Cocktail für eine Leiche* ein finanzieller Erfolg gewesen sei, antwortete er nur knapp: „Doch", der Film sei „gut gegangen" und habe auch eine „gute Presse" gehabt. Wenn dem so gewesen wäre, oder allein die technische Seite des Projekts interessieren würde, bliebe Hitchcocks knapper Auskunft nichts weiter hinzuzufügen, zumal *Cocktail für eine Leiche* die Produktionskosten durchaus wieder einzuspielen vermochte. Aber eine „gute Presse" hatte der Film, als er 1948 in die amerikanischen Kinos kam, ganz und gar nicht erhalten.

Er sei makaber, weitschweifig, kalt, monoton, befanden die Kritiker, und den meisten wird *Cocktail für eine Leiche* auch als eher langweilig in Erinnerung sein. Doch leuchtet ein, warum das Werk für den Cineasten eine besondere Bedeutung besitzt. 1948 wollte Hitchcock endlich seinen ersten Farbfilm drehen und noch dazu selbst produzieren; deshalb hieß es sparsam sein mit dem kostbaren Technicolor-Material. Die Herausforderung lag darin, einen Film gleichsam in einer ununterbrochenen Einstellung zu inszenieren und selbst das Auswechseln der Filmrollen zu kaschieren. Das machte intensive Vorüberlegungen und präziseste Anweisungen für Schauspieler wie Techniker notwendig. Zwar war die Leistung aller Beteiligten beeindruckend, doch dem Produkt sollte diese „einzige Einstellung" letztlich zum Nachteil gereichen, denn Hitchcock unterlief damit sein eigenes Erfolgsrezept von „Schnitt und Montage". Insgesamt war es, wie er Truffaut später gestand, „ein verzeihlicher Versuch".

Die Vorlage zu Hitchcocks 1948 gedrehtem Film *Cocktail für eine Leiche* lieferte das Theaterstück *Rope* des Briten Patrick

Hamilton aus dem Jahr 1929. Für das technische Experiment bot es sich geradezu an. Es spielt an einem einzigen Abend, an einem einzigen Ort. Zwei junge Männer, Brandon und Philip, ermorden in ihrem Apartment einen alten Schulfreund. Die Leiche wird in einer Truhe versteckt, auf der wenig später das Büfett angerichtet wird. Das – wie geplant – gelungene Verbrechen soll gleich anschließend gebührend gefeiert werden. Zur Party eingeladen sind der Vater des (dann) Ermordeten in Begleitung seiner Schwester, die Verlobte des Opfers, ihr Ex-Freund und ein College-Professor. Letzteren hatte der Autor geschaffen, damit sich im Laufe der nächsten Stunde die intellektuellen Verstrickungen aufdecken lassen, die zum Mord führten. Im Dialog Brandons mit dem früheren Lehrer offenbart sich die gemeinsame Überzeugung: „Mord ist eine Kunst."

Auch wenn der Bühnenautor von *Rope* den Zusammenhang zurückwies, die Geschichte basierte tatsächlich auf einem realen Verbrechen. Das Opfer: der 14-jährige Bobby Franks, erschlagen am Nachmittag des 21. Mai 1924. Der Tatort: der Rücksitz eines Autos, Stadtteil Kenwood, Chicago/Illinois. Die Mörder: der 19-jährige Nathan F. Leopold Junior und der 18-jährige Richard Loeb, ein entfernter Verwandter des Opfers. Der angebliche *spiritus rector*: Friedrich Nietzsche. Das Verbrechen war von langer Hand vorbereitet worden. Jedes Detail wurde sorgfältig bedacht. Eine Entführung, ein Mord, da brauchte es einen Leihwagen unter falschem Namen, ein Seil, einen Meißel, eine Plane, nicht zu vergessen etwas Salzsäure. Diese sollte die Leiche bis zur Unkenntlichkeit entstellen. Auch das Versteck für sie war schon ausgesucht. Allein die Frage, wer schließlich das Opfer sein würde, blieb bis zum Tage *X* noch offen. Ein Junge sollte es sein, schwächer an Körperkraft als die Mörder. Man postierte sich vor einer Schule in der Nachbarschaft. Daß es ausgerechnet Bobby Franks erwischte, war reiner Zufall.

Auf die Spur der Täter führten die in einem überirdischen Kanalrohr zu nachlässig verborgene und darum bald entdeckte Leiche, Leopolds eben dort verlorene Brille und eine Schreibmaschine. Um das Verbrechen „perfekt" zu gestalten, hatten beide Mörder nach der Tat ein Lösegeld gefordert. Für den Erpresserbrief hatte Loeb schon Monate zuvor eine Schreibmaschine entwendet. Doch benutzte er sie zwischenzeitlich auch für sein Studium. Nachdem Leopolds Brille erst einmal identifiziert worden war, lag die Beschlagnahmung der Schreibmaschine des besten Freundes nicht mehr weit. Der Vergleich der Schriftbilder ergab ein weiteres Indiz. Die Brille, die Arbeitspapiere, Widersprüche in ihren Alibis, – gerade zehn Tage nach dem Mord wurden die Täter verhaftet.

Der berühmte „Leopold und Loeb Mordfall" von 1924 zählt zu den „Verbrechen des Jahrhunderts", immer wieder neu erzählt und neu akzentuiert. Unter den Inszenierungen des letzten Jahrzehnts machte der Fall 1998 abermals als Theaterstück Furore, mit John Logans *Never the Sinner*, das sich auf die Gerichtsprotokolle und damalige Zeitungsberichte stützt. 1991 war mit Tom Kalins *Swoon* eine Film-Version in die Programmkinos gekommen, die dezidiert zum Thema machte, was nie „bewiesen" werden konnte, der Geschichte aber einen zusätzlichen *kick* gab: Leopolds und Loebs resp. Leopolds von Loeb behauptete Homosexualität. Diesen Aspekt des Falls hatte das Theaterstück von 1929 ausgespart.

Während der Bezug von *Rope* zum *Leopold and Loeb case* nicht explizit gemacht wurde, stand er doch Kritikern und Publikum stets klar vor Augen. Zwischen dem eigentlichen Verbrechen und der ersten Variante der Geschichte, die direkt auf die Gerichtsprotokolle zurückgriff, lagen gut 30 Jahre. 1956 veröffentlichte der Amerikaner Meyer Levin, ein ehemaliger Studienkollege von Leopold und Loeb, den Roman *Compulsion*, aus dem auch eine von ihm bearbeitete Bühnenversion hervorging. Drei Jahre später wurde das Stück von Richard Fleischer unter dem Titel *Compulsion (dt. Der Zwang des Bösen)* 1959 verfilmt. Anders als bei *Cocktail für eine Leiche* reagierte die Presse auf *Compulsion* ausgesprochen positiv. Diesmal ging es nicht um die geistigen Wurzeln der Tat. Gespielt von Orson Welles, stand hier der eloquente Verteidiger Clarence Darrow im Zentrum des Interesses und mit ihm die Frage der Todesstrafe. In einem der längsten Monologe, die jemals verfilmt wurden, hielt sich das Drehbuch streckenweise an den originalen Wortlaut des Prozesses von 1924.

Damals hatte Darrow erst gar nicht versucht, die „Unschuld" oder „Geisteskrankheit" seiner Klienten zu beweisen. Sein einziges Ziel war vielmehr, die beiden geständigen Mörder vor dem Tod durch den Strang zu retten. Da sie auf Geheiß ihres Verteidigers von vorn herein auf „schuldig" plädierten, kam ihr Fall nicht vor eine Jury, sondern vor einen einzigen Richter. Der Prozeß, eigentlich eine Beweisanhörung, dauerte kaum mehr als einen Monat. Aber er war eine der größten Sensationen, die die amerikanische Öffentlichkeit in den 20er Jahren erlebte. Verunsichert, aufgebracht und entsetzt wie sie war, forderte sie selbstverständlich und nahezu einhellig zwei Todesurteile, und dies vor dem Hintergrund, daß mehrere Bundesstaaten, in denen die Todesstrafe zu Anfang des Jahrhunderts abgeschafft worden war, dieselbe nach Kriegsende wieder eingeführt hatten. Doch wider alle Erwartungen war Darrow erfolgreich. Nach seinem 12-stündigen Abschlußplädoyer lautete das Urteil für die zwei „mißgeleiteten" jungen Männer schließlich lebenslange Haft. Ein einziges von Darrows Argumenten hatte den Ausschlag gegeben: die Bitte um strafmildernde Berücksichtigung des Alters der Angeklagten. Das schien Richter John R. Caverly sowohl dem weltweiten Fortschritt des Strafrechts angemessen als auch dem Gebot aufgeklärter Humanität, ganz abgesehen davon, daß die Kriminologie davon profitieren könne, die beiden Täter zu „studieren".

Welch' großen Stellenwert dieser Prozeß im kollektiven Gedächtnis der Amerikaner einnimmt, zeigt sich immer dann, wenn es um die Todesstrafe für minderjährige Mörder geht. Erst Anfang des Jahres 2000 rekurrierte der *New Yorker* wieder auf den Fall, diesmal in einem Kommentar zur Exekution eines 26jährigen, der im Alter von 17 Jahren einen Doppelmord begangen hatte. Daß angesichts der neuesten Auftritte schießwütiger Kinder mancher Volksvertreter gar die Strafmündigkeit noch weiter herabsetzen wolle, sei, so ein amerikanischer Spezialist, auf einen allgemein verlorenen Glauben an die Kinder und die Idee der Rehabilitation zurückzuführen. Doch dieser Glaube ist wohl kaum erst am Ende des Jahrhunderts verloren gegangen.

Schon Leopold, zur Tatzeit 19, und Loeb, zur Tatzeit 18 Jahre alt – nach damaligem Recht hätten sie die Volljährigkeit mit 23 Jahren erreicht – hatten den Glauben Amerikas an seine Kinder nachhaltig erschüttert. Das vor allem war es, was in der amerikanischen Öffentlichkeit diskutiert wurde. Wie hatte es dazu kommen können, daß zwei wohlerzogene junge Männer aus bestem Hause so kaltblütig einen Mord begehen konnten? Denn daß sie sehr wohl wußten, was sie taten, stand außer Frage. Beide waren geständig, beide hatten unter Vorsatz gehandelt, und keiner von beiden sprach von Reue. Loeb zeigte sich von frühester Kindheit an besessen von der Idee des Verbrechens, dem „perfekten" zumal. Leopold wiederum war beseelt von Nietzsches Idee des „Übermenschen", von seiner vorbehaltlosen Verehrung Loebs ganz abgesehen. Dieser schien Leopold die reine Verkörperung des „Übermenschen", jenseits aller Konventionen stehend. Nicht, so der Freund, daß Loeb unmoralisch gewesen sei; „he was just plain amoral", ohne Skrupel eben und dabei brillant. Wenn es damals überhaupt ein Motiv für ihn gegeben habe, bekannte Leopold später, dann sei es seine Liebe zu Loeb gewesen.

Vor Gericht präsentierte Darrow ausführliche psychiatrische Gutachten zum Beweis der emotionalen Unreife, der Besessenheit seiner Klienten mit dem Verbrechen an sich und mit Nietzsches Philosophie. Drüsenfunktionsstörungen, sexuelle Sehnsüchte, Egozentrik und auffälliges Verhalten, Fehler in der Erziehung durch unlautere Gouvernanten, es gab wohl nichts, was die Verteidigung an Argumenten ausließ, um eines deutlich herauszustellen: die Verantwortung für das Verbrechen lag nicht bei den Jungen allein. Sie hätten sich schließlich nicht selbst gemacht, weder ihr genetisches Erbe, noch ihren Wohlstand, noch hätten sie die Gouvernanten selbst ausgesucht. Eine Vielzahl äußerer Einflüsse habe sie zur Ausübung des Mordes geführt.

Richter John R. Caverly hatte die psychiatrischen Gutachten gegen den Einspruch der Staatsanwaltschaft zugelassen. Doch auf die Argumentationsstrategie der Verteidigung wollte er sich nicht einlassen. In seiner Urteilsbegründung, die ob des grundsätzlichen und großen Interesses der Öffentlichkeit ungewöhnlich ausführlich ausfiel, stellte er klar: die Gutachten zur physischen, mentalen und moralischen Verfassung der Angeklagten hätten gezeigt, daß diese in grundlegenden Hinsichten unnormal seien; wären sie normal gewesen, hätten sie das Verbrechen nicht begangen. Es liege jedoch jenseits der Zuständigkeit dieses Gerichts, so wie jenseits der Möglichkeiten der Menschheit nach ihrem derzeitigen Entwicklungsstand, die endgültige Verantwortlichkeit für menschliche Handlungen zu begründen. Wenn überhaupt, sei die Frage der Verantwortlichkeit des Individuums nur im Bereich der Normen zu verhandeln.

Da aber der Tatbestand ebenso eindeutig wie die Zuweisung der

Handlung möglich war, konnte Caverly festhalten, daß sein Urteil im vorliegenden Fall durch diese „große Frage“ nicht berührt werde. Das Verbrechen bleibe eine einzigartige Greueltat. Wäre es auch in gewissem Sinne unerklärlich, so sei es darum nicht weniger unmenschlich oder abstoßend. Schließlich sei es vorsätzlich geplant, lange vorbereitet und mit Grausamkeit ausgeführt worden. Die Entscheidung für eine Gefängnis- statt der Todesstrafe fällte der Richter ausdrücklich unter Hinweis auf das Alter der Angeklagten. Jeweils lebenslänglich für den Mord und 99 Jahre für die Entführung schienen ihm angemessen.

Das (ungelöste) Problem der Verantwortlichkeit der Täter und der Verantwortlichkeit der Gesellschaft wird auch in Hitchcocks *Cocktail für eine Leiche* thematisiert. Hier ist es der Professor, gespielt von James Stewart, der die geistigen (theoretischen) Einflüsse verkörpert. Wie in alten Schulzeiten plaudert er mit seinem Gastgeber Brandon – durchaus zum Amusement gedacht – über die Kunst des Mordens. Dabei geht es weniger um die Vorstellung des „perfekten Verbrechens“ als vielmehr um die Vorstellung des „perfekten Verbrechers“, was nun einen anderen Partygast, den Vater des Opfers, herausfordert: „Aber Brandon, Mord soll eine Kunst sein, die nur ein paar Privilegierten auszuüben erlaubt ist? ... Und wer, wenn ich fragen darf, entscheidet, daß ein Mensch minderwertig und deshalb ein geeignetes Mordopfer ist?“ Worauf Brandon antwortet: „Die Privilegierten, die einen Mord begehen dürfen.“ Wer aber diese Auserwählten sind, zu denen er sich, seinen Freund Philip und vielleicht auch den Professor zählen kann, das weiß der junge Mann ganz genau: „Es sind Menschen von so großer intellektueller und kultureller Überlegenheit, daß sie über alle herkömmlichen Moralbegriffe erhaben sind. Gut und böse, Recht und Unrecht sind nur für den Durchschnittsmenschen da, weil er diese Moralbegriffe nun einmal braucht.“ „Sie vertreten also Nietzsches Theorie vom Übermenschen?“ fragt der Vater nach, und Brandon antwortet: „Ja, absolut!“ „Genau wie Hitler.“ konstatiert der Vater, worauf hin Brandon sich ereifert: „Hitler war ein Psychopath. All diese faschistischen Übermenschen waren hirnlose Mörder. Ich würde alle aufhängen lassen, die noch am Leben sind. Und damit wir uns recht verstehen, ich würde sie wegen ihrer Dummheit aufhängen lassen. Ich würde sowieso alle dummen Menschen aufhängen lassen; es gibt viel zu viele davon.“

Damit hat der Vater dann „wirklich genug". Sein Protest gegen diese „zynische Menschenverachtung" reicht aus, um das Gesprächsthema zu wechseln, während der Nachdruck, mit dem Brandon seine Theorie vertreten hat, den Professor auf die Spur bringt. Er habe doch nicht etwa vor, einige Leute zu beseitigen? fragt er beunruhigt den jungen Mann. Doch die Ahnung, daß es nichts mehr zu verhindern gibt, wandelt sich alsbald in Gewißheit. Der Professor beschließt, sich der schrecklichen Wahrheit zu stellen, und der Film mündet in einen enthüllenden Dialog.

Brandon: „Ihnen kann ich es erklären, weil sie das verstehen." Und er erinnert den Professor an die an diesem Abend geführte Diskussion. „Wir waren beide der Meinung, daß das Leben tiefer stehender Menschen absolut unwichtig ist. Wir waren der Meinung, und wir beide waren immer dieser Meinung, daß die üblichen Moralvorstellungen von gut und böse, von Recht und Unrecht für den intellektuell Überlegenen keine Geltung haben. Davon waren wir doch überzeugt?"

Professor, zögerlich: „Ja, diese Meinung habe ich vertreten."

Brandon: „Wir haben die Konsequenzen daraus gezogen. Das ist alles, was Philip und ich getan haben. Er und ich, wir haben diese Überzeugung in die Tat umgesetzt. Ich weiß, daß sie uns verstehen. Sie müssen, sie müssen es einfach verstehen."

Doch der Professor weigert sich. Daß seine Worte, der bloße „Versuch, die Menschen und die Welt zu verstehen", als „logische Rechtfertigung für diese kaltblütige Tat" benutzt worden sind, ruft nun blankes Entsetzen in ihm hervor: „So habe ich das alles nicht gemeint."

Dieser schlichte Satz, die „Scham", die der Professor jetzt empfindet, „die Menschen jemals in minderwertige und höhere Wesen eingeteilt zu haben", und daß er Brandon für diese Erkenntnis dankbar sei, lassen den Zuschauer – und ließen die Kritik – zumeist unbefriedigt. Knapp dreißig Jahre nach der Erstaufführung zeigte sich auch Hitchcocks Biograph Donald Spoto wenig überzeugt: „Dazu kommt noch, daß die Konventionen des Filmemachens 1948 verlangten, daß eine solche Geschichte mit einer strikten Moral endete, und demzufolge mußte Cadell [der Professor] in den Schlußminuten des Films einen langen und wenig überzeugenden Monolog halten, in dem er – in absolutem Widerspruch zu allem, was er jahrelang gelehrt hat – den Mord der jungen Männer an ihrem Freund verurteilt: ‚Etwas Böses muß in euch gewesen sein, daß ihr das ernst genommen habt!' Wie einfach er sich der Verantwortung entzieht!"

Als der Film 1963 erneut und jetzt auch in Deutschland in die Kinos kam, formulierte es der Kritiker Franz Everschor noch schärfer: „Das Unbehagen, das der Schluß des Films hinterläßt, resultiert aus der mangelnden Folgerichtigkeit, mit der ein einmal exponierter Konflikt zwischen Individuum und Gesellschaft nicht zu Ende gedacht wird. Die interessanteste Frage bleibt überhaupt ungestellt: ob und wie weit nämlich persönliche Schuld durch das Verhalten der Umwelt kompensiert werden kann."

Es war eine Frage, die in Deutschland Anfang der 1960er Jahre zunehmend interessierte. Franz Everschor drängte sich bei *Cocktail für eine Leiche* die Parallele zur jüngsten Geschichte geradezu auf: „Auch die Verantwortlichen für die Greueltaten des ‚Dritten Reiches' beriefen sich auf philosophische und anthropologische Erkenntnisse, nicht zuletzt Nietzsches, auch sie suchten Rechtfertigung ihrer Taten in den Theorien angeblich unanfechtbarer Intellektueller." Und manch' kritischer Geist in Deutschland suchte eben auch bei Hitchcock nach einer Antwort auf die „große Frage" der Verantwortlichkeit.

Schnitt

1924: Zwei junge Männer, von außergewöhnlicher Intelligenz, brillante College-Studenten aus bestem Hause und – Juden, töten, von Friedrich Nietzsches „Übermenschen" inspiriert, willentlich, planvoll und im Streben nach dem „perfekten Verbrechen" einen jüdischen Jungen. Die Öffentlichkeit glaubt sich in ihren Grundfesten erschüttert. Die Diskussionen reichen vom Verfall bürgerlicher Werte, über die Verderbtheit der Philosophie, der Großstadt, und natürlich der Jugend bis hin zu jener Frage, die auch die Verteidigung der beiden Mörder aufwirft: wie sehr wird der Einzelne durch die Gesellschaft geprägt, wie groß ist die Verantwortung, die er alleine zu tragen hat?

1929: Das Bühnenstück *Rope* spart neben dem Aspekt der Homosexualität auch die jüdische Herkunft der Täter aus. Es hebt einen einzelnen der im Prozeß verhandelten, möglichen Beweggründe heraus, die Leopold und Loeb 1924 wohl zu dem Mord hinführten: die Auseinandersetzung mit Nietzsche, den Wunsch, einige Thesen des Philosophen in vulgarisierter Form anzuwenden. Diesem Motiv sollte gut drei Jahre nach Ende des Zweiten Weltkrieges eine neue „Qualität" anhaften.

1948: Kurz nachdem Hitchcocks *Cocktail für eine Leiche* Ende August angelaufen ist, konstatiert Bosley Crowther in der *New York Times*, „that time could be better spent than by watching a waspish cocktail party", bei der es um zwei jugendliche Sadisten gehe, die dieses makabre Gelage allein um eines degenerierten *thrills* willen in Szene setzten. Der Film besäße eine „single-tracked goulishness", etwas von der Art eines leichenfressenden Dämons, ohne auch nur durch etwas Humor oder Wärme gemildert zu werden. Er war ihm so widerwärtig, daß er seine Leser in den folgenden Tagen gleich mehrere Male davor warnte.

Im Staate New York hatte *Cocktail für eine Leiche* problemlos die Zensur-Behörde passiert, ebenso die Behörden in sechs weiteren Staaten. In Chicago/Illinois dagegen wurde der Film Anfang September 1948 aus „moralischen Gründen" verboten. Anders als die *National Legion of Decency*, welche den Film als moralisch bedenkenlos für Erwachsene einstufte, befand das *Police Censor Board* in Chicago, es handele sich nicht um „gesundes" Entertainment. Man erinnerte sich sehr gut an den Skandal von 1924, der nicht nur der jüdischen Gemeinde der Stadt Alpträume beschert hatte. Wie „wund" aber mögen deren Seelen drei Jahre nach Befreiung der nationalsozialistischen Konzentrationslager gewesen sein?

Nicht etwa, daß in der Presse erneut der *Leopold and Loeb case* diskutiert wurde. Statt dessen wurde eine Debatte über Sinn und Zweck der Filmzensur losgetreten. Schon nach gut zwei Wochen und zur allgemeinen Überraschung änderte der Chefzensor in Chicago, Captain Harry Fulmer, seine Meinung. Der explosive Cocktail wurde nun doch zugelassen, für „adults only".

Anders als heute, starteten Filme damals nicht in 300 oder mehr Kinos im Lande gleichzeitig, sondern zuerst in wenigen Premierenkinos der großen Städte, dann mit wochenlangen Verzögerungen in den kleineren Lichtspielhäusern auf dem Land. Während also *Cocktail für eine Leiche* ungekürzt in Chicago nun doch zu sehen war, schafften es etliche lokale Zensurbehörden landauf, landab, die Vorführung zu verhindern. Wie die *New York Times* mit Erstaunen zur Kenntnis nahm, reagierte die Zensur vielerorts ausgesprochen aggressiv. Die Parallele zu dem sensationellen Mordfall vor einigen Jahren sei ja offensichtlich – gewiß kein erhebendes Thema, aber Hitchcocks Film sei damit doch auch nicht schlimmer als andere Kriminalgeschichten. – Nun, scheinbar war er es doch.

Denn immerhin ist es auffällig, daß eines in der *New York Times* – über Wochen hinweg – geflissentlich übergangen wurde: Zwar nahm Hitchcock in seinem Film 1948 – wie im Theaterstück *Rope* – keinen direkten Bezug auf den *Leopold and Loeb case.* Sehr wohl aber sprach er die Vereinnahmung von Nietzsches Idee des „Übermenschen" namentlich durch Hitler an und damit auch die einer breiten Öffentlichkeit erst kürzlich enthüllten Grausamkeiten der Nationalsozialisten.

Obwohl es nicht ungewöhnlich sei, daß Kinofilme in bestimmten Gebieten auf offizielle Proteste stießen, käme es doch nicht häufig vor, wunderte sich Thomas M. Pryor, daß ein Film in solch große Schwierigkeiten gerate, wie Hitchcocks *Cocktail für eine Leiche.* „Especially is this true when, as in the case of ‚Rope' there have been no pronounced objections raised by religious groups." Ob er an eine bestimmte Gruppe gedacht haben mag? Und welche Einwände wären ihm angemessen erschienen? Aber auf moralische Fragen wollte sich Pryor explizit nicht einlassen. Die zwiespältigen Reaktionen auf *Rope* 1948 lassen jedenfalls den Eindruck entstehen, daß Kritik und Publikum teilweise emotional überfordert waren. Und leichter verdaulich wurde die Geschichte auch nicht dadurch, daß Hitchcock, anders als im *Leopold and Loeb case* 1924 tatsächlich geschehen, in *Cocktail für eine Leiche* den Professor die „Sache" an die Geschworenen weiterreichen und seinen Monolog mit folgenden Worten beschließen läßt: „Die werden wissen, wie sie zu entscheiden haben. Verlaß dich darauf, Ihr werdet sterben, Brandon, ihr alle beide. Ihr werdet sterben."

Als *Cocktail für eine Leiche* Anfang der 1960er Jahre in die deutschen Kinos kam, war er den dortigen Kritikern gerade ob des Schlußmonologs nicht gesellschaftskritisch genug. Heinz Stempel zeigte sich herb enttäuscht, daß der Professor am Ende des Films „behaupten [darf], daß erst das Böse im Menschen eine Theorie wirklich gefährlich mache. Ohne daß seiner Art von Intellektualität auch nur mit einem kritischen Wort gedacht würde, steht er so plötzlich als guter Mensch vor uns, der die Bösen dem Henker ausliefert. Damit desavouiert Hitchcock seine Fabel und zieht sich aufs Klischee von der Inkarnation des Bösen zurück." Zwar verurteile der Film die Elite-Theorie und verweise auf die „Doppelbödigkeit der bürgerlichen Zivilisation", aber „was auf Längen als gesellschaftlich bedingte Deformation begriffen wird, wird zum argen Ende noch rasch als pathologischer Fall abgetan."

Dieses Deutungsmuster war in Deutschland, gerade in Hinblick auf „leichenfressende Dämonen", ja nur allzu bekannt. Deshalb ausgerechnet Alfred Hitchcock eine Abneigung „gegen jede konsequente Ausleuchtung sozial-kritischer Fragestellungen" vorzuwerfen, wie der Kritiker Everschor es tat, oder zu behaupten, daß soziale Fakten dessen Interesse nur fänden, „solange sie als Hintergrund notwendig und spannungsfördernd" seien, geschah wohl im Eifer der langsam aufbrechenden, kämpferischen Aufklärungsstimmung.

Wer weiß, vielleicht hat sich der Meister des *suspense* im Nachhinein ja sogar geärgert, den Namen „Hitler" in seinem Film überhaupt genannt zu haben. Denn offensichtlich hat ihn ja in erster Linie die technische Herausforderung des Projekts interessiert, nicht aber die moralische. Ob Hitchcock ein Moralist sei, wurde Anfang der 1960er Jahre ganz grundsätzlich von englischsprachigen Kritikern diskutiert. Ian Cameron hatte den Eindruck, Hitchcock ließe die uneingestandenen Wünsche seiner Protagonisten wahr werden, um zu zeigen, wie falsch sie lägen. Aber, daß Hitchcock nach 1945 ein Moralist von solcher Art geworden sei, „telling us that we ought not to be amused by the idea of murder", glaubte V.F. Perkins gerade im Falle von *Cocktail für eine Leiche* nicht bestätigt. Schließlich fordere Hitchcock dazu auf, den schwarzen Humor des Films zu teilen: „*Rope* makes us feel the power of evil. ... Hitchcock offers his film as evidence against Brandon´s assertion that ‚Good and evil, right and wrong were *invented*' ... Evil *is*."

Abspann

Loeb wurde 1936 im Gefängnis durch 56 Messerstiche tödlich verletzt. Er soll den Angreifer sexuell belästigt haben. Leopold widmete sich in der Haft weiterhin seinem Steckenpferd Ornithologie und verbesserte seine Sprachkenntnisse: vor Antritt seiner Strafe beherrschte er 7 oder 8 Sprachen, nach seiner Entlassung waren es 27 oder 28. Im März 1958 doch frühzeitig aus der Haft entlassen, wanderte er, um der durch den Film *Compulsion* erneut hervorgerufenen *publicity* zu entgehen, nach Puerto Rico aus, über dessen Vogelwelt er ein Buch veröffentlichte. Er starb dort 1971 an einem Herzinfarkt.

Sabine Freitag

Amerikanisches Ballett – Die Geschichte von Bonnie Parker und Clyde Barrow

Nur im Film stirbt man schön. Da reicht die Kameraeinstellung für einen letzten tiefen Blick zwischen der schönen Faye Dunaway und dem ebenso smarten Warren Beatty, bevor Amerikas berühmtestes Gangsterpärchen im Kugelhagel untergeht. „Amerikanisches Ballett" hat man später solche Szenen genannt, in denen die Körper von der Wucht der treffenden Kugeln hin- und hergeworfen werden, bevor sie leblos zusammensinken. Es gibt Filme, die den Nerv der Zeit treffen, und Arthur Penns *Bonnie und Clyde* war ein solcher Film, als er im Sommer 1967 in die Kinos kam. Amerika spielte eine fragwürdige Rolle im Vietnamkrieg, Studentenunruhen prägten Europas Metropolen, und *Flower Power* verkündete auf beiden Seiten des Atlantiks ein neues Lebensgefühl fernab etablierter Bürgerlichkeit. Die Sehnsucht nach Symbolfiguren, nach Rebellen, die alle Regeln in Frage stellten und sich selbst und ihr Leben neu erfanden, war groß.

Wie so oft reagierte die Londoner Modewelt umgehend auf den neuen Trend. Maxiröcke und Baskenmützen, wie sie Dunaway in Anlehnung an die echte Bonnie Parker im Film trug, galten als letzter Schrei, ebenso zweireihige Anzüge für modebewußte Herren. Als Arthur Penn und Warren Beatty im Herbst 1967 nach London kamen, trauten sie ihren Augen nicht: junge Paare, von Kopf bis Fuß im Bonnie-und-Clyde-Stil gekleidet, überfluteten die Stadt. Im Winter 1967 verstand es sich von selbst, daß keine andere als Faye Dunaway, die inzwischen den Bonnie-Look in allen großen Modemagazinen der Welt präsentiert hatte, die Weihnachtsbeleuchtung in der Carnaby Street anzünden durfte. Rund um Londons berühmteste Modestraße waren Bonnie-Boutiquen entstanden, in denen die Verkäuferinnen zwar lange Röcke und Maschinenpistolen, aber angeblich keine BHs trugen. Die Mützenfirma *Kangol* bot zu dieser Zeit ihr absatzstärkstes Produkt in 36 „killing colours" an. Jean Shrimpton, neben Twiggy Englands berühmtestes Fotomodell der sechziger Jahre und Idol der jungen Generation, wurde in der Werbung des Stoffherstellers Courtauld martialisch mit Maschinenpistole in der linken und Revolver in der rechten Hand abgebildet, und darunter ließ man Clyde selbst zu Wort kommen: „Well, that's what I call dressing to kill!" Arthur Penns Film und der Zeitgeist hatten aus Bonnie Parker und Clyde Barrow Popstars gemacht. Dabei war die wahre Geschichte der beiden *Desperados* aus Texas alles andere als ruhmreich, und es blieb dem amerikanischen Männermagazin *Playboy* überlassen, diese Tatsache ins allgemeine Bewußtsein zu heben. Zwischen kurvenreichen Schönen, zotigen Witzen und viel Werbung erschienen in seiner Novemberausgabe 1968 die Erinnerungen von William Daniel Jones, einem ehemaligen Komplizen von Bonnie und Clyde, der 8 Monate lang das Gangsterpärchen auf seinen Raubzügen begleitet hatte. Jones' Version der Geschichte gab den Weg frei für eine nüchternere Betrachtung des legendären Paares.

Clyde Barrow, als viertes von sieben Kindern am 24. März 1909 in Texas geboren, wächst in bedrückender Armut auf. Sein Vater Henry, Nachfahre irischer Einwanderer, arbeitet als Farmer auf einem gepachteten Anwesen und kann, da er nie eine Schule besucht hat, weder lesen noch schreiben. Da sein Einkommen für die Ernährung der Familie nicht ausreicht, werden die Kinder zeitweise bei verschiedenen Verwandten in Pflege gegeben. Schon als Kind entwickelt Clyde zwei Leidenschaften: eine für Jazzmusik, die andere für Schußwaffen, letzteres ganz und gar üblich für texanische Kinder seines Alters, glaubt man den Aussagen der noch lebenden Schwester Clydes, Marie Barrow, die 1999 der *Süddeutschen Zeitung* ein Interview gab. Von Waffen ist der junge Clyde so besessen, daß er seinen Pistolen und Revolvern Namen gibt. 1921 zieht die Familie nach Dallas um und lebt eine Zeitlang in einem Planwagen unter einer Autobahnbrücke, bis der Vater Arbeit als Tankstellenpächter findet und ein kleines Haus mieten kann. Die Kinder besuchen zum ersten Mal regelmäßigen Schulunterricht. Mit 17 verläßt Clyde die Schule und findet in der Fabrik von Proctor und Gamble Arbeit. Mit dem Gesetz kommt der schmächtige Junge mit den auffallend großen Ohren 1926 das erste Mal in Konflikt, als ihn sein um vier Jahre älterer Bruder Marvin Ivan, genannt Buck, dazu überredet, auf dem Land Truthähne zu stehlen, um sie im Weihnachtsgeschäft in Dallas zu verkaufen.

Doch die gestohlene Fracht erweist sich als nicht besonders pflegeleicht, und so werden die beiden von einer Polizeistreife festgenommen, die durch das Kreischkonzert des noch lebenden Federviehs auf der Rückbank des Barrow-Autos aufmerksam geworden ist. Buck übernimmt die Verantwortung und wandert für einige Tage ins Gefängnis, während der noch minderjährige Clyde straffrei ausgeht. Wenige Wochen nach dem Vorfall gibt Clyde, angewidert durch den lausigen Fabrikjob bei Proctor und Gamble, seine erste und einzige „anständige" Arbeit auf, um sich seinem Bruder Buck und dessen Bande anzuschließen, die sich auf Geschäftsüberfälle in den umliegenden Kleinstädten von Dallas spezialisiert haben. Clydes Abdriften in die Kriminalität zeigt geradezu klassische Züge: der Einfluß der *Peer Group*, bestehend aus jungen, unerfahrenen, aber körperlich dynamischen und kraftvollen Männern, alle unter 25 Jahre alt, erweist sich als ausschlaggebend. Hinzu kommt eine besondere Disposition Clydes, die Jones auf den Nenner brachte: „Clyde just didn't want to work like other folks. For one thing, he never liked getting his hands dirty." Rasch entwickelt Clyde Führungsqualitäten, und der eher langsame und gutmütige Buck überläßt bereitwillig dem jüngeren, leicht erregbaren und äußerst cholerischen Bruder den Posten des Anführers. Seiner ersten Verurteilung wegen Autodiebstahls entgeht Clyde 1929 aufgrund seines Alters. Er ist gerade 20 Jahre alt geworden. Während seine Strafe auf Bewährung ausgesetzt wird, wird Buck zu vier Jahren Zuchthaus verurteilt und am 14. Januar 1930 in das berüchtigte Staatsgefängnis Huntsville überführt.

Am 5. Januar 1930 besucht Clyde in Cement City, einem Vorort von Dallas, eine Freundin, die sich beim Sturz auf vereisten Treppenstufen den Arm gebrochen hat. In ihrem Haus trifft er auf Bonnie Parker, eine Nachbarin, die, zu diesem Zeitpunkt selbst arbeitslos, für ein paar Tage herübergekommen ist, um bei der Hausarbeit zu helfen. Einhelligkeit besteht in einem Punkt: die Romanze zwischen Bonnie und Clyde nimmt am Abend des selben Tages in der Küche des Hauses bei einer Tasse Schokolade ihren Anfang.

Die um ein Jahr jüngere Bonnie, als zweites von drei Kindern am 1. Oktober 1910 in der texanischen Kleinstadt Rowena zur Welt gekommen, wächst zunächst in gesicherten Verhältnissen auf. Als ihr Vater, der als Steinmetz ausreichend Arbeit hat, 1915 unerwartet stirbt, zieht die Familie zu den Großeltern nach Dallas. Bonnie ist eine gute Schülerin und wird für ihre Gedichte und Essays mit mehreren Schulpreisen ausgezeichnet. Das junge Mädchen liebt es, im Mittelpunkt zu stehen, neigt allerdings auch zu melodramatischen Auftritten. Mit fünfzehn verliebt sie sich unsterblich in ihren Schulkameraden Roy Thornton, mit sechzehn ist sie verheiratet. Da Bonnie die Trennung von ihrer Mutter nicht ertragen kann, zieht das junge Paar 1926, noch im Jahr ihrer Hochzeit, ins Haus von Emma Parker. Es mag sein, daß Bonnies Mutterobsession – sie war noch keine fünf, als ihr Vater starb – Thornton bereits im August 1927 das Weite suchen läßt. Nach Wochen des Wartens auf seine Rückkehr nimmt Bonnie einen Job als Kellnerin in Marco's Cafe an der Hauptstraße von Cement City an. Von ihrer Kundschaft gefragt, was sie denn mal werden wolle, gibt sie stets die gleiche, knappe Antwort: „Berühmt". Als ihr umtriebiger Ehemann im Januar 1929 plötzlich wieder auftaucht, jagt Bonnie ihn zum Teufel – und genau da kommt er auch hin: wegen eines Raubüberfalles im texanischen Red Oak angeklagt, wird Thornton zu fünf Jahren Zuchthaus verurteilt und verschwindet damit überzeugend aus Bonnies Leben. Nur ein Tatoo auf ihrer linken Hüfte wird sie an den jugendlichen Mißgriff erinnern. Im November 1929, einen Monat nach dem Zusammenbruch der New Yorker Börse und unter den spürbaren Auswirkungen der Weltwirtschaftskrise, muß Marco's Cafe schließen und Bonnie sich nach einer neuen Beschäftigung umschauen. Da sie keine Arbeit finden kann, geht sie bereitwillig auf den Vorschlag ihrer Nachbarin ein, eine Weile bei ihr auszuhelfen, und hier nun macht sie die Bekanntschaft ihres Lebens.

Bereits fünf Wochen später wird Clyde am 12. Februar 1930 im Haus von Emma Parker festgenommen. Ihm werden Raubüberfälle und Autodiebstähle zur Last gelegt. Bonnie versüßt Clyde die Untersuchungshaft mit leidenschaftlichen Briefen, in denen sie ihm versichert, sie werde ihn nicht im Stich lassen und alles für ihn tun, nur müsse er endlich damit aufhören, krumme Dinger zu drehen. Als Clyde nach Waco verlegt wird, reist Bonnie ihm gegen den Willen der Mutter nach. Sie kann im Haus einer entfernten Kusine wohnen und besucht Clyde jeden Tag im Gefängnis. Die Gelegenheit, ihre Loyalität unter Beweis zu stellen, ergibt sich umgehend. William Turner, ein Ganove, mit dem sich Clyde in der Haft angefreundet hat, plant einen Ausbruch, bei dem Bonnie gute Dienste leisten kann. Sie soll eine Waffe aus dem Haus seiner Verwandten in East Waco besorgen und diese ins Gefängnis schmuggeln. Als Bonnie die Botschaft vernimmt, zuckt sie anfangs erschrocken zusammen, schreitet dann aber beherzt zur Tat. Die nichtsahnende Kusine Mary chauffiert sie bereitwillig zum besagten Haus nach East Waco, wo Bonnie zwar den Schlüssel unter der Hausmatte, nicht aber die Pistole am besagten Ort findet. Erst mit Hilfe der einem Nervenzusammenbruch nahen Kusine kann das begehrte Objekt endlich im Keller des Hauses aufgespürt werden. Unter zwei breiten Gürteln an ihren Leib geschnürt gelingt es Bonnie, die Waffe an den Wachen vorbei ins Gefängnis zu schleusen. Von Clydes erfolgreichem Ausbruch erfährt sie aus dem Autoradio.

Clyde kann sein Leben in Freiheit nur eine knappe Woche genießen. Schon am 21. März 1930 können McClennan County Sheriff Leslie Stegall und Assistant District Attorney Jimmy Stanford ihren Ausbrecher in Middleton, Ohio, wieder in Empfang nehmen, nachdem eine Straßenpatrouille den Gangster nach einer Verfolgungsjagd geschnappt hat. Clyde hatte die Zeit nicht untätig verstreichen lassen: Überfälle auf zahlreiche Geschäfte und das Entwenden von mehreren Autos und Nummernschildern summieren sich nun zu einer ansehnlichen Haftstrafe von 14 Jahren, abzuleisten auf der Arbeitsfarm Eastham in Houston County, 14 Meilen von Huntsville. Der Kontakt zu Bonnie bricht vorübergehend ab. Während sie sich mit anderen Männern trifft, versucht Clydes Mutter Cumie, eine Haftverkürzung ihres Sohnes durch den Distrikt Richter R. I. Munroe zu erwirken. Sie weiß, daß sich ihr Sohn ungern die Hände schmutzig macht und schon gar nichts vom schweißtreibenden Geschäft des Ackerbaus versteht. Zudem hat Clyde große Schwierigkeiten, mit dem von den Aufsehern diktierten Arbeitspensum fertig zu werden. Nach acht Monaten im Gefängnis wird ihm die Zeit eindeutig zu lang, und er überredet am 27. Januar 1932 einen Mithäftling, ihm zwei Zehen seines rechten Fußes mit der Axt abzuhauen. Wie erwartet wird er in das *Huntsville Prison Hospital* zur Behandlung eingewiesen, und zusammen mit der inzwischen durch mütterlichen Einsatz erreichten Empfehlung von Richter Munroe wird seine Strafe auf Bewährung ausgesetzt. Auf Krücken humpelnd verläßt Clyde

Barrow am 8. Februar 1932 das Gefängnis, fest entschlossen, eine solche Institution nie mehr von innen zu sehen.

Seiner Familie fällt sofort die Veränderung auf, die das Gefängnis in ihm bewirkt hat. Als Reaktion auf den Schmutz und Dreck und die grobe Einheitskleidung des Gefängnisses legt Clyde fortan einen übertriebenen Wert auf sein Äußeres und zwingt seine verarmte Verwandtschaft mitunter dazu, ihm ihr knappes Geld für Seidenhemden und Nadelstreifenanzüge zu überlassen. Als es seiner älteren Schwester Nell gelingt, für ihn einen Job bei einer Baufirma in Massachusetts an Land zu ziehen, der ihm einen Neuanfang ermöglichen soll, reist Clyde zwar dorthin, kehrt aber schon nach zwei Wochen von Heimweh geplagt am 17. März 1932 nach Dallas zurück.

Drei Tage nach seiner Heimkehr überrascht Bonnie ihre Mutter mit der Botschaft, sie habe eine Stelle als Kosmetikberaterin in Houston gefunden und müsse umgehend abreisen. Da ihre Tochter eigentlich wenig von Make-up und Maskara versteht, zeigt sich die Mutter zunächst skeptisch, läßt das Mädchen aber doch ziehen, denn Arbeit ist so rar, daß man nicht wählerisch sein kann. Emma Parker kann freilich nicht ahnen, daß Bonnie nicht auf dem Weg nach Houston, sondern zu Clyde ist, der gerade eine neue Bande zusammentrommelt. Zwei junge, hoffnungsvolle Komplizen mit eindrucksvollem Vorstrafenregister können angeworben werden: der Schwarzhändler und Autoknacker Raymond Hamilton und der professionelle Einbrecher Ralph Fults.

Die Feinabstimmung des neuen Teams ist noch nicht ganz ausgereift, als das Quartett am 22. März 1932 den Versuch unternimmt, sich durch den Einbruch in ein Waffengeschäft in der texanischen Provinzstadt Kaufman mit Gewehren, Revolvern und Munition zu versorgen. Bonnie, die Schmiere steht, und Fults, der sich um den laufenden Wagen kümmern soll, werden von Wachleuten überwältigt, während Clyde und Hamilton entkommen können. Enttäuscht über Clyde, der sie schmählich im Stich gelassen hat, dichtet Bonnie im Gefängnis in dem ihr eigenen Stil von postpubertärer Sentimentalität und Melancholie „Suicide Sal“, die Geschichte eines Mädchens, das von seinem Liebhaber für dessen Verbrechen ausgenutzt wird. In der Geschichte läßt es der herzlose Mann am Ende sogar zu, daß das Mädchen für seine Straftaten zur Verantwortung gezogen wird. Im richtigen Leben kommt

Bonnie glücklicherweise Ralph Fults zu Hilfe, der die Schuld alleine auf sich nimmt. Zwei Tage nach Bonnies vermeintlicher Abfahrt nach Houston kann Emma Parker die verhinderte Avonberaterin im Gefängnis von Kaufmann wieder in Empfang nehmen.

Inzwischen verändert der Überfall auf ein Juweliergeschäft in Hillsboro, Texas, den Clyde zusammen mit Hamilton und einem neuen Komplizen, Frank Clause, am 23. April 1932 verübt, die Vorzeichen seines Strafregisters. Durch Hamiltons Nervosität wird der Ladenbesitzer John Bucher beim Öffnen des Safes von einer an der Stahlwand abprallenden Kugel tödlich ins Herz getroffen. Mrs. Bucher kann wenig später auf Polizeiphotos Clyde und Raymond Hamilton identifizieren, die nun auch wegen Mordes gesucht werden. Obwohl die todbringende Kugel nicht aus Clydes Pistole abgefeuert wurde, weiß er nur zu genau, daß diese Tatsache im Falle seiner Festnahme keine Rolle spielen wird. Er weiß, daß der elektrische Stuhl auf ihn wartet. Künftig wird es für ihn nur noch darum gehen, sich einer Festnahme mit allen Mitteln und so lange wie möglich zu entziehen.

Ende Juli 1932 geht Bonnie erneut mit Clyde zusammen, der ihr versichert, nicht für den Tod von John Bucher verantwortlich zu sein. Warum Bonnie zu Clyde zurückkehrt, diese Frage läßt sich vielleicht am besten aus Jones' Bemerkungen im *Playboy* erhellen. Clyde sei, so Jones, ohne Frage der Boss in dieser Beziehung gewesen, nicht Bonnie, wie manche später behauptet hätten. Alle Menschen um sich herum habe Clyde dominiert, und obwohl Bonnie die einzige gewesen sei, der er vollkommen vertraut habe, habe Clyde stets alle Entscheidungen alleine getroffen. Die Beziehung zu Clyde habe aber Bonnie das Gefühl ihrer Außergewöhnlichkeit vermittelt und ihr Gelegenheit geboten, ihr eigenes Leben zu dramatisieren, kurz: „Clyde just wanted to stay alive and free, and Bonnie just wanted to be with Clyde."

Durch ihren Komplizen Raymond Hamilton erhält das Paar am 5. August 1932 auf einer Tanzveranstaltung in Stringtown, Oklahoma, Gelegenheit, mehr Blut zu vergießen. Als zwei Polizisten beobachten, wie Hamilton illegalen Whiskey trinkt – Prohibition ist offiziell immer noch in Kraft – eröffnet der panische Clyde das Feuer, als sich die Polizisten ihrem geparkten Fahrzeug nähern. Im Schußwechsel stirbt Deputy Sheriff E.C. Moore sofort, und

Sheriff C. G. Maxwell trägt schwere Verletzungen davon. Insgesamt 9 Polizisten werden in den nächsten zwei Jahren bei dem Versuch ums Leben kommen, Bonnie und Clyde und ihre Komplizen festzunehmen. Daß sich das Paar solange erfolgreich einer Festnahme entziehen kann, begründet seinen fast legendären Ruhm. Stets scheinen sie klüger und schneller zu sein als ihre Verfolger, und nicht selten finden sich in den Zeitungen jener Tage Cartoons, auf denen die düpierten Gesetzeshüter nur noch einer Staubwolke hinterher blicken können.

Nicht nur Bonnie und Clyde profitieren von den Umständen ihrer Zeit. Anfang der dreißiger Jahre erlebt Amerika die Wiederbelebung eines Verbrecherstils, den es zuletzt im Wilden Westen gegeben hat. Besonders im Mittleren Westen und Südwesten, also Gebieten, die besonders hart von der „Großen Depression" betroffen sind, gehen viele junge Männer dazu über, ihr Schicksal selbst in die Hand zu nehmen. Alle sind geborene Amerikaner, und alle kommen nicht aus kriminellen Familien, sondern aus extrem armen Verhältnissen. Diese jungen *Outlaws* formen keine großen Organisationen, sondern rotten sich eher zufällig zu kleinen Banden zusammen, die selten mehr als vier oder fünf Mitglieder aufweisen. Das Grundmuster ihres Verhaltens erinnert an frühere *Desperados*: „strike and run" – zuschlagen und losrennen. Dieser neue Verbrechertyp operiert offen, wagemutig und unverschämt. Er kann in Texas eine Bank überfallen und den Kassierer niederschießen und anschließend in Arkansas Zuflucht suchen. Wie Pendler reisen die Banden zwischen den Staaten hin und her. Die örtliche Polizei ist machtlos. Nicht nur, daß ihre Gesetzeskraft an der Grenze ihres Bundesstaates zu Ende ist, sie hinkt auch den neuesten Entwicklungen hinterher. Während sich die Ganoven stets mit neuen Waffen und neuen Fahrzeugen versorgen können, sind die lokalen Ordnungskräfte schwach besetzt, unterbezahlt und mit veralteten Waffen und Autos ausgerüstet, die auf Verfolgungsjagden nicht selten ihren Geist aufgeben. Die übergeordnete Staatspolizei existiert, von wenigen Ausnahmen abgesehen, nur auf dem Papier. Und das erst 1924 gegründete FBI hat im Frühjahr 1933 gerade mal 266 Spezialagenten, deren Kompetenzen immer noch so stark beschnitten sind, daß sie ihre Aufgabe, nämlich die Koordination der Verbrechensaufklärung und -ahndung, die über einen einzigen Bundesstaat hinausgeht, nicht effizient wahrnehmen können. Auch mangelt es von Seiten der lokalen Polizei noch an der bereitwilligen Zusammenarbeit mit den Beamten aus Washington.

Die neuen Gangster entkommen jetzt nicht mehr zu Pferde, sondern in schnellen Autos. Autos, die über 90 Meilen pro Stunde fahren, und ein ausgebautes *interstate highway system* kommen den Verbrechern zugute. Clydes erstaunliche Fahr- und Schießkünste sind es, die das Paar lange vor dem Zugriff der Polizei retten. Um in Übung zu bleiben, hält er auf der Flucht immer wieder an, um in entlegenen Gegenden seine Waffenfertigkeit zu trainieren. Clyde favorisiert stets Automobile der Marke Ford, nicht nur weil er eine stabile Seitenverkleidung und ordentliche Höchstgeschwindigkeit schätzt, sondern weil vom neuen Typ Ford V-8 trotz Wirtschaftskrise mehr als 1 Million Exemplare auf Amerikas Straßen zu finden sind. Unauffälliger kann man sich kaum fortbewegen. So begeistert ist Clyde vom neuen Ford V-8, daß er in einem Brief vom 10. April 1934 dem Autohersteller Henry Ford zu seiner Produktion gratuliert. Bis heute ist die Autorschaft dieses Briefes im Ford-Archiv allerdings nicht zweifelsfrei geklärt, denn Marie Barrow hat zu Recht darauf hingewiesen, daß Clydes Stärke nicht so sehr „im schriftlichen Ausdruck“ gelegen habe.

Am 16. August 1932 kommt es zur ersten Geiselnahme der Bande. Als Bonnie, Clyde und Raymond Hamilton bei Bonnies Tante Millie Stamps in Carlsbad, New Mexico, einen Zwischenstopp einlegen, kidnappen sie Deputy Sheriff Joe Johns, der zum Haus der Tante gefahren ist, um die Besitzverhältnisse des Fahrzeuges zu klären, mit dem die drei durch den Ort gefahren sind. Clyde überwältigt Johns und zwingt ihn in den Wagen. Am nächsten Tag lassen sie ihn in San Antonio, Texas, wieder frei. Insgesamt sechs Geiselnahmen wird man dem Paar am Ende seiner Karriere zur Last legen. Nicht nur Polizisten, auch zwei Privatpersonen sind darunter, die alle dem Paar bei seiner Flucht in die Quere gekommen sind. Geiselnahme empfinden Amerikaner zu diesem Zeitpunkt als besonders verabscheuungswürdig, denn die tragische Entführung des Lindbergh-Babys im März 1932, das bereits am ersten Tag der Entführung trotz des gezahlten Lösegeldes umgebracht worden war, hatte die ganze Nation empört. Washington reagiert auf die beängstigende Zunahme von Verbrechen dieser Art – 1933 werden in den Vereinigten Staaten neben 12000

Morden und 50000 Raubüberfällen immerhin 3000 Entführungen registriert – mit dem sogenannten *Lindbergh Act*, dem 1934 durch Kongreßbeschluß die Todesstrafe hinzugefügt wird. Bleibt ein Opfer mehr als sieben Tage verschollen, wird sofort das FBI eingeschaltet. Bonnie und Clyde bringen keine ihrer Geiseln um, auch werden diese nie sieben Tage festgehalten, sondern in der Regel nach ein paar hundert Meilen angstvoller Irrfahrt irgendwo ausgesetzt, manchmal – was zynisch anmuten mag – mit ein paar Dollar Busgeld für die Heimreise versehen. Für die polizeilichen Ermittlungen spielen diese Geiseln eine große Rolle, denn sie können wichtige Hinweise über die mentale Verfassung und das Fluchtverhalten der Bande geben.

Nach einem Banküberfall am 8. Oktober 1932 in Cedar Hill, südlich von Texas, führt der Streit über die erbeuteten 1401 Dollar zum Bruch mit Raymond Hamilton, der sich von der Gruppe absetzt. Selten erbeuten Bonnie und Clyde Beträge in dieser Höhe, denn die wenigen Banküberfälle, die sie verüben – Clyde zieht gewöhnliche Geschäfte, Tankstellen und kleine Firmen am Zahltag vor –, erweisen sich vor dem Hintergrund der Weltwirtschaftskrise und dem Bankrott zahlreicher Geldinstitute in pekuniärer Hinsicht oft als herbe Enttäuschung. Das erbeutete Geld dient dem nackten Überleben und wird für Haus- oder Zimmermiete, Essen, Kleidung und Benzin ausgegeben. Die Tatsache, daß ihren Raubzügen keine Methode zugrundeliegt und spektakuläre Erfolge ausbleiben, veranlaßt professionelle Bankräuber wie den berüchtigten John Dillinger, der zeitgleich im Südwesten der Vereinigten Staaten sein Unwesen treibt, zu verächtlichen Kommentaren über die beiden „punks", die das Ansehen seiner Profession in den Schmutz ziehen.

Beim Überfall auf ein Lebensmittelgeschäft in Sherman, Texas, erschießt Clyde am 11. Oktober 1932 den 61-jährigen Metzger Howard Hall, als dieser versucht, Barrows Flucht zu vereiteln. Hall ist der zweite Zivilist, der auf Clydes Mordkonto geht, zwei Monate später wird sich die Zahl auf drei erhöht haben. Da zwischen dem Paar eine strikte Arbeitsteilung herrscht, ist Bonnie nie aktiv an einer Ermordung beteiligt. Waffen nimmt sie nur in die Hand, wenn sie sie aus dem Wagen in eines der Hotelzimmer trägt oder für Photos posiert. Ihre Aufgabe besteht darin, während des Überfalls im Wagen zu bleiben und durch Hupen sicherzustellen, daß Clyde in der Konfusion das Fahrzeug schnell wiederfindet. Jones hat jedenfalls nie beobachtet, daß Bonnie einen Schuß abgefeuert hat, aber sie sei „a hell of a loader“ gewesen.

Weil das Paar nie für längere Zeit von ihren Familien getrennt sein kann, kehrt es zwischen seinen Raubzügen immer wieder heimlich nach Dallas zurück. Um Zeit und Ort eines Treffens mit den Verwandten zu vereinbaren, fahren sie zur Sicherheit mehrmals um die Häuserblocks und werfen, wenn ihnen der Moment günstig erscheint, leere Colaflaschen vor den Hauseingang, in denen eine kurze Notiz steckt. Vorsicht ist geboten, denn beide Familien werden zeitweise überwacht. Auch dem *Dallas Police Department* ist die Familienanhänglichkeit von Bonnie und Clyde bekannt, und zweimal entgeht das Paar bei solchen Treffen den Todesschüssen seiner Verfolger, weil die Schützen das Leben der umstehenden Verwandten nicht gefährden wollen.

Während eines Familientreffens Anfang Dezember 1932 werben Bonnie und Clyde in Dallas den erst 16-jährigen William Daniel Jones, kurz W. D. oder „Boy“ genannt, an. Nach der Trennung von Hamilton braucht das Paar einen neuen Komplizen, dem es vertrauen kann. Seit Kindertagen ist Jones ein Freund der Barrow-Familie, zudem hat er für sein Alter in Sachen Autodiebstahl beachtliche Erfolge vorzuweisen. Am 5. Dezember wird Jones durch Clyde in einen verhängnisvollen Vorfall verwickelt. Als er, von Clyde dazu gedrängt, ein zusätzliches Fahrzeug stehlen soll, fällt die Wahl auf das Auto des Handelsvertreters Doyle Johnson in Temple, Texas. Doch der Besitzer stürzt aus dem Haus, als sich der Junge daran macht, das Auto zu starten. Als Johnson nicht vom Fahrzeug abläßt, wird er von Clyde erschossen. „Nun hast Du auch Blut an den Fingern“, fährt Clyde Jones danach an und suggeriert dem Jungen damit, daß es nun keine andere Alternative mehr für ihn gibt, als bei Bonnie und ihm zu bleiben.

Am 22. März 1933 wird Clydes Bruder Buck auf Bewährung aus der Haft entlassen. Da er sich für die kriminelle Karriere seines kleinen Bruders mitverantwortlich fühlt, versucht er mit ihm Kontakt aufzunehmen. Auch auf Buck hat das Gefängnis einen bleibenden Eindruck hinterlassen, denn zu seinen besonderen Aufgaben in Huntsville gehörte es, die Todeszelle mit dem elektrischen Stuhl auszuwischen. Eine Woche nach seiner Entlassung trifft Buck in Begleitung seiner Frau Blanche mit seinem Bruder, Bonnie und W. D. zusammen. Die fünf beschließen, in Joplin, Missouri, ein paar Erholungstage einzulegen. Der Ort ist strategisch klug gewählt, denn durch seine günstige geographische Lage in der südwestlichen Ecke des Staates Missouri bietet sich von hier aus innerhalb kürzester Zeit die sichere Flucht über die Grenze in drei benachbarte Bundesstaaten: Arkansas, Kansas und Oklahoma. Seine Lage begründet Joplins Ruf. Alkohol fließt reichlich in diesem Zentrum der Schwarzbrennerei, und Kunden der anliegenden „traditionell trockenen" Staaten strömen in die kleine Gaunermetropole.

In einer Wohnung oberhalb einer Doppelgarage, in der zwei Fahrzeuge sicher versteckt werden können, verbringt die Gruppe ein paar geruhsame Tage, spielt Karten und photographiert sich wechselseitig in heroischen Posen. Doch einem Nachbarn fällt das merkwürdig ängstliche und verschreckte Verhalten der neuen Mieter auf, und er alarmiert die Polizei. G. B. Kahler, Sergeant der Missouri State Highway Patrol, vermutet das Treiben von Schwarzbrennern und entschließt sich nach weiteren Interviews mit Anwohnern zu einer Razzia. In zwei Autos nähern sich am 13. April 1933 um 4 Uhr nachmittags Kahler und vier weitere Polizisten der verdächtigen Wohnung. Clyde und Jones, die sich zu diesem Zeitraum in Freien aufhalten, springen beim Näherkommen der Fahrzeuge in die Garage und verbarrikadieren das Tor von innen. Eines der Polizeiautos wird in der Auffahrt geparkt und blockiert damit die Ausfahrt. In der Wohnung kocht Blanche nichtsahnend das Abendessen, während Buck Zeitung liest und Bonnie an einem Gedicht arbeitet. Als sie Schüsse aus der Garage hören, greift Buck sofort nach einem Maschinengewehr und eröffnet das Feuer aus einem Fenster, während Bonnie Munition und weitere Waffen aus dem Schlafzimmer holt. Blanche, die bislang wenig Gelegenheit hatte, über die kriminelle Natur ihres Gattens Aufschluß zu erhalten, bricht unkontrolliert in einen Schreikrampf aus. Im Feuergefecht wird Constable J. W. Harryman tödlich getroffen, zehn Kugeln wird die Obduktion in seinem Nacken und der linken Schulter finden. In seiner Nähe liegt Detective Harry McGinnis im Sterben, sein Gesicht entstellt von Schrotkugeln. Jones rennt nach draußen und löst die Handbremse des Polizeiautos, das rückwärts auf die Straße gleitet und damit den Fluchtweg freigibt. Von einer Kugel getroffen schleppt sich der Junge zurück in die Garage, wo Clyde, Buck und Bonnie mit laufenden Motor auf ihn warten, um sofort aus der Garage zu schießen und Blanche einzufangen, die in ihrer Panik, noch immer schreiend, auf die Straße gelaufen ist. Kahler, der sich um seine verletzten Kollegen kümmert, kann nur noch das Nummernschild notieren.

Zwar haben sich Bonnie und Clyde und ihr Anhang abermals einer Festnahme entzogen, doch die überstürzt verlassene Wohnung hält aufschlußreiches Material für die Polizisten bereit: die Heiratsurkunde von Blanche und Buck und dessen Begnadigung, unterzeichnet von der Gouverneurin des Staates Texas Miriam Ferguson, sowie zwei Fotofilme, anhand derer sich W. D. Jones' Identität ermitteln läßt. Die Aufnahmen dokumentieren auf bemerkenswerte Weise, wie wenig Reue die jungen *Outlaws* über ihre Verbrechen zeigen, denn stolz werden auf ihnen die gestohlenen Waffen zur Schau gestellt, die sie den gefangengenommenen Polizisten entwendet haben. Andere Aufnahmen zeigen die berühmt gewordenen Bilder von Bonnie, Zigarre rauchend mit einem Revolver in der Hand, Clyde mit einem Maschinengewehr im Arm vor einem gestohlenen Auto, Bonnie, wie sie mit einer Waffe scherzhaft auf Clyde zielt. Keine Zeitung im Südwesten der USA wird sich die Veröffentlichung dieser Photos entgehen lassen. Umgekehrt weiß bald jeder Tankstellen- und Hotelbesitzer, wie das legendäre Paar aussieht.

Wie ungünstig das ist, zeigt sich wenig später, denn als die Bande zwei Zimmer in einem Motel im Red Crow Tourist Camp in der Nähe von Alma in Arkansas mietet, verständigt der Rezeptionist die Polizei. Am 19. Juli 1933 werden die fünf in eine Schießerei verwickelt, bei der zwei Polizisten verwundet und Buck schwer verletzt werden. Blanches rechtes Auge wird auf der Flucht durch das zerberstende Glas der Windschutzscheibe so verletzt, daß auch vier Operationen später im Gefängnis es nicht retten können. Clyde, der nur einige Streifschüsse abbekommen hat, muß diesmal mit vier Verwundeten im Auto fliehen, denn auch W. D. hat eine Kugel im Oberschenkel, und Bonnie ist immer noch in Verbände gewickelt, die die Brandverletzungen abdecken, die sie sich bei einem Autounfall in Wellington, Texas, am 10. Juni 1933 zugezogen hat. Auf einem Feld machen sie Rast, um vor allem Buck eine Ruhepause zu gönnen. Doch die Häscher sind ihnen so dicht auf den Fersen, daß sie wenig später, am 23. Juli 1933, mit Verstärkung zuschlagen. Diesmal gelingt nur Bonnie, Clyde und Jones die Flucht, nicht aber Buck und Blanche. Buck stirbt wenige Tage später am 29. Juli im Alter von 30 Jahren im Krankenhaus von Perry in Iowa. Am 31. Juli wird er auf dem Friedhof von West Dallas im engsten Familienkreis beigesetzt.

W. D. Jones, der sich von Bonnie und Clyde absetzt, wird am 15. November 1933 in Houston festgenommen und gibt im Verhör an, von Clyde gegen seinen Willen festgehalten und zur Mitarbeit gezwungen worden zu sein. Der inzwischen inhaftierte Ex-Komplize Raymond Hamilton wird am 8. August 1933 von Dallas nach Eastham überführt, um eine Gefängnisstrafe von insgesamt 362 Jahren anzutreten. Zusammen mit zwei neuen Komplizen, dem gerade aus Eastham entlassenen James Mullen und Raymonds Bruder Floyd, beschließt Clyde, Raymond aus dem Gefängnis zu befreien. Bei dem Ausbruch, der am 16. Janaur 1934 während der Arbeitsstunden im freien Feld passiert, wird der Wachmann Major Joseph Crowson erschossen. Raymond Hamilton und zwei weitere Häftlinge, Joe Palmer und Henry Methvin, entkommen mit Bonnie und Clyde. Um sich mit Waffen und Munition zu versorgen, überfallen Raymond und Clyde am 19. Februar 1934 eine Munitionsfabrik in Ranger, Texas. Am 26. Februar rauben sie in Lancaster, Texas, eine Bank aus, und wieder führt der Streit über das Geld, immerhin 4138 Dollar und 50 Cents, zur Trennung zwischen Raymond und Clyde. Am 6. März 1934 verlassen Raymond, seine Freundin Mary O'Dare und Joe Palmer die Barrow-Bande in Indiana. Henry Methvin bleibt bei Bonnie und Clyde, eine für den Ausgang der Geschichte nicht unbedeutende Entscheidung. Raymond Hamilton wird am 25. April 1934 nach einem in Lewisville in Texas verübten Bankraub, bei dem er 600 Dollar erbeutet, in der Nähe von Howe, Nord Texas, festgenommen. Noch einmal bricht er aus dem Gefängnis aus, wird aber kurze Zeit später wieder aufgespürt. Er stirbt 1935 am gleichen Tag wie Joe Palmer auf dem elektrischen Stuhl.

Die Frequenz, mit der Clyde sich zum Töten veranlaßt sieht, erhöht sich. Am 1. April 1934 sind es die Polizisten E. B. Wheeler und H. D. Murphy, die mit ihren Motorrädern das zu schnelle

Fahrzeug verfolgen und aus dem Auto heraus von Clyde erschossen werden. Am 6. April 1934 trifft es Constable Cal Cambell, der sich nichtsahnend dem Fahrzeug der Bande nähert, als dieses in einer schlammigen Straße steckengeblieben ist. Sein Kollege, Polizeichef Percy Boyd, wird gekidnappt und bei Fort Scott in Kansas freigelassen. Boyd berichtet später, daß Bonnie auf seine Frage, ob sie eine Botschaft an die Welt habe, die Weisung gegeben habe: „Damn right, tell them, I don't smoke cigars!" Nichts regt Bonnie so auf wie die überzogene Darstellung ihrer eigenen Person in der Presse.

Die schnelle Folge von Morden setzt die Polizei immer stärker unter Druck. Längst ist klar, daß jeder Versuch, Bonnie und Clyde lebend festzunehmen, mehr Blutvergießen zur Folge haben wird. Lee Simmons, Gefängnisdirektor von Huntsville, ersucht bei Miriam Ferguson, Gouverneurin von Texas, die Genehmigung, eine Spezialtruppe aufbauen zu dürfen. Seine Wahl fällt auf Frank Hammer und Manny Gault, ehemalige *Texas Ranger* und damit Mitglieder einer Sondereinheit zur Verbrechensbekämpfung. Unterstützt werden sie von zwei Polizisten aus Dallas, Bob Alcorn und Ted Hinton, die das Gangsterpaar schon gesehen und seit fast zwei Jahren vergeblich versucht haben, es in Texas dingfest zu machen. Von höchster Stelle unter Einschaltung des FBI erhält die Gruppe die Genehmigung, über Bundesstaatengrenzen hinweg operieren zu dürfen. Über die Existenz des Sonderkommandos wird Stillschweigen bewahrt, denn die Verfolger wissen nur zu genau, daß Bonnie und Clyde Zeitung lesen und Radiosendungen verfolgen und diese Nachricht sie sofort dazu veranlassen würde, den Südwesten zu meiden.

Da man weiß, daß Henry Methvin nach wie vor mit Bonnie und Clyde unterwegs ist, versucht die Gruppe über dessen Vater Ivan eine Falle aufzubauen. Simmons erwirkt von Miriam Ferguson die Zusage, daß im Falle einer Zusammenarbeit mit dem Vater sein Sohn Henry in Texas straffrei ausgeht. Zwar wird diese Zusicherung Henry nicht vor dem Gefängnis bewahren, denn andere Bundesstaaten, in denen er inzwischen gesucht wird, werden auf seiner Verurteilung beharren, doch die Häscher haben einen ersten Ansatzpunkt. Als Henry für ein paar Tage seine Verwandten in Louisiana besucht, erfahren die Polizisten durch seinen Vater Ivan, wann und wo sich das Gangsterpaar mit Henry wieder treffen will. Mit den nötigen Informationen ausgestattet postiert sich am 23. Mai 1934 um vier Uhr früh die Spezialtruppe, unterstützt von Sheriff Henderson Jordan und Deputy Sheriff Prentis Oakley aus dem nahegelegenen Arkadia, im Gebüsch. Über fünf Stunden warten sie auf ihren Einsatz, und fast schon wollen sie die ganze Aktion abblasen, als sie um 9.14 Uhr von Ferne das Geräusch eines schnell fahrenden Autos vernehmen. Bob Alcorn und Ted Hinton können beim Näherkommen des Fahrzeuges die Insassen zweifelsfrei als Bonnie und Clyde identifizieren und geben damit den Weg frei für den Sch(l)ußakt der Geschichte.

Bonnie Parker und Clyde Barrow sterben im Kugelhagel von sechs auf sie aus dem Hinterhalt gerichtete Maschinenpistolen. Für Gegenwehr bleibt diesmal keine Zeit. Erst Minuten später nähern sich die Schützen dem mit 167 Kugeln durchlöcherten Fahrzeug, um sicher zu gehen, daß sich darin auch wirklich nichts mehr bewegt. Was sich ihnen bietet, ist ein Bild des Grauens. Jeder Körper, so wird die Obduktion später genauer bestimmen, ist von mehr als fünfzig Kugeln getroffen worden. Ein zweijähriger Alptraum von Streß, Flucht, Angst, Isolation und Stumpfsinn hat sein Ende gefunden.

Es ist dieser Tod, der Bonnie und Clyde unsterblich macht. Zwar versuchen große Tageszeitungen an der Ost- und Westküste durch ihre kritische Berichterstattung, in der viel von den begangenen Morden und gestohlenen Waffen die Rede ist, einer Legendenbildung entgegenzuwirken, doch die Tatsache, daß Bonnie und Clyde Seite an Seite und sprichwörtlich in den Armen des anderen gestorben sind, erzeugt und nährt die romantische Vorstellung eines außergewöhnlichen Paares. Bonnies Komplizenschaft ist es, die der Geschichte eines durchschnittlichen Verbrechers Glanz verleiht. Es ist die Bedingungslosigkeit dieser *Professional Love Affair*, in der, wie es scheint, jeder intuitiv die Bedürfnisse des anderen zu erfassen vermochte, die das Publikum fasziniert. Über dreißigtausend Menschen stehen in der Hitze des Frühsommers 1934 Schlange, um einen Blick auf die aufgebahrte Bonnie zu werfen, und über Jahre hinaus werden junge Paare ihre Hochzeit an der Stelle zelebrieren, wo Bonnie und Clyde den Tod gefunden haben.

Schuld an diesem Kult sind die Medien – besonders das neue Medium Radio hat neben den Zeitungen dem Paar enorme Aufmerksamkeit geschenkt – und die Wirtschaftskrise. Sie sorgen dafür, daß die Geschichte von Bonnie und Clyde ins kollektive Gedächtnis Eingang findet. Obwohl man dem Paar kein *Robin-Hood-Image* andichten kann, denn geraubt und gemordet haben sie nur im eigenen Interesse, wird ihre *tour de force* zum Ausdruck der Aggression, die sich im verarmten, frustrierten Amerika angestaut hat. Die Überrumpelung des „Systems", seine Bloßstellung durch das Paar wird von denjenigen mit Genugtuung zur Kenntnis genommen, die den eigenen sozialen Abstieg vor Augen haben. Gebannt aber stellen sie sich zugleich die Frage, wie lange sich ein solches Leben durchhalten läßt, wie lange man gegen das Gesetz Amok laufen kann. Daß man es nicht auf Dauer vermag, wußte nicht zuletzt Bonnie sehr genau: „The law always wins" heißt es in ihrem Gedicht „The Story of Bonnie & Clyde", das mit den Zeilen schließt:

Some day they'll go down together
And they'll bury them side by side
To few it'll be grief, to the law a relief
But it's death for Bonnie and Clyde.

Marie-Luise Recker

„Das leichte Leben und der schlimme Tod der Rosalia Annemarie Nitribitt"

„Im Wohnzimmer erwürgt." Mit dieser Überschrift informierte die Frankfurter Rundschau ihre Leser am 2. November 1957 über einen Mord, der sich zu einem der berühmtesten Kriminalfälle der Bundesrepublik Deutschland entwickeln und die Phantasie und Sensationslust der Öffentlichkeit intensiv bewegen sollte. Auch erste Einzelheiten der Tat wurden in dem Artikel bereits genannt. Die Tote war die 24jährige Rosemarie Nitribitt, die am 1. November mit Würgemalen am Hals in ihrer Wohnung aufgefunden worden war. Zwar vermied man das Wort „Prostituierte", doch wußte die Zeitung zu berichten, daß bei ihr „sehr oft Herren" verkehrten, „die von Hausbewohnern durchweg als besser situiert bezeichnet werden". In seiner nächsten Ausgabe charakterisierte das Blatt die Ermordete als „eine [...] stadtbekannte [...] ‚Dame', die geschickt mit ihrem eleganten Wagen die Männer anzulocken pflegte", und wies geheimnisvoll darauf hin, daß die Polizei in der Wohnung der Toten zahlreiche Fotografien gefunden habe, auf denen „Freunde der Ermordeten" abgebildet seien. Nicht ausgeschlossen sei, daß hierzu auch „prominente Angehörige aus Wirtschaftskreisen" gehörten.

Damit war der Tenor der Berichterstattung in den nächsten Tagen angeschlagen. Meldungen über die Fotosammlung der Toten, über einen Terminkalender mit verschlüsselten Eintragungen, über zahlreiche Visitenkarten oder gar eine Adressenkartei ihrer Kunden machten die Runde, ja, selbst über eine versteckt angebrachte Geheimkamera und ein Tonbandgerät zur Aufzeichnung von intimen Gesprächen oder Handlungen in ihrer Wohnung wurde berichtet. Auch die Höhe des Vermögens, „nach Gerüchten nahezu 100000 Mark", ließ aufhorchen. Erste Vermutungen über Raub, Eifersucht oder Erpressung als Mordmotiv machten die Runde. Das öffentliche Interesse wurde noch dadurch gesteigert, daß die Frankfurter Staatsanwaltschaft am 4. November für Hinweise, die zur Ergreifung des Täters führen würden, eine Belohnung von 3000 DM aussetzte und die Mutter der Ermordeten diese Summe eine Woche später um 5000 DM auf 8000 DM erhöhen ließ.

Dennoch spiegeln die meisten Berichte der Tagespresse nur unzureichend die Aufregung, die dieser Mordfall in der Stadt am Main und darüber hinaus entfacht hatte. Einer der Zeitungsreporter glossierte allerdings die Hochspannung in den Tagen nach Auffindung der Leiche in treffender Weise:

> „Als der Mord passiert war, geschah etwas, was der Unterzeichnete, der das Geschäft des Lokalredakteurs immerhin seit 30 Jahren ausübt, noch nicht erlebt hat: Vor dem Namen Nitribitt gab es kein Entrinnen mehr. Die Konferenzen ernster Männer verzögerten sich; Kaffeekränzchen legten Sonderschichten ein; Wesen, denen mädchenhafte Reinheit auf der Stirn stand, sprachen das Wort Nitribitt ungescheut aus, und arglose junge Männer, die sich bis dahin nur für die atemlose Punktejagd der süddeutschen Oberliga interessiert hatten, versanken in tiefes Sinnen über den Meldungen aus dem Polizeipräsidium und über den teilweise komischen Phantasien von Reportern, die aus Rosis Boudoir das Photolabor einer Meisterspionin machten. Kurz, eine ganze Stadt sprach über die Tote."

Wer war nun dieses „gewisse Fräulein Nitribitt", diese „Dame in feiner Wohnung, mit dem Nerz im Schrank, Chippendale-Möbeln, Hausbar, weißem Telephon", bei der „ein paar Kapitäne unseres wirtschaftswunderlichen Daseins ... zum teuren Tête-à-tête gewesen sein" sollten und was war in den letzten Oktober- und den ersten Novembertagen geschehen? Am 1. Februar 1933 in Düsseldorf geboren, hatte Rosemarie Nitribitt bis zu ihrem 5. Lebensjahr in einem Waisenhaus gelebt und war anschließend bei Pflegeeltern in der Nähe von Koblenz untergebracht worden. Als sich Erziehungsprobleme häuften, hatte man Fürsorgeerziehung angeordnet und die 14jährige in ein Erziehungsheim eingewiesen. Dennoch waren alle Versuche, ein Abgleiten in die Prostitution zu verhindern, erfolglos geblieben. Im August 1951 wurde sie in Frankfurt am Main wegen Landstreicherei festgenommen und zu drei Wochen Haft verurteilt, anschließend dann in das Frauenheim der Arbeitsanstalt in Brauweiler eingewiesen. Seit 1953 hielt sich Rosemarie Nitribitt erneut in Frankfurt am

Main auf, war zunächst als Bardame, später dann ausschließlich als Prostituierte tätig. Als Pseudonym hatte sie schon bald den Namen „Rebecca“ gewählt. Hatte sie in der ersten Zeit zur Untermiete gewohnt, zog sie Anfang des Jahres 1956 in eine eigene Wohnung im Stadtzentrum. In dieser luxuriös ausgestatteten Wohnung in der Stiftstraße 36 pflegte sie ihre Kunden zu empfangen. Mitte Mai 1956 erwarb sie dann den oft beschriebenen und abgebildeten schwarzen „Mercedes 190 SL“ mit roten Lederpolstern, der ihr Markenzeichen wurde. Auf ihren abendlichen und nächtlichen Rundfahrten durch die Stadt mit diesem auffallenden Cabriolet „zwischen Grand Hotel und den enormen Fenstern einer Autofirma“ machte sie potentielle Kunden auf sich aufmerksam und lud sie zu sich ein.

Nach Berechnungen der Staatsanwaltschaft verdiente sie auf diese Weise im Jahr 1956 über 80000, im Jahr 1957 bis zu ihrem Tod rund 90000 DM. Im persönlichen Bereich eher anspruchslos, gegenüber ihrer engeren Umgebung auch geizig, zeigte sie einen „ausgeprägten Erwerbssinn“ und legte viel Wert auf ihr Äußeres – Make-up, Kleidung, Schmuck –, zumal dies ihre Tätigkeit als Prostituierte zu fördern versprach. Hierzu gehörten ein im Sommer 1957 erworbener zweikarätiger Brillantring und ein nur wenige Wochen später gelieferter Nerzmantel. Ihr übriges Vermögen, zum Zeitpunkt ihres Todes 30000 DM in bar und 30000 DM auf drei verschiedenen Sparbüchern, deponierte sie in einem Banksafe, daneben bewahrte sie größere Geldbeträge in ihrer Wohnung auf, aus denen sie ihre Anschaffungen bestritt oder die sie ansammelte. Angesichts dieser Lebensumstände war die „blonde Rosi“ eine stadtbekannte Erscheinung, so daß es nicht verwunderlich war, daß der Mordfall ein so großes öffentliches Interesse erregte.

Am Nachmittag des 1. November 1957 erhielten zwei Polizeibeamte über Funk die Aufforderung, mit ihrem Streifenwagen zur Stiftstraße 36 zu fahren. Nachbarn hatten Rosemarie Nitribitt seit Tagen nicht mehr gesehen, zudem standen drei Tüten Brötchen vor der Wohnungstür und ihr Hund, ein Zwergpudel, winselte im Inneren der Wohnung. Nachdem die beiden Polizisten sich Zugang verschafft hatten, bot sich ihnen ein grausiges Bild: „Als wir die Wohnungstür öffneten, drang uns typischer Verwesungsgeruch entgegen. Ich ging nach links, auf eine Tür zu, die etwas offen stand ... Ich konnte in ein Zimmer hereinsehen, das ich als

Wohnzimmer bezeichnen möchte. Das Zimmer war durch eine Radiobeleuchtung leicht erhellt, um richtig sehen zu können, knipste ich die neben der Tür befindliche Beleuchtung an ... Wir fanden eine Frau, die schon erheblich in Verwesung übergegangen war. Einzelheiten hat später die Mordkommission festgestellt, die wir sofort benachrichtigt haben." Die mit einem Kostüm bekleidete Leiche lag in Rückenlage auf dem Teppich vor dem Sofa. Am Hals wurden Würgemale festgestellt, zudem fand sich eine Platzwunde am Hinterkopf, die von einem harten Gegenstand herrühren konnte und die geblutet hatte. Die Totenstarre hatte sich schon wieder gelöst, die Leiche war teilweise bereits in Fäulnis übergegangen.

Die Bestimmung des Todeszeitpunkts erwies sich als heikelster Teil der polizeilichen Ermittlungen, zumal Tathergang und Täterkreis hiervon abhängen würden. Aufgrund der pathologischen Untersuchungen sowie der Zeugenaussagen mußte der Mord im Zeitraum vom Nachmittag des 29. Oktober bis zum folgenden Morgen geschehen sein. Dieser lange Zeitraum machte es schwierig, die Alibis der Verdächtigen zu hinterfragen und einen konkreten Täter zu benennen. Auch ein Motiv für den Mord vermochte man nicht zu erkennen. Da der wertvolle Schmuck in der Kassette im Wohnzimmerschrank unberührt war und auch Bargeld im Wert von mehr als 1 000 DM in der Wohnung herumlag, schien ein Raubmord ausgeschlossen. Zudem war die Tote weder sorgfältig geschminkt und frisiert noch trug sie eine Halskette oder ein Armband, so daß die Vermutung nahelag, daß sie nicht auf einen Kunden gewartet hatte, sondern daß ihr letzter Besucher – und Mörder – im Kreis ihrer engeren Umgebung zu suchen sein würde.

Angesichts dieses höchst widersprüchlichen Bildes und der Brisanz des Falles Nitribitt äußerten sich Kriminalpolizei und Staatsanwaltschaft in der Öffentlichkeit zunächst eher zurückhaltend zu den Ergebnissen ihrer Arbeit. Der Presse gegenüber zeigten sie sich wortkarg oder versuchten, durch gezielte Informationen, etwa zu Fotos oder dem Terminkalender der Toten, mögliche Zeugen aus deren breit gestreutem, auf Diskretion setzenden Bekanntenkreis dazu zu bewegen, sich bei der Polizei zu melden. Dennoch erwiesen sich die Ermittlungen als schwierig, mehr als dreihundert Spuren wurden verfolgt. Allerdings zeigte sich schon bald, daß alle in der Presse diskutierten Vermutungen, die in den Bereich von Erpressung oder gar Spionage wiesen, höchst übertrieben waren. Auch aus dem Umfeld der meist älteren und vermögenden Kunden der „blonden Rosi" schien niemand als Täter in Betracht zu kommen, sprachen doch der Tathergang wie die Umstände des Mordes gegen eine solche Hypothese. Vielmehr konzentrierte sich der Verdacht der Ermittler mehr und mehr auf den privaten Bekanntenkreis der Ermordeten, in dem Mörder und Mordmotiv zu suchen sein würden. Hierbei geriet der 35-jährige Handelsvertreter Heinz Pohlmann schon bald in das Visier der Fahndungsbehörden.

Pohlmann hatte sich bereits am 2. November 1957, also am Tage der ersten Presseberichte über den Mordfall, bei der Polizei gemeldet und zugegeben, daß er Rosemarie Nitribitt seit zwei oder drei Jahren kannte. Sie hatten sich zunächst in unregelmäßigen Abständen in der Frankfurter Innenstadt, insbesondere wenn „Rebecca" dort in ihrem Auto auf Kunden wartete, oder auch in einschlägigen Bars getroffen. In ihrer Wohnung hatte er sie mehrmals aufgesucht, nach seinen Angaben zuletzt am 29. Oktober. Bei diesem Besuch in den Mittagsstunden, den er ausführlich schilderte, hatte er die Ankunft eines ihm nicht bekannten Freiers der Prostituierten beobachtet und dann kurz vor 15 Uhr die Wohnung verlassen. Auch den Ablauf der nächsten Stunden und des folgenden Tages schilderte er so, daß er kaum als Täter in Frage kommen konnte.

In weiteren Vernehmungen wurden dann Themen und Fakten angesprochen, die Pohlmann mehr und mehr in das Zentrum der polizeilichen Ermittlungen rückten. Sein Alibi für die Zeit nach seinem letzten Besuch in der Stiftstraße 36 wurde in Zweifel gezogen, er mußte zugeben, über die finanzielle Situation der Rosemarie Nitribitt, insbesondere die Gewohnheit, größere Bargeldbeträge in ihrer Wohnung aufzubewahren, unterrichtet gewesen zu sein, und auch in der Frage, welche Kleidung er am Tattag getragen habe, verwickelte er sich in Widersprüche. Vor allem aber konnte ihm nachgewiesen werden, daß er, obwohl bislang in chronischen Geldproblemen, Ende Oktober 1957 plötzlich einen großen Teil seiner Schulden begleichen konnte und zudem ein neues Auto gekauft und bar bezahlt hatte. Für die ermittelnden Beamten zeichnete sich mehr und mehr „das Bild eines Mannes" ab, „der lügt, zu blenden versteht und oft in Geldschwierigkeiten ist ... Zu seiner Charakterisierung sei gesagt, daß er ein ungewöhnlich sicheres Auftreten hat, sehr redegewandt ist und es ihm nicht anzumerken ist, wenn er von der Wahrheit abweicht." Vor dem Hintergrund dieser sich verstärkenden Verdachtsmomente wurde Pohlmann dann am 15. Februar 1958 festgenommen und mit Haftbefehl des Amtsgerichts Frankfurt am folgenden Tag in die Untersuchungshaftanstalt in der Hammelgasse eingewiesen.

Dieser Schritt löste ein neues Medieninteresse aus, welches den Ton zwischen der Kriminalpolizei und den Frankfurter Zeitungsredaktionen deutlich verschärfte. Obwohl der Polizeipräsident die Presse gebeten hatte, Einzelheiten der Ermittlungsergebnisse und auch den Namen des Untersuchungshäftlings nicht zu veröffentlichen, waren schon wenige Tage später detaillierte Angaben über die von der Polizei gesammelten Indizien, über die Person des Verdächtigen, ja selbst sein Name, in der lokalen Presse zu lesen. Angesichts dieser „Heimsuchung durch Reporter" sahen sich die Ermittlungsbehörden sogar vor die Frage gestellt, ob sie nicht gegen verschiedene Zeitungen ein Strafverfahren wegen „Begünstigung des Täters" einleiten sollten. Allerdings legte man den Konflikt schnell bei, nachdem sich Staatsanwaltschaft und Polizei auf eine gezieltere Pressepolitik verständigt hatten.

Angesichts der Fortführung der Ermittlungen, die neue belastende Fakten zutage förderten, blieb Pohlmann weiterhin in Untersuchungshaft. Insbesondere verstrickte er sich in widersprüchliche Aussagen hinsichtlich der gegen ihn erhobenen Vorwürfe, was den Verdacht gegen ihn weiter erhärtete. Nachdem ein Haftprüfungstermin am 8. März 1958 den Standpunkt der Ermittler bestätigt hatte, wurde am 25. März schließlich die gerichtliche Voruntersuchung eröffnet. Allerdings zogen sich die Ermittlungen weiter hin, ohne daß – über das bisher Bekannte hinaus – neue Indizien an den Tag gekommen wären. Die Probleme des Falles und die offenkundigen Mängel in der polizeilichen Arbeit, die diesen Stillstand mitbewirkten, wurden aus späterer Sicht dann auch offen benannt:

> „Die Akten lassen erkennen, daß sehr viele Kriminalbeamte in die Ermittlungen eingeschaltet waren, die dann aber offensichtlich in vielen Fällen bei Zeugenvernehmungen nicht ausreichend

über die bis dahin getroffenen Feststellungen unterrichtet waren. Auch Pohlmann wurde von mindestens vier verschiedenen Kriminalbeamten vernommen, was sich sicher nachteilig für den gesamten Ermittlungsgang auswirkte ... Die erste umfangreiche Vernehmung des Pohlmann begann am 18. 12., wurde aber auffallenderweise immer wieder nach wenigen Stunden unterbrochen, da Pohlmann angeblich geschäftlich zu tun hatte. Niemand kam trotz eines zu diesem Zeitpunkt klar erkennbaren Tatverdachtes auf den Gedanken, Pohlmann als Täter anzusehen und entsprechend zu behandeln. Auffallend ist besonders, daß die Unterbrechungen der Vernehmungen immer dann erfolgten, wenn dem Pohlmann offensichtlich die gerade behandelten Fragen unangenehm wurden. So konnte er sich stets erneut sammeln und auf die nächste Vernehmung vorbereiten."

Ohnehin sei „zur Bearbeitung in dieser Ermittlungssache noch sehr vieles zu sagen", doch fielen die Versäumnisse gerade hinsichtlich des Hauptverdächtigen besonders ins Gewicht.

Erschwert wurde die Arbeit von Polizei und Staatsanwaltschaft zusätzlich durch die Weigerung Pohlmanns, weitere Aussagen zu den gegen ihn erhobenen Anschuldigungen zu machen. Vor dem Hintergrund der stockenden Ermittlungen und der nach wie vor unklaren Beweislage entschied die Zweite Strafkammer des Frankfurter Landgerichts bei einem neuen Haftprüfungstermin am 29. Dezember 1958, den Handelsvertreter auf freien Fuß zu setzen, da gegen ihn kein dringender Tatverdacht mehr bestehe. Zwar legte die Staatsanwaltschaft sofort Beschwerde gegen diesen Beschluß ein, konnte hiermit jedoch keine Änderung der Entscheidung erreichen.

Mit der Freilassung des Untersuchungshäftlings, die eine deutliche Schlappe für die Ermittlungsbehörden war, geriet der Mordfall Nitribitt nun erneut in das Zentrum der Öffentlichkeit. Bereits am Abend seiner Haftentlassung gewährte Pohlmann verschiedenen Zeitungen Interviews, in denen er erneut seine Unschuld beteuerte und ankündigte, auf eigene Faust den Mörder finden zu wollen. Insbesondere die „Abendpost", ein Frankfurter Boulevard-Blatt, brüstete sich in großer Aufmachung, die Geschichte des „unter falschem Verdacht" Inhaftierten zu präsentieren. In mehreren Fortsetzungen wurde die „Pohlmann-Story" den Lesern dargeboten und hierbei erneut auf den großen, auf Anonymität setzenden Kundenkreis der Ermordeten hingewiesen, in denen möglicherweise Mörder und Mordmotiv zu suchen seien. Mit leicht säuerlichem Unterton beklagte die lokale Konkurrenz, daß auf diese Weise „die Mordaffäre Nitribitt zur großen Farce zu werden [drohe], zur Magazin-Schnulze mit makaberkomischen Einfällen ... Nach den Privatgeheimnissen gestürzter Größen, nach dem Familienklatsch über gekrönte Häupter, nach Soraya und Margaret nun die Erlebnisse des Freundes eines ermordeten Straßenmädchens pikanterer Provenienz ... Zweifelhafter Nervenkitzel für Illustriertenkäufer als großes Geschäft."

Dennoch war diese Artikelserie erst der Auftakt zu einem noch größeren Pressecoup. In der ersten Januarwoche 1959 hatte die Illustrierte „Quick" eine Übereinkunft mit Pohlmann getroffen, eine Artikelserie zu dem noch immer unaufgeklärten Mordfall zu veröffentlichen. Unter dem Motto „Quick sucht den Mörder der Nitribitt" sollte die Darstellung nicht nur die Sensationslust der Leser befriedigen, sondern die Öffentlichkeit auch anregen, eigene Anschauungen, Hinweise und Bemerkungen an die Redaktion zu schicken. Indem man einen bekannten pensionierten Kriminalbeamten zur Auswertung dieser Leserzuschriften verpflichtete und eine Belohnung von 50000 DM aussetzte für Hinweise, die zur Festnahme des noch unbekannten Mörders führen würden, unterstrich man diesen „Aufklärungs"-Anspruch. Mit feierlichem Unterton beteuerte die Redaktion, es gehe ihr „nicht um die Person der Ermordeten, es geht um das Recht", und appellierte an ihre Leser, dem unter falscher Beschuldigung lebenden Handelsvertreter beizustehen: „Um der Gerechtigkeit willen – helfen Sie mit!"

Beginnend Mitte Januar 1959, machte die Zeitschrift das interessierte Publikum in wöchentlichem Abstand mit Ablauf und Hintergründen des Mordfalls aus der Sicht Pohlmanns bekannt. Im Erlebnisstil, umrahmt von Fotos, Skizzen und dem pathetischen Aufruf „dabei zu helfen, diesen gemeinen Mörder zur Strecke zu bringen", schilderte sie das Leben der Rosemarie Nitribitt sowie das ihres „einzig wirklich guten Freundes". Zunächst nur in vagen Andeutungen, in den folgenden Berichten aber schon offener, wurden neben dem Mordfall selbst dann auch Andeutungen über die „Männer um Rosemarie" gemacht und Vermutungen eingeflochten, daß Pohlmann hierüber mehr wisse, als er bisher preisgegeben habe. Gerade diese Mischung aus Hintergrundwissen zum Mordfall und „pikanten“ Details aus dem Leben der „blonden Rosi“ machten die Brisanz wie den publizistischen Erfolg der Fortsetzungsstory aus. Das Aufsehen, welches diese Artikelserie auslöste, war enorm. Nicht nur die Konkurrenzblätter zeigten sich irritiert über Inhalt und Stil dieses Sensationsjournalismus, auch Vertreter der Kirchen und gesellschaftlicher Gruppen äußerten Mißfallen und Abscheu über die „ungeheure Geschmacklosigkeit“ der „Quick“-Serie, die auf die „Sensationslust der breiten Masse“ ziele. Selbst der Deutsche Presserat befaßte sich mit dem Fall.

Noch brisanter waren die Veröffentlichungen in der Münchener Illustrierten jedoch für den ehemaligen Kundenkreis der Nitribitt. Als Pohlmann Mitte Februar in einem Bericht auf „das schwere silbergerahmte Foto ihres millionenreichen Verehrers“ hinwies und man vermuten konnte, daß dessen Name ihm nicht unbekannt sei, mußte dies alarmierend wirken. Bereits seit Beginn der „Quick“-Serie waren im Umfeld des Betroffenen Überlegungen angestellt worden, auf welche Weise die Veröffentlichungen gestoppt oder doch zumindest die Nennung seines oder anderer prominenter Namen verhindert werden konnte. Unter Einschaltung von Rechtsanwälten erreichte man Mitte Februar 1959 schließlich eine Vereinbarung mit Pohlmann, nach der dieser seine Mitwirkung an Presse- und Filmprojekten über den Fall Nitribitt beenden und ihm bekannte Namen von Freiern nicht nennen würde. Hierfür hatte Pohlmann zunächst ein „Schweigegeld“ von 1 Million DM gefordert, war dann jedoch auf 250000 DM heruntergehandelt worden. Aber auch von dieser Summe scheint ihm nur eine erste Rate von 50000 DM gezahlt worden zu sein.

In der Tat wurde der Fortsetzungsbericht in der „Quick“ nach fünf Folgen abrupt gestoppt. Mit geheimnisvollem Unterton ließ die Redaktion die Leser wissen, es hätten sich mittlerweile „so viele wichtige Gesichtspunkte in dieser ernsthaften Angelegenheit ergeben, daß weitere Mitteilungen darüber unverantwortlich wären ... Nunmehr hat die Großjagd nach dem Mörder ein Stadium erreicht, in dem die Wißbegierde der Öffentlichkeit hinter dem Interesse der Strafverfolgung zurücktreten muß.“ Deshalb habe man sich entschlossen, den Abdruck der nächsten Folge zu stoppen und die Leserzuschriften sowie eigene interne Unterlagen den

Ermittlungsbehörden zu übergeben. Allerdings konnte keine Rede davon sein, daß die Artikelserie der Münchener Illustrierten irgendwelche neuen Erkenntnisse zum Mordfall Nitribitt zutage gefördert hatte. Der von der „Quick“ zur Auswertung der Leserzuschriften engagierte pensionierte Kriminalbeamte mußte, von der Polizei befragt, zugeben, daß sich hierunter „nicht ein einziger Hinweis auf den Täter“ befunden habe. Es war allein der Sensationseffekt, auf den die „Quick“ gesetzt hatte und mit dem sie ihre Auflage steigern wollte.

Das Aufsehen, das die „Pohlmann-Story“ erregt hatte, war auch deshalb so groß, weil im Jahr zuvor ein Spielfilm über den Fall Nitribitt erhebliche öffentliche Auseinandersetzungen nach sich gezogen hatte. Bereits Mitte November 1957, also zwei Wochen nach dem Mord an der Frankfurter Prostituierten, hatte der „professionelle Gesellschaftspessimist“ Erich Kuby bei der Freiwilligen Film-Selbstkontrolle das Projekt eines Nitribitt-Films angemeldet. Hierbei sollte weniger das Leben der Ermordeten im Mittelpunkt stehen, vielmehr ein „gesellschaftskritischer Aufriß“ der bundesdeutschen Wirklichkeit und der moralisch-politischen Begleiterscheinungen des Wirtschaftswunders gegeben sowie dem „von Heuchelei wie von Schimmel überzogenen Lande“ ein Spiegel vorgehalten werden. Deshalb reicherte Kuby die Ereignisse rund um Käuflichkeit und Prostitution mit dem Aspekt der Wirtschaftsspionage an, um so den kriminellen Gehalt des behandelten Stoffes zu erhöhen und das „Ansehen, welches die Rosemarie-Kunden als Leitbilder unserer Gesellschaft skandalöserweise genießen“, zu erschüttern. Zwar waren – außer demjenigen der Titelheldin – die Namen der jeweils auftretenden Akteure erfunden, doch ließ sich anhand der geschilderten Charaktermerkmale und Lebensumstände der eine oder andere aus dem Kreis der „Wirtschaftskapitäne“ unschwer erraten oder zumindest vermuten. Diese „höhere Art von Wirklichkeit über dem Individuellen und Zufälligen“, die bewußte Unschärfe zwischen Fiktion und Realität waren es, die Kubys Filmprojekt die Brisanz gaben.

Dies zeigte sich schon bei der Realisierung des Films. Erst nach mehreren vergeblichen Versuchen konnte er schließlich eine Produktionsgesellschaft, einen Produzenten und einen Regisseur für diesen Stoff finden, so daß man mit den Dreharbeiten für „Das Mädchen Rosemarie“ im Frühjahr 1958 beginnen konnte. Allerdings mußten vor der Uraufführung auf Druck der Freiwilligen Selbstkontrolle noch bestimmte Szenen geändert, Hinweise auf originale Schauplätze in Frankfurt entfernt und ein Vorspanntext eingeführt werden, der die Fiktionalität des Geschehens unterstrich. Aber auch mit diesen Abänderungen blieb der Film in der öffentlichen Diskussion. Die Handlung, die zwar erdichtet war, hinter der man sich jedoch reale Personen und Vorgänge vorstellen konnte und die zudem in eine öffentliche Tabuzone verwies, wirkte auf Publikum und Presse wie ein Magnet. Wie anstößig und umstritten das Sujet war, mag die Tatsache beleuchten, daß die Bundesregierung die Aufführung des Films auf der Biennale in Venedig zu hintertreiben trachtete.

Die öffentliche Aufmerksamkeit für „Das Mädchen Rosemarie", ein von Erich Kuby schnell nachgeschobener Roman zum selben Thema und dann die „Pohlmann-Story" in der Illustrierten „Quick" hatten davon abgelenkt, daß Polizei und Staatsanwaltschaft weiter darum bemüht waren, den berühmten Mordfall aus dem Frankfurter Prostituiertenmilieu aufzudecken und den Mörder zu überführen. Die seit März 1958 laufende gerichtliche Voruntersuchung gegen Heinz Pohlmann wurde Ende Oktober 1959 abgeschlossen und im März 1960 schließlich Mordanklage erhoben. Fast zweieinhalb Jahre nach dem gewaltsamen Tod von Rosemarie Nitribitt schien nun die Aufklärung des Falles anzustehen.

In der Anklageschrift vom 11. März 1960 rechnete die Staatsanwaltschaft Pohlmann zu denjenigen Personen, die schon durch ihre enge Vertrautheit mit der Ermordeten, ihrer Lebensverhältnisse und Lebensgewohnheiten als Täter in Frage kamen. Aus diesem Kreis war er in ihrer Sicht der einzige, der kein Alibi für die Tatzeit hatte. Den Mord an der Prostituierten grenzte sie auf den Nachmittag des 29. Oktober 1957, konkret auf die Stunden zwischen 15:30 Uhr und 17 Uhr ein, ein Zeitraum, für den der Handelsvertreter widersprüchliche Angaben gemacht hatte. Ein weiteres Indiz sah sie in der Kleidung, die er am Mordtag getragen hatte: Auf der Hose befand sich ein Blutfleck, der, wie es schien, aus der Platzwunde am Kopf der Nitribitt herrührte. Auch eine Kratzwunde im Gesicht des Angeklagten sprach dafür, daß es einen Kampf zwischen ihm und der Ermordeten gegeben hatte.

Das wichtigste Indiz war jedoch die finanzielle Situation Pohlmanns. Die Staatsanwaltschaft hielt ihm vor, daß er zur Tatzeit ohne Einkommen gewesen sei und mehr als 20000 DM Schulden gehabt habe. Selbst kleinere Beträge – so noch Anfang Oktober 1957 300 DM zur Abwendung des Offenbarungseides – habe er sich von Freunden borgen müssen. Wenige Tage nach dem Tod der „blonden Rosi“ habe er dann nicht nur einen Teil seiner Rückstände bezahlt, sondern auch neue Anschaffungen gemacht, darunter ein Auto für über 10000 DM, welches er bar bezahlen konnte. Insgesamt, so rechnete sie ihm vor, habe er in der Zeit vom 1. bis zum 11. November 1957 Barzahlungen von fast 18000 DM geleistet, danach erneut Schulden auflaufen lassen. Zur Herkunft dieser beträchtlichen Summe hatte Pohlmann jedoch keine glaubhaften Angaben machen können. Die Staatsanwaltschaft nahm deshalb an, daß er dieses Geld nach der Tat aus der Wohnung in der Stiftstraße entwendet habe. Sie verwies darauf, daß die Ermordete immer größere Geldbeträge zu Hause aufbewahrt und daß sie zudem die Absicht bekundet habe, in den nächsten Tagen einen Brillantring im Wert von 18000 DM zu kaufen. Deshalb konnte man vermuten, daß in der Geldkassette im Wohnzimmerschrank des Opfers ein solcher Betrag vorhanden gewesen sei. Somit bezichtigte die Anklagebehörde Pohlmann nicht nur des Mordes, sondern auch des besonders schweren Raubes.

Vage blieb die Anklageschrift hinsichtlich des Motivs. Erwähnt wurde mehrfacher Streit zwischen dem Beschuldigten und dem Opfer, wobei häufig Geld eine Rolle gespielt habe. Damit schien wahrscheinlich, daß es am 29. Oktober zwischen beiden zu einem Streit um Geld gekommen sei, in dessen Folge Pohlmann das Opfer zunächst am Kopf verletzt und dann erwürgt habe. Angesichts der dargelegten Indizien und da „die Möglichkeit, daß eine andere Person als Täter in Betracht kommt, nach diesen Ermittlungen als ausgeschlossen“ anzusehen sei, beantragte die Staatsanwaltschaft die Eröffnung des Hauptverfahrens vor dem Schwurgericht in Frankfurt am Main.

Dem entsprach die 8. Strafkammer des Frankfurter Landgerichts mit Beschluß vom 24. Mai 1960, so daß der Prozeß Ende Juni desselben Jahres beginnen konnte. Angesichts der umfangreichen Ermittlungsergebnisse und der großen Zahl von Zeugen und Sachverständigen, mit denen die Staatsanwaltschaft die vorgelegten Indizien erhärten wollte, zogen sich die Verhandlungen, begleitet von großem Medieninteresse, bis Mitte Juli 1960 hin. Erneut wurden die bereits in der Anklageschrift angesprochenen Punkte verhandelt, ohne daß sich jedoch neue Erkenntnisse ergaben. Da Pohlmann weder ein Geständnis abgelegt hatte noch Tatzeugen vorhanden waren, mußten die Indizien für die Ermittlung des Täters herhalten. Hier zeigte sich jedoch, daß nun, fast 2 ¾ Jahre nach dem Mord, die Präzision der Zeugenaussagen eher nachließ und damit deren Beweiswert sich verringerte. Auch ließen sich keine neuen Anhaltspunkte für die Täterschaft Pohlmanns zutage fördern. Damit blieben die Positionen unverrückt: Während die Staatsanwaltschaft aufgrund der Ermittlungsergebnisse auf eine lebenslange Zuchthausstrafe plädierte, forderte der Verteidiger den Freispruch seines Mandanten.

Am 12. Juli 1960, nach 13 Verhandlungstagen und fast 33 Monate nach der Tat, fällte das Frankfurter Schwurgericht seinen Urteilsspruch: Zum großen Erstaunen der Öffentlichkeit wurde Heinz Pohlmann mangels Beweises freigesprochen. Verantwortlich für diese Entscheidung waren deutliche Zweifel an der Stichhaltigkeit der von den Ermittlungsbehörden zusammengetragenen Indizienkette. Weder folgte das Gericht den Überlegungen der Staatsanwaltschaft hinsichtlich der Tatzeit noch sah es die anderen Verdachtsmomente als zwingend an. Zwar blieb in seiner Sicht auch nach dem Ergebnis der Hauptverhandlung weiterhin ein begründeter Tatverdacht gegen den Angeklagten bestehen, doch reichte dies nicht aus, um ihn des Mordes an der Prostituierten zu überführen. „Die Gesamtwürdigung der Beweistatsachen", so die umfangreiche Urteilsbegründung, „ergibt nicht mit der für eine Verurteilung erforderlichen Sicherheit, daß nur der Angeklagte als Täter der ihm zur Last gelegten Verbrechen in Betracht komme und die Täterschaft anderer Personen ausgeschlossen sei".

Damit hatte ein Mordfall seinen Abschluß gefunden, der wie kaum ein anderer die deutsche Öffentlichkeit beschäftigt hat und beschäftigt. Zwar wurden noch weitere Spuren verfolgt, doch verdichteten sich keine Hinweise zu einem konkreten Verdacht. Auch die Einschätzungen des Mordfalls haben sich nicht geändert: Während der frühere Chef der Frankfurter Kriminalpolizei noch heute von der Schuld des Handelsvertreters überzeugt ist, bleibt der ehemalige Vorsitzende Richter im Pohlmann-Prozeß bei der Ansicht, daß dieser die Prostituierte nicht getötet habe.

Was macht nun die Brisanz dieses Mordfalls aus? Ohne Zweifel hat die Tatsache, daß der Tod der „blonden Rosi" nie aufgeklärt, die Tat nie gesühnt wurde, zu der Aura des Undurchsichtigen und Abgründigen beigetragen. Von ihren persönlichen Eigenschaften her hätten weder Rosemarie Nitribitt noch Heinz Pohlmann besonderes Interesse gefunden. Die 24-jährige „strahlte weder Jugend noch heiße Sünde aus", war eher kühl, emotionsarm und kalkulierend. Sie besaß weder Geschmack noch Bildung, allein in geschäftlichen Dingen zeigte sie Schläue und Zielstrebigkeit. Sie hatte, wie ein späterer Beobachter mit unterschwelliger Anerkennung konstatierte, „Mobilität und Reklame als Zeichen der Zeit erkannt und ihr Gewerbe auf die vier Räder" des berühmten schwarzen Mercedes Cabriolet gestellt. Dies ließ sie zu einem Produkt ihrer Zeit werden.

Aufmerksamkeit und Spannung erregte jedoch vor allem die Frage, wer zum Kreis ihrer Kunden zählte. Dies war das Feld nachhaltiger Spekulationen. Prominente Vertreter aus den höchsten Etagen von Wirtschaft und Politik wurden als Besucher in der Stiftstraße 36 vermutet, die „Legende von der Kurtisane der Republik, von einer Art rüschenverziertem Ankerplatz für müde Wirtschaftskapitäne" bot der Phantasie freien Raum für Spekulationen und Mutmaßungen. Insbesondere das vielzitierte Notizbuch, angeblich angefüllt mit prominenten Namen, war in aller Munde. Hier erwies sich die Lücke zwischen Fama und Realität besonders groß: Zwar hatte „Rebecca" ihre Einnahmen penibel notiert – „pro Kunde zwischen 70 und 120 Mark" – doch nur wenige und kaum prominente Namen. Warum auch, so ließe sich zumindest fragen, sollte sie Adressen oder Telefonnummern notieren, wenn sie es war, die von ihren Kunden oder von einem diskreten Hotelportier angerufen wurde?

Auch wenn sie Mitte der 1950er Jahre eine stadtbekannte Erscheinung in Frankfurt war, ihr eigentlicher Ruhm begann nach ihrem Tod. Die ungeklärten Umstände des Mordfalls, der voyeuristische Blick auf Lebensgeschichte und Lebensstil der „neuen Kameliendame" wie auch die Frage, welche Enthüllungen hinsichtlich ihres Kundenkreises nun zu erwarten waren, ließen weitreichende Spekulationen ins Kraut schießen. Insbesondere die Illustrierten nahmen sich des Stoffes an und präsentierten ihren Lesern ein buntes Gemisch aus Sensationsstory und verschämten Hinweisen auf die Hintergründe des Mordfalls. „Das leichte Leben und der schlimme Tod der Rosalia Annemarie Nitribitt", so hatte der Staatsanwalt zu Beginn seines Plädoyers in dem Prozeß gegen Heinz Pohlmann Klage geführt, „hat die Gemüter weit über die Grenzen Frankfurts hinaus erregt", doch seien alle derartigen Schilderungen eine „phrasenhafte Überzeichnung". Allerdings war die „Legende um die intime Freundin mächtiger Männer" ein viel zu starker Stoff, als daß Öffentlichkeit und Presse sich dessen nicht angenommen hätten.

Die Umdeutung der Gestalt der „blonden Rosi" zur „recht eigenwillige[n] Verkörperung des bundesrepublikanischen Wirtschaftswunders" wurde dann insbesondere von Erich Kubys Buch- und Filmprojekt vorangetrieben. Hierbei kam ihm zugute, daß Mörder und Mordmotiv nach wie vor im Dunkeln lagen und somit Spekulationen zum Hintergrund des Mordes und zum Kreis der möglichen Täter Tür und Tor geöffnet waren. Die Verbindungen, die „das Mädchen Rosemarie" zu den höchsten Industriekreisen im Nachkriegsdeutschland unterhielt, wurden so überhöht zu der Vermutung, sie habe ihre Freier ausgehorcht und erpreßt und sei aus diesem Grunde erwürgt worden. Allerdings stellte Kuby nicht sie an den Pranger der öffentlichen Meinung, sondern die Doppelmoral ihres Kundenkreises, der seine Reputation und Respektabilität wahren wollte und deshalb nicht davor zurückschreckte, eine unliebsame Zeugin zu erdrosseln. Mit untrüglichem Instinkt für Interesse und voyeuristische Neugier des Publikums sah er Film und Buch als „satirisch-kritische[n] Kommentar auf die Moral von Huren und die Unmoral in Chefetagen" und legte damit den Grundstein für den großen Verkaufserfolg beider Medienprodukte. Auch wenn der Mordfall selbst viel unspektakulärer war, durch diese Interpretation wurde „Rosemarie Nitribitt, um ihr mondän-verruchtes Leben gebrachte Edelhure, ... zur Ikone des aufstrebenden Nachkriegsdeutschland". Dieser Nachruhm ist ihr bis heute geblieben.

Lothar Kettenacker

Der Hausarzt als Todesengel: Dr. Harold Frederick Shipman

Das Attribut „historisch“ hat stets zwei Bedeutungen: Es bezieht sich einmal auf Vergangenes, zum anderen sind damit herausragende Geschehnisse der Gegenwart gemeint, die fortan in der kollektiven Erinnerung einen festen Platz behaupten. Mit Sicherheit gilt dies für Dr. Harold Shipman, den die *Times* am 1. Februar 2000 in ihrer Schlagzeile als „Britain's worst serial killer“ apostrophierte. An diesem Tag verwies der Fall die politischen Nachrichten selbst in den seriösen Tageszeitungen von der ersten Seite. Am 31. Januar war der Hausarzt Dr. Harold Shipman von einer Jury in Preston des Mordes an 15 älteren Frauen für schuldig befunden worden. Sein Fall hat dem Image des englischen Hausarztes unsagbaren Schaden zugefügt. Mochten auch die Unzulänglichkeiten des National Health Service (NHS), des staatlichen Gesundheitsdienstes, immer wieder negative Schlagzeilen produzieren, das Ansehen des unter schwierigsten Umständen tätigen General Practitioners (GP) blieb davon unberührt. Er galt als der ruhende Pol, eine Bastion der Verläßlichkeit in den Turbulenzen einer schnellebigen Zeit. Es gab kaum einen Berufsstand in Großbritannien, der sich einer vergleichbaren Vertrauensposition erfreuen durfte. Er war das Rückgrat des Gesundheitsdienstes, seinerseits der letzte Pfeiler des bröckelnden Wohlfahrtsstaates.

Was im Englischen mit „serial killer“ gemeint ist, wurde dem Zeitungsleser schnell deutlich, wenn er einen Blick auf die neben dem Konterfei des Mörders abgebildeten Opfer warf: allesamt ältere Frauen, meist zwischen 60 und 80 Jahre alt und, wie sich herausstellte, verwitwet bzw. alleinstehend und ihrem Hausarzt, oftmals dem einzigen Kontakt zur Außenwelt, in blindem Vertrauen zugetan. In der Regel hat man es bei Mördern dieser Art weniger mit einer Masse von Opfern zu tun als vielmehr einer Serie, d.h. einer bestimmten Kategorie. Freilich dürfte die besondere Auswahl der Opfer das einzige sein, was Dr. Shipman im Moritatenkabinett der Nation mit seinen Vorgängern verbindet. Auch wenn über die Motivation des Täters keine gesicherten Erkenntnisse vorliegen: Habgier oder pathologisch-sexuelle Neigungen, die häufigsten Tatmotive, werden ausgeschlossen.

Den Opfern als Gruppe kommt eine besondere Bedeutung zu. Es besteht unter allen Sachverständigen Einverständnis über die dramatischen demographischen Veränderungen im 21. Jahrhundert: Der Anteil der älteren pflegebedürftigen Bevölkerung wird in einem in allen seinen Implikationen noch unvorhersehbaren Ausmaß zunehmen. Schon soll es in englischen Krankenhäusern vorkommen, so der Bericht einer jungen Ärztin in der Sunday Times vom 2. April 2000, daß schwerkranke Patienten durch Verweigerung von Medikamenten bzw. hohe Dosen von Diamorphin sozusagen aus dem Weg geräumt werden, um die Betten wieder neu belegen zu können. Die Altersgruppe der über 65jährigen muß sich nicht nur gesundheitlich, sondern zugleich auch politisch-gesellschaftlich behaupten.

Shipmans Opfer gehörten zu jener Generation, die ihrem Arzt nicht nur als Fachmann voll vertrauten, sondern ihm mit der für das England vergangener Zeiten so charakteristischen sozialen Ehrerbietung („deference") begegneten.

Ungeachtet seiner historischen Bedeutung und der Einzigartigkeit der Umstände weist der Fall Dr. Shipman alle Aspekte einer spannenden Kriminalgeschichte auf. Wie wurde der Täter überführt? Hier sieht sich die Gesellschaft sogleich mit einem weiteren Skandal konfrontiert. Denn die Art und Weise, wie er überführt wurde, weist nur allzu deutlich darauf hin, daß das System versagt hat, nämlich sowohl der NHS als Aufsichtsbehörde als auch die Polizei als Ermittlungsinstanz. Recht besehen hat sich Dr. Shipman selbst ausgeliefert, indem er sich am Ende ein mit seinem bisherigen Vorgehen nicht in Einklang stehendes ordinäres Delikt leistete: eine Urkundenfälschung, mit der er sich zum Alleinerben einer vermögenden Witwe machen wollte. Sonst hätte er womöglich weiter seelenruhig bis zu seiner Pensionierung seinem Mordhandwerk nachgehen können, ohne daß ihm die Polizei auf die Schliche gekommen wäre. So wurde denn auch später die Theorie vertreten, Dr. Shipman habe sich mit diesem stümperhaften Betrugsvergehen selbst Handschellen anlegen wollen. Denkbar ist auch, daß er sich mit diesem Vermögen ins Ausland absetzen wollte.

Kathleen Grundy, eine noch rüstige Achtzigerin, die in früheren Jahren Bürgermeisterin von Hyde war und sich jetzt bei *Age*

Concern, einer Stiftung für alte Menschen, engagierte, war sein letztes Opfer. Sie hatte angeblich ihre sämtlichen Vermögenswerte, darunter ihr schönes Haus, durch schriftliche Instruktion eines Notariats dem verehrten Hausarzt vererbt. Ihre Tochter, Angela Woodruff, eine Anwältin, der diese Willenserklärung der Mutter partout nicht einleuchten wollte, ging der Sache mit detektivischem Spürsinn auf den Grund. Bald häuften sich die Verdachtsmomente: Die Unterschrift deckte sich nicht mit den von Mrs. Grundy unterzeichneten Schecks; die Zeugen bei der Beurkundung des Testaments, Patienten aus dem Wartesaal der Praxis Shipman, wußten nicht, was sie unterschrieben hatten. Dr. Shipman wollte die Schreibmaschine, auf der die Briefe verfaßt worden waren, der alten Dame ausgeliehen haben, aber nur die Fingerabdrücke des Arztes waren auf ihr erkennbar. Der BBC erklärte Angela Woodruff, sie habe einfach nicht glauben können, was sich ihr als Verdacht aufgedrängt habe: Jeder vertraue seinem Arzt, und ihre Mutter habe Dr. Shipman sehr geschätzt und geachtet. Es habe sie große Überwindung gekostet, das Unmögliche für möglich zu halten. Am 24. Juli 1998 überwand sie schließlich ihre Skrupel, vertraute sich der Polizeibehörde ihrer Grafschaft an (notabene nicht der für Hyde, dem Wohnsitz Shipmans, zuständigen Polizei) und brachte so den Stein ins Rollen. Eine der aufwendigsten Ermittlungen in der britischen Kriminalgeschichte kam in Gang. Zeitweise waren bis zu 60 Beamte im Einsatz. Erst jetzt stellte sich heraus, daß Dr. Shipman bereits wegen Drogenmißbrauchs verurteilt worden war. Erst jetzt trat zutage, daß bereits eine Kollegin des Arztes, Dr. Lynda Reynolds, wenige Monate zuvor Verdacht geschöpft und die Polizei verständigt hatte. Die daraufhin routinemäßig und zugleich unter strikter Geheimhaltung vorgenommenen Ermittlungen waren bald eingestellt worden: Die Verdachtsmomente reichten nicht aus, Dr. Shipman zu überführen. In der Folgezeit hat er dann noch drei weitere Frauen umgebracht. Aber jetzt fehlte es nicht mehr an der Evidenz: Die organisch völlig gesunde Mrs. Grundy war, wie Laboruntersuchungen nach der Exhumierung der Leiche ergaben, an einer Überdosis Morphium bzw. Diamorphin (Heroin) gestorben. Eine intravenöse Injektion hat den Tod unmittelbar zur Folge: Die fettlösliche Substanz setzt sofort die Gehirnfunktionen außer Kraft. Aber Morphium ist im Körper noch jahrzehntelang nachweisbar. Vermutlich kam der junge Shipman erstmals mit Morphium in Berührung, als er die Auswirkungen bei seiner an Lungenkrebs erkrankten Mutter erlebte. Seine Obsession mit Morphium und Mord mag in diesen traumatischen Erlebnissen ihren Ausgangspunkt haben. Dr. Shipman muß sich seiner Sache sehr sicher gewesen sein. Einen professionellen Samariter würde man nicht ohne weiteres des Mordes verdächtigen. Nach dem übereinstimmenden Urteil der Untersuchungsbeamten gehörten seine Arroganz, seine Überheblichkeit und Selbstgewißheit zu den hervorstechendsten Charaktermerkmalen.

Dr. Shipman, 1946 geboren, entstammte einer sozial aufstrebenden Arbeiterfamilie. Wo immer sie wohnte, war sie unauffällig, wohlgelitten. Die Eltern wollten nur das Beste für ihre Kinder, die es denn auch alle ‚zu etwas brachten', und sei es zu trauriger Berühmtheit. Den Aufstieg aus diesem Milieu geschafft zu haben, erst in eine Oberschule, dann zum Medizinstudium an der Universität von Leeds, setzt ungewöhnliche Willensstärke voraus. Was ihm an Begabung fehlte, glich er durch Büffelei aus. Nur beim Rugby tat er sich hervor: Hier konnte er seinen angestauten Frustrationen und seinem Aggressionstrieb freien Lauf lassen. Er war ein furchtloser, draufgängerischer Spieler. Unter seinen Schulkameraden und Kommilitonen galt er als Einzelgänger, der sich von albernem Zeitvertreib fernhielt. Der junge Shipman war erst 17 Jahre alt, als seine Mutter an Lungenkrebs starb. An diesem Tag soll er stundenlang im Regen gejoggt sein, um so mit dem Ereignis fertig zu werden. Darüber mit anderen zu sprechen, brachte er nicht über sich. Schon allzu früh, noch als Student, ließ er sich die Fesseln eines Familienvaters anlegen. Mit 21 Jahren und im ersten Studienjahr heiratete er die 17 Jahre alte Tochter seiner Zimmerwirtin, die ein Kind von ihm erwartete und den gleichen Verhältnissen entstammte wie er. Auf den Zeitungsbildern erscheint Primrose, die den Prozeß täglich im Gerichtssaal von Preston verfolgte, als loyale mütterliche Ehefrau, die auf ihr Erscheinungsbild wenig Wert legt. Ihr Haushalt, sagen Polizeibeamte, soll chaotisch gewesen sein, aber an der Erziehung der vier Kinder hatten Freunde und Nachbarn nicht das geringste auszusetzen.

Nach seiner praktischen Krankenhausausbildung schloß sich Shipman 1974 der ersten Gruppenpraxis unter Leitung von Dr. Michael Grieve an. Schon nach einem Monat wurde er zum Principal GP befördert, dank seines Arbeitseifers, zumal seines Engagements für eine Modernisierung der Praxis. Tag und Nacht arbeitete er daran, alle Patientendaten in einem computerähnlichen System zu speichern. Aber auch bei den Patienten war er beliebt. „He had lots of friends", erinnert sich Dr. Grieve. Doch schon bald sollte sich die sinistere Seite seines Charakters manifestieren. Eines Morgens hatte die Sprechstundenhilfe Gelegenheit, bei einer Besorgung in der örtlichen Apotheke einen Blick in das geöffnete Rezeptbuch zu werfen. Wie der besorgte Apotheker erwartet hatte, war die junge Dame über die Eintragungen in höchstem Maße alarmiert: Seiten über Seiten tausende Pethidine-Ampullen, alle auf Bestellung von Dr. Shipman, ein selten verschriebenes Schmerzmittel, das wie Morphium wirkt. Die Reaktion Dr. Shipmans war für seine Kollegen völlig unerwartet: kein Leugnen, keine Reue oder Bitte um Verständnis, sondern ein Wutanfall. Vor Gericht machte er seine Kollegen und das schlechte Arbeitsklima für seine Depression und nachfolgende Drogenabhängigkeit verantwortlich. Es war offensichtlich eine Ausflucht, denn keiner seiner Kollegen konnte diese Erklärung nachvollziehen. Nun wußte man, warum er alle Patientendaten gesammelt hatte. Er wollte wissen, wem Pethidine verschrieben worden war. Um sich ausreichend mit diesem Beruhigungsmittel zu versorgen, hatte er u. a. die Unterschrift des Managers eines Altersheims gefälscht. Seiner Verurteilung folgten eine Rehabilitationsphase und der Umzug der Familie in eine Arbeitersiedlung.

Erstaunlich war die Wiederzulassung als Arzt durch den General Medical Council, die Standesvertretung der britischen Ärzteschaft. Nach weniger als zwei Jahren konnte Dr. Shipman erneut in eine Gruppenpraxis eintreten, die Donneybrook House Group Practice in Hyde, einem Städtchen in der Nähe von Manchester. Schon bald zog die Familie auch wieder in eine bessere Wohngegend. Shipmans Auftreten gegenüber seinen neuen Kollegen war durch besserwisserische Arroganz und den Willen gekennzeichnet, sich immer und überall durchzusetzen. Eine Sprechstundenhilfe mußte gehen, nur weil sie ihm nicht rechtzeitig die gewünschte Tasse Kaffee gebracht hatte. Doch seinen Patienten zeigte er sich von einer ganz anderen Seite; für sie hatte er immer Zeit, ohne überheblich zu wirken. Seine Patienten stellten seine Autorität auch nie in Frage. Alle Psychologen sind sich einig, daß die Kontrolle über Menschen und Situationen für ihn ein zentrales Bedürfnis war.

So ist es zu erklären, daß Dr. Shipman 1992 der Gruppenpraxis den Rücken kehrte, um sich an der Hauptgeschäftsstraße von Hyde selbständig zu machen. Er muß dies von langer Hand geplant haben. Denn es gelang ihm nicht nur, seinen Kollegen drei Sprechstundenhilfen und eine Gemeindeschwester auszuspannen, sondern auch 3000 Patienten. Im Rahmen des NHS verstößt dieses Vorgehen gegen die guten Sitten, aber dies ließ Dr. Shipman kalt, denn sein Ansehen unter den Patienten hatte nicht gelitten. Im Gegenteil, bald hatte er den Ruf, der beste Arzt am Ort zu sein. Man mußte ein Jahr warten, um in seine Patientenkartei aufgenommen zu werden. Der Arzt nahm sich viel Zeit für seine Patienten, die er oftmals mit Vornamen anredete, war bei Verschreibungen nicht knauserig, besuchte seine Patienten häufig unangemeldet zu Hause, um sich nach ihrem Befinden zu erkundigen. Unter den 104 GPs des NHS-Distrikts gehörte er zu den fünf Ärzten, die am meisten verschrieben und ihr Budget regelmäßig überzogen. Kurz, „Fred", wie man ihn nennen durfte, schien zu jener Spezies guter alter Hausärzte zu gehören, die vom Aussterben bedroht war. So jedenfalls sahen ihn seine Patienten. Ohne Zweifel fühlte er sich im Umgang mit ihnen wohler als zu Hause, wo er sich dem Regiment seiner Frau unterwerfen mußte.

Als allein praktizierender Arzt unterlag Dr. Shipman auch nicht mehr der informellen Kontrolle seiner Kollegen. Es wird heute nicht ausgeschlossen, daß er auch schon während seiner Tätigkeit in der Gruppenpraxis ältere Patienten in den definitiven Ruhestand versetzte. Aber jetzt konnte er viel ungestörter das Schicksal hilfloser Menschen in seine tödliche Hand nehmen. Was im nachhinein so sehr verwundert und nur mit dem britischen Rechtsdenken zu erklären ist: Auch nachdem die Polizei sich offiziell des Falles angenommen hatte, konnte Dr. Shipman ungehindert seinen Beruf ausüben. „Er ist ein wunderbarer Doktor, warum laßt ihr ihn nicht in Ruhe", schallte es den Dutzenden sensationslüsternen Reportern in der Praxis des Arztes entgegen. Sein Rückhalt bei den Patienten war so groß, daß viele auch noch zu ihm hielten, als die polizeilichen Ermittlungen begonnen hatten. Loyale Sprechstundendamen stellten die vielen „Viel Glück"- Karten zur Schau. Zunächst wollte keiner in ihm den zynischen Ladykiller sehen, der er in Wahrheit war. Bei den ersten Verhören in der Praxis glaubte er noch vollkommen Herr der Lage zu sein, in der Meinung, daß ihm nur die Testamentsfälschung zur Last gelegt werde. Der Gemeindeschwester soll er gesagt haben: „Hätte ich sie doch nur ins Krematorium geschafft, so wären mir diese Unannehmlichkeiten erspart geblieben". Am 7. September 1998, 9.00 Uhr war es dann soweit: Die Polizei hatte genügend belastendes Material, um ihn auf der Stelle zu verhaften. Ihm wurde der Mord an drei weiteren Patientinnen zur Last gelegt. Bald war die Zahl der verdächtigen Todesfälle auf 15 angestiegen. Ja, der Untersuchungsrichter John Pollard wollte nicht ausschließen, daß insgesamt nahezu 1 000 Patienten dem todbringenden Arzt zum Opfer gefallen sind, dem „Monster of Hyde", wie die Presse ihn nunmehr titulierte. Erst jetzt machte sich so mancher Vorwürfe, daß er seine langgehegten Verdächtigungen nicht früher artikuliert hatte: die Sozialarbeiter, die Shipman mit makaberem Humor „Doctor Death" getauft hatten, der Taxifahrer, dem binnen weniger Jahre 24 alte Kundinnen abhanden gekommen waren, die Chefin des örtlichen Bestattungsunternehmens, Miss Massey, eine gute Bekannte von „Uncle Fred", der der Name des Arztes auf den vielen Todesurkunden zu denken gegeben hatte; vor allem aber die Kollegen einer benachbarten Praxis, welche die zahlreichen Feuerbestattungsformulare gegenzeichnen mußten und dafür jedesmal eine Gebühr („ash cash") von £40 kassieren durften. Bei der Autopsie hatten die anderen Ärzte meist nur einen provisorischen Blick auf die Leichen geworfen, während ausgerechnet Dr. Shipman sie einer viel gründlicheren Untersuchung unterzog. Eine Ärztin aus dieser Praxis, Dr. Linda Reynolds, hatte, wie anfangs erwähnt, den Mut, Anzeige zu erstatten, als sie feststellte, daß die Todesrate des Kollegen Shipman dreimal höher war als die der eigenen Gruppenpraxis. Sie besprach sich ständig mit ihrem Ehemann, der die Ungeheuerlichkeit ihres Verdachtes so kommentierte: „Es ist so ähnlich wie im Holocaust. Wenn Dir irgendjemand erzählt hätte, daß sie auf der anderen Seit von Stockport Juden verbrennen, dann würdest Du es doch auch nicht glauben, oder?" Bis auf Dr. Reynolds hatte es aus Angst vor sozialer Ächtung keiner gewagt, die Polizei auf offensichtliche Merkwürdigkeiten aufmerksam zu machen.

Worin bestanden nun diese „puzzles", die für die Untersuchungsbehörden bald die Konturen eines eindeutigen Indizienbeweises annahmen? Alle alten Damen waren alleinstehend und, offenbar meist bei passabler Gesundheit, plötzlich verstorben, nachdem Shipman sie als letzter zu Hause aufgesucht hatte. Keine der Frauen war zum Zeitpunkt des forcierten Ablebens im Krankenhaus; meistens waren sie angekleidet, im Sessel oder auf dem Sofa ruhend, so als seien sie im Schlaf vom Tod überrascht worden. Die Autopsie aller exhumierten Leichen, neun an der Zahl, hatte eine Überdosis an Morphium als mutmaßliche Todesursache ergeben, und dies, obwohl den Patienten dieses Mittel nachweislich nicht verschrieben worden war. Im Hause Shipmans fand die Polizei dann einen großen Vorrat an Morphium, den sich der Arzt zum Teil durch Rezepte für bereits verstorbene Patientinnen verschafft hatte. An keiner Leiche wurden irgendwelche Anzeichen von Gewaltanwendung entdeckt. Ließ sich jede Frau von der wohltuenden Wirkung der Injektion ohne weiteres überzeugen, oder gab er vor, wie offenbar im Fall von Mrs. Grundy, seinen Patientinnen eine Blutprobe entnehmen zu wollen?

Der Prozeß zog sich über drei Monate hin. Dem Staatsanwalt war es vor allem darum zu tun, den Nachweis zu erbringen, daß der Gesundheitszustand der Patientinnen keineswegs ihren Tod in naher Zukunft erwarten ließ, soweit dies von Angehörigen und Bekannten bezeugt werden konnte. Muriel Grunshaw beispielsweise war am 15. Juli 1998 tot aufgefunden worden. Doch Shipman, der es besser wußte, hatte den 14. als Todestag eingetragen, ganz entgegen der Vorschrift, wonach Tag und Stunde des Auffindens maßgebend sind. Die Polizei hatte später dem Computer entnommen, daß Shipman die alte Dame tags zuvor besucht hatte, ohne später ihre Tochter davon zu verständigen. Als Bill Catlow seine Tanzpartnerin Lizzie Adams aufsuchte, um sich nach ihrem Befinden zu erkundigen, traf er Dr. Shipman an, der seelenruhig das Porzellankabinett seines Opfers in Augenschein nahm. Der Arzt hatte immer wieder kleine Souvenirs mitgehen lassen, Ringe, Modeschmuck, Nippes und dergleichen. Lizzy sei tot, beschied er den Freund des Opfers. Dieser hatte die Hand seiner Freundin genommen und konnte noch ihren Puls fühlen. Verzweifelt bat er den Arzt um Hilfe, nur um von ihm kaltschnäuzig belehrt zu werden, er registriere in Wirklichkeit nur seinen eigenen Herzschlag. Shipman nahm dann den Telefonhörer auf und gab vor, die Ambulanz abzubestellen. Später fand die Polizei heraus, daß die Ambulanz überhaupt nicht verständigt worden war.

Gerade bei den Toten, deren Leichen ins Krematorium überführt worden waren, mußten die polizeilichen Ermittlungen mit besonderer Akribie durchgeführt werden. Dabei stellte sich heraus, daß Shipman immer wieder falsche Aussagen nachgewiesen werden konnten, wenn er angeblich die Ambulanz kontaktiert hatte. Mrs. Wagstaff hatte er mit Mrs. Royle verwechselt, deren Tochter den Sohn der ersteren geheiratet hatte. Als er von seiner Sprechstundenhilfe auf den Irrtum aufmerksam gemacht wurde, soll er nur geäußert haben: „Oh shit!". Weder hatte Mrs. Wagstaff die Praxis angerufen, noch hatte Shipman die Ambulanz verständigt. Pamela Hillier war so plötzlich gestorben, daß der Arzt große Mühe hatte, den Angehörigen eine Post-mortem-Untersuchung auszureden, bevor die Leiche zu seiner Erleichterung ins Krematorium überführt wurde. Im Falle der Familie Ward brachte es Shipman fertig, innerhalb von drei Jahren die 87 Jahre alte Mutter und die 30 Jahre jüngere Tochter zu ermorden. Den Tod der Mutter konnte die Polizei indes nicht in die Anklage miteinbeziehen, weil die Tochter als einzige Zeugin aus dem Weg geräumt worden war. Mutter und Tochter teilten eine Wohnung innerhalb eines größeren, von einem Pflegedienst betreuten Komplexes. Der verblüfften Leiterin erklärte Shipman nach dem plötzlich eingetretenen Tod Maureen Wards, daß diese die Tür für ihn offen gelassen habe. Im übrigen habe sie an einem Gehirntumor gelitten. Die Polizei fand später heraus, daß Shipman die Krankengeschichte so verändert hatte, daß diese Diagnose zuzutreffen schien. Zur endgültigen Überführung Dr. Shipmans führte nicht zuletzt die Entdeckung, daß er in vielen Fällen die Unterlagen der ermordeten Patientinnen kurz nach ihrem Tod so gefälscht hatte, daß die fiktive Todesursache mit der Krankengeschichte in Einklang stand. Die stereotype Diagnose lautete auf Herzinfarkt, gelegentlich Schlaganfall. Dr. Shipman hielt sich auf seine Computerkenntnisse viel zugute, hatte indes nicht bedacht, daß die Änderungen auf der Diskette Schatten hinterlassen hatten, die den tatsächlichen, nicht den angegebenen Zeitpunkt der Eintragungen wiedergaben. Das scheinbar so perfekte Vertuschungsinstrument hatte seinen Adepten überlistet. Zuletzt suchte sich Shipman damit herauszureden, seine Patientinnen, im Grunde brave alte Damen, seien allesamt morphiumsüchtig gewesen. Der Münchener Toxikologe Dr. Hans Sachs erbrachte dann an Hand von Haarproben den Nachweis, daß eine länger dauernde Drogenabhängigkeit ausgeschlossen werden konnte.

Die zwölf Geschworenen, die am 31. Januar 2000 um 16.35 Uhr ihren Schuldspruch bekanntgaben, hatten sich die Sache nicht leicht gemacht. Die Beratungen zogen sich über Tage hin. Durch eine Unvorsichtigkeit der Medical Association wäre das ganze Verfahren und der Schuldspruch beinahe in Frage gestellt worden: Während sich die Geschworenen berieten, waren die Mitglieder der Gesellschaft per Fax von der Vorstrafe Dr. Shipmans in Kenntnis gesetzt worden, einer Information, welche die Geschworenen in unzulässiger Weise hätte beeinflussen können. Wenn nicht noch rechtzeitig Gegenmaßnahmen eingeleitet worden wären, hätte der größte Serienmörder Großbritanniens aus technischen Gründen seiner Strafe entgehen können.

Zum Schluß ist die Frage nach dem Charakter des Täters und seinen mutmaßlichen Motiven unausweichlich.

Das Verbrechen des Dr. Shipman mag exzeptionell sein – man hofft es wenigstens –, von der Reaktion der britischen Medien kann man das nicht sagen. Hier manifestierten sich charakteristische Verhaltensmuster. Die Berichterstattung über den Fortgang des Prozesses war höchst verhalten, und zwar in der unverkennbaren Absicht, die Jury nicht zu beeinflussen und damit das gesamte Verfahren zu gefährden. Als dann das Urteil gefällt war, brach sich eine regelrechte Nachrichtenflut Bahn, die bis zum darauffolgenden Wochenende anhielt; sie erreichte mit den Berichten der Sonntagsblätter ihren Höhepunkt, um dann ebenso schnell zu verebben. Weder Sex, noch Gewalt, noch spektakuläre Bereicherung konnten dem Zeitungsleser als Motive offeriert werden.

Dennoch zog schon wenige Wochen nach dem Urteilsspruch das Bild des mysteriösen Mörders in Londoner Buchhandlungen die Blicke auf sich: Gleich zwei Taschenbücher buhlten um das Interesse des sensationslüsternen Lesers an „the true story" – so der Untertitel beider Bücher. Mikaela Sitford von den *Manchester Evening News* hatte den Prozeß aufmerksam verfolgt; *Addicted to Murder* spielt auf die Suchtkrankheit Dr. Shipmans an, die nunmehr auf sein mörderisches Tun übertragen wird. Ausführlicher, aber nicht unbedingt erhellender, ist die Darstellung des Falles durch die Autoren Brian Whittle und Jean Ritshie; *Prescription For Murder* sucht die Konkurrenz durch langatmige Milieuschilderungen und Zeugenaussagen zu übertreffen. Mikaela Sitford erteilt dafür in Vorwort und Einleitung zwei Experten das Wort; ein Dr. Chris Morrison läßt die gesamte Ahnengalerie der Mörder im weißen Kittel Revue passieren. Auch die Zeitungen sahen sich sogleich veranlaßt, andere Gestalten aus dem Gruselkabinett der Nation wieder vorzuführen. Hier darf sich jetzt auch Dr. Shipman einreihen, sein Status als ‚Celebrity' ist gesichert.

Der normale Kriminalroman bezieht seine Spannung aus dem Rätsel „*Whodunnit?*". Und darauf gibt es immer eine Antwort. Nicht jedoch in diesem Fall auf die Frage „*Why did he do it?*". Dr. Shipman hat nie ein Geständnis abgelegt, also kann auch die Öffentlichkeit nicht wissen, warum ein an sich beliebter Arzt seine Patienten reihenweise ins Jenseits befördert hat. Das konstante Schweigen Dr. Shipmans war für die Medien Grund genug, sich um so mehr in Spekulationen über das Tatmotiv zu ergehen. Gleichwohl war den Zeitungsberichten die immense Frustration anzumerken, daß man im Grunde im Dunkeln tappte. Das begann damit, daß die Anzahl der Opfer unbekannt ist. Einverständnis besteht nur darüber, daß es mehr als jene 15 gewesen sein müssen, derentwegen Dr. Shipman verurteilt wurde. Die Polizei untersucht zur Zeit 23 weitere Fälle; konservative Schätzungen gehen von nahezu 200 Opfern aus. Aber die Staatsanwaltschaft ist nicht bereit, sich auf einen weiteren kostspieligen Prozeß einzulassen; schließlich ist der Täter bereits mehrmals zu lebenslänglicher Haft verurteilt worden. Doch viele von Zweifeln geplagte Angehörige möchten es genau wissen und argumentieren mit dem Anspruch der Opfer auf ein Justizverfahren: Ein Schuldspruch müsse her, damit Klarheit herrsche.

Nur ist in diesem Falle eben gar nichts klar. Dies ist für die moderne Mediengesellschaft ein geradezu unerträglicher Zustand. Deshalb sahen sich zahlreiche Psychologen und solche, die sich dafür hielten, aufgefordert, der Gesellschaft ihre Mutmaßungen über das Tatmotiv als gleichsam wissenschaftliche Erkenntnisse zu präsentieren. Die Motivsuche erstreckte sich bald auf Shipmans früh verstorbene Mutter. War nicht ihr Leiden am Ende auch durch Morphium verkürzt worden? Warum hatte Shipman immer nur ältere Frauen ins Visier genommen? Konnte es mit der aufgestauten Wut zusammenhängen, daß ihnen ein längeres Leben vergönnt war als der eigenen Mutter? Oder waren ältere Patientinnen einfach nur die leichtere Beute? Lag des Rätsels Lösung darin, daß die Tötungsdelikte am Ende doch nur psychische Erleichterung verschafften, wie die Wirkung einer Droge? Einige Journalisten kamen zu dem Schluß, daß Dr. Shipman schlicht und einfach ein pathologischer Frauenfeind sein mußte (*The Guardian* vom 3. Februar 2000: „Misogynie in ihrer reinsten, tödlichsten Form"). Der Arzt des Arztes, Dr. Wally (Koseform für Walther) Ashworth, für viele Jahre mit dem Kollegen befreundet, verweist auf den Gegensatz zwischen dem verschlampten Haushalt („Deine Füße hafteten am Teppich, so dreckig war es") und der perfekt geführten Praxis. Offenbar ließ sich der kleinwüchsige Mann mit dem aufgeblähten Ego zu Hause von einer fülligen Matrone dominieren. Diesen Eindruck hatten auch andere, so Dr. Michael Grieve („Primrose was the bossy one"). Möglicherweise gab es da Kompensationsprobleme: Mußte er seine unbeschränkte Macht dort demonstrieren, wo sich ihm Frauen als das schwache Geschlecht darboten?

Wie ein Refrain durchzieht eine Mutmaßung englische Zeitungsberichte: Dr. Shipman habe das pathologische Bedürfnis verspürt „Gott zu spielen". Mit Recht mokierte sich *Private Eye* (11. Februar 2000) über diese im Grunde nichtssagende Erklärung ebenso wie über die gleichfalls fragwürdige Behauptung, der Arzt sei die Inkarnation des Bösen schlechthin. Solche quasi-religiösen Erklärungen sagen mehr über das Wahrnehmungsraster einer Gesellschaft aus als über den Gegenstand ihrer Analyse. Der schwindende Einfluß einer Staatskirche, die sich als höchste moralische Instanz des Landes versteht, reicht immer noch aus, den Tenor der öffentlichen Sprache zu bestimmen. Daß Dr. Shipman „Gottes Rolle" spielen wollte und sich damit als Teufel entlarvte, versteht scheinbar auch das einfachste Gemüt, auch wenn der Erkenntniswert gegen Null tendiert. Es ist britischer Paternalismus in Reinkultur. Auch Richter pflegen bei Urteilssprüchen ihrem moralischen Abscheu beredten Ausdruck zu verleihen. Die Medien lieben es, solche Abwertungen des Täters zu zitieren; in diesem Fall den Hinweis auf „wicked, wicked crimes".

Man muß indes nicht Gott als den Allmächtigen, den Herrn über Leben und Tod, bemühen, um pathologische Machtgelüste zu diagnostizieren. Unter den Psychologen, die in der Öffentlichkeit zu Wort kamen, besteht Einverständnis darüber, daß Shipman ein „control freak“ gewesen ist, also jemand, der alles in seinem professionellen Machtbereich total beherrschen wollte. Deshalb auch der für englische Verhältnisse eher ungewöhnliche Ehrgeiz, unbedingt eine eigene Praxis einzurichten, die ganz seinem Willen unterworfen war. Hier konnte er sich Morphiumampullen in großen Mengen verschaffen, ohne Verdacht zu erregen. Hier konnte er scheinbar unbemerkt die Daten seiner Opfer post mortem verändern. Da auch andernorts Unregelmäßigkeiten, etwa Verstöße gegen den medizinischen Ehrenkodex, eher in Einzelpraxen vorkommen, ist der Ein-Mann-Betrieb in Großbritannien nunmehr etwas ins Zwielicht geraten.

Der staatliche Gesundheitsdienst ist das Sorgenkind der Nation. Die mangelhafte ärztliche Versorgung der Bevölkerung zählt seit je zu den prominenten Wahlkampfthemen: die endlos langen Wartelisten für Operationen, die überforderten Notdienste, die dürftige Entlohnung der Krankenhausschwestern, die Ausbeutung der Assistenzärzte und nicht zuletzt die ärztlichen Kunstfehler und sonstigen Vorkommnisse in Krankenhäusern, denen nach Angaben der *Times* vom 5. April 2000 jedes Jahr bis zu 40000 Patienten zum Opfer fallen. So ist es nicht überraschend, daß der Shipman-Skandal die Öffentlichkeit erst recht aufgewühlt hat, schien er doch wiederum fundamentale Schwächen des ganzen Systems aufzudecken. Die naheliegende und immer wieder gestellte Frage lautete: Wie war es möglich, daß ein wegen Drogenmißbrauchs verurteilter Arzt so schnell rehabilitiert wurde, vor allem aber, daß er so lange ungehindert seinem mörderischen Handwerk nachgehen konnte? Schon am ersten Tag der Berichterstattung sahen sich Politiker und Behörden auf die Anklagebank versetzt. Die Anwältin, Mrs. Grundy, der die Überführung des Mörders zu verdanken ist, forderte als erste dazu auf, aus dem Fall Konsequenzen zu ziehen, insbesondere im Hinblick auf die Ausstellung von Sterbeurkunden, die Überprüfung der Einzelpraxen und die Verschreibung gefährlicher Medikamente. In ihrem Leitartikel vom 1. Februar 2000 machte sich die *Times* dieses Anliegen zu eigen: Die Todesfälle einzelner Praxen seien genau zu registrieren, das Vorstrafenregister der Ärzte sollte automatisch allen Gesundheitsbehörden zugänglich gemacht werden. Erst jetzt erfuhr die Öffentlichkeit, daß diese Behörden zwar Mediziner einstellen, nicht aber wegen unprofessionellen Verhaltens entlassen konnten, jedenfalls nicht ohne das Verdikt der ärztlichen Standeskammer. Die Organisation der 190000 britischen Ärzte, der General Medical Council (GMC), wacht eifersüchtig über die Privilegien der Ärzteschaft: Die Interessen der Kollegen haben offensichtlich Vorrang vor dem Wohlergehen der anonymen Patienten. In den ersten Wochen nach dem Urteil geriet das gesamte System der ärztlichen Selbstverwaltung ins Kreuzfeuer der öffentlichen Kritik.

Wie stets bei solchen der Regierung peinlichen Vorkommnissen wurde die Öffentlichkeit erst einmal durch die Ankündigung einer Untersuchungskommission ruhiggestellt, auch in der Absicht, der Forderung nach weiteren polizeilichen Ermittlungen aus dem Weg zu gehen.

Der Untersuchungsbericht des obersten Hüters der Volksgesundheit (Chief Medical Officer) lag Ende des Jahres vor: Er umfaßt nicht weniger als 156 Seiten sowie zahlreiche Tabellen, Statistiken über die Todesraten und Todesumstände der Praxis Shipman (1974–1998) im Vergleich zu anderen Praxen der Umgebung. Auffällig war der überdurchschnittlich hohe Anteil von Todesfällen bei älteren Frauen ab 65 (höher als bei Männern ab 75) und solchen, die zuhause eintraten, insbesondere am Nachmittag, und bei Patienten, deren Tod im Beisein des Arztes oder kurz nach seinem Besuch erfolgt war. Weit häufiger als bei anderen Kollegen wurden gängige Todesursachen vermerkt: Herzversagen, Schlaganfall oder schlicht „old age". Insgesamt kommt der Bericht auf 297 über dem Durchschnitt liegende Fälle (davon Tod zuhause 236); allein für die letzten 13 Jahre sind 199 verdächtige Todesfälle ermittelt worden. Man hatte es mit dem zweifelsfrei größten Massenmörder der englischen Kriminalgeschichte zu tun. Das konnte nicht ohne Konsequenzen bleiben. Der Bericht empfahl denn auch die Einrichtung einer Evaluierungebehörde für den Ärztestand, um rechtzeitig suspekten Unregelmäßigkeiten auf die Spur zu kommen. Die Presse fand indes bald heraus, daß sich die Regierung inzwischen wieder auf einen faulen Kompromiß mit der ärztlichen Standesorganisation eingelassen hatte: Die National Clinical Assessment Authority (NCAA) hat nur eine beratende Funktion. Gegen einen gewieften Mörder im weißen Kittel, so mußte der Gesundheitsminister zugeben, würde auch dieses neue Aufsichtsorgan machtlos sein. Der heutzutage gepriesene schwache Staat ist nicht immer nur ein Segen.

Bibliographischer Anhang

Andreas Fahrmeir/Sabine Freitag: Einleitung

Durkheims Refexionen über Kriminalität findet man in der Ausgabe: Emil Durkheim, Die Regeln der soziologischen Methode, Frankfurt [4]1999, 68–69, 156–164; die Zitate von Lord Acton entstammen den Ausgaben: John Emerich Edward Dalberg-Acton, Historical Essays and Studies, hg. von J. N. Figgis und R.V. Laurence, London 1907, 494; ders., Essays in the Study and Writing of History. Selected Writings of Lord Acton, hg. von J. Rufus Fears, Band 2, Indianapolis 1985, 383.

Frank Rexroth: Der Mörder, der unter die Frauen fiel

Um am Ende anzufangen: Der moderne Historiker, der das Wort „Matfelon" so gründlich falsch versteht, bin ich selbst: Frank Rexroth, Das Milieu der Nacht. Obrigkeit und Randgruppen im spätmittelalterlichen London, Göttingen 1999, 229, Anm. 71. Ein Kollege aus Wales hat dem Fall Winkfield/Caret bereits vor Jahren eine kleine Studie gewidmet. Ihm gebührt vor allem das Verdienst, auf die Parallelüberlieferung zu den Chroniken in den *Inquisitiones post mortem* des Londoner Public Record Office, KB9/224, m. 29, 30, 46, 47, 54 und 55, aufmerksam gemacht zu haben: Ralph A. Griffiths, A Breton Spy in London, 1425–1429, in: ders., King and Country. England and Wales in the Fifteenth Century, London/Rio Grande 1991, 221–225. Wer sich für die chronikalischen Berichte interessiert, findet die einschlägigen Angaben in den Anmerkungen dieser Arbeit. Übersehen hat Griffiths aber den frühsten und den spätesten Bericht: Der frühste ist eingetragen in London, British Museum MS Harley 3775, er ist ediert bei Bengt Kjerrström, Studies in the Language of the London Chronicles, Uppsala 1946, 327. Der späteste ist der von John Stow, A Survey of London, hg. von Charles L. Kingsford, Band 2, Oxford 1908, 72f.

Christian Kleinert: Ansichten eines Ungeheuers

Literaturhinweise: Eugène Bossard, Gilles de Rais, maréchal de France dit Barbe-Bleue (1404–1440), d'après les documents inédits réunis par René de Maulde, Paris [2]1886. Das Buch Bossards ist die grundlegende Untersuchung zum Leben und zu den Verbrechen des Barons. Maßgeblich ist die hier genannte zweite Auflage, der eine Edition der von de Maulde zusammengetragenen Dokumente als ‚Pièces Justificatives' vorangestellt ist. Enthalten sind sowohl die Akten des kirchlichen Prozesses vor dem Bischof von Nantes als auch diejenigen des Verfahrens vor dem Gericht des Herzogs der Bretagne.

Georges Bataille, Le procès de Gilles de Rais, Paris 1965 (ND 1985). Die Arbeit von Bataille bietet dreierlei: Einen nicht immer überzeugenden aber anregenden Kommentar zu Persönlichkeit und Lebensweg des Gilles de Rais, einen analytischen, streng chronologisch geordneten Abriß der Ereignisse und eine vollständige Edition der Prozeßakten (wobei die lateinischen Dokumente des kirchlichen Verfahrens allerdings nur in der von Pierre Klossowski besorgten französischen Übersetzung vorgelegt werden).

Mémoire des héritiers de Gilles de Raiz, pour prouver sa prodigalité, in: Hyacinthe Morice, Mémoires pour servir de preuves à l'Histoire Ecclésiastique et Civile de Bretagne, T. II, Paris 1744 (ND 1968) Sp. 1336–1342; es handelt sich um eine Denkschrift, die Verwandte des Gilles de Rais 1435 an König Karl VII. richteten, um Gilles als einem notorischen Verschwender die Verfügungsgewalt über seine Güter entziehen zu lassen (Wichtige, aber einseitige Quelle über den Lebensstil des Barons; vgl. dazu relativierend die späteren Prozeßeinlassungen der herzoglich bretonischen Verwaltung bei Bossard, S. CLIV–CLX).

Unter den zahlreichen neueren Darstellungen stechen diejenigen von Jacques Heers, Gilles de Rais, Paris 1994, und Philippe Reliquet, Le Moyes Age: Gilles de Rais, maréchal, monstre et martyr, Paris 1982 (dt. Ausg.: Ritter, Tod und Teufel, München, Zürich 1984, bzw. 1990 als dtv-Tb. 11174), hervor. Heers bietet eine ausgezeichnete Kritik an den mittlerweile zahlreichen ‚Enthüllungsgeschichten' und Verschwörungstheorien, die den Baron als – unschuldiges – Opfer der Herrschafts- und Finanzinteressen von Krone, Herzog und Kirche sehen. Reliquet hat ein in Details anfechtbares, insgesamt aber treffendes Gesamtbild entworfen, das vor allem die sozial- und sexualhistorischen Aspekte betont.

Bärbel Brodt: Zwei Prinzen im Tower

Niemand kann mit Sicherheit sagen, ob Richard III., der Herzog von Buckingham, oder Heinrich VII. für den Tod der Prinzen im Tower verantwortlich war. In meinem Artikel ist Henry Stafford Herzog von Buckingham Täter und Opfer zugleich, da hier Heinrichs Mutter, Margaret Beaufort, und John Morton, unter Heinrich Erzbischof von Canterbury, im Hintergrund die Fäden ziehen. Lediglich der Inhalt des Gesprächs zwischen dem Herzog von Buckingham und John Morton ist frei erfunden; alle anderen Szenen sind historisch durchaus so rekonstruierbar. Die These von Buckinghams aktiver Schuld wurde erstmals 1483, in der anonymen Annale eines Londoner Bürgers geäußert, die sich heute in edierter Form bei Richard Firth Green, Historical Notes of a London Citizen, 1483–1488, in: English Historical Review 96 (1991), 585–590, nachlesen läßt.

Zeitgenössische Quellen zu Richard III. werden von seinen Verteidigern oft als Tudor-Propaganda abgelehnt. Hier bietet Alison Hanham, Richard III and his Early Historians: 1483–1535, Oxford 1975, eine objektive Zusammenfassung der fünf Hauptquellen: der Bericht des Italieners Mancini, Ad Angelum Cantonem de Occupatione Regni Anglie Per Riccardum Tertium Libellus; die Second Continuation of the Crowland Chronicle; die Darstellung von John Rous; die Anglica Historia des Tudor-Hofhistoriographen Polydore Vergil; und Sir Thomas Mores History of King Richard III.

Die Prinzen im Tower sind Gegenstand zahlloser Darstellungen, von denen hier nur die drei rezentesten unter Hinweis auf deren Bibliographien genannt seien: Audrey Williamson, The Mystery of the Princes – An Investigation into a Supposed Murder, Stroud [4]1987; Anthony J. Pollard, Richard III and the Princes in the Tower, Stroud 1991; Alison Weir, The Princes in the Tower, London 1992. Zuletzt noch ein Hinweis auf neueres Schrifttum zu zwei weiteren Protagonisten: M. K. Jones und M. G. Underwood, The King's Mother: Lady Margaret Beaufort, Countess of Richmond and Derby, Cambridge 1992; sowie Louise Gill, Richard III and Buckingham's Rebellion, Stroud 1999. Zu John Morton liegt noch kein überzeugendes Werk vor.

Notker Hammerstein: Die schwierigen Fälle Akademischer Gerichtsbarkeit

Nun, in den Verliesen der Archive lassen sich gewiß viele weitere Verbrechen auftun. Die hier locker aneinandergereihten, die gewiß Entsetzen und Schamröte hervorrufen, mögen aber genügen. Sie sind – wenn auch an schwer zugänglichen Orten – z. T. aufgeführt bei: Stefan Brüdermann, Göttinger Studenten und akademische Gerichtsbarkeit im 18. Jahrhundert, Göttingen 1990; Michael Klant, Universität in der Karikatur, Hannover 1984; Robert von Mohl, Sitten und Betragen der Tübinger Studirenden, Tübingen 1871; Ernst Schubert, Studium und Studenten an der Alma Mater Julia im 17. und 18. Jahrhundert, in: 1582–1982. Studentenschaft und Korporationswesen an der Universität Würzburg, Würzburg 1982, 11–47; Friedrich Schulze/P. Szymank, Das deutsche Studententum von den ältesten Zeiten bis zur Gegenwart, o.O. 1932.

Ulrike Walton Jordan: John Baldwin und der Brandstifter

Für die Idee und wertvolle Hinweise danke ich herzlich Professor Peter D. Marshall.

Die Geschichte John Baldwins wurde erzählt nach: John Baldwin, The Chit Chat or a Trip to the Treasury. Public Record Office Kew, SP 37/13 ff., 296–317.

Weiterführende Informationen zu James Aitken (1752–1777), genannt John the Painter, finden sich bei: The whole of the proceedings upon the trial of James Hill, otherwise James Hind, otherwise John Hind, otherwise James Acksan, commonly called John the Painter, on Thursday, March 6th, 1777. At the Assizes, held at the castle at Winchester, for the county of Hants. Before the Right Honourable Sir William Henry Ashurst, Knt., and Sir Beaumont Hotham, Knt. Taken in short hand by William Blanchard. London, printed for J. Wenman [1777?]; William B. Clark, John the Painter, in: Pennsylvania Magazine of History and Biography 63 (1939), 1–23; Mary E. Knapp, John the Painter and Silas Deane, in: Yale University Library Gazette 29 (1955), 137–147; William Senior, John the Painter, in: Mariner's Mirror 10 (1924), 355–365; M.J. Sydenham, Firing His Majesty's Dockyard: Jack the Painter and the American Mission to France, 1776–1777, in: History Today 16 (1966), 324–331; London Evening Post, 18.–20. Februar 1779 (zur Verbrennung in Effigie der Figur von Admiral Palliser in den früheren Kleidungsstücken von John the Painter).

Michael Schaich: Spanische Inquisition in Bayern
Der Beitrag basiert im wesentlichen auf dem umfangreichen Personalakt Hillesheims im Bayerischen Hauptstaatsarchiv München (HR Fasz. 377 Nr. 641). Die einzige größere zeitgenössische Darstellung des Falls findet sich in der anonymen Broschüre Spanische Inquisition in Baiern unter der Regierung Carl Theodors, Helmstedt-Leipzig 1804 (erstmals erschienen in: Carl-Friedrich Häberlin (Hg.), Staats-Archiv 6 (1801), 453–469). Dieser Schrift, der auch der Titel dieses Aufsatzes entlehnt ist, sowie dem Personalakt entstammen die Zitate im Text. Über die Person Hillesheims und seine Stellung innerhalb der bayerischen Aufklärung informiert Ludwig Hammermayer, Zur Publizistik von Aufklärung, Reform und Sozietätsbewegung in Bayern, in: Zeitschrift für bayerische Landesgeschichte 58 (1995), 341–401.

Ulrich Muhlack: Von der „Kriminaluntersuchung" zum „Weltgericht"
Auf Anmerkungen wird hier, wie auch sonst in diesem Band, verzichtet. Auch bibliographische Ansprüche liegen mir ganz fern. Ich beschränke mich im folgenden lediglich darauf, summarisch, ohne Einzelnachweise, die zitierte Literatur zu verzeichnen: Friedrich Baethgen, Zur geistigen Entwicklungsgeschichte Rankes in seiner Frühzeit, in: Deutschland und Europa. Historische Studien zur Völker- und Staatenordnung des Abendlandes. Festschrift für Hans Rothfels, hg.von Werner Conze, Düsseldorf 1951, 337–351; Siegfried Baur, Versuch über die Historik des jungen Ranke, Berlin 1998; Johann Gustav Droysen, Historik, Band. 1: Rekonstruktion der ersten vollständigen Fassung der Vorlesungen (1857); Grundriß der Historik in der ersten handschriftlichen (1857/1858) und in der letzten gedruckten Fassung (1882), hg. von Peter Leyh, Stuttgart-Bad Cannstatt 1977; Friedrich Nietzsche, Vom Nutzen und Nachteil der Historie für das Leben, Stuttgart 1960; Leopold von Ranke, Das Briefwerk, hg. v. Walther Peter Fuchs, Hamburg 1949; Leopold Ranke, Deutsche Geschichte im Zeitalter der Reformation, Band 1, Berlin 1839; Leopold Ranke, Geschichten der romanischen und germanischen Völker von 1494 bis 1535, Erster Band, Berlin 1824; Leopold von Ranke, Tagebücher, hg. von Walther Peter Fuchs, München u. Wien 1964; Leopold von Ranke, Über die Epochen der neueren Geschichte, hg. von Theodor Schieder u. Helmut Berding, München u. Wien 1971; Leopold Ranke, Ueber die Verschwörung gegen Venedig, im Jahre 1618. Mit Urkunden aus dem Venezianischen Archive, Berlin 1831; Leopold von Ranke, Vorlesungseinleitungen, hg. von Volker Dotterweich u. Walther Peter Fuchs, München u. Wien 1975; Leopold Ranke, Zur Geschichte des Don Carlos, in: Jahrbücher der Literatur, Band 46, Wien 1829, 227–266; Leopold Ranke, Zur Kritik neuerer Geschichtschreiber. Eine Beylage zu desselben romanischen und germanischenGeschichten, Leipzig u. Berlin 1824; Konrad Repgen, Über Rankes Diktum von 1824: „Bloß sagen, wie es eigentlich gewesen", in: ders., Von der Reformation zur Gegenwart. Beiträge zu Grundfragen der neuzeitlichen Geschichte, hg. von Klaus Gotto u. Hans Günter Hockerts, Paderborn-München-Wien-Zürich 1988, 289–298; Friedrich Schiller, Sämtliche Gedichte, hg. von Jochen Golz, 4. Aufl. Frankfurt am Main u. Leipzig 1991; Ernst Schulin, Rankes Erstlingswerk oder Der Beginn der kritischen Geschichtsschreibung über die Neuzeit, in: ders.,

Traditionskritik und Rekonstruktionsversuch. Studien zur Entwicklung von Geschichtswissenschaft und historischem Denken, Göttingen 1979, 49–64.

Peter Alter: Die grausige Bluttat in Islington
Die Zitate finden sich in folgenden Quellen: William J. Pinks, The History of Clerkenwell, London 1865, 507–509; Gentleman's Magazine 104 (1834), 423; Theodor Fontane, Tagebücher 1852, 1855–1858, hg. von Charlotte Jolles unter Mitarbeit von Rudolf Muhs, Berlin 1994, 21; The Times vom 5., 11., 12., 16. und 17. September 1834.

Lothar Gall: Henriette Zobel
Die Darstellung stützt sich, was die Fakten und insbesondere auch die Argumentation der Verteidigung betrifft, im wesentlichen auf die im Institut für Stadtgeschichte in Frankfurt aufbewahrten Unterlagen (Criminalia 12.600) sowie auf die erwähnte, auf die Gerichtsakten und die persönliche Vertrautheit mit den Umständen gründende Darstellung von C. Reinhard Köstlin aus dem Jahre 1853. Vgl. auch Veit Valentin, Geschichte der deutschen Revolution von 1848–49, 2 Bde (Neudruck der Ausgabe Berlin 1930–31), Aalen 1968, Band 2, 581 f.; zur Auslieferung der anderen Täter aus Frankreich vgl. Ulrike Ruttmann, Wunschbild – Schreckbild – Trugbild. Rezeption und Instrumentalisierung Frankreichs in der deutschen Revolution von 1848-49, Ms. Dissertation Frankfurt am Main 2000, 68 f.

Andreas Fahrmeir: Die merkwürdigen Erbschaften des Risk Allah Bey
Der Fall Risk Allah ist hier nach den Akten im Public Record Office, London, sowie nach Zeitungsberichten geschildert. Die meisten Aktenstücke finden sich in der Akte des Innenministeriums, HO 45/7780; hinzu kommen die Berichte des Konsuls in Antwerpen in FO 10/266 und die Instruktionen an die Gesandtschaft in Brüssel in FO 10/269, FO 10/270, FO 10/271 sowie Korrespondenz mit der Gesandtschaft in Paris in FO 27/1616 und dem Konsulat in Beirut FO 78/2243. An Zeitungen wurden eingesehen: The Times, 20., 26., 31. Oktober 1866 und 1. November 1866, The Paris Times vom 27. Oktober und 3. November 1866 und L'indépendance Belge vom 22. Oktober bis 1. November 1866.

Rudolf Muhs: Mord auf der Nordbahn
Der Fall Franz Müller hat 1864–65 monatelang die deutsche und britische Presse beschäftigt und mehr als ein Dutzend Flugschriften veranlaßt, darunter eine fünfzehnstrophige Moritat auf walisisch: Cerdd Hanes Llofruddiaeth Arswydus Mr. T. Briggs, Banker, Gan Franz Muller, Ei Dreial, Ei Gyffes, Aäi Ddienyddiad ar ddydd Llun, Tachwedd, 14, 1864. Für die vorliegende Darstellung benutzt wurden neben den im Text zitierten Titeln durchgehend die Berichterstattung der Times sowie des deutschsprachigen Londoner Wochenblatts Hermann, ferner das Annual Register für 1864. Eine umfangreiche, aber auf Grund ihrer sprachlichen und sachlichen Beschränkung etwas einseitige Sammlung von Dokumenten erschien ein halbes Jahrhundert später in der Buchserie „Notable English Trials“: H.H. Irving (Hg.): Trial of Franz Muller, Edinburgh und Glasgow 1911.

Edgar Feuchtwanger: Der Fall Tichborne

Diese Darstellung des Falls Tichborne stützt sich hauptsächlich auf Douglas Woodruff, The Tichborne Claimant. A Victorian Mystery, London 1957. Vgl. auch M. Roe, Kenealy and the Tichborne Case: A Study in Mid-Victorian Populism, Melbourne 1974, und Rohan McWilliam, Radicalism and Popular Culture: The Tichborne Case and the Politics of „Fair Play", 1867–1886, in: Eugenio F. Biagini/Alastair J. Reid (Hg.), Currents of Radicalism. Popular Radicalism, Organised Labour and Party Politics in Britain, 1850–1914, Cambridge 1991. Juristische Darstellungen finden sich bei J. B. Atlay, Famous Trials of the Century, London 1899, und Lord Maugham, The Tichborne Case, London 1936. Presseberichte über den Fall Tichborne sind in einer Mappe im Hampshire Record Office, Winchester, zusammengestellt. Das Zitat aus der Quarterly Review findet sich in Band 139, Juli 1875, 554, das aus Lord Derbys Tagebuch in John Vincent (Hg.), A Selection from the Diaries of Edward Henry Stanley, 15th Earl of Derby (1826–93) between September 1869 and March 1878, Cambridge 1994, 390.

Benedikt Stuchtey: Die Kunst der Fälschung

Karl Corino (Hg.), Gefälscht! Betrug in Politik, Literatur, Wissenschaft, Kunst und Musik, Nördlingen 1988; Steffen Dietzsch, Kleine Kulturgeschichte der Lüge, Leipzig 1998; Frederico Di Trocchio, Der große Schwindel. Betrug und Fälschung in der Wissenschaft, Frankfurt 1995; Albrecht Fölsing, Der Mogelfaktor. Die Wissenschaftler und die Wahrheit, Hamburg 1984; Werner Fuld, Das Lexikon der Fälschungen. Fälschungen, Lügen, und Verschwörungen aus Kunst, Historie, Wissenschaft und Literatur, Frankfurt/Main 1999; Anthony Grafton, Fälscher und Kritiker. Der Betrug in der Wissenschaft, Frankfurt 1995; Karl Sabbagh, A Rum Affair. How Botany's ‚Piltdown Man' was Unmasked, London 1999.

Karina Urbach: Das schwarze Buch

Die wichtigsten Unterlagen zu diesem Prozeß sind im Public Record Office, London, in den Home Office Akten HO 144/1498/364780 zu finden. Detaillierte Berichte finden sich sowohl in der Times als auch in der Daily Mail; der offizielle stenographische Bericht trägt den Titel Proceedings at the Central Criminal Court, Rex v. Noel Pemberton-Billing, 29., 30., 31. Mai; 1., 3., 4. Juni 1918: The Official Record. Darüber hinaus beschäftigen sich Michael Kettles Salome's Last Veil, London 1977, und Philip Hoares Wilde's Last Stand, London 1997, mit dem Fall. Beide Autoren stellen jedoch recht überzogene Verschwörungstheorien auf, die sie nicht belegen können.

Inge Schlotzhauer: Butterstullen für den Geldbriefträger

Die Akten befinden sich im Brandenburgischen Landeshauptarchiv Potsdam: Polizeipräsidium Berlin: Pr. Br.rep 30, Berlin C, Titel 198 B (Mordinspektion): Lft. Nr. 1712–1719.

Hedda Adlon, Hotel Adlon. Das Berliner Hotel, in dem die große Welt zu Gast war, München 1993; Erich Gennat, Der Würger der Geldbriefträger, in:

Leo Heller (Hg.), Mein interessantester Fall. Aus den Erlebnissen Berliner Kriminalkommissare, Berlin 1927, 37–42; Hsi-Huey Liang, Die Berliner Polizei in der Weimarer Republik (Veröffentlichungen der Historischen Kommission zu Berlin, Band 47), Berlin/New York 1977; Carl-Ludwig Paeschke/ Laurenz Demps, Das Hotel Adlon, Berlin 1998; Regina Stürickow, Der Kommissar vom Alexanderplatz, Berlin 1998.

Anthony Nicholls: Der Geiselmord in München 1919

Folgende Ausgaben der Münchner Neueste Nachrichten (MNN) wurden verwendet: 3. Mai 1919 (Nr. 169), 5. Mai 1919 (Nr. 170, Bericht des Rechtsrats Dr. Konrad; Nr. 171, Der Geiselmord in München. Eine amtliche Darstellung; Mosers Aussage), 6. Mai 1919 (Nr. 172), 10. Mai 1919 (Nr. 180, Aumillers Darstellung), 2. Juni 1919 (Nr. 212, Levinés Aussage vor dem Standgericht), 3. Juni 1919 (Nr. 213/214, Leviné vor Gericht), 1. September 1919 (Nr. 348, Bericht des wichtigsten Geiselmordprozeßes), 2. September 1919 (Nr. 349, Anklageschrift gegen Seidel; Nr. 350, Seidels Aussage), 3. September 1919 (Nr. 351, Aussagen von Professor Merkel), 4. September 1919 (Nr. 353), 5. September 1919 (Nr. 355, Äußerungen von Oberleutnant Frith).

Zu den frühesten Darstellungen der Tat (von unterschiedlicher Verläßlichkeit) gehören: Der Münchner Geiselmord. Wer trägt die Schuld? Berlin 1919; Paul Schweder, Der Münchener Geiselmord vor Gericht, München 1920; Leo Hofbauer, Der Geiselmord. Nach wahrer Begebenheit erzählt von Leo Hofbauer, München 1934; ein extremes Beispiel stellt das in Nazizeit erschienene Buch von Rudolf Schricker, Rotmord über München, Berlin o.J, dar. Besonders aufschlußreich ist der Band: Ludwig Morenz und Erwin Munz (Hg.), Revolution und Räteherrschaft in München. Aus der Stadtchronik 1918/1919, München 1968; ebenso Alan Mitchell, Revolution in Bavaria. The Eisner Regime and the Soviet Republic, Princeton 1965; aufschlußreich die persönlichen Erinnerungen von Rosa Meyer-Leviné, Leviné. Leben und Tod eines Revolutionärs. Erinnerungen, München 1972.

Zeitgenössische Zeugnisse und Meinungen verschiedener politischer Standpunkte findet man in Tankred Dorst (Hg.), Die Münchener Räterepublik, Zeugnisse und Kommentar, Frankfurt/M 1967; zur Wirkung des Geiselmords auf die öffentliche Meinung in München siehe Heinrich Hillmayr, München und die Revolution von 1918/1919, in: Karl Bosl (Hg.), Bayern im Umbruch. Die Revolution von 1918, ihre Voraussetzungen, ihr Verlauf und ihre Folgen, München 1969. Zur Thule-Gesellschaft siehe Morenz/Munz, Revolution und Räteherrschaft, 90; zu ihrer Rolle in der Vorgeschichte der NSDAP siehe Reginald Phelps, Before Hitler Came: Thule Society and Germanen Orden, in: Journal of Modern History 35 (1963), 248; Ian Kershaw, Hitler 1889-1936, London 1998, 138–39.

Gabriela Ann Eakin: Mord ist eine Kunst

Mein Dank gilt meinem Kollegen Michael Wieczorrek, der meine Aufmerksamkeit auf den Leopold and Loeb case lenkte.

Informationen zum Fall Illinois vs. Leopold & Loeb können von folgender website abgerufen werden: Douglas O. Lindner, University of Missouri, http://www.law.umkc.edu/faculty/projects/ftrials/ftrials.htm

Folgende Rezensionen wurden im Beitrag erwähnt:

Bosley Crowther, Rezensionen zum Film Rope, in: The New York Times vom 27. und 29. August 1948, 5. September 1948 (Microfiche, The New York Public Library); Franz Everschor, Cocktail für eine Leiche, in: Id. (Hg.), Filmanalysen II, Düsseldorf 1964, 25–58; V.F. Perkins, Rope, in: Movie (7)1963, 11–13; Thomas M. Pryor, Kommentare zur Zensur des Films Rope, in: The New York Times vom 19. September 1948, 21. November 1948 (Microfiche, The New York Public Library); Heinz Stempel, Rezension zu Cocktail für eine Leiche, in: Filmkritik (9)1963, 438–440.

Hitchcocks Interview mit François Truffault ist abgedruckt in: François Truffault (in Zusammenarbeit mit Helen G. Scott), Truffault/Hitchcock: Vollständige Ausgabe, hg. von Robert Fischer, München 1999, 149–153.

Darüber hinaus wurden verwendet: Ian Cameron, Hitchcock, in: Movie (6)1963:8–12; Alex Kotlowitz, Comment. The Execution of Youth, in: The New Yorker, 17. Januar 2000, 23–24; Nathan F. Leopold, Jr., Life Plus 99 Years, Garden City/NY 1958; Meyer Levin, Compulsion, New York 1956, deutsch: Zwang, Frankfurt/M. 1958, Neuausg. 1980; Irene Rudolf, Rope (1948), in: Lars Olav Beier/Georg Seeßlen (Hg.), Alfred Hitchcock, Berlin 1999, 338–342; Donald Spoto, Alfred Hitchcock und seine Filme, überarb. u. erw. Aufl. des engl. Originals von 1976, München 1999, 183–189.

Sabine Freitag: Amerikanisches Ballett

Für die fachmännische Beratung auf der Suche nach dem Londoner „Bonnie-Look“ danke ich Claire Lomas vom London Institut of Fashion sehr herzlich. Informationen und Werbekampagnen sind u.a. der englischen Ausgabe von VOGUE (Herbst-Frühjahr 1967/68) und Drapers' Record (September 1967–November 1968) sowie dem Buch von Tom Salter, Carnaby Street, Walton-on-Thames 1970, entnommen.

Der vorliegende Beitrag über Bonnie und Clyder basiert auf folgenden Publikationen: John Willard Toland, The Dillinger Days, London 1963; Sandra Wake/Nicola Hayden (Hg.), The Bonnie and Clyde Book, London 1972; Ted Hinton, Ambush. The Real Story of Bonnie and Clyde, Austin/Texas 1979; John Treherne, The Strange History of Bonnie and Clyde, London 1984; John Neal, Running with Bonnie and Clyde. The Ten Fast Years of Ralph Fults, London/Oklahoma 1996; E. R. Milner, The Lives and Times of Bonnie and Clyde, Carbondale 1996.

Das Interview mit Marie Barrow führte Dominik Wichmann, abgedruckt im Magazin der Süddeutschen Zeitung, 6. November 1999), 15–19. Das Interview mit Arthur Penn erschien in einer Beilage des GUARDIAN, The Guide, vom 3. Juli 1999, 15. William Daniel Jones Erinnerungen „Riding with Bonnie and Clyde“ sind abgedruckt in: PLAYBOY, 15. Jahrgang, Nr. 11 (November 1968), 151, 160–165. Für allgemeine Informationen über den Zusammenhang zwischen Wirtschaftsdepression und Kriminalität wurde das Buch von Lawrence M. Friedman, Crime and Punishment in American History, New York 1993, herangezogen. An Zeitungen eingesehen wurden: New York Times, 24. Mai 1934, 1–3; 26. Mai 1934, 1, 10; 27. Mai 1934, 4; Los Angeles Times, 24. Mai 1934, 1–2; 25. Mai 1934, 1, 6; 27. Mai 1934, 2.

Marie-Luise Recker: Das leichte Leben und der schlimme Tod der Rosalia Annemarie Nitribitt

Folgende Quellen wurden herangezogen: Justizakten im Hessischen Hauptstaatsarchiv Wiesbaden, Abt. 461 Nr. 33233, Band 1–26, 28–72; Presseberichte: Abendpost vom 12./13. Februar 1958, 30. Dezember 1958, 2. bis 7. Januar 1959; Bild Zeitung vom 31. Dezember 1958; Frankfurter Allgemeine Zeitung vom 5. November 1957, 22. Februar 1958, 1. und 29. März 1958, 5. Januar 1959, 6. Februar 1959, 8. Juli 1960, 1. November 1992, 19. Mai 1996; Frankfurter Neue Presse vom 4., 5., 6., 9./10., 15. November 1957, 10. Februar 1958, 4. März 1958, 30. Dezember 1958, 2. Juni 1996; Frankfurter Rundschau vom 2./3., 4. , 5. und 15. November 1957, 11. Februar 1958, 30. Dezember 1958, 30. Januar 1959, 31. Oktober 1959, 13. Dezember 1996; Quick vom 17. Januar 1959, 7. Februar 1959, 14. und 21. Februar 1959, 25. Februar 1960, 8. Juli 1960; Der Spiegel 1958, 18., 36. und 38. Ausgabe.

Außerdem Erich Kuby, Rosemarie. Des deutschen Wunders liebstes Kind, Stuttgart 1958.

Lothar Kettenacker: Der Hausarzt als Todesengel – Dr. Harold Frederick Shipman

Folgende Zeitungsausgaben liegen dem Artikel zugrunde: The Times, 1.–5. Februar, 18. März, 2., 5. April 2000; The Guardian, 2., 3. Februar 2000; The Sunday Times, 6. Februar 2000; The Independent on Sunday, 6. Februar 2000; The Sunday Telegraph, 6. Februar 2000; Private Eye, 11. Februar 2000.

Bislang sind drei Publikationen zum Fall Shipman erschienen: Mikaela Sitford, Addicted to Murder. The True Story of Dr Harold Shipman, London 2000; Brian Whittle and Jean Ritchie, Prescription For Murder. The True Story of Mass Murderer Dr Harold Frederick Shipman, London 2000. Auch im britischen Fernsehen wurde der Fall behandelt: BBC1-Serie „Traile of Guilt“ (10. 12. 200): Harold Shipman. Addicted to Murder. Department of Health, Harold Shipman's clinical practice 1974–1998. A clinical audit commissioned by the Chief Medical Officer, Dezember 2000, 156 Seiten.

Über die Autorinnen und Autoren

PETER ALTER, geb. 1940, Studium der Geschichte, Anglistik und Volkswirtschaftslehre in Köln und Oxford, Promotion 1970, Habilitation 1981. Lehrtätigkeit in Köln, Freiburg, Brighton und Cambridge, 1976–1994 wissenschaftlicher Mitarbeiter und 1985-1994 Stellvertretender Direktor des Deutschen Historischen Instituts London, seit 1994 Professor für Neuere und Neueste Geschichte in Duisburg. Veröffentlichungen u. a. *Nationalismus* (1985, a. engl. ²1994), *The Reluctant Patron. Science and the State in Britain 1850–1920* (1987); *Nationalismus. Dokumente zur Geschichte und Gegenwart eines Phänomens* (1994); (Hg.), *Out of the Third Reich. Refugee Historians in Post-War Britain* (1997); *The German Question and Europe* (2000).

BÄRBEL BRODT, geb. 1963, studierte Klassische Archäologie, Alte und Mittlere Geschichte in Münster und Oxford, 1993 Promotion in mittelalterlicher Stadtgeschichte, wissenschaftliche Mitarbeiterin am Historischen Seminar der Universität Münster und dem dortigen Institut für vergleichende Städtegeschichte, von 1994 bis 1999 am Deutschen Historischen Institut in London, 1999–2000 *Mellon Fellow* am *Pontifical Institute of Mediaeval Studies* in Toronto; beendet zur Zeit als DFG-Stipendiatin ihre Habilitation in Münster. Veröffentlichungen: *Städte ohne Mauern. Stadtentwicklung in East Anglia im 14. Jahrhundert* (1997); Aufsätze zu Fragen der deutschen und englischen Hanse- und Stadtgeschichte, zur historischen Biographie und zum historischen Kriminalroman.

GABRIELA ANN EAKIN, geb. 1963, studierte Geschichte, Philosophie und Politische Wissenschaften in Frankfurt am Main; wurde 1999 mit einer Arbeit zu den deutschsprachigen Historikern, die nach 1933 emigrieren mußten, promoviert, seit 2000 wissenschaftliche Mitarbeiterin am Max-Planck-Institut für europäische Rechtsgeschichte.

ANDREAS FAHRMEIR, geb. 1969, Studium in Frankfurt/Main, Montréal und Cambridge, Promotion 1997, seit 1997 wissenschaftlicher Mitarbeiter am Deutschen Historischen Institut London. Veröffentlichungen: *Citizens and Aliens. Foreigners and the Law in Britain and the German States, 1789–1870* (2000); zusammen mit Olivier Faron und Patrick Weil (Hg.), *From Europe to North America: Migration Control in the Nineteenth Century* (2001); Aufsätze zur Historiographiegeschichte und der Geschichte des Nationalismus.

EDGAR FEUCHTWANGER, geb. 1924 in München, 1939 Auswanderung nach England, Studium in Cambridge, Professor emeritus an der Universität Southampton. Veröffentlichungen u. a. *Disraeli, Democracy and the Tory Party* (1968); *Gladstone* (²1989); *Democracy and Empire: Britain 1865–1914* (1985); *Preußen: Mythos und Realität* (1972); *From Weimar to Hitler: Germany 1918–33* (²1995); *Disraeli* (2000).

Sabine Freitag, geb. 1962, seit 1997 wissenschaftliche Mitarbeiterin am Deutschen Historischen Institut in London. Forschungsschwerpunkte deutsche, englische und amerikanische Geschichte des 19. und frühen 20. Jahrhunderts; Veröffentlichungen: *Friedrich Hecker. Biographie eines Republikaners* (1998, a. engl. 2001); (Hg.), *Die Achtundvierziger. Lebensbilder der deutschen Revolution 1848/49* (1998); zusammen mit Peter Wende (Hg.), *British Envoys to Germany I, 1816–1866* (2000).

Lothar Gall, geb. 1936, Professor für Neuere Geschichte an der Johann Wolfgang Goethe-Universität Frankfurt am Main. Forschungsschwerpunkte: Geschichte des europäischen Liberalismus, Nation und Nationalstaat in Europa, Sozialgeschichte des Bürgertums, europäische Geistesgeschichte des 18. bis 20. Jahrhunderts. Wichtigste Buchveröffentlichungen der letzten Jahre: *Bismarck. Der weiße Revolutionär* ([8]1995, a. engl., franz., ital., japan.); *Europa auf dem Weg in die Moderne* ([3]1997); *Bürgertum in Deutschland* (1989, a. ital.); *Von der ständischen zur bürgerlichen Gesellschaft* (1993). *Krupp. Der Aufstieg eines Industrieimperiums* (2000).

Notker Hammerstein, geb. 1930, Professor für Geschichte der frühen Neuzeit an der Johann Wolfgang Goethe-Universität in Frankfurt am Main 1972–1998; Veröffentlichungen u. a. (Hg.), *Staatslehre der Frühen Neuzeit* (1995), *Antisemitismus und deutsche Universitäten, 1871–1933* (1995), *Handbuch der deutschen Bildungsgeschichte* I, *15.–17. Jahrhundert* (1996), *Die Deutsche Forschungsgemeinschaft in der Weimarer Republik und im Dritten Reich* (1999).

Lothar Kettenacker, geb. 1939, seit 1976 stellvertretender Direktor des Deutschen Historischen Instituts in London, apl. Professor an der Johann Wolfgang Goethe-Universität Frankfurt am Main. Forschungen vorwiegend zum 20. Jahrhundert (Geschichte des Nationalsozialismus und der britisch-deutschen Beziehungen); zuletzt erschienen: *Germany since 1945* (1997).

Christian Kleinert, geb. 1961, Studium der Geschichte, Germanistik und Kunstgeschichte, Promotion 1994. Wissenschaftlicher Mitarbeiter und Assistent an der TH Darmstadt, Universität zu Köln, Universität Frankfurt am Main. Veröffentlichungen: *Fasti Ecclesiae Gallicanae*, in: AHC 29 (1997) 165–201; *Philibert de Montjeu (ca. 1374–1439). Studien zum Leben eines burgundischen Rates im Zeitalter des Hundertjährigen Krieges und der Reformkonzilien* (im Druck).

Ulrich Muhlack, geb. 1940, Professor für Allgemeine historische Methodenlehre und Geschichte der Geschichtsschreibung an der Johann Wolfgang Goethe-Universität Frankfurt am Main. Arbeiten zur französischen Geschichte des 16.–18. Jahrhunderts, zum Humanismus, zur neuzeitlichen Historiographiegeschichte und zur Geschichtstheorie; zuletzt u. a. (Hg.), Leopold von Ranke, *Die großen Mächte. Politisches Gespräch* (1995).

Rudolf Muhs, geb. 1952, Dozent für deutsche Geschichte am Royal Holloway and Bedford New College der Universität London; zahlreiche Veröffentlichungen zum deutschen Vormärz und der Revolution von 1848–49 sowie zu anderen Themen der deutschen und englischen Geschichte des 19. Jahrhunderts; Mitherausgeber von Fontanes *Londoner Tagebüchern* (1994) sowie der Sammelbände *Exilanten und andere Deutsche in Fontanes*

London (1996) und *Aneignung und Abwehr. Kulturtransfer zwischen Deutschland und Großbritannien im 19. Jahrhundert* (1998).

ANTHONY NICHOLLS, geb. 1934, Official Fellow und Hochschullehrer, St. Antony's College, Universität Oxford. Veröffentlichungen u.a. *The Semblance of Peace. The Political Settlement after the Second World War* (1972); *Freedom with Responsibility. The Social Market Economy in Germany. 1918–1963* (1994); *The Bonn Republic* (1997); *Weimar and the Rise of Hitler* ([4]2000).

MARIE-LUISE RECKER, geb. 1945, Professorin für Neueste Geschichte an der Universität Frankfurt am Main. Forschungen zur britischen und deutschen Außenpolitik im 20. Jahrhundert, zur Geschichte des Dritten Reiches und der Bundesrepublik Deutschland; Veröffentlichungen u.a. *Die Außenpolitik des Dritten Reiches* (1990), (Hg.) *Politische Reden 1945–1990* (1999).

FRANK REXROTH, geb. 1960, Studium der Geschichte und Germanistik in Freiburg i. Br., 1988 Promotion, 1989–1992 Mitarbeiter am Deutschen Historischen Institut London, 1991–1992 Postdoc-Stipendiat am Max-Planck-Institut für Geschichte in Göttingen; 1992–1999 Assistent und Privatdozent an der Humboldt-Universität Berlin (Habilitation 1998), 1999 Professor für Geschichte des späten Mittelalters und der Frühen Neuzeit an der Universität Bielefeld, seit 2000 Professor für Mittlere und Neuere Geschichte an der Universität Göttingen; Veröffentlichungen u.a. *Deutsche Universitätsgründungen von Prag bis Köln.* (1992); *Das Milieu der Nacht. Obrigkeit und Randgruppen im spätmittelalterlichen London* (1999).

MICHAEL SCHAICH, geb. 1965, Studium in München, Promotion 1998, wissenschaftlicher Mitarbeiter an der Universität München und seit 1999 am Deutschen Historischen Institut London. Veröffentlichungen: *Obrigkeit und Öffentlichkeit in Bayern im ausgehenden 18. Jahrhundert* (2001); Aufsätze zur Universitätsgeschichte sowie zur Geschichte der Aufklärung.

INGE SCHLOTZHAUER, geb. 1958, Studium der Geschichte und Germanistik in Frankfurt am Main, 1988 Promotion, 1989–1993 Lektorin im Suhrkamp Verlag, seit 1994 im Ministerium für Wissenschaft, Forschung und Kultur des Landes Brandenburg. Veröffentlichungen: *Ideologie und Organisation des politischen Antisemitismus in Frankfurt am Main 1880–1914* (1989), *Das Philanthropin 1804–1942. Die Schule der Israelitischen Gemeinde in Frankfurt am Main* (1990).

BENEDIKT STUCHTEY, geb. 1965, Studium in Münster, Freiburg i.Br. und am Trinity College Dublin, Promotion 1994, seit 1995 wissenschaftlicher Mitarbeiter am Deutschen Historischen Institut London. Veröffentlichungen: *W.E.H. Lecky* (1838–1903). *Historisches Denken und politisches Urteilen eines anglo-irischen Gelehrten* (1997); zusammen mit Peter Wende (Hg.), *British and German Historiography, 1750–1950. Traditions, Perceptions, and Transfers* (2000); Mitherausgeber der *European Review of History/Revue Européenne d'Histoire*; Aufsätze zur Geschichte der Geschichtsschreibung und Geschichte des Imperialismus.

KARINA URBACH, geb. 1968, studierte Politik und Neueste Geschichte in München und Cambridge, wo sie 1996 promoviert wurde. Seit 1996 ist sie wissenschaftliche Assistentin am Lehrstuhl für Neueste Geschichte der Universität Bayreuth. Sie hat bisher vorwiegend zur deutsch-britischen

Geschichte publiziert, u.a. *Bismarck's Favourite Englishman. Lord Odo Russell's Mission to Berlin* (1999); z.Zt. arbeitet sie an einer Habilitationsschrift zum Thema Deutscher Adel im Krieg, 1914–1923.

Ulrike Walton-Jordan, geb. 1962, Studium der Geschichte, Kunstgeschichte und Anglistik in Köln und Manchester, Promotion 1990, 1994–1999 wissenschaftliche Mitarbeiterin am Deutschen Historischen Institut London; seit Januar 1999 Research Fellow am Centre for German-Jewish Studies, University of Sussex; aktuelles Forschungsinteresse ist der Einfluß deutschsprachiger Flüchtlinge auf die britische Kultur zwischen 1933 und 1965; Veröffentlichungen u.a. *Anspruch und Verwirklichung des Grundrechts auf Meinungsfreiheit in Virginia im späten 18. Jahrhundert* (1991); (Hg.) *Conditions of Surrender: Britons and Germans Witness the End of the War* (1997); Mitarbeit an den *Akten der Britischen Militärregierung in Deutschland. Sachinventar 1945–1955* (1993).